芸窗随笔

刘浏 著

社会科学文献出版社
SOCIAL SCIENCES ACADEMIC PRESS (CHINA)

目录
CONTENTS

目录 /

读书当有笔相随（代序）

宋代大学者朱熹《训学斋规》云："余尝谓读书有三到：谓心到、眼到、口到。"流传开来，这"读书三到"，就成了一条教人如何读书的格言。到了近代，同为新文化运动旗手的鲁迅和胡适，又不约而同地加了"一到"，即"手到"，提倡在《三字经》所说的"口而诵、心而惟"之外，还要"手而书"，随手记下读书心得，也就是读书笔记。

与朱熹差不多同时的大学者洪迈的《容斋随笔》，就是一部极负盛名的宋人笔记。《容斋随笔·旧序》说洪迈"博洽通儒，为宋学士。出镇浙东，归自越府，谢绝外事，聚天下之书而遍阅之。搜悉异闻，考核经史，捃拾典故，值言之最者必札之，遇事之奇者必摘之，虽诗词、文翰、历谶、卜医，钩纂不遗，从而评之。参订品藻，论议雌黄，或加以辩证，或系以赞颂，天下事为，寓以正理，殆将毕载"①。积四十余年，成《随笔》《续笔》，以至《三笔》《四笔》《五笔》，凡五集七十四卷。虽谦言顺笔录之，然终成皇皇巨著。据说毛主席十分喜爱这部书，常置之案头，带在身边，随时翻阅，晚年因目疾还专门请人为他诵读其中的篇章。

容斋主人之喜读书而勤笔记，不是他记性不好，《宋史·洪迈传》说他"幼读书日数千言，一过目，辄不忘"，可见其记忆力超乎常人。但他并不依赖他的好记性，而是随读随记，到老不辍。《随笔》卷首，有洪迈自己的题辞一则：

---

① （宋）洪迈：《容斋随笔》上册，上海古籍出版社，1978，旧序第 1 页。

予老去习懒，读书不多，意之所之，随即纪录，因其后先，无复诠次，故目之曰随笔。①

"老去习懒""读书不多"，当然是谦辞，"意之所之，随即纪录"，应是实话。随笔者，不类高头讲章，叠床架屋，莫测高深；亦非列座谈经，天花乱坠，故弄玄虚。有一说一，一说一得，零珠片玉，可砌成七宝楼台；千丝万缕，能织成华美锦缎。读书随笔，愚以为类似于画家的速写，既是创作前的准备，本身也是一种创作。读书随笔，特别是学术随笔，既是我们做学问的基础功课，又何尝不是一种带学术性的劳作成果呢？《容斋随笔》如是，我们大家都知道的《日知录》亦如是。

《日知录》的撰者是明末清初的顾炎武，以"天下兴亡，匹夫有责"的名言著称于世。他的《日知录》更是一部经年累月、积金琢玉、潜心结撰而成的大型学术札记，是作者"稽古有得，随时札记，久而类次成书"的巨著。《日知录》的书名，显然是取诸《论语》中子夏说的"日知其所亡"。亡，通"无"，这句话是说每天都要学到一些自己没有的东西、自己欠缺的知识。《日知录》前有顾炎武自撰的一篇短序，就此做了简要说明：

愚自少读书，有所得辄记之，其有不合，时复改定。或古人先我而有者，则遂削之。积三十余年，乃成一编，取子夏之言，名曰《日知录》，以正后之君子。②

---

① （宋）洪迈：《容斋随笔》上册，上海古籍出版社，1978，第1页。
② （明）顾炎武撰，（清）黄汝成集释，栾保群校注《日知录集释》第一册，浙江古籍出版社，2013，第1页。

亭林对这部书期许颇高，该书对后世的影响也的确广大而深远，开了后来乾嘉学派的先河，为有清一代崇尚实证的朴学之滥觞。《四库全书总目提要》称，是书"盖其一生精力所注"。梁启超则评价"论清学开山之祖，舍亭林没有第二人"。

读书当有笔相随。毛主席的老师、革命老人徐特立有句名言："不动笔墨不读书。"把古今读书人关于读书要心到、眼到、口到之外还要"手到"的说法，推向极致。徐老说："要养成记读书笔记的习惯，可以做摘抄，记提要，也要写心得，记体会，这就是我常说的：不动笔墨不读书。"这是徐老对他的孙女说的，也是向当代所有的读书人说的。我们这些做学术研究的人，教人做学术研究的人，更应该是笔不离书、书不离笔。

读书当有笔相随。经常写写读书随笔，可以促使我们把书读得更细一点，钻得更深一点，还可以从中提炼出某些学术观点，挑拣到某些学术证据，从而生发出某些有独到见解的学术文章。古人像洪迈的《容斋随笔》、顾炎武的《日知录》如是，今人像钱钟书先生的《管锥编》，还有《谈艺录》，更是令人击节赞叹的典范。

我们这一代学人，有幸生活在中华民族走向复兴的伟大时代。我们肩负着传承并发展我国的传统文化，使之自立于世界之林的历史责任。春暖芸窗好读书。虽然我们阅读和写作的工具载体，已经并正在发生着前所未有的大变化，但像《容斋随笔》和《日知录》的撰者那样，读书除心到、眼到、口到之外，还要加上"手到"，则仍然是值得赞赏、效法和提倡的吧。

楚辞常识漫拾

一　楚辞的含义

　　"楚辞"一词有三种含义。一是指战国时代，我国南方楚地出现的一种诗体。这种诗体，不同于《诗经》或曰"诗三百"。《诗经》中那些以四言为主体的诗篇，大多成于中原地区。楚辞则是一种植根于南方的新的诗体，由于成于楚地，所以称之为楚辞。这是最基本的含义。二是指楚国伟大诗人屈原，以及宋玉等人，运用这种诗体创作的诗。三是指把屈原、宋玉等人作的这些新体诗收集拢来，编成的一部诗集，书名就叫作《楚辞》。《楚辞》是《诗经》之后的我国第二部诗歌总集。

二　楚辞的产生

　　楚辞产生于民间。王逸《楚辞章句》这样解说《九歌》的产生："昔楚国南郢之邑，沅、湘之间，其俗信鬼而好祠（祭祀），其祠，必作歌乐鼓舞以乐诸神。……因为作九歌之曲。"[1] 王夫之《楚辞通释》解释《九辩》云："辩，犹遍也。一阕谓之一遍。盖亦效夏启九辩之名，绍古体为新裁，可以被之管弦，其词激宕淋

---

　　[1]　（东汉）王逸撰，黄灵庚疏证《楚辞章句疏证》，中华书局，2007，第742~743页。下文所引楚辞原文均出自该书。

漓，异于风雅，盖楚声也。"① 所谓"绍古体"，是说楚辞是远古社会的遗风延续。还有，楚国的民歌很早就出现了楚辞这种体裁。《说苑》载有楚国的《越人歌》："今夕何夕兮，搴舟中流，今日何日兮，得与王子同舟。……山有木兮木有枝，心说君兮君不知。"②《孟子》载有《孺子歌》："沧浪之水清兮，可以濯我缨；沧浪之水浊兮，可以濯我足。"无可疑问的，楚辞汲取了楚地民歌的营养。《楚辞》中一些篇章有"乱"辞，有"倡"，有"少歌"，而这些正是乐曲的组成部分。《楚辞》中保存这些乐曲的形式，也说明了楚辞的产生同音乐有关，受到楚地音乐的影响。最为重要的是，楚国出现了屈原这样伟大的诗人，在自己独特的楚国地方文化的基础上，又融合了中原文化，最终诞生了与《诗经》并称为"风骚"的楚辞。

三　楚辞的成书

最早记载楚辞的典籍，是司马迁的《史记》。从《史记》的记载来看，汉代初年就有"楚辞"这一名称。汉武帝时，淮南王刘安曾给《离骚》一篇作注。《史记·屈原贾生列传》中提到屈原作品，还是单篇列举，只有《离骚》、《天问》、《招魂》、《哀郢》和《怀沙》这几篇。直到西汉末，刘向编校群经，才把屈原、宋玉以及汉代贾谊等人所作的楚辞体诗歌，加上刘向自己写的《九叹》，辑成一集，书名就叫作《楚辞》。（此说根据是东汉王逸《楚辞章句》中的《离骚后序》）

---

① （清）王夫之：《楚辞通释》，上海人民出版社，1975，第 121 页。
② （西汉）刘向撰，赵善诒疏证《说苑疏证》，华东师范大学出版社，1985，第 311 页。

四　楚辞的主要特点

一是具有浓厚的地方色彩。宋代黄伯思《东观余论·校定楚辞序》就说过："屈宋诸骚，皆书楚语，作楚声，纪楚地，名楚物，故可谓之楚辞。"楚辞大量地使用楚地方言，"兮"字（还有"些"字、"只"字）的使用，成为楚辞语言形式上的一个显著特征。二是具有鲜明的时代特色。尤其是屈原的作品，不仅与他那个时代的重大历史课题有关，而且他所追求的政治理想与历史的客观进程相一致。作品反映了时代政治变革的斗争，揭露了阻碍变革的反动势力的腐朽性质，有着深远的历史意义。

五　楚辞的艺术风格

楚辞的艺术风格是浪漫主义的，它和以现实主义为主要风格的《诗》三百篇，后先并峙，形成我国古代文学的两大流派。楚辞不仅代表着那个时代的文学艺术的最高成就，而且代表着一种根柢深沉的文化体系。这个文化体系中充满了浪漫的激情，保留着绚烂鲜丽的南方远古传统，残存着强有力的巫术宗教，充满着奇异想象的神话传说。因此，楚辞本身就是一个既鲜艳又深沉、既炽热又丰富的想象和情感的色彩缤纷的世界。原始的活力，无羁的联想，狂放的思绪，都得到充分的、自由的表现。

六　楚辞最重要的作家是屈原

屈原（约前340~约前278），名平，楚国人，故乡是现在湖北秭归。屈原生活在楚怀王、楚顷襄王时代，楚国已处于政治腐败、外侮内患之中。《史记》记载屈原曾任楚怀王的左徒（地位仅次于令尹），参与朝廷的内政外交。他"明于治乱，娴于辞令"，深得怀王信任。屈原也希望通过楚怀王实现自己革新政治、富国强兵的政治理想。但他的进步主张触犯了楚国反动贵族势力，受到卑鄙的诬陷和残酷的迫害，怀王竟也听信谗言，疏远了屈原。顷襄王时又为令尹子兰和上官大夫陷害，被放逐到楚国的南方。在楚国郢都被秦军攻破时，屈原自投汨罗江而死。屈原是我国文学史上第一个有名有姓的伟大的爱国诗人。在他的诗篇里，我们可以看到，生活在诸子百家争鸣时代晚期的诗人，对各家学说的或采取或摈弃。可以看到，诗人崇高的理想、高贵的品格、渊博的学识，对祖国、对人民的深厚的感情，以及驱遣祖国语言文字、自铸伟词的非凡能力。而正是这一切，才成就了屈原这位伟大的诗人。屈原不仅是重要的楚辞作家，也是中国文学史上最伟大的诗人。屈原的身世经历，司马迁的《史记》有传。

七　屈原赋

楚辞中的屈原作品又称作屈原赋，或简作屈赋。称"赋"，是指楚辞这种新诗体，介于周"诗"与汉"赋"之间，乃是一种过渡形态。屈赋到底有多少篇，历来有争论。《汉书·艺文志》说有二十五篇。王逸《楚辞章句》具体指《离骚》一篇、《九歌》十一篇、《天问》一篇、《九章》九篇、《远游》《卜居》《渔父》各一篇，共二十五篇。今本《楚辞》中《大招》一篇的作者，王逸疑不能明。《招魂》一篇，司马迁认为是屈原所作，而王逸认定为宋玉。现代研究者认为《大招》乃《招魂》的模仿之作，非屈原作品。《渔父》一篇是《屈原列传》中的一段故事，也不应算在二十五篇之内。屈赋具有极高的艺术成就，它是我国抒情诗真正光辉的起点。屈赋的特色，一是浪漫主义的创作方法。诗人把神话传说、历史人物、自然现象编织成一个奇异的艺术世界。二是比、兴手法的广泛运用。屈原继承了《诗经》比、兴的传统，又进一步发展了它。屈赋中不少是政治抒情诗，诗人巧妙地运用比兴的手法，使这些政治情感与想象结合起来，把主观感情客观化，构成具有普遍必然性的艺术形象，产生强烈的艺术感染力。《史记·屈原列传》称屈赋的主要代表作《离骚》"其文约，其辞微，其志洁，其行廉。其称文小而其指极大，举类迩而见义远"。三是纯熟的艺术技巧。抒情和说理完美结合，感情表达与环境描写融为一体，大段的内心独白、虚设的主客问答，绘声绘影的夸张铺叙，语言运用上的华实并茂、散偶结合，结构上的鸿篇巨制、自由剪裁等，无不体现作者艺术手法的高妙。

八　楚辞的代表作——《离骚》

《离骚》是屈原的代表作，代表了楚辞的最高成就。《离骚》也是我国古代最长的一首抒情诗，总共三百七十三句，二千四百九十字，堪称鸿篇巨制。这是一首政治抒情诗，但有不少叙事的成分，又几乎可以看作诗人的"自叙传"。诗人的崇高理想和炽热的感情，在诗中迸发出了异常灿烂的光彩。《离骚》表现了诗人眷念祖国和热爱人民的胸怀，表现了诗人坚持理想、憎恶黑暗、疾恶如仇的精神。这又是一首浪漫主义的杰作。在诗人的笔锋底下，大量驱使神话传说、历史人物、日月风云、山川流沙等，构成了一幅异常雄奇壮丽的完整的图画。司马迁《史记》称赞《离骚》

云："其文约，其辞微，其志洁，其行廉。其称文小而其指极大，举类迩而见义远。"王逸《楚辞章句》之《离骚序》亦云："《离骚》之文，依诗取兴，引类譬谕。故善鸟香草，以配忠贞；恶禽臭物，以比谗佞；灵修美人，以媲于君；宓妃佚女，以譬贤臣；虬龙鸾凤，以托君子；飘风云霓，以为小人。其辞温而雅，其义皎而朗。凡百君子，莫不慕其清高，嘉其文采，哀其不遇，而愍其志焉。"今人更是将《离骚》誉为"诗家的千古杰作"。至于"离骚"一词的意思，司马迁引当时淮南王刘安说："离骚者，犹离忧也。"王逸解为别愁，离忧和别愁一个意思。班固《汉书》则曰："离，犹遭也。骚，忧也。明己遭忧作辞也。"将离骚解作遭忧。

九　楚辞的地位和影响

屈原和以他为代表的楚辞，在中国文学史乃至整个中国历史上，有着崇高的地位和深远的影响。范文澜《中国通史简编》说："屈原是《三百篇》后推动文学到更高境界，使文学内容更加丰富的伟大诗人。""战国时期北方史官文化、南方巫官文化都达到成熟期，屈原创楚辞作为媒介，在文学上使两种文化合流，到西汉时期，楚辞成为全国性文学，辞赋文学灿烂地发展起来。"白寿彝主编的《中国通史纲要》说："屈原以前的诗人，都没有姓名流传下来，屈原是第一个以个人的名字出现在中国文学史上的，他的作品对于中国文学有深远的影响。"郑振铎《插图本中国文学史》说："继于《诗经》时代之后的便是所谓'楚辞'的一个时代。在名为《楚辞》那一个总集之中，最重要的作家是屈原。他是楚辞的开山祖，也是楚辞里的最伟大的作家。"程千帆、程章灿《程氏汉语文学通史》说："《风》《雅》逝去，诗道衰落了二三百年，到战国后期，由于新的诗体'楚辞'和伟大诗人屈原的诞生，先秦文学史步入了第二个诗歌时代。楚辞代表了诗三百篇之后又一次诗史的高潮。""从渊源上说，楚辞承袭了诗三百篇所开创的中国诗歌的优良传统，但能自铸伟辞，独呈新貌，从而成为中国文学史上最高的两个传统典范之一。""从文学史上看，《诗经》对文学批评方面的影响比较大，讽谏、比兴是历代文学批评家常谈不衰的话题；楚辞对文学创作方面的影响较大，香草美人的传统不知沾溉了多少代文人的心灵。"屈原是我国文学史上第一个伟大的诗人，屈原的爱国思想和他在政治斗争中坚持理想、宁死不屈的牺牲精神，给后世作家以很大的影响。我国古代诗人在遇到民族压迫的时代，或是政治黑暗的日子里，常联想到屈赋，并从中汲取力量，屈原的精神感动了后世许多诗人。屈原的艺术表现手法影响也很大，刘勰《文心雕龙·辨骚》："其衣被词人，非一代也。"影响所及，汉代辞赋家、六朝人物、唐宋以来诗人作家，举不胜举。《中华文学通史》这样评价《诗经》和楚辞："《诗经》中的一部分作品和屈原的作品，除了共同地以深刻反映现实、关心国家社会和关心人民的伟大精神影响后世外，《诗经》更多地以民歌的风格和现实主义的手法为后人学习的榜样；屈原的作品却更多地以诗人的文采和浪漫主义的手法'衣被后人'。'风'和'骚'是我国古人对诗歌所悬出的两个最高的标准，它们对我国古代诗歌的发展都有特殊的重要意义。"①

十　楚辞研究

楚辞在我国文学史上，占有着极其重要的地位，产生了极其

---

① 张炯等主编《中华文学通史》第一册，华艺出版社，1997，第121页。

深远的影响。由于历史的久远，书册的散佚，文辞的古奥，含义的精微，历代学者对楚辞做了大量的研究工作：作家事迹的搜集考据，文本篇章的辑集辨正，词句音义的校订注释，诗旨辞义的发掘解说，以及近现代以来的楚辞评论、楚辞赏析和楚辞今译，还有楚辞研究的国际交流等。有关作家事迹的搜集考据，主要有汉代司马迁的《史记》和班固的《汉书》。文本篇章的辑集辨正，自汉代刘向始，代不乏人，且论辩不断。词句音义的校订注释与诗旨辞义的发掘解说，主要有东汉王逸《楚辞章句》、宋代洪兴祖《楚辞补注》、朱熹的《楚辞集注》，清代王夫之《楚辞通释》、蒋骥《山带阁注楚辞》、戴震《屈原赋注》、朱骏声《离骚赋补注》等。近、现代以来研究楚辞的学者很多，著名的如郭沫若、闻一多、姜亮夫、陆侃如、瞿蜕园、马茂元、游国恩、文怀沙、刘永济、陈子展等，都有专著专论或楚辞选本传世。为了向大众普及楚辞，不少学者将古赋今译，介绍给今天的读者，如郭沫若的《屈原赋今译》、陈子展的《楚辞直解》、文怀沙的统称为"屈骚流韵"的《离骚》《九歌》《九章》等今译。黄寿祺、梅桐生的《楚辞全译》最为晚出，也最为完整。笔者读过上述几种今译本，感觉是文笔各有特色，有的着眼于"信"，有的偏重于"达"，有的则更追求"雅"。

读《离骚》

《离骚》这首我国古代最长的抒情诗，是战国时期伟大的爱国主义诗人屈原的代表作，也是我国文学史上浪漫主义文学的开篇之作，和《诗经》的《国风》，作为浪漫主义和现实主义文学的两大源头，分别开创了一代诗风。

和屈原同样伟大的史学家司马迁，在《史记》的《屈原列传》中，以饱含感情的笔触，记述了《离骚》的诞生：

> 屈平疾王听之不聪也，谗谄之蔽明也，邪曲之害公也，方正之不容也，故忧愁幽思而作《离骚》。离骚者，犹离忧也。夫天者，人之始也；父母者，人之本也。人穷则反本，故劳苦倦极，未尝不呼天也；疾痛惨怛，未尝不呼父母也。屈平正道直行，竭忠尽智以事其君，谗人间（读去声）之，可谓穷矣！信而见疑，忠而被谤，能无怨乎？屈平之作《离骚》，盖自怨生也。①

司马迁这一段夹叙夹议的话，笔者以为正是开启《离骚》这座文学宝库的一把钥匙。但《离骚》究竟作于何时，《史记》则语焉未详。历代楚辞专家争论很多，是楚怀王时，还是顷襄王时，是第一次流放前，还是第二次流放后，意见莫衷一是，但都可寻得一些证据。现在一般认为，《离骚》当是屈原被上官大夫谗毁而离

---

① 来新夏主编《史记选》，中华书局，1990，第300页。

开郢都时所作，大约写成于楚怀王十六年（前313）。这和《史记》的上述说法比较相一致。（参看黄寿祺、梅桐生《楚辞全译》）

《离骚》的命名，司马迁解释为"离忧"，班固解释为"遭忧"（《离骚赞序》）。离忧也好，遭忧也罢，"信而见疑"，"忠而被谤"，司马迁的亲身经历，使得他最能领会屈原的心声，即"能无怨乎"。忠、信、忧、怨，萃于一篇，反映了诗人对崇高的政治理想的热烈追求，表现了诗人对黑暗政治和邪曲势力的不懈斗争，抒发了诗人对祖国、对人民无限忠贞的思想感情。

《离骚》共三百七十三句，二千四百九十字（一说二千四百九十一字）。全诗可以大体分作几个部分来理解。有分作五段的，如陈子展《楚辞直解》；有分作三大段（每段又分作三层）的，如黄寿祺、梅桐生《楚辞全译》；有分作八个部分的，如《中华文学通史》。今以第三者说明于下。

第一部分（从开头到"来吾导夫先路"），叙述诗人自己的家世、出生和自幼的抱负；第二部分（从"昔三后之纯粹兮"到"愿依彭咸之遗则"），写诗人政治上的遭遇；第三部分（从"长太息以掩涕兮"到"岂余心之可惩"），写诗人遭受迫害以后的心情，表示要坚持理想，至死不屈；第四部分（从"女媭之婵媛兮"到"沾余襟之浪浪"），写女媭劝诗人不必"博謇好修"，诗人就向传说中的舜帝姚重华陈辞，正面说出自己的政治理想；第五部分（从"跪敷衽以陈辞兮"到"余焉能忍与此终古"），写诗人在心情抑郁、无可告愬之下，幻想上天入地，去寻求了解他的人；第六部分［从"索藑（音琼）茅以筳篿（音廷专）兮"到"周流观乎上下"］，写诗人的矛盾心情：他问灵氛和巫咸，冀求得到指引，灵氛劝他离开楚国，巫咸劝他留下来再作打算，但环顾楚国政治情形，却又使他失望；第七部分（从"灵氛既告余以吉占兮"

到"蜷局顾而不行"），写诗人幻想离开楚国远游，但终于依恋不舍；第八部分（"乱辞"，即尾声），诗人表示要以死来殉自己的理想。

《离骚》一开篇，即自叙身世，作为以后曲折而尽情地表现诗人大半生思想和行事的叙述基础：

> 帝高阳之苗裔兮，朕皇考曰伯庸。
>
> 摄提贞于孟陬兮，惟庚寅吾以降。
>
> 皇览揆余初度兮，肇锡余以嘉名。
>
> 名余曰正则兮，字余曰灵均。

正如刘知几所说："屈原《离骚经》，其首章上陈氏族，下列祖考，先述厥生，次显名字，自叙发迹，实基于此。"诗人接着抒写自幼的修养和抱负：

> 纷吾既有此内美兮，又重之以修能。
>
> 扈江离与辟芷兮，纫秋兰以为佩。
>
> 汨余若将不及兮，恐年岁之不吾与。
>
> 朝搴阰之木兰兮，夕揽洲之宿莽。
>
> 日月忽其不淹兮，春与秋其代序。
>
> 惟草木之零落兮，恐美人之迟暮。
>
> 不抚壮而弃秽兮，何不改乎此度？
>
> 乘骐骥以驰骋兮，来吾导夫先路！

这是《离骚》开篇以后，精彩的片断之一。诗中香草美人之喻，自此展开。诗人以美好的、形象的手法，叙述了自己如何积极提高自我修养，锻炼品质，培养才能，表达了决心辅助楚王实行政治改革、富民强国的政治抱负。

在第二部分，诗人阐明自己的政治观点和立场，不为楚王采纳的痛苦心情。接下来请看这一片断：

> 老冉冉其将至兮，恐修名之不立。
> 朝饮木兰之坠露兮，夕餐秋菊之落英。
> 苟余情其信姱以练要兮，长顾颔亦何伤。
> 揽木根以结茝兮，贯薜荔之落蕊。
> 矫菌桂以纫蕙兮，索胡绳之纚纚。
> 謇吾法夫前修兮，非世俗之所服。
> 虽不周于今之人兮，愿依彭咸之遗则。

这也是精彩片断之一。表示在"众皆竞进以贪婪"的环境中，众芳芜秽了，自己却要积极进修，依照先贤的遗教去做。

第三部分一开始，就描写自己遭迫害以后的心情：

> 长太息以掩涕兮，哀民生之多艰。
> 余虽好修姱以鞿羁兮，謇朝谇而夕替。
> 既替余以蕙纕兮，又申之以揽茝。
> 亦余心之所善兮，虽九死其犹未悔！

"虽九死其犹未悔"，鲜明地表达了诗人矢志不渝的斗争精神。"长太息以掩涕兮，哀民生之多艰"和这一句，经常为后来的人们所引用。

在第四部分，因女媭的劝诫，不得已去向舜帝姚重华陈述己见，诗人列举前朝一系列史实来阐明自己的政治思想。第五部分以"路漫漫其修远兮，吾将上下而求索"这一警句为中心，诗人上求、下索，希望找到了解自己的人，充分表达了诗人上不见容于君、下不受知于世的愁苦而愤激的感情。第六部分，写在去留问题上诗人犹豫不决，请灵氛占卜前途，灵氛劝他走，并告之以应该走的理由。诗人又请教巫咸，巫咸建议他看看再说。心情矛盾中，对照楚国当时的形势，诗人下定了离开楚国，去"往观四荒"的决心。请看这一片断：

> 时缤纷其变易兮，又何可以淹留。
> 兰芷变而不芳兮，荃蕙化而为茅。
> 何昔日之芳草兮，今直为此萧艾也？
> 岂其有他故兮，莫好修之害也。
> 余以兰为可恃兮，羌无实而容长。
> 委厥美以从俗兮，苟得列乎众芳。
> 椒专佞以慢慆兮，榝又欲充夫佩帏。
> 既干进而务入兮，又何芳之能祗。
> 固时俗之流从兮，又孰能无变化？
> 览椒兰其若兹兮，又况揭车与江离。
> 惟兹佩之可贵兮，委厥美而历兹。
> 芳菲菲而难亏兮，芬至今犹未沫！
> 和调度以自娱兮，聊浮游而求女。
> 及余饰之方壮兮，周流观乎上下。

面对芳草萧艾、荃兰为茅的现实，诗人决心趁"余饰之方壮"，去"周流观乎上下"。

第七部分，写诗人幻想离开楚国远游：

> 灵氛既吉余以告占兮，历吉日乎吾将行。
> 折琼枝以为羞兮，精琼爢以为粮。
> 为余驾飞龙兮，杂瑶象以为车。
> 何离心之可同兮，吾将远逝以自疏。
> 遭吾道夫昆仑兮，路修远以周流。
> 扬云霓之唵蔼兮，鸣玉鸾之啾啾。

诗人选了吉日良辰准备远行。他折下玉树琼枝作为肉脯，捣碎美玉作为干粮。用飞龙驾车，车上装饰美玉和象牙。把行程转向昆仑山下，远远地周游观览。云霞虹霓飞扬，遮住阳光，车上玉铃叮当作响。

> 朝发轫于天津兮，夕余至乎西极。
> 凤皇翼其承旗兮，高翱翔之翼翼。
> 忽吾行此流沙兮，遵赤水而容与。
> 麾蛟龙使梁津兮，诏西皇使涉予。
> 路修远以多艰兮，腾众车使径待。
> 路不周以左转兮，指西海以为期。
> 屯余车其千乘兮，齐玉轪而并驰。
> 驾八龙之婉婉兮，载云旗之委蛇。
> 抑志而弭节兮，神高驰之邈邈。
> 奏九歌而舞韶兮，聊假日以媮乐。

诗人早晨从天河的渡口出发，傍晚就到达了最远的西边。凤凰展翅，托着彩旗，在空中翱翔。忽然来到这流沙地带，沿着赤水徘徊。指挥蛟龙在渡口上架桥，命令西皇引路。路途遥远又多艰险，传令车队在路旁等候。路过不周山，再向左转去，目的地指向西海。成千辆华车连接在一起，玉轮对齐，并驾齐驱。八龙驾车蜿蜒前进，载着云霓般的旗帜随风飘扬。抑制住内心的激动，慢慢地前行，思绪飞到遥远的地方。演奏起"九歌"，跳个"韶"舞吧，姑且借这良辰美景，好好地寻求快乐。

诗人迷离恍惚中，又看到了另一幅景象：

> 陟升皇之赫戏兮，忽临睨夫旧乡。
> 仆夫悲余马怀兮，蜷局顾而不行，

这是怎样一幅情景啊：太阳东升，照得环宇一片光明，忽然看见生我养我的故乡！我的仆从悲伤，马也怀念，退缩回头，再也不肯向别处走去。

诗人的心情是极度矛盾的：他接受灵氛、巫咸的劝告，决定"去国远游"，但又眷恋祖国，不忍离开。留又不能，离又不忍，诗人决定追随先贤，表示要以死来殉自己的理想：

> 乱曰：已矣哉！
> 国无人莫我知兮，又何怀乎故都？
> 既莫足与为美政兮，吾将从彭咸之所居！

"乱"是诗篇的尾声。诗人道出了心中悲愤之辞：算了吧！既然国内没有人了解我，我又何必怀恋故国？既然不能实现理想政治，我将追随先贤彭咸，一直到死！

《离骚》最大的特色，就是全篇充满着强烈的浪漫主义色彩。前面部分叙述生平经历、政治理想，揭露当时黑暗政治等，多系实写，但也采用一些"比兴"手法，以香草比喻自己的志洁行芳。而江蓠、辟芷、秋兰、芰荷、芙蓉，这些生长在南国水乡的幽花芳草，容易把读者的心情牵引到奇丽的幻想境界。而在后面的部分，诗人大量驱使神话传说、历史人物、日月风云、山川流沙等，构成了一幅异常雄奇壮丽的完整的图画。例如，诗人写他的理想不能实现，而又无人能了解他，无可奈何，幻想驾着鸾凰凤鸟，乘风飞上天空，寻天帝去倾诉：

> 朝发轫于苍梧兮，夕余至乎悬圃。
> 欲少留此灵琐兮，日忽忽其将暮。
> 吾令羲和弭节兮，望崦嵫而勿迫。
> 路曼曼其修远兮，吾将上下而求索。
> 饮余马于咸池兮，总余辔乎扶桑。
> 折若木以拂日兮，聊逍遥以相羊。
> 前望舒使先驱兮，后飞廉使奔属。
> 鸾皇为余先戒兮，雷师告余以未具。
> 吾令凤鸟飞腾兮，继之以日夜。
> 飘风屯其相离兮，帅云霓而来御。
> 纷总总其离合兮，斑陆离其上下。

　　诗人幻想着早晨从南方的苍梧出发，日落以前就到了西北的昆仑山上。本想在灵琐这地方稍事逗留，可太阳很快要落下去了。我命令给太阳驾车的羲和，停鞭慢行，莫教太阳迫近崦嵫山。前面的道路又长又远，我将天上人间去寻求，寻求能理解自己的人。

让我的马在咸池饮水，把缰绳系在扶桑树上。折下若木的枝条来挡住太阳，暂且从容地徜徉。叫给月亮驾车的望舒，走在前面作为先驱，让后面的风神飞廉紧紧跟上。鸾凰、凤鸟为我在前面戒备，雷师告诉我还没安排停当，不要贸然前行。我命令凤凰展翅飞翔，夜以继日。旋风聚集拢来，率领云霓来迎接我的车队。云霓缤纷，离离合合，五光十色，上下荡漾……这是多么开阔雄伟的意境呀：令太阳缓辔徐行，好趁日落前上下求索。在太阳沐浴的咸池饮马，在太阳所经的扶桑歇息。月神、风神、雷师、鸾皇跟随着，气魄宏伟，声势煊赫。

接下来许多段落，大量描写，都是这样。宇宙间一切奇丽的景象，诗人都令它奔来眼底，赶赴笔端。最后，幻想中，诗人一路车马喧阗，转昆仑，过流沙，向西海，驰骋中，蓦地，光明的天宇下，忽然看见故乡，心情又悲伤起来，连仆夫和马也不愿再向前走，进入了全篇高潮，这是诗中情节的高潮，更是爱国思想感情的高潮。

《离骚》是一首浪漫主义的诗篇，它把事实的叙述、幽独的抒怀和幻想的描写，交织在一起，波澜壮阔而又疾徐有致，纵意抒怀而又结构谨严，全诗每一部分都优美动人，合起来又是一个雄奇壮美的、和谐的、完满的整体。难怪人们称其为"诗家的千古杰作"。

关于《九歌》（一）

中国文学史上，常常发生许多争论。有的愈争愈明，渐次达成较为一致的认识；有的则愈争愈乱，长时间莫衷一是。楚辞年代既久，史籍或语焉不详，或佚篇错简，或好事者假托，或注疏家臆改，却也留下不少公案。比如《离骚》就有到底作于何时、其字面意义为何、诗中之"上下求索"求谁求什么、诗中"女嬃"是屈原之姊吗等等不同的解释和争论。《九歌》则更多，更尖锐，更复杂。

首先是《九歌》的作者问题。东汉王逸《楚辞章句·九歌叙》：

> 《九歌》者，屈原之所作也。昔楚国南郢之邑，沅湘之间，其俗信鬼而好祠，其祠必作歌乐鼓舞，以乐诸神。屈原放逐，窜伏其域，怀忧苦毒，愁思沸郁。出见俗人祭祀之礼，歌舞之乐，其词鄙陋，因为作《九歌》之曲，上陈事神之敬，下见己之冤结，托之以讽谏。故其文意不同，章句杂错，而广异义焉。

这应是关于《九歌》作者的最早最权威的说明：《九歌》是屈原所作。宋代的朱熹《楚辞集注·九歌叙》：

> 蛮荆陋俗，词既鄙俚，而其阴阳人鬼之间，又或不能无亵慢淫荒之杂。原既放逐，见而感之，故颇为更定其词，去

其泰甚，而又因彼事神之心，以寄吾忠君爱国眷恋不忘之意，是以其言虽若不能无嫌于燕昵。而君子反有取焉。①

朱熹的说法和王逸的说法，依据是相同的，但结论有所不同。王逸认为屈原"作《九歌》之曲"，朱熹认为只是"更定其词"，即王逸认为屈原是《九歌》的原作者，而朱熹认为屈原是《九歌》的改作者。无论原作者还是改作者，后来的论者大都倾向于认为：《九歌》应该是有本辞的，这本辞王逸都只听说而未看到，现在人们所读到的《九歌》应当归之于屈原名下（或原作者，或改定者）。

近现代以来，特别是 20 世纪前期，疑古为时尚潮流，楚辞研究也出现了一批怀疑并进而求证的权威学者，代表人物是胡适。他在《读楚辞》一文里说：

《九歌》与屈原的传说绝无关系。细看内容，这九篇大概是最古之作，是当时湘江民族的宗教歌舞。②

并进一步论证说：

若《九歌》也是屈原作的，则楚辞的来源便找不出，文学史便变成神异记了。《九歌》显然是《离骚》等篇的前驱。我们与其把这种进化归于屈原一人，宁可归于楚辞本身。

著名学者陆侃如在他早期写的《屈原评传》里，表示赞同

---

① （南宋）朱熹：《楚辞集注》，上海古籍出版社，1979，第29页。
② 胡适：《读楚辞》，《胡适古典文学研究论集》上册，上海古籍出版社，1988，第348页。

胡适的观点：一、若《九歌》也是屈原作的，则楚辞的来源便找不到了；二、《九歌》显然是《离骚》等篇的前驱。我们与其把这种进化归于屈原一人，宁可归于"楚辞"本身。陆先生接着加以引申：

> 这都是用文学史的眼光来断定《九歌》的年代，我以为是很不错的。我们上文虽已考定了楚辞的远祖，但那些楚语古诗（引者按：指"今夕何夕今"这些楚地古歌谣）大都产生于前七、六世纪。自此时至屈原，尚有二百多年，竟无可靠的诗歌留传下来。若说是年久失传，则为何前后都有，而独少此时期内的？我们若把《九歌》填补在内，则在楚辞进化史上自然更易解释了。但我们最该注意的是第二条理由。我们只消把《楚辞》约略研究一下，便可知《离骚》等篇确是从《九歌》进化来的。篇幅的扩张，内容的丰富，艺术的进步，都是显而易见的事实。我们若懂得一点文学进化的情形，便知这个历程不是一个人在十年二十年所能经过的。齐梁至初唐二百年间似律非律的诗歌，便是文体成立迟缓的妙例与铁证。即乐府之变为词，也经过了数百年的酝酿。故这不但是"与其"与"宁可"，简直是"可能"与"不能"的话了。至于他们的时代，大约在前五世纪，因为从形式上看，他们显然是楚语古诗与《离骚》间的过渡作品。①

陆侃如先生后来的论点，有所修正。在《楚辞选》前言里说："'九歌'本来是春秋末年或战国初年楚国各地的民间祭歌，

---

① 陆侃如：《屈原·屈原评传》，亚东图书馆，1923，第121页。

北自黄河南岸，南至沅湘流域，共十一篇，后来可能经过屈原的加工。"① 并加一条注文："对于《九歌》，有人认为完全是屈原个人的创作，有人认为完全是民歌，这些说法是各有所偏的。"

著名楚辞专家游国恩在早期（二十年代末）所著《中国文学史讲义》中断言："以今考之，《九歌》为古代南方之宗教文学，决非屈子所自造。"其《楚辞概论》也认为《九歌》应与屈原"脱离关系"。他的理由是：一、《离骚》《九章》以六字句或七字句为原则，《九歌》则以五字或六字句为原则，同时《离骚》等的"兮"字位于句末，而《九歌》的"兮"字则在句中；二、从篇幅长短看，屈原作品长的多，短的少，而《九歌》中最长的《湘夫人》只有四十句；若《九歌》果是屈原作的，何以竟无一篇比较长的文章？《九歌》单调，像没有话说，不像屈原作品回环往复，三致其意；三、《九歌》诸篇没有"乱辞"，而《离骚》及《九章》的一些篇什则有。游先生的看法与陆先生一样，五十年代后都做了修正：

> 其实《九歌》是楚国南部的真正的民间文艺，它的作者是优秀的无名氏的人民诗家，而并非贵族文人。但屈原是最可能、最恰当的加工者，因为《九歌》和《离骚》、《九章》的词句之间有许多相同的地方和密切的关系。②

而坚持王逸的说法，肯定《九歌》为屈原所作的学者，以郭沫若为代表。郭氏曾著文痛批否定论者。五十年代以后，陈子展在《楚辞直解》、文怀沙在《屈原九歌今绎》中，都表示赞同郭

---

① 陆侃如、高亨、黄孝纾选注《楚辞选》，古典文学出版社，1956，第4~5页。

② 游国恩：《屈原》，三联书店，1953，第75页。

氏的意见，只是为文有些大批判文章的味道，给否定论者戴上"历史虚无主义"的帽子，后来随着批判胡适的运动的深入，原先赞同胡适观点的学者们都纷纷修正了自己原来所坚持的学术主张，如同上述陆先生和游先生的做法一样。但即使如此，文怀沙先生仍然大加挞伐，撰述行文中不能自已。

其次是《九歌》的时代问题。如前面引文所示，王逸、朱熹都认为《九歌》当作于或改定于屈原放逐以后。由于放逐于"南郢之邑""沅湘之间"，看到当地人"信鬼"而"好祠"，须歌舞以娱神，然辞多"鄙陋"，乃"为《九歌》之曲"，或"更定其词"。这种主张大约可视作传统派。此外，尚有较早和最晚二说。

先看最晚说。何天行、朱东润等认为《九歌》乃汉代歌辞，何氏甚至"一口咬定全部楚辞作于汉代"（转引自文怀沙《屈原九歌今绎》自序）。当然这也就先否定了《九歌》的作者是屈原了。何氏的《楚辞作于汉代考》，笔者未读到。我想，无论得失如何，"考"在学术层面还是应当受到尊重的，哪怕你并不认同那些"考"得的结论。

再看较早说。郭沫若认为《九歌》作于屈原"早年得志"的时候。郭氏在他的《屈原研究》里说：

> 据我的看法，《九歌》应该还是屈原的作品，当作于他早年得志约时候，而不是在被放逐之后。要这样看，对于屈原的整个发展才能理解。因为一个伟大的诗人不能说在晚年失意的时候，突然产生了一批长篇大作的悲哀诗，而在早年得志的时候，却不曾有些愉快的小品。①

---

① 郭沫若：《屈原研究》，新文艺出版社，1941，第24页。

郭氏还在《屈原赋今译》里说:"由歌辞的清新、调子的愉快来说,我们可以断定《九歌》是屈原未失意时的作品。"又说:"《九歌》和屈原身世无直接关联,情调清新而玲珑,可能是年轻得意时的作品。"

马其昶《读九歌》一文认为,《九歌》应是屈原在楚怀王时受命造宪令时所作。陈子展在他的《九歌解题》中认为,马氏之说"虽是假说,却有思致",因引证典实,证成此说:即《九歌》乃是屈原为楚怀王左徒时,受怀王之命,造作的宪令之一。因为祭祀在当时和军事一样,都是国之大事,作祭神之歌辞,当然也属宪令的范围了。

按前文所引早年陆侃如说、游国恩说,《九歌》是公元前五世纪民间的作品;按五十年代后修正的说法,《九歌》当也是屈原早期(怀王时期)所改定的。

黄寿祺、梅桐生的《楚辞全译》成书于八十年代初,译著者大致遵从王逸的说法:

> 《九歌》是屈原的作品。《九歌》原是楚国流传很久的古代乐曲。相传是夏启从天上偷下来的。屈原这组诗歌是借用这一曲名。《九歌》的创作与楚国原始的巫术宗教有密切的关系。王逸说,楚国南方沅湘一带地方民间风俗相信鬼神,喜欢祭祀,祭祀时必定奏乐歌舞来娱乐鬼神。屈原流放在这一带,模仿这种祭歌形式,创作了《九歌》之曲。……《九歌》中屈原塑造的一系列鬼神形象,就是这种原始巫术宗教的反映。①

----

① 黄寿祺、梅桐生:《楚辞全译》,贵州人民出版社,1984,第31页。

这种说法是比较平允的传统说法，但难以解释：既然是屈原流放沅湘时的作品，为什么诗中正如郭沫若所说与屈原身世"无直接关联"？为什么不是如《离骚》及《九章》多数篇章一样是"悲哀诗"，而是"愉快的小品"？这样就产生了难以调和的矛盾：既要肯定屈原的著作权，又要说明是怎样创作出来的，就必须承认流放沅湘，见俗祭神，感为作辞，或特为改作。但细读文本，又如郭氏所说是愉快的小品，当为年轻得意时所作。前文所引，胡适"细读"之下，确信是"最古的"；陆侃如、游国恩诸人从艺术方面分析以后，也赞成《九歌》是《离骚》等的前驱的说法。这些说法又与郭说部分地统一了起来。

三是《九歌》的篇次问题。《九歌》从《东皇太一》起，依次为《云中君》《湘君》《湘夫人》《大司命》《少司命》《东君》《河伯》《山鬼》《国殇》，到《礼魂》止。书名《九歌》，为何共有十一篇？钱澄之《庄屈合诂》谓作者有意把《河伯》《山鬼》不算："河非楚所及，而山鬼涉于妖邪，皆不宜祀。屈原仍其名，改为之词而黜其祀，故无赞神之语，可舞之事，则祀神正得九章。"

李光地为《九歌》作注，至《山鬼》篇即止，以为《九章》止九篇，则《九歌》疑亦当尽于此。那后两篇呢，他以为是无所系属，而以附之者。这等于删去《国殇》和《礼魂》二篇，以合九篇之数。

早在明初，有个叫周用的，在《楚辞注略》里说："《九歌》又合《湘君》、《湘夫人》，《大司命》、《少司命》为二篇。"到了清初，吴世尚在《楚辞疏》里说："《九歌》中如《湘君》、《湘夫人》及《大、少司命》虽各有乐章，而意相承顾，读者须细玩其血脉之暗相注处也。"玩其文意，说同周用。顾天成的《九歌解》

干脆将《湘君》《湘夫人》合为一篇，《大司命》《少司命》合为一篇，总计为九篇。王邦采《屈子杂文·九歌笺略》说："《九章》是九篇，《九辨》是九篇，何独《九歌》而异之？当是《湘君》、《湘夫人》只作一歌，《大司命》、《少司命》只作一歌，则《九歌》仍是九篇耳。"《四库提要》在评价上述顾天成的说法时，批曰"说尚可通"。（均转引自陈子展《九歌解题》）

闻一多先生对于《九歌》章次的认识，文怀沙认为"说甚新颖"：

> 《九歌》十一章，皆祀东皇太一之乐章，就中"吉日兮辰良"章（旧题《东皇太一》，非是），为迎神曲，"成礼兮会鼓"章（旧题《礼魂》，非是），为送神曲，其余各章皆为娱神之曲也。诸娱神之曲，又各以一小神主之，而此诸小神又皆两两相偶，共为一类。今验诸篇第，湘君与湘夫人相次，大司命与少司命相次，河伯与山鬼相次，国殇与礼魂相次，都凡四类，各成一组。惟东君与云中君，皆天神之属，宜同隶一组，其歌词亦宜相次。顾今本二章部居悬绝，无义可寻。其为错简，殆无可疑。余谓古本东君次在云中君前……少司命乃得与河伯首尾相衔，而河伯首二句乃得阑入少司命中耳。[1]

当下不少人对闻先生的主张表示首肯。笔者也很欣赏闻先生将第一篇视作迎神曲，最后一篇视作送神曲，前后呼应，中间恰好九首歌的这样一种见解。

---

[1]　文怀沙：《屈原九歌今绎·自序》，百花文艺出版社，2005，第2页。下文引《屈原九歌今绎》者均出自该书。

其实，先秦古籍中所用许多数字，尤其是三和九，往往不是实数。清代学者汪中、马瑞辰诸人释三、九，都以为这只是表示多数和很多的意思。《离骚》里有"余既滋兰之九畹兮""虽九死其犹未悔"，《九章》里有"九折臂而成医兮""魂一夕而九逝"。《四库全书总目提要》评李光地《九歌注》（李把《国殇》《礼魂》排除在《九歌》之外）说："《国殇》《礼魂》向在《九歌》之末。古人以九纪数，实其大凡之名；犹《雅》《颂》之称什，故篇十有一，仍题曰什。光地谓当止于九篇，竟不附载，则未免拘泥矣。"马其昶《屈赋微》云："《九章》九篇，《九歌》十一篇，九者数之极，故凡甚多之数，皆可以九约，其文不限于九也。"这些，当然也说得通。（见陈子展《九歌解题》）但笔者总觉得，《九歌》作为书名之"九"，与"虽九死其犹未悔"之"九"比较，似乎有些不一样，未可等量齐观。

关于《九歌》（二）

关于《九歌》的内容，按照王逸、朱熹诸人的说法，《九歌》乃是屈原流放南方时，依据楚地的礼神之曲，新作或改作的祭歌，所谓"上陈事神之敬，下见己之冤结，托之以讽谏"。对此，戴震进一步做了一个题解式的说明：

> 《九歌》，迁于江南所作也。昭诚敬，作《东皇太一》。怀幽思，作《云中君》，盖以况事君精忠也。致怨慕，作《湘君》《湘夫人》，以己之弃于人世，犹巫之致神，而神不顾也。正于天，作《大司命》《少司命》，皆言神之正直，而惓惓欲亲之也。怀王入秦不反，而顷襄继世，作《东君》，末言狼狐，秦之占星也，其辞有报秦之心焉。从河伯水游，作《河伯》。与魑魅为群，作《山鬼》。闵战争之不已，作《国殇》。恐常祀之或绝，作《礼魂》。①

这大约是前人认为《九歌》是"托之以讽谏"的有代表性的具体说明。如果我们不再依照传统说法，而认为《九歌》为屈原的早期未放逐时的作品，甚至如郭沫若所言"年轻得意"时的"愉快小品"，上述王、戴所云大多乃穿凿之言，不足为信。文怀沙在《屈原九歌今绎》自序中说：

---

① （清）戴震：《屈原赋注》，商务印书馆，1930，第12页。

首先，我们不妨肯定现今所见的《九歌》和他原始蓝本的主要内容并无二致，它乃是楚国民间的神话和传说，通过祭神舞歌的形式而得以流传。它之所以为广大人民所爱好，正因为它是广大人民基于他们自己的现实生活所发射出来的一种想象。通过屈原的再创作，使这些材料在语言上更臻洗炼纯粹，成为很高的艺术品。自然，相对于屈原，这一部分作品只能被认作为他前期的试作小品。纵或寄托了一些幽怨（不是王逸所谓的"冤结"），那也只是属于一种诗人青春期朦胧的怅惘和对于光明的憧憬而已。至于说到政治上的隐喻，那真是太稀薄了。讽谏云云，是不很合适的。

这也大约可以代表郭沫若以来，乃至当代大部分人的看法：《九歌》就是祭歌，保留了许多楚人的神话和传说，也发抒了屈原的思想感情，但不是什么"怨结"，也谈不上有多少政治上的"讽谏"，如此而已。

　　《九歌》所祀的神，有太阳神（东君）、云神（云中君）、主寿夭的神（大司命）、主子嗣的神《少司命》、黄河之神（河伯）、湘水之神（湘君、湘夫人）、山神（山鬼）、为国战死者之神（国殇）等。第一篇《东皇太一》的东皇太一神，所指说法不一。王逸《楚辞章注》说："太一，星名，天之尊神，祠在楚东，以配东帝，故曰东皇。"一说东皇即上皇，亦即上帝。闻一多认为，《九歌》祀的大神只有东皇太一，其他都是小神。有论者按鬼神的性质，东皇太一外，分作"天神、地祇、人鬼"三类。一、天神：云中君、大司命、少司命、东君。二、地祇：湘君、湘夫人、河伯、山鬼。三、人鬼：国殇。东皇太一乃是天神中最尊贵的神。闻一多考证，东皇太一即伏羲。

《九歌》第一篇《东皇太一》，乃祭天上尊神东皇太一的诗歌。描写祭者及灵巫的装束、祭堂的陈设、祭品的芳洁、音乐的繁盛等。为了阅读的顺利和流畅，还是引用今人文怀沙的译文吧：

> 这是一个好日子，也是一个好时光，
> 大家又虔诚又欢愉地祝告上苍。
> 我手持长剑的把柄，
> 金玉齐鸣，叮叮当当。
> 玉镇压着瑶石般的地席，铺在神座下方，
> 又把那琼花摘下，作为献神的馨香。
> 蕙草包着祭肉，垫着兰草芬芳，
> 敬斟起一杯桂酒，又是一杯椒浆。
> 举起槌儿，鼓声镗镗，
> 舒缓的节奏伴奏着低沉的歌唱，
> 接着，竽呀瑟呀织成一片交响。
> 巫女缓缓起舞，她们穿着美丽的衣裳，
> 浓郁的芳香，充满一堂。
> 乐声飞扬，渐渐错杂齐响。
> 神啊！你多么愉悦而又健康！

这一篇《东皇太一》，并没有直接描写或者礼赞东皇太一神，按照闻一多的说法，把它看作一首迎神曲，确实是比较恰当的。

《东君》是献给太阳神的歌。你看开头：

> 你从容地带着温煦的光彩从东方上升，
> 穿透过扶桑那地方，照着我们房前的栏杆。

为了迎接你，我拍了一下我的马，轻快地前进，

夜色里渐渐泛出了曙光。

东君——太阳之神啊！你驾着龙车，

雷声在你脚下发出巨响，

云彩的旗子，飘动着：那么长，那么长——

你禁不住长长地叹息，当你将要升向太空，

你的心迟疑，你依恋地顾念着你的老家。

啊，你巨大的声音和灿烂的颜色，鼓舞起人们的欢欣，

四方的人抬起头来瞻望着你，他们感到舒适，忘记了归去。

写太阳升起时的景象，光线、色彩、声响，交织在一起。龙车载着太阳之神，发出雷鸣般的响声，云彩就像无数面彩旗随风飘荡，四面八方的人们兴奋地抬头瞻望。写得有声有色，还有情感。

接着写巫女们迎神的歌舞场面：

听！瑟声那么急促，我们相对擂鼓，鼓声冬冬，

排箫和悬在美玉上的钟声交响，

我们吹着篪呀，竽呀，多么响亮。

你想，我们的巫女们是那么美好善良，

她们飞起她们的舞袖，像翠鸟举起它们的翅膀。

展开我们的诗歌来唱吧，我们全都起来舞蹈，

应和着旋律和节奏。

东君啊，群神随着你降临，日光都给挡住了。

快结尾时，诗人以太阳神的口吻，唱出了"举长矢兮射天狼"这豪迈的乐章：

（太阳在天上唱：）

我，穿着青云的上衣，白霓的下裳，

我举起长箭射杀了恶星——天狼。

这时，我又拿起木弓向天末下降，

晚上，取北斗作酒杯，满酌起一杯桂浆。

我抓住马的辔头向另一个高空驰骋飞翔，

我潜行着运行到东方，从暗黑暗黑的地方。

《九歌》写的是神，除天神如东君、云中君外，更多的是地上的山川之神，它写出了山巅泽畔景物凄迷的境界。它写神也和写人一样，有悲欢离合，有细腻的感情，使人觉得可以亲近。像《山鬼》开头写这位女神的出场：

是有一个女子在那深山里，

披着薜荔的衣裳，系着兔丝的带子。

她的秋波含情，而又嫣然浅笑；

她的性情慈和，姿容又那么苗条。

她驾着赤豹，文狸在后面追随，

她把辛夷作车乘，桂枝来作旌旗。

车上罩着石兰，杜衡的流苏下垂，

她折取香花打算送给她所思念的人儿。

女神的丰姿秀韵、脉脉含情，清雅而铺张地描写了出来。接着写女神在深山岩谷中之所行、所思，"表独立兮山之上，云容容兮而在下"，一片恍惚迷离的神灵的气氛。最后写这位女神在等候她的情人：

山上女子就像杜若的芳枝，

啜饮着石泉，站在松柏的树底——

为了相思，弄得有点怀疑。

听啊！雷声在响，昏暗的苦雨在飘，

天色已经黑下来了，猿猴又在啾啾地叫。

飒飒的风声，夹杂着草木的萧萧；

为了相思，她无望地忧伤颠倒。

这位山之神在松柏之下，酌饮石泉，想着她或者正在犹豫而没来赴约的情人，萧瑟的山中景色，凄凉的心里思绪，既是神的，又是人的。与《离骚》相比，同样浓厚的浪漫主义色彩，不同的表达方式，不同的感情基调。《山鬼》中美丽而多情的女神，不少论者认为就是"朝为行云、暮为行雨"的巫山神女。

《湘君》和《湘夫人》，古今论者都认为是一组，湘君与湘夫人是配偶神。（游国恩《读骚论微初集》）这两篇写的是神的恋爱故事，《湘君》写湘夫人思念湘君，下面是结尾一小段：

我把玉玦抛向江心，

佩玉放在醴水之岸。

我采撷那芳洲上的杜若，

打算送给你的女伴（按，女伴为押韵，"下女"应译作"侍女"），

唉，时光是不可再得了，

姑且放宽心怀等待。

《湘夫人》写湘君思念湘夫人，下面是其中一小节：

沅水边有香茝茂盛，醴水上有幽兰芬芳，

我思念你哟，可我不敢倾吐衷肠。

远望是仿仿佛佛，渺渺茫茫，

只见那滔滔不绝的流水，一片汪洋。

　　神境和人境，一样又不一样。一样的是都有悲欢离合、喜怒哀乐，不一样的是，写的虽是儿女之情，但那是神的儿女之情，带有神幻的色彩。这就是浪漫主义，屈原式的浪漫主义。

　　《九歌》集中与众不同的一首歌是《国殇》。古人称无主的鬼为"殇"，国殇就是为国牺牲的无名的将士。《国殇》描写和赞美了为国牺牲的将士生前的勇敢，以及壮烈的战斗精神。全诗"首叙其战之勇，次言其死之烈，终闵其情、壮其志"（刘永济《屈赋通笺》）。其结尾几句：

你们出了国都的门，便一去不复返，

平原一望无际，路途尽管遥远。

带着长剑，挟着大弓，

头颅断了，坚强的意志不变。

你们是有力气又有气魄的战士，

既刚强，也不可侵犯。

身体纵然牺牲，精神永远存在，

你的灵魂啊，在另一个世界也是典范。

　　楚地的人们祭祀太阳神、云神及山川诸神，当是为了祈祷神的护佑；屈原创作或改写这些祀神之曲，也许是为那些保存有先民宝贵的神话和传说的原始状态的民间歌辞所吸引，也许是希望那些原生态式的歌辞能更优美、更精粹些，而欣然命笔。当然，也许他还希望能通过这些祭神之辞寄托自己的情感。总之，《九歌》实现了屈原上述种种愿望，与《离骚》、《九章》和《天问》等伟大的作品一起，成为我国文学史上最早的、最杰出的浪漫主义的篇章。

说"赋"（一）

　　本文所言之"赋"，乃是"辞赋"之"赋"，是指古代的一种文体，这种文体应当说是我国所独有的。

　　最早提到"赋"的，当是《诗·周南·关雎序》："所谓诗有六义：风、雅、颂，赋、比、兴。"这里所说的赋，只是诗之所谓六义中的一义，与比、兴同列。历来解释很多，大致意思是：铺陈其事曰赋（见《辞源》）。六义中的赋，不是指一种文体，而是指我们的古人常用的一种写作方法，或者说修辞手法。

　　最早指出赋是一种文体，而且指出它的产生也是渊源有自的，是汉代的班固。他在《两都赋》前面《序》的开头说："赋者，古诗之流也。"接着两句，"昔成康没而颂声寝，王泽竭而诗不作"，于是赋就产生了。"或以抒下情而通讽谕（喻），或以宣上德而尽忠孝，雍容揄扬，著于后嗣，抑亦雅颂之亚也。"其中"雍容"一词，似可用来描述赋体的一个突出特点，即铺陈描写。

　　《汉书·艺文志》云："不歌而颂谓之赋。登高能赋，可以为大夫。"这登高能赋之赋，是一个动词，指作赋。所作之赋，不可歌而只供朗诵，这说明赋的又一个特点，它和诗不同，诗是可歌的（指当时），赋是不可歌的。

　　《毛诗正义》云："直陈其事不譬喻者，皆赋辞。"这说的是赋的另一个特点，就是只直陈其事，不譬喻（没有隐喻寄托）。

　　到了南朝的刘勰，在《文心雕龙·诠赋》篇中说："诗有六义，其二曰赋。赋者，铺也。铺采摛文，体物写志也。"在《情采》篇中说："诗人什篇，为情而造文；辞人赋颂，为文而造情。"

"为情者，要约而写真；为文者，淫丽而烦滥。"他把"六义"之赋，与文体之赋联系起来，并且说明了赋与诗的区别：赋重在铺陈描写，所谓"淫丽"，所谓"烦滥"，大约即指此而言。我们只要看一看汉代的所谓大赋，包括上文说到的班固的《两都赋》，大概就不难体会到赋作为文体的这一特点。

宋代的朱熹在《诗集传》中这样解释"赋"："赋者，敷陈其事，而直言之者也。"他说的是赋、比、兴之"赋"，但正好道出了作为文体之赋的两大特点：一、敷陈其事；二、直言之。

二十世纪三十年代，郑宾于在他的《中国文学流变史》中就直书："赋之所以为赋，应有两个条件：一，从其命意上说，则贵直陈；二，自其形式上说，则贵铺张。"

赋自诗出，分流异派，"六义附庸，蔚为大国"（刘勰语）。其创始者，论者以为，一为北派的荀况，一为南派的屈原。而荀况虽为赵人，但后适楚，为兰陵令，其著述亦多撰于晚年居楚时，是否可以说，始作"赋"者，应都属南派？

《汉书·艺文志》载荀况有赋十篇，今《荀子》一书，有《成相》一篇、《赋篇》（分咏礼、知、云、蚕、箴）一篇，论者以为即是早期之赋。

楚辞亦称楚骚、骚体赋，屈原作品称屈原赋或屈赋，这在司马迁的《史记》里即有此称名。屈原的《离骚》《九章》，宋玉的《九辩》当不可歌，但寄托遥深，《九歌》则应是可歌的。刘勰区别诗、赋特点，"为情造文""为文造情"云云，在屈赋并不明显。但屈赋中天上地下、东西南北之"铺采摛文""体物写志"，当也是人们认屈赋也是赋体的源头，屈原亦为赋体之创始人的原因。而且，由于荀况在楚著书时代比屈原略晚，论者有的甚至认为荀况之作还受到屈原骚体赋的影响。（参见游国恩《中国文学史

讲义》）

赋作为一种文体，涵盖面广，变化也多，约而言之，主要可分作两类，一曰骚赋，一曰文赋。骚赋以楚辞中屈原《离骚》《九章》、宋玉《九辩》为代表。从结构形式和表现方法来看，它们都是一种抒情诗体，只是或两句中上句句末带"兮"字（或"些"字），或句中带"兮"字，与不带"兮"字的诗有所不同。故今人也把它们称为诗，古人则称为"骚"，或称为"辞"，或称为"骚赋"。骚赋由楚地民歌发展而来。论文体，骚赋近于诗。

以相传为屈原所作的《卜居》《渔父》为代表，传为宋玉所作的《风赋》《高唐神女赋》《登徒子好色赋》，以及荀卿的《赋篇》等，属于另一种。这类赋基本上是一种有韵的文，所以可以统称其为文赋。其直接源头当是战国纵横家的说辞和诸子中的问答体。东汉以后产生的骈赋和唐以后形成的律赋，以及唐宋以来兴起的新的赋体，皆应归入文赋。论文体，文赋近于文。

赋，依其体制规模，又分作大赋、小赋。像司马相如《子虚赋》《上林赋》、班固《两都赋》、张衡《二京赋》，那样大规模地描写大国都会、宫廷范围，排比堆砌，铺张扬厉，人们习惯称之为大赋，或曰宫廷大赋；而将宋玉《风赋》、贾谊《吊屈原赋》、张衡《归田赋》这一类形制短小，描写对象具体而微，或只是抒写个人怀抱的，称作小赋；或者与宫廷大赋相对，称作民间小赋。

刘勰《文心雕龙》说到赋时，有"兴楚而盛汉"的说法。所谓兴于楚，无论骚赋还是文赋，都是产于楚地，屈原、宋玉不必说；就是北人荀卿，也是适楚后才作的《赋篇》。所谓盛于汉，《昭明文选》即以汉赋开篇，选赋多至十九卷，且多为汉赋。后人多以汉赋与唐诗、宋词等并提，所谓"文章一代有一代之胜"（清焦循《易馀龠录》）。汉赋也得到了近代的大学者王国维、章太炎诸人的宣扬和推崇。汉赋多为文赋。《文选》另有"骚"部，收录骚体作品。赋也就离诗愈远，而离文愈近了。但仍然是"不歌而诵"的韵文，这应当是赋语言形式上最大的特点。汉代大赋以司马相如《子虚》《上林》、扬雄《甘泉》《解嘲》、班固《两都》、张衡《二京》为代表，马、扬、班、张，称为汉赋四大家。对于这些体制博大、铺张扬厉，以堆砌辞藻、罗列名物为能事的宫廷大赋，现代的读者读起来，可能一是望而生畏，二是味同嚼蜡，而难以卒读。但是这些大赋，反映了一种阔大的境界和磅礴的气概，有助于今天认识两汉极盛时期的自然和社会情形，以及那个时代人们的精神风貌，是后人认识汉代社会形态的形象教材，有着重要的认识价值和历史价值。

汉赋以宫廷大赋为代表，并不是说这类大赋是赋的极则或最高成就。尽管当时和以后很长的一段时期，对这类大赋推崇备至，所谓"洛阳纸贵"；而用今天欣赏文学作品的观点看来，虽然排比堆砌了不少名词和形容词，但这类大赋并没有创造出鲜明生动的艺术形象，也没有能很好地发抒作家个人的思想感情。它们的存在，主要是一种历史文化的见证。正如有的论者所说，像司马相如《子虚》《上林》《长门》三赋，有大型文赋开创之功，后人要写出那样的大赋，恐怕也还不是那么容易呢。

汉代后期，一直到魏晋南北朝，赋体文学持续发展，表现出新的特色，取得了新的成就。特色之一就是抒情赋的大量出现。像描写爱情婚姻题材的，如曹植的《洛神赋》、潘岳的《哀永逝文》、陶渊明的《闲情赋》；抒发个人离情别恨的，如江淹的《恨赋》和《别赋》；哀悼逝者、表达追思的，如向秀的《思旧赋》、陆机的《吊魏武帝文》；描写山水景致、归居田园的，如孙绰的《游天台山赋》、陶渊明的《归去来兮辞》；还有把个人的身世之感和对重大历史变故的深沉感慨融为一体而加以表现的，如王粲的《登楼赋》、庾信的《哀江南赋》；等等。这些抒情赋的空前发达，应当说是同当时抒情诗与抒情文的兴盛相适应的，也是文学"自觉"的开始。文学脱离经史而独立，正是这一时期的一个显著标志。《文心雕龙》的撰成，《昭明文选》的编就，是其明证。

抒情赋之外，还有一些用赋作来批评社会、抨击现实的所谓讽刺赋。像曹植的《蝙蝠赋》《鹞雀赋》、阮籍的《猕猴赋》《大人先生传》、鲁褒的《钱神论》、孔稚珪的《北山移文》等。这些讽刺赋善于把讽刺之意渗透在客观事物的描述之中，与之前所说一些大赋在赞颂之余加一个讽喻的结尾不同，呈现出一种新的面貌。

单纯从形式上看，汉末、魏晋南北朝的赋坛上，骈赋盛行起来。像陆机的《文赋》、江淹的《恨赋》和《别赋》，就都是讲究排偶而又不乏变化的骈赋的名作。这一时期，骚赋、骈赋以及其他文赋的作家们，已经不满足、甚至不屑于用名物罗列、辞藻堆砌的比较简单的方法来表现，他们追求用生动传神的形象描写，来创造意境，把情意与景物融为一体，并且采用多种修辞方法，驱使典故，来增强艺术表现力，包括词采和音律之美。

一般论者都认为汉魏六朝是赋的黄金时代，其实唐、宋在唐诗、宋词这所谓"一代之文学"之外，唐赋与宋赋也有一些新的发展。反映的社会生活面更广阔，表现的思想感情更充实，体式更加多样化，出现了语言趋于平易的新文赋，以及篇幅短小、对仗严整、限定韵字的律赋。艺术构思、艺术风格和艺术技巧，也更加灵活多变。韩愈的《进学解》、柳宗元的《瓶赋》《牛赋》、李商隐的《虱赋》、杜牧的《阿房宫赋》、欧阳修的《秋声赋》、王安石的《思归赋》、苏轼的《赤壁赋》《后赤壁赋》等，都是唐宋时期有名的赋篇。

　　唐宋而后，作为文学体裁之一的赋，应当说有式微之势，但直至清代，黄宗羲的《海市赋》、王夫之的《霜赋》、夏完淳的《端午赋》、蒲松龄的《屋漏赋》、袁枚的《笑赋》、张惠言的《黄山赋》、龚自珍的《哀忍之华赋》、王闿运的《嘲哈密瓜赋》、章炳麟的《哀山东赋》等，即从题目，亦可见赋的题材丰富而多彩，正所谓源流未断，连绵不绝。至于今人以纯白话写作的散文，如《茶花赋》《雄关赋》《秋色赋》之类，当然不是古人所谓的赋，但其中偏重于铺陈描写，词采飞扬，或可视作赋体对当今散文的一种积极影响吧。

说"赋"（二）

　　说赋，不能不说司马相如。有一副联语："文章西汉两司马，经济南阳一卧龙。"下联说的是诸葛亮，所谓"经济"，是经邦济世之意。上联"两司马"，一是史学家司马迁，他穷毕生之力，著成《史记》一书，开纪传体史书之先河。另一个就是辞赋家司马相如。一般人大概也知道司马相如，那是由于司马相如和卓文君的爱情故事，在文人当中，甚至在民间里巷，都有相当广泛的传播。

　　司马相如是一大赋家，当时就有"千金难买相如赋"的俗谚。这就牵涉到司马相如写作《长门赋》的故事。《长门赋》是一篇抒情赋，收入《昭明文选》。赋前有一篇小序，言孝武皇帝陈皇后，时得幸，颇妒。别在长门宫，愁闷悲思。闻蜀郡成都司马相如天下工为文，奉黄金百斤为相如、文君取酒，因于（为）解悲愁之辞。相如即作《长门赋》，以悟主上，陈皇后复得亲幸云云。这篇赋前小序，肯定不是作者自为，作者自作序不是这种写法。但这篇小序也说明了司马相如写作《长门赋》，是受陈皇后的请托。陈皇后，小名"阿娇"，就是汉武帝刘彻小时候说的"当以金屋藏之"的姑母长公主的女儿。

　　这篇赋写时、地，均极有步骤。先言登兰台以望君，不至；乃下兰台，步于深宫正殿；又览于曲台；复转入空堂洞房。这是地的转移。先言白日，次言黄昏，次言清夜，又次言待曙。这是时的推移。时空转换，次第井然。

　　毫无疑问，司马相如对陈皇后的不幸遭遇，怀有深深的同情，所以能设身处地，以陈皇后的口吻，细致生动地描绘出她失宠后的有怨有爱、亦恨亦恋的复杂心情。请看"登兰台而遥望"这一段落：

> 廓独潜而专精兮，天漂漂而疾风。登兰台而遥望兮，神怳怳而外淫。浮云郁而四塞兮，天窈窈而昼阴。雷殷殷而响起兮，声象君之车音。飘风回而起闺兮，举帷幄之襜襜。桂树交而相纷兮，芳酷烈之訚訚。孔雀集而相存兮，玄猿啸而长吟。翡翠胁翼而来萃兮，鸾凤翔而北南。①

正如有论者指出的："其言情妙处，在以眼前景物烘托出之。遂觉几案枕席之间，无不可寄其生愁思者。"（游国恩《中国文学史讲义》）登兰台而遥望，只见浮云四塞，窈窈天阴。忽听雷鸣，疑是君车已至。飘风吹动帷帐，桂树枝叶纷披，孔雀相慰，玄猿长啸，翠鸟来集，鸾凤双飞：无不令人触景生情，而悲不自禁。论者指《长门赋》为辞赋中抒情之杰作，乃千古宫词之祖。从形制上看，《长门赋》为骚赋，"兮"字是其主要标志。

称得上宫廷大赋典范的，是《子虚赋》与《上林赋》，这也是司马相如赋的代表作。《汉书》赞其"惨淡经营"，"非操觚率尔者可比"。《西京杂记》曰："司马相如为《上林》《子虚》赋，意思萧散，不复与外事相关，控引天地，错综古今，忽然如睡，焕然而兴，几百日而后成。"如此殚精竭虑，惨淡经营，方创成三千五百余字之巨制。"其局开张，其词瑰丽，纵横排宕，驰骋锤炼，可谓穷物状之妙，尽摛词之至矣"（游国恩《中国文学史讲

---

① 尹赛夫、吴坤定、赵乃增：《中国历代赋选》，山西人民出版社，1990，第84页。本书所引赋文均出自该书。

义》)。

《子虚》《上林》二赋，前后关联，实为一赋。开篇即引出三位人物：楚使子虚使于齐，（齐）王悉发车骑，与使者出畋（音田，打猎）。畋罢，子虚过访乌有先生，亡是公在焉。子虚、乌（同"无"）有先生、亡（通"无"）是公，乃是作者虚构的人物。今人常说假托之人或事为"子虚乌有"，大概来源于此。作者虚拟此三人，设辞问答，开创辞赋设问之体。后来扬雄《长杨赋》之翰林主人、子墨客卿，班固《两都赋》之西都宾、东都主人，张衡《二京赋》之凭虚子、安处先生，左思《三都赋》之西蜀公子、东吴王孙、魏国先生等，皆是仿自《子虚》《上林》，只在人名上改词换字而已。

《子虚》《上林》体制博大而结构严整。凡其所铺陈，皆有次序。如《子虚赋》中，子虚盛夸楚之云梦，首言山，次言土，又次言石。又次言其东南物产及地理，又次言其高燥埤湿，又次言其西北上下。《上林赋》中，凡山川之形势，禽兽、鱼虫、草木、珍宝之伙颐，宫馆、楼台之壮丽，田猎之盛况，靡不条分缕析，一一铺叙，如数家珍。论者谓"如长江大河，滔滔不竭，非才力绝人者莫能办"（游国恩《中国文学史讲义》）。

相如二赋，"奴使文字，自铸伟词"，状物写景，语妙形容，一山一水，描摹尽致。读者但觉应接不暇，时有惊心动魄之感。而且如此铺陈，前后略无重复，其材料之丰富，气魄之沉雄，真正是罕有其匹。双声叠韵的联绵字的使用，竟达二百有余，和谐婉转，于音调方面增加文字之功能不少。韵文之美与散文之美达至水乳交融、和谐统一。这些都使相如《子虚》《上林》二赋，成为汉赋不可逾越的高峰。相如以后的赋家如扬雄曾赞叹说："长卿（相如）之赋不似人间来，其神化之所至耶？"

我们不妨看看子虚夸赞楚之云梦泽中的一小段:

> 臣闻楚有七泽,尝见其一,未睹其余也。臣之所见,盖特其小小者耳,名曰云梦。云梦者,方九百里,其中有山焉。其山则盘纡茀郁,隆崇嵂崒;岑崟参差,日月蔽亏。交错纠纷,上干青云;罢池陂陀,下属江河。其土则丹青赭垩,雌黄白坿,锡碧金银;众色炫耀,照烂龙鳞。其石则赤玉玫瑰,琳瑉昆吾;瑊玏玄厉,硬石碔砆。其东则有蕙圃:衡兰芷若,芎䓖菖蒲;江蓠蘼芜,诸柘巴苴。其南则有平原广泽:登降陁靡,案衍坛曼;缘以大江,限以巫山。其高燥,则生葴菥苞荔,薛莎青薠;其埤湿,则生藏莨蒹葭,东蔷雕胡,莲藕觚卢,庵闾轩于;众物居之,不可胜图。其西则有涌泉清池:激水推移,外发芙蓉菱华,内隐巨石白沙。其中则有神龟蛟鼍,玳瑁鳖鼋。其北则有阴林:其树楩柟豫章,桂椒木兰,檗离朱杨;樝棃梬栗,橘柚芬芳。其上则有鹓雏孔鸾,腾远射干。其下则有白虎玄豹,蟃蜒貙犴。①

也许是那个时代的时尚,也许是赋家个人的习惯,我们今天读起来,左顾右盼,都是奇字僻字,佶屈聱牙,似难卒读。但只要我们有足够的耐心读下去,查字典,看注释,反反复复,就能领略到其中的妙处,而兴起下面的感叹:二千多年前的赋家,各类知识的广博,驱遣文字的能力,以及体现出来的对家乡的自豪感和热爱之情,真的是难能而可贵啊!

到了魏晋南北朝,大赋虽然时有名作,左思的《三都赋》甚

---

① 尹赛夫、吴坤定、赵乃增:《中国历代赋选》,山西人民出版社,1990,第56页。

至到了"洛阳纸贵"的地步，唐代杜甫还向朝廷献所谓"三大赋"；但毕竟敌不过新兴的骈赋、律赋以及所谓新文赋。这些赋作或主抒情，或主状物，或主写景，或主讽刺，形制较小，僻字较少，情味蕴藉，余韵悠长。小赋取代大赋，已是不争的事实。宋代苏轼的前后《赤壁赋》，即写景抒情之小赋，也即新文赋。作为赋体作品，苏轼的《赤壁》二赋，无疑是最普及的，《古文观止》选它，《历代辞赋鉴赏》选它，中学课本选它，大学语文选它，真正是家喻户晓了。

苏轼写作《赤壁》二赋的时期，正是因所谓"乌台诗案"入狱后，又贬官黄州团练副使之时。所谓团练副使，不能签署公事，不能擅离贬所，实际上处于被管制、被监视的地位。这是他政治上最失意苦闷的一个时期。旷达的苏轼，失意中求得意，苦闷中寻愉悦，情寄山水，思发古今，面对黄州一带壮丽的山川形胜，历史上龙争虎斗的英雄业绩，他情难自已，付诸笔墨，千古名词《念奴娇·赤壁怀古》诞生了，千古名赋《赤壁赋》和《后赤壁赋》诞生了。由于苏轼所咏的黄州赤壁，并不是当年周瑜火烧赤壁的古战场，他只是借题发挥，一抒胸中之慨，而这一词二赋又使这黄州赤壁名扬天下，所以后来人们把三国古战场的赤壁（长江南岸，蒲圻县境内）称作武赤壁，把黄州赤壁称作文赤壁，或径称东坡赤壁。东坡赤壁在黄州城外长江北岸，与笔者家乡隔江相望。记得中学时，春游或秋游，老师都会带我们过江去游览东坡赤壁，那竹木掩映的亭台楼阁中，有一较大建筑，就是"二赋堂"，堂厅正中矗一特大木制牌匾，正、反两面正书大字刻写的就是这有名的《赤壁赋》和《后赤壁赋》。我和同学们一道，都会在这里驻足良久。

《赤壁》二赋，是继六朝骈赋和唐代律赋之后发展起来的新体散文赋中最优秀的作品。它既突破了传统赋的表现手法、章法结构和语言格式，又保留了旧赋主客对话的方式，以及语言上排比对偶等特点，用韵则随景从情而换，自然而有节奏，富于音乐美，极适于朗诵。让我们来读读前《赤壁赋》吧。像开头第一段：

> 壬戌之秋，七月既望，苏子与客泛舟游于赤壁之下。清风徐来，水波不兴。举酒属客，诵明月之诗，歌窈窕之章。少焉，月出于东山之上，徘徊于斗牛之间。白露横江，水光接天。纵一苇之所如，凌万顷之茫然。浩浩乎如凭虚御风，而不知其所止；飘飘乎如遗世独立，羽化而登仙。①

月夜泛舟，叙事写景，景中有情。接下来写主人扣舷而歌，客人吹箫而和，正有古赋中夹之以歌的特色：

> 于是饮酒乐甚，扣舷而歌之。歌曰："桂棹兮兰桨，击空明兮溯流光。渺渺兮予怀，望美人兮天一方。"客有吹洞箫者，倚歌而和之。其声呜呜然，如怨如慕，如泣如诉，余音袅袅，不绝如缕，舞幽壑之潜蛟，泣孤舟之嫠妇。

这歌声箫韵，如怨如慕，如泣如诉，引起了：

> 苏子愀然，正襟危坐而问客曰："何为其然也？"

紧接着两大段主客之间的对话。先是客人回答"何为其然也"

---

① 尹赛夫、吴坤定、赵乃增：《中国历代赋选》，山西人民出版社，1990，第537～539页，下同。

　　　　　　　　　　　　　　　/ 芸窗随笔

的一段：

> 客曰："月明星稀，乌鹊南飞"，此非曹孟德之诗乎？西望夏口，东望武昌，山川相缪，郁乎苍苍，此非孟德之困于周郎者乎？方其破荆州，下江陵，顺流而东也，舳舻千里，旌旗蔽空，酾酒临江，横槊赋诗，固一世之雄也，而今安在哉！况吾与子渔樵于江渚之上，侣鱼虾而友麋鹿；驾一叶之扁舟，举匏樽以相属；寄蜉蝣于天地，渺沧海之一粟。哀我生之须臾，羡长江之无穷。挟飞仙以遨游，抱明月而长终。知不可乎骤得，托遗响于悲风。

客人的这一番议论，从眼前之景说到历史之事，又从历史之事返回现实之境：大江之上，明月之下，抚今追昔，似有悲怆之意。这议论，当然也是作者借题的夫子自道。由江和月，于是又引出主人的一番议论：

> 苏子曰："客亦知夫水与月乎？逝者如斯，而未尝往也；盈虚者如彼，而卒莫消长也。盖将自其变者而观之，则天地曾不能以一瞬；自其不变者而观之，则物与我皆无尽也，而又何羡乎！且夫天地之间，物各有主，苟非吾之所有，虽一毫而莫取。惟江上之清风，与山间之明月，耳得之而为声，目遇之而成色，取之无禁，用之不竭：是造物者之无尽藏也，而吾与子之所共适。"

主人的这一番哲理式的议论，突出地表现了作者在失意之困途中的达观的态度。心绪逐渐明朗，议论以享受长江明月作结，抒发的是乐观的情绪，自然过渡到愉快的结尾：

> 客喜而笑，洗盏更酌。肴核既尽，杯盘狼藉。相与枕藉乎舟中，不知东方之既白。

以叙开头，又以叙结尾。全赋感情线索围绕喜——悲——喜展开，中间熔叙事、写景、议论、抒情于一炉，人分主客，理涉古今，一气贯注，一笔到底。泛舟江上的文人情怀，歌声箫韵中飘飘欲仙的精神境界，主客对人生、对宇宙的看法，对清风明月的描写与赞赏，都是东坡式的、自然的、乐观的，有时又是矛盾的。

像苏轼《赤壁赋》（当然还有《后赤壁赋》）这样的赋作，既不离赋的传统和主要的特色，又有作家的个人性情和个人风格，有新的构思、新的语言，作为新文赋的代表作，应当说是当之无愧的。

风流名士教科书

——读《世说新语》之一

读南朝宋临川王刘义庆的《世说新语》，笔者总是想起《菜根谭》的名句："是真名士自风流。"这倒不是因为《世说新语》中的《赏誉》篇有范豫章谓王荆州"卿风流雅望，真后来居上"的说法，也不是因为《品藻》篇有袁侍中认为韩康伯"门庭萧寂，居然有名士风流"的记载；而是鲁迅先生在《中国小说的历史的变迁》讲演稿中的一句话，长久地留在我的记忆深处："《世说》这部书，差不多就可以看做一部名士底教科书。"

名士风流，这风流当然包括风度、仪表，但风度、仪表不等于风流的全部。冯友兰先生在《论风流》一文中说，风流是一种人格美，而构成真风流需有四个条件，即玄心、洞见、妙赏和深情。（见袁行霈主编《中国文学史》）满足这四个条件，而又风度翩翩，那当然是风流出众；而即使是外表邋遢，也无碍名士风流。当然这种人格美或所谓真风流，是以那个时代的标准来衡量的。

那个时代，即汉末、魏晋到刘义庆生活的时代。诚如鲁迅先生所言：

> 汉末士流，已重品目，声名成毁，决于片言。魏晋以来，乃弥以标格语言相尚，惟吐属则流于玄虚，举止则故为疏放，与汉之惟俊伟坚卓为重者，甚不侔矣。盖其时释教广被，颇扬脱俗之风，而老庄之说亦大盛，其因佛而崇老为反动，而厌离于世间则一致，相拒而实相扇，终乃汗漫而为清谈。渡

江以后（指晋室南渡），此风弥甚，有违言者，惟一二枭雄而已。（《中国小说史略》）

郑振铎先生在他的《描图本中国文学史》里，对这些汉末以来魏晋名士的言谈做派，有这样一段想象的话：

我们悬想，那些名士们各执着麈尾，玄谈无端，终日未已。或宣扬名理，或臧否人物，相率为无涯岸之言，惊俗高世之行。彼此品鉴，互相标榜。少年们则发狂似的紧追在他们之后，以得一言为无上光荣。

郑振铎先生的"悬想"不是没有根据，从《世说新语》随便举出一则，即可见一斑：

诸名士共至洛水戏。还，乐令问王夷甫曰："今日戏，乐乎？"王曰："裴仆射善谈名理，混混有雅致。张茂先论《史》《汉》，靡靡可听。我与王安丰说延陵、子房，亦超超玄著。"王武子、孙子荆各言其土地、人物之美。王云："其地坦而平，其水淡而清，其人廉且贞。"孙云："其山崔巍以嵯峨，其水渶漠而扬波，其人磊砢而英多。"（《言语》）

今人《世说新语校笺》本前言亦云：

汉代郡国举士，注重乡评里选，所以汉末郭泰号称有人伦之鉴，许劭有"汝南月旦评"；魏晋士大夫好尚清谈，讲究言谈容止，品评标榜，相扇成风，一经品题，身价十倍，世俗流传，以为美谈。

人们对于"美谈"，当然期其流播地域更广、时间更长，于是"世之所尚，因有撰集，或者掇拾旧闻，或者记述近事，虽不过丛残小语，而俱为人间言动"（鲁迅语），鲁迅先生遂名之为"志人"小说，以别于以前的"志怪"。东晋裴启的《语林》、郭澄之的《郭子》都是志人笔记，但今已失传。流传至今而广播人口乃至海外的，只有《世说新语》。《世说新语》理所当然地成为志人笔记小说的代表作。

《世说新语》的编撰者刘义庆（403~444），是南朝宋武帝刘裕之侄，长沙王道怜之子，出继临川王道规，袭封临川王，官至尚书左仆射、中书令。他尊崇儒学，晚年又好佛，爱好文义，喜招文学之士，《宋书》说他"才词虽不多，然足为宗室之表"。《世说新语》应是他组织门下的文人学士，杂采众书编纂而成（《中华文学通史》），鲁迅《中国小说史略》亦谓"或成于众手，未可知也"，当然起主导作用的还是刘义庆（袁行霈主编《中国文学史》）。

今本《世说新语》凡三卷，每卷又分上下（《世说新语校笺》本去其上下）。全书分三十六篇（鲁迅《中国小说史略》言今本三十八篇，未知何据）。上卷《德行》《言语》《政事》《文学》四篇，中卷《方正》《雅量》《识鉴》《赏誉》《品藻》《规箴》《捷悟》《夙慧》《豪爽》九篇，下卷《容止》《自新》《企羡》《伤逝》《栖逸》《贤媛》《术解》《巧艺》《宠礼》《任诞》《简傲》《排调》《轻诋》《假谲》《黜免》《俭啬》《汰侈》《忿狷》《谗险》《尤悔》《纰漏》《惑溺》《仇隙》二十三篇。上卷四篇，正是孔门四科（见《论语·先进》），当然是正面的褒扬，说明此书虽然释、老杂出，但思想倾向还是有崇儒的一面。中卷九篇，也是正面的褒扬。下卷二十三篇中，《容止》《自新》《贤媛》褒扬之意比较明显；《任诞》《简傲》《俭啬》《忿狷》《惑溺》诸门看似有贬义，但也不尽是贬责。有的是贬责，如《逸险》《汰侈》中的一些条目；还有许多条目，只是写某种真情的流露，并无所谓褒贬。编撰者只是将那些饶有兴趣的、可资谈助的逸闻轶事、言谈举止，采集来汇编成书，态度是比较客观宽容的。今人章培恒、骆玉明主编《中国文学史》评论其思想内容说：

> 《世说新语》按类书的形式编排，分为《德行》、《言语》、《政事》、《文学》等三十六篇，以类相从。主要记述自东汉至东晋文人名士的言行，尤重于晋。所记事情，作为史实看，绝大多数无关紧要，但可藉此窥见人物精神面貌某些特征的，则为数不少。书中表彰了一些孝子、贤妻、良母、廉吏的事迹，也揭露和讽刺了士族中某些人物贪残、酷虐、吝啬、虚伪的行为，体现了一些基本的评价准则。但就全书来说，并不以宣扬教化、激励事功为目的。对人物的褒贬，也不持狭隘单一的标准，而是以人为本体，对人的行为给予宽泛的认可。高尚的品行，超逸的气度，豁达的胸怀，出众的仪态，机智的谈吐，或勉力国是，或忘情山水，或豪爽放达，或谨严庄重，都是作者所肯定的。即或忿狷轻躁、狡诈假谲、调笑诋毁，亦非必不可有。从而也就反映出士族阶层的多方面的生活面貌和他们的思想情趣。

据载，《世说新语》原名只有《世说》二字，流传中有《世说新书》和《世说新语》两个名字，唐代尚是如此，大约自宋初开始，《世说新语》的书名即已通行。这当中的因由已无法考知，鲁迅在《中国小说史略》中也只是说："殆（大概，推测之辞）以《汉志》儒家类录刘向所序六十七篇中，已有《世说》，因增字以别之也。"南朝梁刘孝标为《世说新语》作注，"又征引浩博，或驳或申，映带本文，增其隽永。所用书四百余种，今又多不存，故世人尤珍重之"（《中国小说史略》）。

《世说新语》连同刘孝标之注，涉及各类人物共一千五百多个（袁行霈主编《中国文学史》引余嘉锡《世说新语笺疏》凡例），魏、晋两朝主要的人物，无论帝王、将相、隐逸、僧侣，都包括在内。《世说新语》是研究魏晋风流的极好史料，其中关于魏晋名士的种种活动如清谈、品题，种种性格特征如任诞、简傲，种种人生的追求，以及种种的爱好或嗜欲，都有生动的描写。综观全书，可以得到魏晋时期几代士人的群像。通过这些人物形象，可以进而了解那个时代上层社会的风尚（袁行霈主编《中国文学史》）。正因为如此，鲁迅先生称《世说新语》是名士的教科书，实为切当之论。

一代风流两宰相

——读《世说新语》之二

　　唐人刘禹锡诗云："旧时王谢堂前燕，飞入寻常百姓家。"发抒的是世事沧桑的今昔之叹。在魏晋时代，王、谢可是名门巨族，产生过许多有名的政治家、文学家。王导和谢安就是其中最杰出的代表人物，两人一前一后都是当朝一品，位至司空（丞相），于东晋朝廷功劳卓著；同时，他们也是风流名士，著名清谈家。一代风流两宰相，读《世说新语》，经常会读到这两位的逸闻轶事。

　　先说王导。王导（276～339），字茂弘，琅琊（今山东临沂）人。王敦从弟。年轻时即识鉴高雅，胸襟开阔，与琅琊王司马睿相善，为其心腹。时中原将乱，王导劝司马睿移镇建康（今江苏南京），同时谋划使江东士族倾心拥睿。西晋亡，遂与从兄王敦立司马睿为帝，以功拜丞相，号为仲父，权倾一时，时人谓"王与马，共天下"。元帝死，奉诏辅明帝，明帝死，又辅成帝，为三朝元老。为政务求清静，既以南迁之北方士族为统治之骨干，又以南方土著士族为辅佐，使偏安江南的东晋政权得以巩固和延续。《世说新语》记载王导事迹颇多，《言语》《方正》《雅量》《识鉴》《赏誉》《品藻》等二十六篇都有记载，少则一二则，多至八九则，计有八十四条之多。虽多是只言片语，细节琐事，但涉及晋代社会上层政治斗争、社会风尚、人际关系。以小见大，往往能表现出个人的品质修养和抱负胸襟。

　　《言语》篇记载"过江诸人"一则：

> 过江诸人，每至美日，辄相邀新亭，藉卉饮宴。周侯中坐而叹曰："风景不殊，正自有山河之异。"皆相视流泪。唯王丞相愀然变色曰："当共戮力王室，克复神州，何至作楚囚相对！"

这则"新亭对泣"的故事，后来成了唐宋以来的诗人词客所惯用的典故。短短几十个字，当年人物场景如在目前，王导的话亦掷地有声。有论者认为，当时最负盛名的大政治家如王导，都不见有什么作为，就是靠风流雅望来坐镇流俗，所谓"戮力王室，克复神州"，不过一句大话而已，何曾做出过什么有效的努力。（见《世说新语校笺》前言）这种评价是不确切的。以风流雅望来坐镇流俗，这本身就是一种作为。"戮力王室"的话，也不只是一句大话，在当时的情势之下，当有人站出来一鼓士气，王导做到了，应当予以肯定。至于能否"克复神州"，当由政治、经济、军事、朝政、民心各方面因素所决定，不能率意定王导无所作为。《政事》篇"王导待客"一则，记他任扬州刺史接待宾客的故事：

> 王丞相拜扬州，宾客数百人并加霑接，人人有说（同"悦"）色。唯有临海一客姓任及数胡人为未洽（欢洽，满意）。公因便还到过任边，云："君出，临海便复无人。"任大喜说。因过胡人前，弹指云："兰阇！兰阇！"群胡同笑，四座并欢。

"兰阇"是胡语快乐的意思。我们可以想见，王导为了能团结更多的人（包括胡人）而做出的努力，哪怕日常待客，也要方方面面都照顾到的严谨的态度，以及洞察人情、随机应变的能力。

《德行》篇有一则记载王导奖励清廉的故事：

> 周镇罢临川郡还都，未及上，住泊青溪渚，王丞相往看
> 之。时夏月，暴雨卒至，舫至狭小，而又大漏，殆无复坐处。
> 王曰："胡威之清，何以过此！"即启，用为吴兴郡。

史载胡威父子俱为官清廉。王导目睹堂堂一郡守还都之窘状：船
小而漏，又遭暴雨，无处可坐，发出"胡威之清，何以过此"的
感叹，并且立即向朝廷进呈，任命周为吴兴郡守，于此可见王导
用人之道的一斑。笔者以为，就是在现在，这则故事对于为官者
及掌管官吏升迁进退之人，都还有借鉴的意义。

还有一则故事，记王导误会周顗的言语，以致周为王敦所害：

> 王大将军（王敦）起事，丞相（王导）兄弟诣阙谢，周
> 侯（周顗）深忧诸王，始入，甚有忧色。丞相呼周侯曰："百
> 口委卿！"周直过不应。既入，苦相存救。既释，周大说
> （悦）饮酒。及出，诸王故在门。周曰："今年杀诸贼奴，当
> 取金印如斗大，系肘后。"大将军至石头（今南京），问丞相
> 曰："周侯可为三公不？"丞相不管。又问："可为尚书令
> 不？"又不应。因云："如此，唯当杀之耳！"复默然。逮周侯
> 被害，丞相后知周侯救己，叹曰："我不杀周侯，周侯因我而
> 死，幽冥中负此人！"（《尤悔》）

这则"周侯被害"的故事，一方面表现了豪门士族集团之间互相
联合又互相倾轧的史实，另一方面也表现了王导个人复杂的内心
世界。但有一点似乎还是可以肯定：以丞相之尊，而能承认过错，

罪责自己，比那些掩盖罪责、死不认错者，还是要好得多。

《雅量》篇有一则记王导听说庾亮有东下夺权的传闻时的态度：

> 有往来者云："庾公有东下意。"或谓王公："可潜稍严，以备不虞。"王公曰："我与元规虽俱王臣，本怀布衣之好。若其欲来，吾角巾径还乌衣，何所稍严！"

有人劝王导暗中加强些戒备，以防不测。王导说：我和庾亮虽然都是朝廷的臣子，但我们有布衣之交。如果他想要来取代我，我将脱下官服，径直回我的乌衣巷（当时王、谢大族分布在南京乌衣巷一带），哪里用得着什么戒严呢！这表现了王导的雅量和自信。

《赏誉》篇有一则记王导对待批评的态度：

> 王蓝田（王述）为人晚成，时人乃谓之痴。王丞相以其东海子，辟为掾。常集聚，王公每发言，众人竞赞之。述于末坐曰："主非尧、舜，何得事事皆是！"丞相甚相叹赏。

王蓝田是王导一手提拔起来的下属官佐，在众人异口同声称颂王导时，却以人非圣贤孰能无过相反对，因而得到王丞相的"叹赏"，赏的是王蓝田不阿谀、不奉迎的态度，叹的恐怕是这种"痴"人是太少了。

王导为相，尤其晚年，崇尚清静。《政事》篇言："丞相末年，略不复省事，正封篆诺之。自叹曰：人言我愦愦，后人当思此愦愦。"《雅量》篇记："丞相主簿欲检校帐下。公（指王导）语主簿：欲与主簿周旋，无为知人几案间事。"儒、道并用，有为、无为之间，王导亦属深知为政者。

再说谢安。谢安（320~385），字安石，陈郡阳夏（今河南太康）人，东晋著名政治家。少以清谈知名，隐居会稽山阴之东山，屡辞朝廷辟命，至谢氏家族在朝之人尽数逝去，方东山再起，为桓温征西司马，历任吴兴太守、侍中、吏部尚书、中护军等职。简文帝崩后，与王坦之一起挫败了桓温篡位意图，担纲辅政。淝水之战，以八万兵力打败自诩"投鞭断流"的号称百万的前秦军队，为东晋赢得几十年的和平与安定，政绩于此达于顶点。谢安享年六十六岁，死后赠太傅，谥文靖。谢安多才多艺，善行书，通音乐。好清谈，也酷爱山水。性情娴雅温和，处事公允明断，不专权树私，不居功自傲；治国以儒、道互补，从容淡定，举重若轻，有宰相风度。今人冯友兰先生所言"真风流"的四个条件：玄心、洞见、妙赏、深情，谢安堪为典范，故时人称其为"江左风流宰相"。《世说新语》记谢安言行达一百余则，其中"言语"七则、"雅量"八则、"文学"十则、"赏誉"二十则、"品藻"二十二则，可以想见临川王刘义庆和他的门下文人学士对这位风流名士的喜爱与景仰。

《世说新语》有一则记谢安早年隐居东山时的故事：

> 谢太傅盘桓东山时，与孙兴公诸人泛海戏。风起浪涌，孙、王诸人色并遽，便唱使还。太傅神情方旺，吟啸不言。舟人以公貌闲意说，犹去不止。既风转急，浪猛，诸人皆喧动不坐。公徐云："如此将无归？"众人即承响而回。于是审其量，足以镇安朝野。（《雅量》）

临危无惧，处变不惊，于此可见端倪。后来谢安总揽朝纲，更是雅量非凡。"谢公与人围棋"一则，写淝水之战时的谢安丞相，历来最为脍炙人口：

> 谢公与人围棋。俄而谢玄淮上信至，看书竟，默然无言，徐向局。客问淮上利害，答曰："小儿辈大破贼。"意色举止，不异于常。（《雅量》）

淝水战时，谢安侄子谢玄以八万兵力与号称百万之众（实有八十万）的前秦对敌。邦国之兴亡，家族之存绝，在此一举，他不可能无动于衷。只是他"每临大事有静气"，才表现为一种超脱的风度。还有一则"桓公伏甲设馔"故事，更是表现了谢安处危而不惊的态度和从容应对的能力：

> 桓公（即大司马桓温）伏甲设馔，广延朝士，因此欲诛谢安、王坦之。王甚遽，问谢曰："当作何计？"谢神意不变，谓文度曰："晋祚存亡，在此一行。"相与俱前。王之恐状，转见于色。谢之宽容，愈表于貌，望阶趋席，方作洛生咏，讽"浩浩洪流"。桓惮其旷远，乃趣解兵。（《雅量》）

谢安能化险为夷，乃是危急关头沉着镇定、喜忧不形之于色的结果，使得对手莫测高深，犹疑不定，而自取败绩。这是所谓"静气"，实际上也是"洞见"，是有高度涵养的表现。

谢安有"玄心"，喜清谈。为政崇尚"清静无为"，大约类似于所谓"垂手而治"。他和王羲之的一段对话，清楚地表明了这一点：

王右军与谢太傅共登冶城，谢悠然远想，有高世之志。王谓谢曰："夏禹勤王，手足胼胝；文王旰食，日不暇给。今四郊多垒，宜人人自效。而虚谈废务，浮文妨要，恐非当今所宜。"谢答曰："秦任商鞅，二世而亡，岂清言致患邪？"（《言语》）

王羲之面对现实忧患，所言亦中肯綮。奈何谢安与夏禹、文王性情非一路，治国亦是另一番作为。谢安，看似仅为"清言"辩护，实则在提倡一种安邦济世的方略，他的回答，不能认作像有些论者所说的牛头不对马嘴（《世说新语校笺》前言）。《政事》篇有一则谢安处理逃兵的故事，也说明了这一点：

谢公时，兵厮逋亡，多近窜南塘下诸舫中。或欲求一时搜索，谢公不许，云："若不容置此辈，何以为京都？"（《政事》）

"厚德化物"，倡导"德治"，也是儒家应有之义，与老、庄之"无为"，当并行而不悖。

谢安这种偏于温和的治国理政方略，除儒、道之交互作用影响外，应和他的人品秉性分不开。《德行》篇有一则记谢安少时的故事：

谢奕作剡令，有一老翁犯法，谢以醇酒罚之，乃至过醉而犹未已。太傅时年七八岁，著青布裤，在兄膝边坐，谏曰："阿兄，老翁可念，何可作此！"奕于是改容曰："阿奴欲放去邪？"遂遣之。（《德行》）

谢安作为那个时代的大政治家，和王导一样，忠君爱国，不佞不虐，大节是不亏的。我们不能以其系王、谢豪门巨族的代表人物，像有的论者那样，率意予以贬损，说他们尸位素餐、无所作为。如果那样，对于历史人物就过为苛刻了。

谢安同时是一位名士，赏誉识人，评品人物，常常片言即揭出其人之品格：

> 谢公道豫章（谢鲲）："若遇七贤，必自把臂入林。"（《赏誉》）
>
> 谢太傅道安北（安北，即王坦之）："见之乃不使人厌，然出户去不复使人思。"（《赏誉》）
>
> 谢公云："长史（指王濛）语甚不多，可谓有令音。"（《赏誉》）
>
> 王子敬语谢公："公故萧洒。"谢曰："身不萧洒，君道身最得，身正自调畅。"（《赏誉》）
>
> 桓子野每闻清歌，辄唤"奈何"，谢公闻之，曰："子野可谓一往有深情。"（《任诞》）

当时人亦评品谢安，赞誉有加：

> 桓公（桓温）问孔西阳："安石何如仲文？"孔思未对，反问公曰："何如？"答曰："安石居然不可陵践，其处故乃胜也。"（《品藻》）
>
> 王右军问许玄度："卿自言何如安石？"许未答，王因曰："安石故相为雄，阿万当裂眼争邪（同"耶"）！"（《品藻》）
>
> 孙承公云："谢公清于无奕（谢安之兄），润于林道（陈

逺）。"（《品藻》）

桓玄向刘太常曰："我何如谢太傅？"刘答曰："公高，太傅深。"（《品藻》）

谢车骑（谢玄）道谢公游肆，复无乃高唱，但恭坐捻鼻顾睐，便自有寝处山泽间仪。（《容止》）

谢安文采风流，酷好翰墨。《言语》篇有"咏雪"一则：

谢太傅寒雪日内集，与儿女讲论文义。俄而雪骤，公饮然曰："白雪纷纷何所似？"兄子胡儿（谢郎小名）曰："撒盐空中差可拟。"兄女（谢道韫）曰："未若柳絮因风起。"公大笑乐。

从中可见当时那些大族多么重视子弟的教育和文学的修养。听了侄女谢道韫的咏雪句，谢安非常高兴，也可见出他文学鉴赏能力非同一般，"咏絮才"后来成了有名的故典。《文学》篇还有一则论《毛诗》：

谢公因子弟集聚，问："《毛诗》何句最佳？"遏（谢玄小字）称曰："昔我往矣，杨柳依依；今我来思，雨雪霏霏。"公曰："'訏谟定命，远猷辰告'，谓此句偏有雅人深致。"

谢玄答的当然也是《毛诗》的佳句，而谢安则从他掌管朝纲的立场出发，认为"訏谟定命"云云写的是"大谋定命，正月始和，当布政于邦国都鄙"（郑玄注），所以说"此句偏有雅人深致"。笔者以为，"雅人深致"一语，正好用来评价谢安的文学修养。

　　　　　　　　　　　　　　　/ 芸窗随笔

往事越千年，王、谢长已矣。但是，他们的名相、名士风采，藉《世说新语》而广为人知。历代名臣、名士，一直到一般文人，都十分景仰这一代风流两宰相，把他们视作模仿的对象，当成学习的榜样。

是真名士自风流

——读《世说新语》之三

是真名士自风流。魏晋时代，释教广被，老庄盛行，一般儒家士流，鲜不受其影响。故一代士人，思想为之解放：入世者有之，厌世者有之，玩世者亦有之。仅就《世说新语》篇目来看，除记名士"德行""言语""政事""文学"外，像"方正""雅量""赏誉""品藻""捷悟""豪爽""容止""栖逸""巧艺""任诞""简傲""排调""轻诋""俭啬""汰侈""忿狷"之类，名士百态，各尽其妍。《世说新语》一书实在是风流名士的"万花筒"、名士风流的"小百科"。

《世说新语》表彰符合仁义的德行，为这些人物留影：

> 荀巨伯远看友人疾，值胡贼攻郡，友人语巨伯曰："吾今死矣，子可去。"巨伯曰："远来相视，子令吾去，败义以求生，岂荀巨伯所行邪？"贼既至，谓巨伯曰："大军至，一郡尽空，汝何男子，而敢独止？"巨伯曰："友人有疾，不忍委之，宁以我身代友人命。"贼相谓曰："我辈无义之人，而入有义之国。"遂班军而还，一郡并获全。

荀巨伯从老远去看望生病的朋友，不巧碰上胡兵来了，一城的人都去躲避，而他却陪在生病的朋友的床前不走。胡兵闯进屋内，严声喝问，他从容应答，愿以身代友人性命，表现出重义轻生的可敬品德。《德行》篇还有一则"阮裕焚车"的故事：

> 阮光禄（阮裕）在剡（今浙江嵊州），曾有好车，借者无不皆给。有人葬母，意欲借而不敢言。院后闻之，叹曰："吾有车而使人不敢借，何以车为？"遂焚之。

阮光禄听说人家有事想借车而又不敢来借，感叹说："我有车而使得人家不敢借，那要车还有什么用呢？"于是就把车子烧掉了。这在现代人看来，是多么不可理解的事情。而在那个时代，有人却如此豁达大度，不以物累，而追求在人们心目中的品格的完美。这则故事使人们见识了魏晋高贤注重德行，而又率真潇洒的风貌。《德行》篇第一则，记"陈蕃礼贤"的故事：

> 陈仲举（陈蕃）言为士则，行为世范，登车揽辔，有澄清天下之志。为豫章太守，至，便问徐孺子所在，欲先看之。主簿白："群情欲府君先入廨。"陈曰："武王式（同"轼"）商容（殷纣王时的贤臣）之闾，席不暇暖。吾之礼贤，有何不可！"

陈蕃的言谈是士人的准则，行为是世间的典范。他下车伊始，就去拜望贤者徐孺，礼贤下士。据说还在他的寝室专门为徐孺设置一榻，供徐休息。在战乱频仍的时代，仍然保持良好的德行，恪守尚贤的品格，这样的名士，确实是值得赞扬的。初唐"四杰"的王勃，欣然把"人杰地灵，徐孺下陈蕃之榻"写进他有名的《滕王阁序》。

　　汉末魏晋，名士群集，喜欢清谈。或张扬玄学，或臧否人物，于清谈见玄心，见智慧，见性情，见风度，有些人甚至废寝忘食，乐此不疲。《文学》篇有一则故事，写得很形象：

> 孙安国（孙盛）往殷中军（殷浩）许共论，往反精苦，客主无间。左右进食，冷而复暖者数四。彼我奋掷麈尾，悉脱落，满餐饭中，宾主遂至莫（暮）忘食。殷乃语孙曰："卿莫作强口马，我当穿卿鼻！"孙曰："卿不见决鼻牛，人当穿卿颊！"

孙、殷二人反复论辩，穷思竭力，侍从送上饭菜，冷了又热，热了又冷，反复多次。双方奋力挥动拂尘（麈尾），口说手指，麈尾脱落下来，饭菜中都掉满了毛，宾主双方不肯罢休，竟然一直辩到傍晚，都忘了吃饭。到了后来，殷浩还对孙盛说："您可不要做强（读去声）口马，我要穿你的鼻子了。"孙盛针锋相对："您不见决（拉缺）鼻牛吗？人家要穿您的面颊了。"二人非要在这口水战中一争高下，这也是魏晋名士清谈成癖的一个缩影吧。

清谈之外，饮酒也是魏晋士人追求名士风度的一种手段。《任诞》篇中"刘伶爱酒"两则：

> 刘伶病酒，渴甚，从妇求酒。妇捐酒毁器，涕泣谏曰："君饮太过，非摄生之道，必宜断之！"伶曰："甚善。我不能自禁，唯当祝鬼神，自誓断之耳。便可具酒肉。"妇曰："敬闻命。"供酒肉于神前，请伶祝誓。伶跪而祝曰："天生刘伶，以酒为名，一饮一斛，五斗解酲。妇人之言，慎不可听！"便引酒进肉，隗然已醉矣。

> 刘伶恒纵酒放达，或脱衣裸形在屋中。人见讥之。伶曰："我以天地为栋宇，屋室为裈衣（裤子），诸君何为入我

裈中？"

戏谑不羁，放浪形骸，故事虽有夸张，但绝非虚构，因为还有其他史籍记载可以佐证。《世说新语》关于嗜酒的记载很多，像周顗曾经一连三日醉酒不醒，被时人戏称为"三日仆射"（仆射，官职名）；阮籍听说步兵校尉官署的厨房里贮酒数百斛，便自请为步兵校尉，后世因之称他为"阮步兵"；张翰还有句名言："使我有身后名，不如即时一杯酒！"论者以为，魏晋士人沉溺于酒，同特定的社会背景和个人遭遇相关，或为旷达任放，显其风度；或为追求玄思，物我两忘；或为及时行乐，享受人生；或为远祸避世，明哲保身。比如阮籍，终日饮酒，不问政事，因此得以寿终。

俗语说"伴君如伴虎"，可《赏誉》篇有一则"君臣夜话"，却颇有诗意：

> 许掾（许询）尝诣简文（晋简文帝），尔夜风恬月朗，乃共作曲室中语。襟怀之咏，偏是许之所长，辞寄清婉，有逾平日。简文虽契素，此遇尤相咨嗟，不觉造膝，共叉手语，达于将旦。既而曰："玄度才情，故未易多有许。"

许询去拜见简文帝，在内室谈论。作诗抒发情怀，最是许询所擅长的，此夜风清月朗，他诗中所寄托的辞意清丽婉转，超过了平日。简文帝与许询素来相投，对这次交谈尤为赞叹，两人不知不觉地促膝而坐，把手而谈，直到天将晓。过后，简文帝说："像玄度（许询）这样的才华，确实不易多得。"这种君臣俱名士，平起平坐，相互推服，大概也只有魏晋时才得一见吧。

魏晋名士对自然山水也有其特殊的爱好和感受，像下面几则所记：

　　简文入华林园，顾谓左右曰："会心处不必在远。翳然林水，便自有濠、濮间想也，觉鸟兽禽鱼自来亲人。"（《言语》）

　　王子敬（王献之）云："从山阴道上行，山川自相映发，使人应接不暇。若秋冬之际，尤为难怀。"（《言语》）

　　顾长康（顾恺之）从会稽还，人问山川之美，顾云："千岩竞秀，万壑争流，草蒙笼其上，若云兴霞蔚。"（《言语》）

　　郭景纯诗云："林无静树，川无停流。"阮孚云："泓峥萧瑟，实不可言，每读此文，辄觉神超形越。"（《文学》）

《任诞》篇有两则记王羲之之子王徽之的逸事，流传颇广，名士风采，如在目前：

　　王子猷尝暂寄人空宅住，便令种竹。或问："暂住何烦尔？"王啸咏良久，直指竹曰："何可一日无此君？"

　　王子猷居山阴，夜大雪，眠觉，开室命酌酒，四望皎然。因起彷徨。咏左思《招隐诗》，忽忆戴安道。时戴在剡，即便夜乘小船就之。经宿方至，造门不前而返。人问其故，王曰："吾本乘兴而行，兴尽而返，何必见戴！"

竹素有君子之喻，"何可一日无此君"，虽然这只是王子猷的自命风雅，但读者诸君不妨把这句话当作日日保持君子之风的箴言。雪夜访戴，乘兴而行，兴尽而返，完全取决于自己的性情，心灵自由，无挂无碍，难怪得到历代以来文人雅士的激赏。《世说新语》中此类尽显名士风流的故事几乎俯拾即是，也真有如人行山阴道上，有点应接不暇呢。

是真名士自风流。《世说新语》所肯定或褒扬的崇尚德行，注重人品，从各方面修养身心，既修外表潇洒，更养内心纯净；大到"澄清天下"之志，小到待人接物的言谈举止，细微末节；以及企羡个人心灵自由，追求活出人生潇洒；乃至爱好思辨玄理，喜欢臧否人物等，一代一代传下来，不仅士大夫，就是一般读书人，恐怕或多或少都受其影响。而且，潜移默化，深印在脑海里，融化在血液中，成为滋养国人的精神食粮，构成国人尤其是知识分子层民族性格的一种文化基因。从晚近一些著名知识分子身上，我们似乎还能经常看到《世说新语》里一些人物的影子呢。

闲情简笔写风流

——读《世说新语》之四

《世说新语》有颇高的艺术价值。最突出的特点是，善于即事见人，通过人物有典型意义的言行，尤其是细小的言行，写出人物的特征，既精炼，又生动。

像《德行》篇的"管宁割席"：

> 管宁、华歆共园中锄菜，见有片金，管宁锄与瓦石不异。华捉而掷去之。又尝同席读书，有乘轩冕过门者，宁读如故，歆废书出看。宁割席分坐曰："子非吾友也。"

文中所记只是两件小事，当事人只有极细微的动作，但却鲜明地揭示了两人对待金钱、对待权贵的不同态度，从中微婉地表达了作者自己的评价，简约而有味。这则故事，也还一直是中学语文的传统教材。

《忿狷》篇"王蓝田性急"一则，写以筷子夹鸡蛋吃的小事，活画出急躁易怒之人的动作、神态，真正使人忍俊不禁：

> 王蓝田性急。尝食鸡子，以筋刺之，不得，便大怒，举以掷地。鸡子于地圆转未止，仍下地以屐齿蹍之，又不得，瞋甚，复于地取内（纳）口中，啮破即吐之。

《世说新语》写人，善用对比。《汰侈》篇记"石崇宴客"：

石崇每要（邀）客燕集，常令美人行酒。客饮酒不尽者，使黄门交斩美人。王丞相（王导）与大将军（王敦）尝共诣崇，丞相素不能饮，辄自勉强，至于沉醉。每至大将军，固不饮叹观其变。已斩三人，颜色如故，尚不肯饮。丞相让（责备）之，大将军曰："自杀伊家人，何预卿事？"

三人宴饮，石崇的豪奢凶暴，王敦的冷酷无情，王导的中庸温和，在对比中一一显现。

评价人品高低，作者也多用对比之法。《雅量》篇就记载了这样几个故事：

王子猷（王徽之，王羲之第五子）、子敬（王献之，王羲之第七子）曾俱坐一室，上忽发火。子猷遽走避，不惶取屐；子敬神色恬然，徐唤左右扶凭而出，不异平常。世以此定二王神宇（神情器宇）。

王邵（王导第五子）、王荟（王导幼子）共诣宣武（桓温），正值收（搜捕）庾希家。荟不自安，遽巡欲去；劭坚坐不动，待收信还，得不定，乃出。论者以劭为优。

祖士少（祖约）好财，阮遥集（阮孚）好屐，并恒自经营，同是一累，而未判其得失。人有诣祖，见料视财物，客至，屏当未尽，余两小簏，著背后倾身障之，意未能平。或有诣阮，见其吹火蜡屐，因叹曰："未知一生当著几量屐？"神色闲畅。于是胜负始分。

尤其是第三则故事：祖约爱钱财，阮孚爱木屐，对两人来说同样是为物所累。有人去拜访祖约，看到他还在清点钱财，客人来了还没收完，只好斜着身子挡着，意态不能保持平静。有人去拜访阮孚，看见他正在吹火给木屐上蜡，一面还感叹道："不知道这辈子还能穿几双木屐？"对照之下，同样是爱玩某一样东西，却有明显的高下之别。祖约爱收藏钱财，只是做钱财的奴隶；而阮孚喜欢收藏木屐，但有玄想，伴有人生之慨，按名士标准，当然高低就分出来了。

《世说新语》写人，常常运用反衬法。像《德行》篇的"华歆、王朗俱乘船避难"一则：

> 华歆、王朗俱乘船避难，有一人欲依附，歆辄难之。朗曰："幸尚宽，何为不可？"后贼追至，王欲舍所携人。歆曰："本所以疑，正为此耳。既已纳其自托，宁可以急相弃邪？"遂携拯如初。世以此定华、王优劣。

对华歆来说是先抑后扬，对王朗则是先扬后抑。王朗对于华歆正是一反衬，反衬出华歆的练达世事、处事周密和讲求信义。

《世说新语》写人，常用侧面描写。例如"床头捉刀人"一则：

> 魏武将见匈奴使，自以形陋，不足雄远国，使崔季珪代，帝自捉刀立床（座榻）头。既毕，令间谍问曰："魏王何如？"匈奴使答曰："魏王雅望非常，然床头捉刀人，此乃英雄也。"魏武闻之，追杀此使。（《容止》）

没有一句正面描写，只是通过匈奴使的眼光，从匈奴使的口中，

/ 芸窗随笔

侧面写出了曹操不同常人的英雄气质。这则故事似乎还说明了："形陋"无碍"英雄"气概，即使"雅望非常"，而缺乏内在的气质，也就平常得很。

《世说新语》还记录了一些名人之间的人物评语，简约而允当，读来余味深长：

> 周子居常云："吾时月不见黄叔度，则鄙吝之心已复生矣。"
> （《德行》）
> 王仲祖称殷渊源，非以长胜人，处长亦胜人。（《赏誉》）
> 世目李元礼，"谡谡如劲松下风。"（《赏誉》）
> 公孙度目邴原："所谓云中白鹤，非燕雀之网所能罗也。"
> （《赏誉》）

这些评语，往往能恰当地概括出人物的某一方面。像第一则，一句话就从侧面赞扬了黄叔度德行之高尚。第二则，也是一句话就道出了殷浩高出一般人的有了长处而不骄傲的特点。第三、第四两则都只用一个比喻，就令人想见其人的高风亮节。

《世说新语》的语言，简约含蓄、隽永传神，透出种种机智和幽默。像下面这两则：

> 邓艾口吃，语称"艾艾"。晋文王（司马昭）戏之曰："卿云'艾艾'，定是几艾？"对曰："'凤兮凤兮'，故是一凤。"（《言语》）
> 郑玄家奴婢皆读书。尝使一婢，不称旨，将挞之，方自徐说，玄怒，使人曳著泥中。须臾，复有一婢来，问曰："胡为乎泥中？"答曰："薄言往愬（诉），逢彼之怒。"（《文学》）

前一则是谐趣之辞，邓艾竟能以《论语》中的句子巧妙回答司马昭的戏问。第二则，一婢以《诗经》的诗句发问，一婢用《诗经》的诗句回答，而且都很自然切合，郑玄家里的婢仆都如此有学问，那郑玄的学问就更不用问了。婢仆都能拽文，真真令人会心一笑。

明代胡应麟评论《世说新语》："读其语言，晋人面目气韵，恍惚生动，而简约玄澹，真致不穷。"（《少室山房笔丛》）鲁迅在《中国小说史略》中评价其艺术特色时说："记言则玄远冷隽，记行则高简瑰奇。"笔者尤爱其语言之简古清雅，富于机趣。《世说新语》对我国语言的贡献是多方面的：许多成语就出自《世说新语》，像难兄难弟、拾人牙慧、咄咄怪事、一往情深、身无长物、楚楚可怜、云蒸霞蔚等；还有"言为士则、行为世范"，"木犹如此、人何以堪"，"山阴道上、目不暇接"，"覆巢之下、岂有完卵"，"小时了了、大未必佳"，"蒲柳之姿、望秋而落；松柏之质、经霜弥茂"之类名言警句；"新亭对泣""咏絮之才""管宁割席""坦腹东床"等，已经成为人们咏诗填词所惯用的典故。

说说《唐诗三百首》

　　如果要推当下人们最熟知的古籍，那一定是《唐诗三百首》了。本来，《唐诗三百首》自清代中前期问世，就广为流传，以致家弦户诵。但和同样著名的《古文观止》一样，在那时和以后很长一段时间里，都是童蒙书。朱自清说"这部书并不成为古典"，"等于现在的小学用书"（《语文杂谈》）。诗话家很少谈，藏书家不著录，张之洞的《书目答问》找不到它的踪影。虽说有不少人为其作注，也大概像现在的教学参考、课外阅读的普及读物。到了民国时代（二十世纪三四十年代），开始发生一些变化。朱自清说："在现在的教育制度下，这部书给高中学生读才合式。"而到了现今，小学生在读，中学生在读，大学生也在读；少年人在读，中年人在读，老年人也在读。真正如其选编者所说，"童而习之"，"白首亦莫能废"。当然朱先生上面这句话，恐怕要改成"这部书给大学生读才合式"。以其做博士论文者有之，因其成大著作者有之。在一般人（也可能包括一部分学者）眼中，俨然国学经典了。

　　这当然是一种好现象。正如《红楼梦》以前仅仅被视作一般的才子佳人小说，"只传奇耳"，后赖蔡元培、王国维诸大家着眼于此，大力推崇，胡适之、俞平伯、周汝昌等人悉心研究，遂成旷世经典。时代变迁，评价当然有别。这可暂且不论。我们要问的是：为什么《唐诗三百首》能在诸多唐诗选本中脱颖而出，最得读者青睐，而形成当下盛况空前的《唐诗三百首》热？

　　唐诗选本之多，大概可以用"如过江之鲫"来形容。著名的如《唐人选唐诗》十种，传为宋代刘克庄的《千家诗》，明代高棫的《唐诗品汇》，清初王士禛的《唐贤三昧集》，与《唐诗三百首》编选者同时代而略早的沈德潜的《唐诗别裁集》等。这当中有的规模很大，如《唐诗品汇》，共 100 卷（含补遗 10 卷），选作者 681 人、诗作 6723 首。《唐诗别裁集》规模要小很多，但也有 20 卷，选诗 1928 首。而《唐诗三百首》只选区区 77 人、310 首诗。有的编者有大名，如王士禛为清初诗坛领袖，主张"神韵说"，《四库全书总目提要》言其"以清新俊逸之才，范水模山，批风抹月，倡天下以'不著一字，尽得风流'之说，天下遂翕然应之"。沈德潜也是清代中前期著名文学家，中进士后极受乾隆帝宠遇，《清史列传》本传记载，乾隆曾为其《唐诗别裁集》作序。而《唐诗三百首》编选者则名不见经传，有人查遍清以来二百多年各种人名辞典，都见不到他的名字。（见王步高《怎样读唐诗三百首》）

《唐诗三百首》能一纸风行，流播海内，显然有其长处在。

一是书名得体。书名和文章标题，如同人的眼睛，名起得好，书也生色不少。《唐诗三百首》的书名取得好，不仅能与流行的谚语"熟读唐诗三百首，不会吟诗也会吟"相回应，而且与中国诗歌的源头《诗经》接上了关系。《诗经》最早称"诗"或"诗三百"。孔子说："诗三百，一言以蔽之，曰思无邪。""经"是汉代人给予的尊称。《唐诗三百首》显然是想学"诗三百"，或者甚至想以之上接"诗三百"。《诗经》305 篇，如果有目无诗的 6 篇也算，加在一起是 311 篇。而《唐诗三百首》原刻本选诗 310 首，是否有意少一首，以示对《诗经》的尊敬，如同乾隆在位六十年，决不超过乃祖康熙六十一年一样呢？

二是规模适中。选本一般不宜规模过大，过大则有违"选"的初衷；过小则难以达到窥一斑而知全豹的目的。唐诗流传下来大约 5 万首，诗人 2200 余人。不少选本篇幅不是太短，就是太长。《唐人选唐诗》（十种）中，《箧中集》只选 7 家、24 首诗，篇幅当然太短，而《才调集》选诗 1000 首，篇幅似又过长。明代高棅编选的《唐诗品汇》更是选诗作者 681 人、诗作品 6723 首，卷帙浩繁，通读已属不易，遑论以之为范本加以学习。《唐诗三百首》选诗只 77 家（含无名氏 2 家），约当《全唐诗》诗人总数的三十分之一，诗作总数的二十分之一；但唐诗大家、名家几乎囊括无遗（李贺是个例外），名篇佳什也大多悉数选入，遗珠之憾当然也有（比如《春江花月夜》），但要在有限篇幅内穷尽唐诗精华，似乎是不可能的，而且含英咀华，这英华有些也是见仁见智。《唐诗三百首》规模适中，捧读方便，购置亦易，宜家藏一编，日日诵读。

三是众体皆备。《唐诗三百首》编选者不满于《千家诗》只取五七律绝，只选近体诗，不选古体诗，远不能涵盖唐诗各体的全貌。《唐诗三百首》分五言古诗、七言古诗、五言律诗、七言律诗、五言绝句、七言绝句，以及五、七言乐府，"每体得数十首"（《唐诗三百首》原序）。没有选排律，大概是作为一体也选数十首，似乎没有这个必要；而选一两首作为代表吧，又有违编选者"每体数十首"之定规，而且该书又主要是供童蒙之用，弃之不选也在情理之中。陈毅元帅有两句诗："吾爱杜甫诗，喜其体裁备。"我们看《唐诗三百首》，杜甫诗各体均有选入，李白、王维等亦如是。这样，当然能够反映有唐一代古体、近体，乐府、徒诗，层峦叠翠、众壑争流的繁盛局面。

四是难易适度。《唐诗三百首》编选者在卷首原序中，即明确本书为"家塾课本"，"俾童而习之"，乃是一种启蒙读物。童蒙读物《千家诗》选取的通俗易诵的名篇，《唐诗三百首》也选入

（有33首之多）；《千家诗》未选的通俗易诵的名篇，《唐诗三百首》又补入不少，使之为儿童能懂易诵。但同时，《唐诗三百首》也选入了不少并不那么平易的作品，但也都是如编选者所说的"唐诗中脍炙人口之作"，也就是唐诗中的名作，以供成年人诵读，或供学诗者借鉴，以达编选者"白首亦莫能废"之另一目的。所以《唐诗三百首》既有"春眠不觉晓，处处闻啼鸟。夜来风雨声，花落知多少"（孟浩然《春晓》）这样的童声歌唱，也有"汲井漱寒齿，清心拂尘服。闲持贝叶书，步出东斋读"（柳宗元《晨诣超师院读禅经》）这样的颇得禅心的成人雅趣：但大都难易适度。

五是题材广泛。唐诗别开生面，诗家放眼皆诗材，或即景，或咏物，或怀古，或咏史；或唱边塞，或写沙场，或绘山水，或歌田园；或叹别离，或哀战乱，或抒闺怨，或愁羁旅。不尽之盛世华章，庙堂宏赋，宫词绮调，江湖遗音，大至天地悠悠，长河落日，小到亭台楼阁，花鸟虫鱼，真正是涉笔成趣，着手成春。《唐诗三百首》八卷310首中，各种题材，可说应有尽有。捧读斯编，大唐景象，扑入眼帘，真正是赏心而又悦目。

六是风格多样。《唐诗三百首》编选者，人在闾阁，而视野开阔；不执一偏，而海纳万汇。不像《唐诗品汇》标举盛唐，开明代前后七子"诗必盛唐"之风，而是大体兼顾唐之初、盛、中、晚四期，论家以为较为充分体现了唐诗坛的实际情况。《唐诗三百首》当然受到王士祯《唐贤三昧集》神韵说的感染，也受到沈德潜《唐诗别裁集》宣扬的儒家所谓"温柔敦厚"诗教和格调说的影响，但能自出机杼，有所取舍。所以百花盛放的唐代诗坛，千汇万状，皆能摄入斯编。既主清奇、冲淡、自然，又不废雄浑、沉着、豪放。李白的飘逸，杜甫的沉郁，王维的秀雅，孟浩然的恬淡，高适的雄放，岑参的奇丽，白居易的作诗为谏，韩愈的以文为诗，李商隐之瑰丽婉约，言深旨远，耐人寻味而又难以琢磨，统统萃于一园。捧读斯编，真让人如同走在山阴道上，水色山光，应接不暇。

《唐诗三百首》是在前人选唐诗的基础上，别具眼光编成的，而又开启了后人选唐诗，乃至其他诗、文、词、曲选的新天地。晚清朱祖谋编《宋词三百首》，民国卢前编《元曲三百首》，今人马茂元编《新编唐诗三百首》，金性尧编《宋诗三百首》等，还有《汉魏古诗三百首》《儿童古诗三百首》之类，这当是《唐诗三百首》的编选者所不能想到的了。

再说《唐诗三百首》

　　《唐诗三百首》问世二百多年来，几乎家置一编，讽诵之声，不绝于华夏。然而就是这样一部风行海内的唐诗选本，其编者身世，长期以来是个谜。朱自清先生当年写给中学生看的《唐诗三百首指导大概》，对于编选者的事迹，也只能说"还不能考出、印证，这件事只好暂时存疑"。朱先生当时（二十世纪三四十年代）看到的本子，只有卷头《题辞》末尾所记，"时乾隆癸未年春日，蘅塘退士题"。刻本的"题"字下，押了一方印章，是"孙洙"两字，朱先生说"也许是选者的姓名"。说"也许是"，当然是推测之辞。所以，有的学者概叹，古往今来，书和编著者知名度反差最大的，莫过于《唐诗三百首》及其编选者了。

　　孙洙其人，《清史稿》无传。几十年来，经学者多方搜集、考证，其身世宦历大致如下：

　　　蘅塘退士本名孙洙，字苓西（一作临西），号蘅堂，晚号退士，江苏无锡人。生于康熙五十年（1711），卒于乾隆四十三年（1778），享年67岁。做过上元（今属南京市）县学教谕。乾隆十六年中进士后，做过直隶卢龙、大城知县。乾隆二十五年曾两任省考试官，后改任江宁府（南京）教授。幼年贫寒，隆冬只能握木取暖，取"木能生火"之意。为官时能体察民情，宽厚好学，为官清廉，离任时百姓攀辕相送，归后常衣食不周。诗学杜甫，著有《蘅塘漫稿》，其诗录入《梁溪诗钞》。《唐诗三百首》是与其续娶夫人徐兰英共同完成，成书于乾隆二十九年（1764），时任江宁府教授。[①]

这则资料见于二十世纪九十年代王步高主编《唐诗三百首汇评》代前言的《怎样读唐诗三百首》一文。作者说是根据上海古籍版的《唐诗三百首》附录的两条关于孙洙的传记资料，以及无锡窦镇编《国朝书画家笔录》所载徐兰英（孙洙续娶夫人）小传，综合而成。"蘅堂"有时也写作"蘅塘"。蘅塘、退士、蘅塘退士都是孙洙的别号。我们当下出版的《唐诗三百首》也只题作蘅塘退士编，一仍其旧。

蘅塘退士编选《唐诗三百首》的起因、宗旨及有关情形，见于卷前的题辞或曰原序：

> 世俗儿童就学，即授《千家诗》。取其易于成诵，故流传不废。但其诗随手掇拾，工拙莫辨，且止五七律绝二体，而唐、宋人又杂出其间，殊乖体制。因专就唐诗中脍炙人口之作，择其尤要者，每体得数十首，共三百余首，录成一编，为家塾课本。俾童而习之，白首亦莫能废，较《千家诗》不远胜耶？谚云："熟读唐诗三百首，不会吟诗也会吟。"请以是编验之。

这篇简短的题记，大概讲了三层意思：一是对《千家诗》作为传统蒙学教材表示不满意，二是要编《唐诗三百首》取而代之，三是引谚语说明熟读《唐诗三百首》是学诗最好的门径。

不满《千家诗》大概有三条意见：一是随手掇拾，工拙莫辨，

---

① 王步高主编《唐诗三百首汇评》，东南大学出版社，1997，第 1 页。下文所引《唐诗三百首》之序文以及诗歌原文均出自该书。

显得粗糙；二是只有五七律绝二体，不能显示唐诗的全貌；三是唐宋人杂出其间，体制上显得有些混乱。所以，要编一部新的诗选，作为家塾课本。怎么编呢，编成一部什么样的书呢？大概也是三条。一是专选唐诗，而且是选唐诗中脍炙人口之作。唐诗名作多矣，就择其尤要者。什么是尤要者？就是最精彩、最值得学习，而且还要最切近少年儿童的。二是照顾到唐诗的各种体裁，又有一定的数量，每体得数十首，共三百余首。所谓"每体"就是指五古、七古、五律、七律、五绝、七绝，以及五、七言乐府。《唐诗三百首》即按此体例分卷编排。三是要既适合儿童发蒙学习，所谓"童而习之"，又能兼顾其他人诵读，乃至"白首亦莫能废"。题记最后，引了一条当时流行的谚语："熟读唐诗三百首，不会吟诗也会吟。"谚语中的"熟读唐诗三百首"，当然只是泛指，强调要多读、熟读，蘅塘退士先生接下来一句"请以是编验之"，巧妙地把《唐诗三百首》这本书，与只是泛指的"唐诗三百首"等同起来，等于向读者宣告：熟读这本《唐诗三百首》吧，不会吟诗的人也会吟诗。吟诗就是作诗，这实际上是说，想学作诗吗？这本书就是教你作诗的范本。

《唐诗三百首》原刻本有编选者作的简注和点评，后来人认为"笺注太疏，读者病之"（见陈婉俊补注本《序》），遂为之作注。现在公认较好的注本，有晚清的陈婉俊补注本、章燮注疏本，民国时期喻守真的详析本，以及最晚出的金性尧的新注本（二十世纪八十年代）。

陈婉俊补注本《凡例》云："是书名曰补注，但诠实事，以资检阅。若诗中义蕴之深、意境之妙，读者宜自领取，无庸强就我范，曲为之说，反汩初学性灵也。"朱自清批评为只注事，不释义，优点是简明，缺点是于初学者为难。因为诵读、欣赏、学习、借鉴，首先要了解文义，否则什么也谈不上。章燮的《唐诗三百首注疏》则既注事，又释义。其《跋》云："《唐诗三百首》向无注释，子弟读者往往不得其解，开卷未见获益。余注之，原为家塾子弟起见，非敢以示人也。"章氏注疏本于诗句浅近者，只"略伸其意，不疏其词"；于意深辞黯者，则"尽情揣摩，逐字搜出"；于长短古体，则"皆分数解"，以期"段落明晰，立意显露，使人易晓"。喻守真的《唐诗三百首详析》，特点是除注释外，另辟"作意"和"作法"两个栏目，对之做简要而精到的分析、鉴赏，要言不烦，有的点到为止。笔者以为当下一些赏析之作，无端拉长，无话找话，且写法千篇一律，很难与喻氏此详析本较一短长。以上几种注本皆用文言，金性尧的《唐诗三百首新注》初版于1980年，纯以白话作注。编者自谦，说所谓"新注"只是新出的一个注本而已。实际上，编者吸收了前人唐诗注本的养分，又吸取了今人唐诗研究的新成果，注释准确严谨，而又通俗易懂，不愧为"新注"。

以上陈本、章本、喻本、金本，市面上都有。笔者亦先后购得，插在书架，置之案头，闲时翻翻，也是一乐。

[附记] 旧本《唐诗三百首》卷前《题辞》（即原序）末尾标明日期曰："乾隆癸未年春日。"朱自清在《唐诗三百首指导大概》中说乾隆癸未是1763年。今人王步高在《怎样读唐诗三百首》一文中说《唐诗三百首》成书于乾隆二十九年，即1764年。两者差一年。

三说《唐诗三百首》

我国传统艺术的学习，向来看重临摹。国画的一石一木，书法的一点一划，京剧的一招一式，莫不从临摹开始，从对临、背临到意临，慢慢进入创作的轨道。诗词创作的学习也是如此。自清代以来，作为初学者摹本的，词是《白香词谱》，诗就是《唐诗三百首》了。《诗词读写丛话》的作者张中行先生，在他的长篇自传《流年碎影》中记述，他在五七干校劳动时，随身携带的就是这两本书，订在一起，薄薄的土本子，遮住封皮，休息时偷偷翻一翻，自得其乐也自得其教。

《唐诗三百首》编选者的初衷，原本是这么两个：一是供人读诗，二是教人写诗。这从卷首《题辞》就可以看出来。供人读诗，"俾童而习之，白首亦莫能废"；教人写诗，"谚云：熟读唐诗三百首，不会吟诗也会吟。请以是编验之"。是书原刻旁批，往复周详。论者或讥其浅陋，实则未谙编者苦心，又教读，又教作，且是面向初学，还得兼顾或已登堂而尚未入室者，蘅塘退士也是勉为其难呢。

首先，他选了不少极其通俗的名作，像五言古绝：

> 床前明月光，疑是地上霜。
> 举头望明月，低头思故乡。
>
> ——李白《静夜思》
>
> 春眠不觉晓，处处闻啼鸟。
> 夜来风雨声，花落知多少？
>
> ——孟浩然《春晓》

君自故乡来，应知故乡事。

来日绮窗前，寒梅着花未？

——王维《杂诗》

古绝平仄无严格规定，可供不谙四声的孩童诵读和模仿。而像近体五言绝句：

白日依山尽，黄河入海流。

欲穷千里目，更上一层楼。

——王之涣《登鹳雀楼》

红豆生南国，春来发几枝。

愿君多采撷，此物最相思。

——王维《相思》

功盖三分国，名成八阵图。

江流石不转，遗恨失吞吴。

——杜甫《八阵图》

这类作品就更多了，格律谨严，文字又极平易，可作学习近体五绝的规范。而七言绝句，虽说每句只增两个字，而味道实有大不同处。《唐诗三百首》选入了不少脍炙人口的名作：

朝辞白帝彩云间，千里江陵一日还。

两岸猿声啼不住，轻舟已过万重山。

——李白《下江陵》

秦时明月汉时关，万里长征人未还。

但使龙城飞将在，不教胡马度阴山。

——王昌龄《出塞》

月落乌啼霜满天，江枫渔火对愁眠。

姑苏城外寒山寺，夜半钟声到客船。

——张继《枫桥夜泊》

　　而律诗，不论五律还是七律，不仅篇幅较绝句翻了一番，而且中间两联要求对仗，首联、颔联、颈联、尾联还要讲究起、承、转、合，对于初学者来说，驾驭为难。（而实际上一些有写作实践经验的人，则认为绝句一气流转，空灵蕴藉，似乎更难作。）长篇古风，也不论五古还是七古，其体也大，其旨也深，初学也属把握不易。《唐诗三百首》分别以大篇幅，选取李白、杜甫、王维、李商隐等大家、名家的五律七律、五古七古中的经典之作，并给予适当评点，以期初学者通过大量阅读来领略其中妙处，体味其作法。化难为易，由浅入深。至于全书编排，以五古七古打头，继以五律七律，而以五绝七绝殿后，当是沿袭明代高棅编《唐诗品汇》，仍其旧贯。

　　以上是从诗体或曰诗格方面着眼。从题材方面看，《唐诗三百首》的编写者，更是为读者提供了各类题材的名作佳构，多方面提供写作范例。唐人诗中惯见的题材，可以说是应有尽有。或反复示例，或聊备一格。像咏史：

宣室求贤访逐臣，贾生才调更无论。

可怜夜半虚前席，不问苍生问鬼神。

——李商隐《贾生》

折戟沉沙铁未销，自将磨洗认前朝。

东风不与周郎便，铜雀春深锁二乔。

——杜牧《赤壁》

像怀古：

> 丞相祠堂何处寻，锦官城外柏森森。
>
> 映阶碧草自春色，隔叶黄鹂空好音。
>
> 三顾频烦天下计，两朝开济老臣心。
>
> 出师未捷身先死，长使英雄泪满襟。
>
> ——杜甫《蜀相》
>
> 王濬楼船下益州，金陵王气黯然收。
>
> 千寻铁锁沉江底，一片降幡出石头。
>
> 人世几回伤往事，山形依旧枕寒流。
>
> 从今四海为家日，故垒萧萧芦荻秋。
>
> ——刘禹锡《西塞山怀古》

像咏物：

> 西陆蝉声唱，南冠客思深。
>
> 不堪玄鬓影，来对白头吟。
>
> 露重飞难进，风多响易沉。
>
> 无人信高洁，谁为表予心？
>
> ——骆宾王《在狱咏蝉》
>
> 离离原上草，一岁一枯荣。
>
> 野火烧不尽，春风吹又生。
>
> 远芳侵古道，晴翠接荒城。
>
> 又送王孙去，萋萋满别情。
>
> ——白居易《草》

像即景：

终南阴岭秀，白雪浮云端。

林表明霁色，城中增暮寒。

——祖咏《终南望余雪》

楚塞三湘接，荆门九派通。

江流天地外，山色有无中。

郡邑浮前浦，波澜动远空。

襄阳好风日，留醉与山翁。

——王维《汉江临眺》

像记游：

不知香积寺，数里入云峰。

古木无人径，深山何处钟？

泉声咽危石，日色冷青松。

薄暮空潭曲，安禅制毒龙。

——王维《过香积寺》

清晨入古寺，初日照高林。

曲径通幽处，禅房花木深。

山光悦鸟性，潭影空人心。

万籁此俱寂，唯闻钟磬音。

——常建《破山寺后禅院》

像即事：

春城无处不飞花，寒食东风御柳斜。

日暮汉宫传蜡烛，轻烟散入五侯家。

——韩翃《寒食》

银烛秋光冷画屏，轻罗小扇扑流萤。

天街夜色凉如水，卧看牵牛织女星。

——杜牧《秋夕》

像访友：

故人具鸡黍，邀我至田家。

绿树村边合，青山郭外斜。

开轩面场圃，把酒话桑麻。

待到重阳日，还来就菊花。

——孟浩然《过故人庄》

一路经行处，莓苔见屐痕。

白云依静渚，芳草闭闲门。

过雨看松色，随山到水源。

溪花与禅意，相对亦忘言。

——刘长卿《寻南溪常道士》

像送别：

故人西辞黄鹤楼，烟花三月下扬州。

孤帆远影碧空尽，唯见长江天际流。

——李白《送孟浩然之广陵》

渭城朝雨浥轻尘，客舍青青柳色新。

劝君更尽一杯酒，西出阳关无故人。

——王维《渭城曲》

像赠答：

吾爱孟夫子，风流天下闻。
红颜弃轩冕，白首卧松云。
醉月频中圣，迷花不事君。
高山安可仰，徒此揖清芬。

——李白《赠孟浩然》

山暝听猿愁，沧江急夜流。
风鸣两岸叶，月照一孤舟。
建德非吾土，维扬忆旧游。
还将两行泪，遥寄海西头。

——孟浩然《宿桐庐江寄广陵旧游》

像酬唱：

鸡鸣紫陌曙光寒，莺啭皇州春色阑。
金阙晓钟开万户，玉阶仙杖拥千官。
花迎剑佩星初落，柳拂旌旗露未干。
独有凤凰池上客，阳春一曲和皆难。

——岑参《和贾至舍人早朝大明宫之作》

绛帻鸡人报晓筹，尚衣方进翠云裘。
九天阊阖开宫殿，万国衣冠拜冕旒。
日色才临仙掌动，香烟欲傍衮龙游。

/ 芸窗随笔

朝罢须裁五色诏，佩声归到凤池头。

——王维《和贾至舍人早朝大明宫之作》

像怀人：

凉风起天末，君子意如何？

鸿雁几时到，江湖秋水多。

文章憎命达，魑魅喜人过。

应共冤魂语，投诗赠汨罗。

——杜甫《天末怀李白》

海上生明月，天涯共此时。

情人怨遥夜，竟夕起相思。

灭烛怜光满，披衣觉露滋。

不堪盈手赠，还寝梦佳期。

——张九龄《望月怀远》

像伤悼：

他乡复行役，驻马别孤坟。

近泪无干土，低空有断云。

对棋陪谢傅，把剑觅徐君。

唯见林花落，莺啼送客闻。

——杜甫《别房太尉墓》

闲坐悲君亦自悲，百年多是几多时。

邓攸无子寻知命，潘岳悼亡犹费词。

同穴窅冥何所望，他生缘会更难期。

唯将终日长开眼，报答平生未展眉。

——元稹《遣悲怀》其三

像闺怨：

打起黄莺儿，莫教枝上啼。
啼时惊妾梦，不得到辽西。

——金昌绪《春怨》

嫁得瞿塘贾，朝朝误妾期。
早知潮有信，嫁与弄潮儿。

——李益《江南曲》

像乡愁：

岭外音书绝，经冬复立春。
近乡情更怯，不敢问来人。

——李频《渡汉江》

少小离家老大回，乡音无改鬓毛衰。
儿童相见不相识，笑问客从何处来？

——贺知章《回乡偶书》

像抒怀：

岱宗夫如何，齐鲁青未了。
造化钟神秀，阴阳割昏晓。
荡胸生层云，决眦入归鸟。

会当凌绝顶，一览众山小。

——杜甫《望岳》

前不见古人，后不见来者。

念天地之悠悠，独怆然而涕下。

——陈子昂《登幽州台歌》

像干谒：

八月湖水平，涵虚混太清。

气蒸云梦泽，波撼岳阳城。

欲济无舟楫，端居耻圣明。

坐观垂钓者，徒有羡鱼情。

——孟浩然《临洞庭上张丞相》

洞房昨夜停红烛，待晓堂前拜舅姑。

妆罢低声问夫婿，画眉深浅入时无？

——朱庆馀《近试上张水部》

至于唱边塞，记行旅，吟山水，歌田园，咏时事，写私情，乃至教落第者放宽心，劝贬谪者向前看，大唐世界，千事万物，莫不毕具。正如朱自清先生所说："本书选诗，各方面的题材大致都有，分配又匀称，没有单调或琐屑的弊病。这也是唐代生活小小的一个缩影。"学诗者模仿起来，当可得之于心，应之于手，左顾右盼，皆可取法，真是"活水源头随处满，东风花柳逐时新"（于谦《观书》）呢。

这当中以登山临水、游目骋怀之作尤多。唐人喜漫游，涉目即诗。这骋怀或是吊古，或是忆旧，或是感时，或是言志。或寄远方友人以代简，或共身边亲朋相赏析。这个传统一直流播到现在，一些喜欢古典诗词的朋友，每到一地，登临之余，欣然命笔，也平平仄仄一番。这恐怕也是拜《唐诗三百首》之所赐吧。

［附记］上述各种题材诗作的举例，均取律、绝，不是因为律绝最好，而是由于古体篇幅一般都要长些，不便援引。

《唐诗三百首》的遗憾

  《唐诗三百首》从众多传世唐诗中选取三百余首，既要照顾初学，"俾童而习之"，又希望做到雅俗共赏，"白首亦莫能废"，成为一般读者诵读和临摹的范本，这个目的应当说是达到了。两百多年来家弦户诵，时至今日仍畅销不衰，就是最好的说明。然而，作为今日的读者，阅读本书，似乎也有不少遗憾。归纳起来，大概是以下几点。

  一是本书未选《春江花月夜》等佳作，有遗珠之憾。初唐张若虚，一生只留下两首诗，其中一首就是《春江花月夜》。诗人就题中春、江、花、月、夜这五种美好事物生发开来，将诗情、画意、哲理融为一体，而诗的韵律又抑扬有致，婉转和美。难怪近人闻一多誉之为"诗中的诗，顶峰上的顶峰"（《宫体诗的自赎》），成为当今各种唐诗选本的必选名篇。然而，正如有的论者所说，在《唐诗三百首》成书前很长时间，诗论家对《春江花月夜》较少关注，只有清初王夫之给予较高评价。直到晚清，经大学者王闿运"孤篇横绝，竟为大家"的推赏，它才受到应有的重视。到闻一多称之为"孤篇压全唐"，才享受到唐诗选本或历代诗歌选本必选之殊荣。《唐诗三百首》未选此篇，便显得美中不足。这是时代的局限，未可苛责前人，当然也不能说不是一种遗憾。

  二是本书选杜诗最多，约占全书的十分之一（31首），但未选"三吏""三别"等名篇，哪怕其中一篇。二十世纪五六十年代以来，以"人民性"评价古代作品蔚成风气。而"三吏""三别"诸篇反映了"安史之乱"时战乱频仍、民不聊生的社会现实，对饱受苦难的平民百姓，表示了深切的同情和悲悯，感情炽热，极富人民性。可是编选者蘅塘退士，生活在雍、乾时代，受儒家温柔敦厚的诗教浸染很深，未必能有此认识。有论者解释本书不选"三吏""三别"之原因，引王力教授关于《石壕吏》用韵复杂性的分析（五次换韵、平上去入四声之韵均用到、很少同部相押、多押通韵和邻韵等），认为作为示范，不仅难于仿效，而且也绝难成功，不选这一类诗，显然有不宜向学诗者提倡这一技术层面的意思。（见王步高《怎样读唐诗三百首》）笔者以为，编选者对"三吏""三别"这类诗，"显然有"不宜向学诗者提倡这一层意思，但不是由于用韵的复杂难于仿效，而是觉得有违温柔敦厚的诗教。这也可以用来解释白居易那些脍炙人口的新乐府也同样弃而不选的原因。但毋庸讳言，这对于当代的读者来说不能不说是一种遗憾。

　　三是本书选取 75 家诗，而未选李贺。李贺，字元吉，《新唐书》有传，言其诗"辞尚奇诡，所得皆惊迈，绝去翰墨畦径，当时无能效者"，论者每与李白、杜甫诸人并论。宋人钱易《南部新书》云："李白为天才绝，白居易为人才绝，李贺为鬼才绝。"宋人严羽《沧浪诗话》云："人言太白仙才，长吉鬼才，不然。太白天仙之词，长吉鬼仙之词耳。"明人余扬《家伯子李昌谷诗解序》云："唐人诗品，以杜甫为圣，李白为仙，李贺为鬼。"清人叶燮《原诗》外篇云："李贺鬼才，其造语入险，正如仓颉造字，可使鬼夜哭。"李贺长于歌行，论者以为"骚人之苗裔"，最得屈骚之奇趣。宋人刘克庄《后村诗话》云："长吉歌行，新意险语，自有苍生以来所无。"可谓推崇备至。据说毛泽东主席喜欢"三李"（李白、李贺、李商隐），他的诗文中多次引用或化用李贺的诗句，如"黑云压城城欲摧"（《雁门太守行》），"天若有情天亦老"（《金铜仙人辞汉歌》），"雄鸡一声天下白"（《致酒行》）等。而如此名家，《唐诗三百首》一首都不选，无论如何，总是一个遗憾。其实，除歌行外，李贺近体绝句也有不少佳作，向来为人所称道。如：

> 男儿何不带吴钩，收取关山五十州。
> 请君暂上凌烟阁，若个书生万户侯。
>
> ——《南园》其五
>
> 寻章摘句老雕虫，晓月当帘挂玉弓。
> 不见年年辽海上，文章何处哭秋风？
>
> ——《南园》其六
>
> 斫取青光写楚辞，腻香春粉黑离离。
> 无情有恨何人见？露压烟啼千万枝。
>
> ——《昌谷北园新笋》之一

有人说，李贺诗"喜用鬼字、泣字、死字、血字"（明王思任《李贺诗解序》），蘅塘退士可能不喜欢，所以不选。有人说，李贺诗不易懂，"唐诗之无注而可读者，李、杜皆是；虽有注而终不可读者，唯贺为然"（明余扬《家伯子李昌谷诗解序》）。蘅塘退士先生也许担心小读者们看不懂，所以不选。这当然都是揣测之辞。由于《唐诗三百首》未选李贺的诗，一般人又不会去找《李长吉歌诗》来看，所以非专业的一般读者，对于李贺的诗，当然就知之甚少了。这也是喜爱《唐诗三百首》的人们的一种遗憾。

四是选了很多宫词。直接题作《宫词》的就有三首：薛逢一首，顾况一首，白居易一首。还有杜荀鹤的《春宫怨》，王昌龄的

《春宫怨》和《长信怨》，朱庆馀的《宫中词》，包括张祜的《集灵台》二首，以及元稹的《行宫》等，都是宫词。宫词反映的是宫廷中女性的生活、情感和命运，也不是完全没有意义。但按比例说，似乎多了一些，尤其是杜甫的"三吏""三别"或白居易的"新乐府"一首未选，更是有些轻重失当的遗憾。当然，这也要有所分析。比如，有的宫词是诗人为表达某种感情，像怀才不遇的怨愤之类，又不宜直接说出，拟宫女之口来表达，明显受楚骚之比兴寄托的影响，具有另外一层意义。比如，白居易《宫词》："泪尽罗巾梦不成，夜深前殿按歌声。红颜未老恩先断，斜倚薰笼坐到明。"王昌龄的《长信怨》："奉帚平明金殿开，且将团扇共徘徊。玉颜不及寒鸦色，犹带昭阳日影来。"都应是此类作品。至于朱庆馀《宫中词》："寂寂花时闭院门，美人相并列琼轩。含情欲说宫中事，鹦鹉前头不敢言。"写宫中忧谗畏讥之心事，读者意会到的，又何止是宫中，学舌而搬弄是非的又何止是鹦鹉呢！而元稹的《行宫》："寥落古行宫，宫花寂寞红。白头宫女在，闲坐说玄宗。"寥落，寂寞，红颜易老，盛世不再，怀古伤今，这就是借他人之酒杯浇自己之块垒了。

除了上述几点之外，也有人对本书选入李商隐不少"无题"诗（或以首二字为题实也无题），诗意朦胧，难得确解，感到有些遗憾。笔者则以为不然。且不说像"身无彩凤双飞翼，心有灵犀一点通"，"春蚕到死丝方尽，蜡炬成灰泪始干"，"相见时难别亦难，东风无力百花残"等名句早已脍炙人口，至今活在人们的话语中，就说像《锦瑟》这样的作品，意象氤氲，辞藻华美，难索确解而又似乎情感相通，读来芬芳入口，思之别有会心，也有不少趣味。且录《锦瑟》于下：

锦瑟无端五十弦，一弦一柱思华年。
庄生晓梦迷蝴蝶，望帝春心托杜鹃。
沧海月明珠有泪，蓝田日暖玉生烟。
此情可待成追忆，只是当时已惘然。

唐诗分期的"四期八段说"

　　自明代高棅编《唐诗品汇》，创唐诗分期以"初、盛、中、晚"以来，虽不乏批评者，然由于其基本符合唐诗的实际情况，有助于人们阅读、鉴赏与研究，乃至称说的方便，这一分期法渐被一般沿用，当代几部著名的中国文学史方面的论著（游国恩等主编本，张炯等主编本，袁行霈主编本，章培恒、骆玉明主编本等），就都采用这四期法来介绍、分析、评价唐诗。

　　《唐诗品汇》唐诗分期的时间起讫是：初唐，唐高祖武德元年（618）至玄宗开元初（713），约一百年；盛唐，玄宗开元元年（713）至代宗大历初（766），五十多年；中唐，代宗大历元年（766）至文宗太和九年（835），七十年；晚唐，文宗开成元年（836）至昭宗天祐三年（906），七十一年。

　　这初、盛、中、晚四期，长的约一百年，短的也有五十多年，这每期当中，唐诗的发展过程又有许多变化。如何更准确地把握和描述这些变化，曾任中国唐代文学学会会长的著名学者程千帆教授，于唐诗四期中又析为八个阶段，遂成为唐诗分期的"四期八段"说。

　　自公元618年唐帝国建立后，最初三十余年，诗坛上仍旧弥漫着梁陈余风。形式上讲究调声、隶事和内容上沿袭宫体，是其主要特征，即使开国英主唐太宗李世民也不例外，只有王绩，追慕寂寞的陶渊明，自己也不免于寂寞。这是初唐第一段。

　　武则天于公元655年立为皇后，在其当政时期，唐诗开始呈现了自己的面貌。"四杰"（王勃、杨炯、卢照邻、骆宾王）和沈

（佺期）、宋（之问），还有杜甫的祖父杜审言等，陆续登台，从诗的形式方面，完成了五七言近体（律、绝），完善了七言古体。从内容方面，题材和主题由宫廷的淫靡改变为都市的繁华和正常的男女之爱，由台阁应制扩大到写江山之美和边塞之情。而风格也由纤柔卑弱转变为明快清新。在"四杰"等用改造宫体诗的方法结束了"六代淫哇"（清人王士禛《论诗绝句》有云："青莲才笔九州横，六代淫哇总废声"）的同时，陈子昂则从汉魏风骨中汲取营养来开辟唐诗的疆域，用新的语言和形象，来表现对超现实的向往和对现实的执着。他上承阮籍、曹植，下开李白、杜甫。这是初唐第二段。

从玄宗即位到代宗登基，这半个世纪通常称为盛唐。但在公元755年安史乱前和乱后，诗坛的面貌是并不一样的。乱前，诗人们在其创作中都散发着强烈的浪漫气息。或者表现为希冀隐逸，爱好自然，诗中的代表人物形象是隐士；或者表现为追求功名，向往边塞，诗中的代表人物是侠少。由于生活道路的千差万别，形成了诗人的得意与失意、出世与入世这样两种互相矛盾的思想感情。而不同的生活道路和不同的生活态度，使他们或者成为高蹈的退守者，或者成为热情的进取者。前人所谓"盛唐气象"，在很大程度上，指的就是这种富于浪漫气息的精神面貌。山水田园诗人孟浩然、王维、常建、储光羲等的许多作品，极为成功地描绘了幽静的景色，借以反映其宁谧的心境。这种诗容易使人脱离现实，对于热衷奔竞、趋炎附势者流，也具有清凉剂的作用，而所提供的自然美的享受是不可替代的。集中反映盛唐时代积极进取精神的，是出自高适、岑参、李颀、王昌龄等人之手的边塞诗。这类诗篇在写胜利的喜悦或失败的痛苦时，也反映了战争对广大人民和平生活的干扰和破坏。这些诗交织着英雄气概与儿女心肠，或悲凉慷慨，或婉转缠绵。这一时期浪漫主义诗歌的最高成就当推李白。李白的诗，大多源出于《楚辞》。他是理想主义者，但不是超现实。他热爱现实生活中一切美好事物，对其中不合理的现象，则毫无顾忌地投之以轻蔑。他毫不掩盖他对功名事业的向往，同时又因为无法接受那些取得富贵利禄的附加条件，而弃之如敝屣。已被现实牢笼，却不愿意接受，反过来却想征服现实，这就是李白的态度，这就是李白的独特性。这和杜甫那种始终以严肃的悲悯的心情，注视、关心和反映祖国、人民的命运，那种现实主义精神，是相反而相成的。这是盛唐第一阶段，或曰盛唐前期。这是李白的时期。

安史之乱是唐帝国由盛转衰的界标，也是唐代文学发展的一个转折点。活动于开元、天宝时代的重要诗人，除孟浩然外，大都死于乱后。有些人转而消沉了，停止了或热烈高昂或悠游自在的歌唱。有些人经历了战乱的苦难，敢于正视惨淡的人生，坚决地站出来，为国家的安危、人民的哀乐而歌唱。而杜甫，正是这些人的杰出代表。他以积极的入世精神，勇敢而真实地反映现实生活。而其所具有的"尽得古今之体势，而兼人人所独专"的高妙艺术手段，又足以充分地将这种高贵的思想感情表达出来。杜诗大多源出于《诗经》和汉乐府，与李白一样都受到《文选》很深的影响。在我国诗坛上，杜诗的认识作用、借鉴作用、教育作用和美感作用都是难以企及的，这就是后人尊之为"诗圣"，将其作品尊为"诗史"的理由。这一时期是盛唐第二阶段，或曰盛唐后期。这是杜甫的时期。安史乱前以李白为代表的浪漫主义，乱后以杜甫为代表的现实主义，双峰并峙，在诗歌领域显示了盛唐之所以为盛。

中唐前期，也就是唐代宗大历时期（766~779），或者可称中唐第一阶段。诗人们生活在一个遭受了大破坏的社会里，物质和精神两方面都未免贫乏。时序的迁流，节物的变化，人事的升沉离合等方面的描绘，贯串于悯乱哀时的情绪之中，形成大历诗歌的基调。刘长卿、韦应物，以及后来的钱起等所谓"大历十才子"的作品，虽然各有自己的个性，却都带有令人忧伤的时代所给予的沉重的感慨。体物甚是工致，抒情颇为深刻，作品富有人情味。

由德宗到穆宗的四十余年，可视为中唐第二阶段。一度中衰的诗坛又逐渐重振旗鼓。其中以宪宗元和时期（806～820）最为兴盛，所谓"诗到元和体变新"（白居易句）。这一阶段中，几乎同时出现两个诗派。一派以白居易为首，元稹、张籍、王建、李绅等为羽翼；一派以韩愈为首，孟郊、贾岛、卢仝、李贺等为羽翼。其源都出于杜甫。从此以后，杜甫在祖国诗坛上的影响就变得非常突出，而且历久不衰。白派诗人对杜甫的继承侧重在正视现实、抨击黑暗这一方面，并且进一步努力使自己的语言变得更为通俗流畅、生动感人。他们的乐府叙事诗，无论在题材的广阔上，或组织的复杂上，风格的平易上，都有所发展，容易为读者所爱好和接受。韩派诗人则继承了杜甫在艺术上刻意求新、富于创造性的精神，而特别致力于在杜甫胸中、笔下还没有来得及开拓的境界。内容上，他们写险怪，写幽僻，写苦涩，写冷艳，甚至写凶狠。形式上，他们以散文句法入诗，并且大量使用一些非前人诗中所习见的词语。白、韩两派之外，柳宗元、刘禹锡也是这一时期的重要诗人。柳诗峻洁而清腴，模山范水之篇，上承谢灵运。刘诗简练而沉着，讽刺时政之作，下启苏东坡。

文宗到宣宗（826～858）的三十余年，是晚唐前期，或称晚唐第一段。这是杜牧和李商隐活跃的时代。杜牧诗出于杜（甫）、韩（愈），而在风格上将清新峻拔熔为一炉，以适合于他的政治抱负和激情的表达。杜牧擅七绝，留下许多脍炙人口的诗篇。李商隐则尤长于七律。他以精心的结构、瑰丽的语言、沉郁的风格，发抒自己的身世之感、宗国之哀，足以接席杜甫而无愧。与李齐名的还有温庭筠。

懿宗即位以迄唐亡（859～906），是晚唐第二期。诗人不少，成就不大。不少作者，追踪元白，以通俗的语言反映社会问题，如杜荀鹤、罗隐、聂夷中等；还有一些人，则以凄婉轻艳的风格伤悼乱离，如司空图、韩偓、韦庄等。而皮日休和陆龟蒙则每于吟咏个人生活的悠闲之时，显出不忘世事的沉痛。

"四期八段"的唐诗分期，较好地梳理了唐诗走过的轨迹，勾画出唐诗三百年间流变的轮廓，使唐诗的各位大家、名家和作者群，在各期各段中各安其位、各得其所，给学习者以清晰的导引，以及称说的方便。

诗情·画意·哲理

——张若虚《春江花月夜》品读

春江潮水连海平，海上明月共潮生。
滟滟随波千万里，何处春江无月明。
江流宛转绕芳甸，月照花林皆似霰。
空里流霜不觉飞，汀上白沙看不见。
江天一色无纤尘，皎皎空中孤月轮。
江畔何人初见月？江月何年初照人？
人生代代无穷已，江月年年只相似。
不知江月待何人，但见长江送流水。
白云一片去悠悠，青枫浦上不胜愁。
谁家今夜扁舟子？何处相思明月楼？
可怜楼上月徘徊，应照离人妆镜台。
玉户帘中卷不去，捣衣砧上拂还来。
此时相望不相闻，愿逐月华流照君。
鸿雁长飞光不度，鱼龙潜跃水成文。
昨夜闲潭梦落花，可怜春半不还家。
江水流春去欲尽，江潭落月复西斜。
斜月沉沉藏海雾，碣石潇湘无限路。
不知乘月几人归，落月摇情满江树。

——唐·张若虚《春江花月夜》

  人们大概都听过《春江花月夜》这首曲子。说是传统名曲，但未必是乐府《清商曲辞·吴声歌曲》的旧谱，因为那旧谱已经失传了。今天的人们所听到的那优美动人的旋律，乃是后人根据一首唐诗的美丽意境而创作的，这首诗就是初唐诗人张若虚的《春江花月夜》。

张若虚，扬州人，与贺知章、包融、张旭合称"吴中四士"，文辞秀发，名扬京都。惜其诗多已散佚，《全唐诗》仅存其诗二首，其中一首就是《春江花月夜》。唐、宋时，此诗似乎还未得到诗家、诗话家太多的注意。明、清时，胡应麟《诗薮》、钟惺和谭元春《唐诗归》、王夫之《唐诗评选》才选录并给予点评。到了清末，王闿运极力推赏："张若虚《春江花月夜》用《西洲》格调，孤篇横绝，竟为大家，李贺、商隐挹其鲜润，宋词元诗，盖其支流，宫体之巨澜也。"（《湘绮楼说诗》）民国时，闻一多在《宫体诗的自赎》一文中，指张若虚的《春江花月夜》从宫体诗中走出来，与之同时走出来的还有卢照邻的《长安古意》、骆宾王的《帝京篇》、刘希夷的《代悲白头翁》，但都难以与之比肩。闻一多说，在《春江花月夜》这种诗面前，"一切的赞叹是饶舌，几乎是渎亵。它超过了一切的宫体诗有多少路程的距离，读者们自己也知道"。甚至说："这是诗中的诗，顶峰上的顶峰！"闻氏认为，《春江花月夜》"向前替宫体诗赎清了百年的罪，因此，向后也就和另一个顶峰陈子昂分工合作，清除了盛唐的路——张若虚的功绩是无从估计的"。这真是饱含深情的由衷的赞美。而事实上，只要我们认真地、仔细地读罢此诗，就会不得不承认，王闿运、闻一多（尤其是闻一多）的推重之辞，不是没有来由的，更不是谬赏！

让我们按照闻一多先生的指引，来读读这首诗吧。

春天，江水涨潮了，一江春水，浩渺无垠，好像连接着海洋。

今夜，一轮明月，从海上升起，仿佛是和江潮同时涌起一样。明月照耀着春江，春江洒满了月光。那滟滟的、闪动的光华，追随着江潮，泛起那千里万里的波浪。看哪，江流宛转，绕过那开满鲜花的原野；月光皎洁，倾泻在一片片花草林木上，远远望去，就像一串串细密轻盈的雪珠，在花林间荡漾。月华如水，透明的夜空，令人无法感觉到微微的飞霜。滩涂上的白沙，似乎同月光融在了一起，分不清哪是洲渚，哪是月光。江天一色，一尘不染，多么明净的境界啊，只有皎皎的一轮明月，高高地挂在天上。站在这明月朗照的江畔，人们不禁会从心底发问：这江畔上，是谁最初望到这孤悬的月轮？那江上的明月，又从何时起照耀在世人的身上？人生世世代代，没有穷尽的时候；江上的明月呢，年年岁岁，也总不改它圆了又缺、缺了又圆的模样。江上的明月啊，你高挂在天上，你是在等待着什么人呢？只看见你映照下的江水，滚滚滔滔，永不停息地奔向远方。

一片白云，在天空中悠悠荡荡。青枫浦上，那送别的人儿，该是多么惆怅！看哪，这是谁家的游子，月色里驾着一叶扁舟，在春江上划行？听啊，那是何处的高楼，月光下传来了思妇低低的吟唱？月光似乎爱怜楼上相思的人儿，徘徊不定地映照在思妇的梳妆台上。月光啊，你为什么不愿离去？绮窗卷起帘幕，但月光卷之不去；捣衣砧闲着，也铺满了拂去又来的月光。在这春江花月的夜晚，我们只能彼此遥遥地隔水相望，不能倚着雕栏携手倾诉衷肠。我多么希望追逐着多情的月光，让月光朗照着郎君你啊，让我们一起在银子似的月光下徜徉。春江上无边的月色啊，鸿雁长久不断地飞翔，也飞不出这月光的世界；月光下，鱼龙在水中潜藏跳跃，也只是泛起一轮轮细小的波浪。春江上的游子啊，昨夜梦见落花飘洒在幽静的水潭上，可怜春天已经过去了一半，我还远在天涯，不能回到家乡。江水带着春光流走了，看看春色将尽；春江上的明月啊，也慢慢地西斜，将要落在夜的春江之上。明月渐渐地下沉，夜空渐渐地黯淡，蓦地，月轮沉入江底，藏入雾海之中，天地一片茫茫。从北方的碣石山，到南国的潇湘水，多情的月光曾经洒遍的地方，隔着无限遥远的路程；多情的游子啊，有几人能乘着明月的朗照而回到故乡？落月摇荡着游子与思妇的离情，残月的细碎的光华，恋恋不舍地，洒在江边的花瓣间、草丛里、树梢上……

古今诗家、诗论家鉴赏《春江花月夜》，一般都将它分作二层来解读。清代《唐诗别裁集》编著者沈德潜，以"但见长江送流水"以上为前段，以下为后段，并解析云："前半见人有变易，月明常在，江月不必待人，惟江流与月同无尽也。后半写思妇怅望之情，曲折三致。"今人霍松林在他编著的《唐诗精选》中，也采用二分法，并解释说：全诗可分前后两大段落。"长江送流水"以前是前一段落，由春、江、花、月、夜的美景描绘引发关于宇宙、人生的哲理思考。后一段落写游子、思妇的相思，而以春、江、花、月、夜点染、烘托，想象中有想象，梦境中有梦境……

《春江花月夜》就是这样一首充满诗情、画意和哲理的诗篇。它是一首春江月夜的即景抒情诗，是一幅月光下的风景、风情画，是一支缠绵的、人间带有普遍意义的相思曲，是一篇深沉的叩问宇宙、人生的哲理赋。诗篇紧紧扣住春、江、花、月、夜这诗题中的五种意象来写，又以"月"为主体，为背景，为线索，把明月照耀下的春江、潮水、沙滩、天空、原野、枫树、花林、飞霜、白云、扁舟、高楼、镜台、砧石、鸿雁、鱼龙、不眠的思妇、漂泊的游子，所有这一切，或实或虚，亦真亦幻，组合在一起，构成完整的诗歌形象。"月"是诗中情景兼融之物，是诗人织就的一

　　　　　　　　　　　　　　　　　/ 芸窗随笔

条有生命的纽带，它通贯天地，联系古今，通达情理。诗的结构，也随着月轮的升、悬、斜、落，而起、承、转、合。纵览诗篇，我们眼前，会自然展现出一幅充满人生哲理和生活情趣的画卷。这画卷，色调上是浓淡互济，笔墨上是虚实相生。而它所表达的情感，也不离于儒家所提倡的"乐而不淫（过分）"和"哀而不伤"。

《春江花月夜》艺术上的成就，还体现在韵律节奏上。全诗三十六句，四句一换韵，平仄相间，回环往复，交相杂沓，婉转铿锵，情韵悠扬，声情与诗情和谐相应。语言运用上，不使事，不用典，以淡寓浓，淡雅中时见浓艳，锤炼处亦显自然。流丽婉转，颇耐吟诵。正如闻一多所说，完全走出了宫体诗的藩篱，而开启了盛唐诗之气象。无怪乎明代胡应麟称赞说："张若虚《春江花月夜》流畅婉转，出刘希夷《白头翁》上。"（《诗薮》）钟惺称赞说："将春、江、花、月、夜五字，炼成一片奇光，真化工手。"（《唐诗归》）清代王尧衢称赞说："情文相生，各各呈艳，光怪陆离，不可端倪，真奇制也。"（《古唐诗合解》）近人闻一多更是激赏，称之曰："孤篇压全唐。"（《闻一多文集》）

《春江花月夜》是乐府旧题，有人说是南朝陈后主所创制，陈后主的已失传，现在能读到的在张若虚以前的，还有隋炀帝的两首《春江花月夜》，也很清丽小巧。录一首于下，以与张之作相参看：

> 暮江平不动，春花满正开。
> 流波将月去，潮水共星来。

（郑振铎在他的《插图本中国文学史》上说，隋炀帝不是一个很高明的政治家，却是一位绝好的诗人。附记于此。）

八十一字　玩味无穷

——刘禹锡《陋室铭》品读

自从几乎家置一编的《古文观止》选编了唐代刘禹锡的《陋室铭》，这篇只有八十一个字的短文，便在历代文人的圈子里流传开来，成了人人皆知的名作。仿之者有之，学之者有之。或选作课文编入教材，或写成条幅悬之厅堂，真正是家弦户诵，脍炙人口了。《陋室铭》全文如下：

> 山不在高，有仙则名；水不在深，有龙则灵。斯是陋室，唯吾德馨。苔痕上阶绿，草色入帘青。谈笑有鸿儒，往来无白丁。可以调素琴，阅金经。无丝竹之乱耳，无案牍之劳形。南阳诸葛庐，西蜀子云亭。孔子云：何陋之有？①

《古文观止》编者在《陋室铭》文后，有一段简短而精彩的评语：

> 陋室之可铭，在德之馨，不在室之陋也。惟有德者居之，则陋室之中，触目皆成佳趣。

这段评语，抓住"德馨"二字，正中肯綮。"德馨"二字，正是

---

① 引自阴法鲁主编《古文观止译注》，北京大学出版社，2001，第476页。下文所引《古文观止》原文均出自该书。

全篇的文眼。作者表彰德馨，标榜德馨，倡导德馨，这也大概就是人们喜爱这篇文章的原因之一：思想内容好，充满正能量。

从艺术形式上看，《陋室铭》更是有许多可圈可点的地方，短短十八句，让人品味无穷。先看看开头六句吧。山不在乎高低，只要有仙人住过，就有了名气。水也不在乎浅深，只要有蛟龙藏着，也就有了灵气。在写陋室、写陋室主人之前，先写山，写水，写仙，写龙，是为了引出陋室，引出陋室主人。我们古人把这种写法叫作"兴"或"起兴"。朱熹说："兴者，先言他物，以引起所咏之辞也。"（《诗集传》）作者以山、水引出陋室，以仙、龙引出陋室主人：这是一间简陋的屋子，只有我高尚的品德散发出馨香。"唯吾德馨"，自许且自豪，君子风采，豁然在目。

中间八句，作者以恬淡清雅而又饱蘸感情之笔写陋室。由外而内，先写室中景：没有高官车马的驾临践踏，所以苔痕爬上阶沿，点点苍绿；草色映入帘中，一片青葱。接着写室中人：人以类聚，物以群分。谈笑风生的，都是饱读诗书的大学者；来来往往的，没有缺知少识之人。再写室中事：可以弹弹素雅的古琴，读读玄妙的佛经，没有急管繁弦来扰乱我的耳朵，也没有堆积如山的案牍来劳累我的身心。这室中景、室中人、室中事，从描写内容看，是"雅"；按描写方法论，是"赋"。朱熹说："赋者，敷陈其事而直言之也。"陋室之景、之人、之事，虽说描写得不能再简，但铺陈之笔俱在，非赋为何？

接下来二句，作者由陋室联想到诸葛亮躬耕南阳时的茅庐，这茅庐当然也是陋室，但那里诞生了有名的"隆中对"。又联想到汉代的扬雄扬子云，他在西蜀的亭子间，也是陋室，写下了玄之又玄的《太玄经》。诸葛庐、子云亭，这是拿来类比陋室的，可以说是"比"。朱熹说："比者，以彼物比此物也。"

文章用赋、比、兴三法尽情表达之后，再以圣人孔子的话作结：孔子说，这有什么卑陋的呢？按修辞手法，这是引用。按表达风格，这是含蓄。因为孔子的原话是"君子居之，何陋之有"，作者只引"何陋之有"，则"君子居之"不说自明，即在其中矣！《古文观止》编者称赞说："末以'何陋'结之，饶有逸韵。"

铭，是我国古代的一种文体，是一种刻在器物上，用以警诫自己、称述功德的文字。晋人挚虞《文章流别论》说"古之铭至约"，"至约"就是非常简单的意思。《陋室铭》形制短小，颇有古味。铭一般要求押韵，《陋室铭》以名、灵、馨、青、丁、经、形、亭为韵字，一韵到底，极富音乐性。《陋室铭》多用骈句，"山不在高，有仙则名；水不在深，有龙则灵。斯是陋室，唯吾德馨"六个四字句，亦偶亦排，作为开头兴起，很有气势。接着"苔痕上阶绿，草色入帘青。谈笑有鸿儒，往来无白丁"四个五字句，平仄谐和，对仗工稳。紧跟着用"可以"两个虚字，领起"调素琴，阅金经"两个三字句，再接以"无丝竹之乱耳，无案牍之劳形"两个六字句，"丝竹"和"乱耳"之间，"案牍"和"劳形"之间，各加了一个"之"字，体现出一种舒缓的语气。接下来"南阳诸葛庐，西蜀子云亭"二句，纯用名词，构成一幅整饬的联语，像"鸡声茅店月，人迹板桥霜"一样，都是古代诗、词、联特有的句法。最后以"孔子云：何陋之有"这一散句作结。长句短句，交替运用，节奏疾徐有致，读来铿锵悦耳。

对于刘禹锡的《陋室铭》，有人说其清高，脱离群众，孤芳自赏。愚则以为，这清高，是陶渊明"倚南窗以寄傲"（《归去来兮辞》）的耻于同流合污，说脱离群众，实则是追求高雅的人格。孤芳自赏么，要看孤芳指什么，高尚的道德，美好的情操，为什么不能自赏呢？

漫话李商隐的无题诗

不知道在李商隐之前，有没有人写过无题诗；也不知道在李商隐之后，有多少人写过多少无题诗。我们可以知道的是：李商隐无疑是我国文学史上，无题诗写得最多而且最好的大诗人。人们一提到李商隐，就会想到无题诗；谈起无题诗，就会想起李商隐。

或曰：既然着意写诗，为什么又"无题"呢？有论者解释说："无题者，无所命题也。盖意中不可明言，托无题以寄意也。"（清章燮《唐诗三百首注疏》）诗是抒情言志的。在诗人笔下，确实有些"情"或有些"志"，不能明说或不愿明说，只是运用比兴的手法，形象化地、含而不露地表其情达其意。而诗之题目，有如人的眼睛，一经点出，则豁然开朗，无所藏匿。李商隐的有些诗，或径直标作"无题"，或仅拈首二字为题，实际有些也是无题，正是刻意为之，要隐去诗人不能明说或不愿明说的东西，与其刻意为之的迷离恍惚的诗句相一致。

李商隐（约812～858），字义山，号玉溪生。传世诗集以清人冯浩的《玉溪生诗集笺注》流布最广。笔者细检诗集，题作《无题》者有19首，另有《锦瑟》《碧城》《镜槛》《东南》《昨日》《潭州》等拈首二字为题者，有些属无题诗，如《锦瑟》《碧城》；有些似不是，如《潭州》《镜槛》。二百多年来流传最广的《唐诗三百首》编入其《无题》诗6首，加上《锦瑟》共7首。笔者佩服蘅塘退士的鉴赏眼光，真是"伯乐一过，凡马皆空"。李商隐无题诗五言七言、律诗绝句皆有，但最优秀的正是《唐诗三百首》所选录的这几首七言律。今录于下：

昨夜星辰昨夜风，画楼西畔桂堂东。

身无彩凤双飞翼，心有灵犀一点通。

隔座送钩春酒暖，分曹射覆蜡灯红。

嗟余听鼓应官去，走马兰台类转蓬。

——《无题》

来是空言去绝踪，月斜楼上五更钟。

梦为远别啼难唤，书被催成墨未浓。

蜡照半笼金翡翠，麝熏微度绣芙蓉。

刘郎已恨蓬山远，更隔蓬山一万重。

——《无题》

飒飒东风细雨来，芙蓉塘外有轻雷。

金蟾啮锁烧香入，玉虎牵丝汲井回。

贾氏窥帘韩掾少，宓妃留枕魏王才。

春心莫共花争发，一寸相思一寸灰。

——《无题》

相见时难别亦难，东风无力百花残。

春蚕到死丝方尽，蜡炬成灰泪始干。

晓镜但愁云鬓改，夜吟应觉月光寒。

蓬莱此去无多路，青鸟殷勤为探看。

——《无题》

凤尾香罗薄几重？碧文圆顶夜深缝。

扇裁月魄羞难掩，车走雷声语未通。

曾是寂寥金烬暗，断无消息石榴红。

斑骓只系垂杨岸，何处西南待好风。

——《无题》

重帏深下莫愁堂，卧后清宵细细长。

/ 芸窗随笔

神女生涯原是梦，小姑居处本无郎。

风波不信菱枝弱，月露谁教桂叶香。

直道相思了无益，未妨惆怅是清狂。

——《无题》

锦瑟无端五十弦，一弦一柱思华年。

庄生晓梦迷蝴蝶，望帝春心托杜鹃。

沧海月明珠有泪，蓝田日暖玉生烟。

此情可待成追忆，只是当时已惘然。

——《锦瑟》

这些无题诗如何解法，历来众说纷纭，莫衷一是。比较多的说法大概是："义山无题诸作，真有美人香草之遗，当以不解解之。"以不解解之，也有许多不同的说法。宋人陆游《老学庵笔记》云："唐人诗中有曰无题者，率杯酒狎邪之语，以其不可指言，故谓之无题，非真无题也。"而清人吴乔《西昆发微序》则云："李义山无题诗，陆放翁谓是狎邪之语，后之作无题者，莫不同之。余读而疑焉。"又云："义山始虽取法少陵（杜甫），而晚能规模屈（原）、宋（玉），优柔敦厚，为此道之瑶草奇花。凡诸篇什，莫不深远幽折，不易浅窥。"并说："无题诗于六义为比，自有次第。"明显不同意陆游的看法。所谓"深远幽折，不易浅窥"，所谓"于六艺为比，自有次第"，就是说多有寄托。

寄托之说，又与李商隐身世相关。据史料记载，李商隐出身于没落的小官僚家庭，十七岁时以文才见知于牛僧孺党重要成员令狐楚，被引为幕府巡官。二十五岁时得到令狐楚之子令狐绹的奖掖，中了进士。次年，其文才又被王茂元（时众皆视其为李德裕党人）看中，任为书记，且以女妻之。其时，牛李党争激烈，互相倾轧。牛党令狐绹等因此诋毁李商隐"背恩""诡薄无行"。其后李德裕为牛党所排挤，失势被贬，朝政操纵在牛党手中。李商隐不断地向令狐绹上书、献诗，希望他引荐，但始终遭冷遇。李商隐在党争夹缝中求生存，终生寄人篱下。这样的身世际遇，为一些论者指这些无题诗是"托芳草以怨王孙，借美人以喻君子"（朱鹤龄《笺注李义山诗集序》），提供了一些理论上的可能。还有论者更进一步，指实《无题》诗中所思念的对象就是令狐绹，这些诗是李商隐向其"陈情"之作（参看吴乔《西昆发微》）。这种看法，前人早有不同意见。清人屈复在《玉溪生诗意凡例》中说："《锦瑟》、《无题》、《玉山》诸篇，皆男女慕悦之词。知其有寄托而已，若必求其何事何人以实之，则凿矣。"纪昀等编《四库全书总目提要》对此则持论比较平正：

> 注其诗者凡数家，大抵刻意推求，务为深解，以为一字一句皆属寓言，而《无题》诸篇，穿凿尤甚。今考商隐《府罢》诗中有"楚雨含情皆有托"句，则借夫妇以喻君臣，固尝自道。然《无题》之中，有确有寄托者，"来是空言去绝踪"之类是也；有戏为艳体者，"近知名阿侯"之类是也；有实属狎邪者，"昨夜星辰昨夜风"之类是也；有失去本题者，"万里风波一叶舟"之类是也；有与《无题》相连误合为一者，"幽人不倦赏"之类是也。其摘首二字为题，如《碧城》、《锦瑟》诸篇，亦同此例。一概以美人香草解之，殊乖本旨。①

---

① （清）纪昀总纂《四库全书总目提要》卷一五一，河北人民出版社，2000，第3898页。

四库馆臣们虽说秉持儒家温柔敦厚之诗教，将稍微大胆一点的爱情诗也指为狎邪之作，但总体言之，较为符合李商隐《无题》诗的实际情形。至于是否确有寄托者为"来是空言去绝踪"之类，那只能是见仁见智之说，未为的论。

到了近、现代，对于李商隐的无题诗的研究与评价就大异其趣了。二十世纪三十年代，郑振铎《插图本中国文学史》这样评价李商隐无题诗：

> 大约所谓"无题"诗，便是给某某女郎的情诗的代名词罢。（笔者按，后来的人便皆以"无题"来做情诗的代名词）他还喜欢咏落花，咏垂柳，咏月，咏蜂，咏蝶等等，而咏蝶更不止一二见。他的作风还不和五色斑斓、粉光辉耀的轻蝴蝶似的么？……还不都是"五色令人目迷，五音令人耳乱"的繁缛之至，灿烂之至的篇什么？我们要指义山诗的好处与特点，便当在这种粉蝶翩飞似的境地里去寻找。①

郑振铎是提倡"为人生的艺术"的文学研究会的重要成员，从当时的社会需要出发，他的评价无疑是贬抑的。到了二十世纪九十年代初，在社科院文学研究所编的《中国文学史》基础上新编的《中华文学通史》，则对李商隐无题诗给予了积极的、正面的评价：

> 在李商隐的诗作中，最足以代表他的风格，也最引人注意的，是他那些以《无题》和以作品中个别词汇为题目的爱

---

① 郑振铎：《插图本中国文学史》上册，北京出版社，1999，第400页。

情诗。这两类诗的题材和风格是大致相同的，我们把它们都算作《无题》诗的范围。他的《无题诗》被广泛地传诵，产生过不小的影响，以致在他以后的人们就把《无题》诗作为爱情诗的代名词。如果说他的咏史诗已经汲取了前人和同时代人的一些艺术特点，而建立了相当有特色的和相对稳定的风格，那么，他这种努力在《无题》诗上又前进了一步。他在《无题》诗上，汲取了各家的优点，创立了典雅华丽的风格，比他的咏史诗的风格具有更大的特色和稳定性，也具有更多的创造性。①

他的《无题》诗的艺术特点是：音调和谐婉转，对仗工整，遣词用字都十分讲究谨严，经过千锤百炼，用华丽的辞藻构成生动优美的形象，传达出深刻真挚的感情。由于这些特点，他的《无题》诗成为经得起反复吟咏的优美的抒情诗。

爱读李商隐《无题》诗的人们，未必熟悉诗中的典故，也未必真的了解其中的内容，只是为那些华美的诗句和迷离的诗境，以及从中透露出来的真挚的感情所吸引，去领略那一丝丝甜蜜，或一缕缕淡愁。而这还应感谢蘅塘退士先生，是他优中选优，将这些优秀的无题诗，选入《唐诗三百首》，家弦户诵，流播开来，成为活在读者眼前、口上和心里的独具特色的唐诗名作。而与蘅塘退士同时而略早的沈德潜，则囿于儒家诗教，在其选编的《唐诗别裁集》中，《无题》诗一首都不选，这对于人们特别是学者们公认的优秀唐诗选本《唐诗别裁集》来说，不能不说是一种遗憾。

---

① 张炯等主编《中华文学通史》第二册，华艺出版社，1997，第215页。

　　　　　　　　　　　　／芸窗随笔

再说李商隐的诗

　　李商隐是晚唐诗坛的大家。李商隐的诗歌，不仅在唐代，而且在我国古典诗歌的整个传统中，都是很有特色的。《中华文学通史》以"瑰奇深曲"四字概括李商隐诗的特点，愚以为是很恰切的。"瑰奇"，是说李诗之形象瑰丽而又奇特；"深曲"，是说李诗之意蕴幽深而又朦胧，"缛丽之中，多所寄托"（《四库全书简明目录提要》）。含之有味，味之无穷。

　　在晚唐，李商隐与杜牧齐名，世称"小李杜"，以别于盛唐的李白与杜甫。杜牧、李商隐都擅近体。牧之以七绝见长，义山则以七律擅场。李商隐又与温庭筠齐名，并称"温李"。飞卿诗不及义山，而于词则称大家，《花间集》以为魁首。义山之七言近体，特别是七律，可说是独步晚唐。有人甚至说"唐人知学老杜而得其藩篱者，惟义山一人而已"（《蔡宽夫诗话》引王安石语），"义山七律有逼似少陵者"（李慈铭《越缦堂日记》）。

　　若就题材而论，李商隐的爱情诗（多以无题诗形式出现）和咏史诗最为人所称道。他的爱情诗，情感真挚，意境朦胧，辞藻华美，较少直通款曲，较多寄托遥深，以至让人只觉其美，而说不出、道不明，唯有反复吟咏，一唱而三叹之。比起爱情诗，李商隐的咏史诗，思想内容更严肃凝重，更多地担负起"诗言志"的职责，更具社会意义。而典雅瑰丽、辞章华美，则是共同的和一贯的。

　　李商隐的咏史诗，对穷奢极欲、荒淫无耻的统治者，给予了揭露、讽刺和批评。像下面这首《隋宫》：

紫泉宫殿锁烟霞，欲取芜城作帝家。

玉玺不缘归日角，锦帆应是到天涯。

于今腐草无萤火，终古垂杨有暮鸦。

地下若逢陈后主，岂宜重问后庭花。

俞陛云《诗境浅说》解说道："首句总写隋宫之景。次句言芜城之地，何足控制宇内，而欲取作帝家，言外若讥其无识也。三四言天心所眷，若不归日角龙颜之唐王，则锦帆游荡，当不知其所止。五六言于今腐草江山，更谁取流萤十斛；怅望长堤，惟有流水栖鸦，带垂杨萧瑟耳。萤火垂杨，即用隋宫往事，而以感叹出之，句法复摇曳多姿。末句言亡国之悲，陈隋一例，与后主九原相见，当同伤宗稷之沦亡，玉树荒嬉，岂宜重问耶！"①

　　全诗指斥隋炀帝奢靡无度、游幸若狂，最终导致亡国破家。正如明代高棅在《唐诗品汇》之《七言律诗叙目》中所说："其今古废兴，山河陈迹，凄凉感慨之意，读之可为一唱三叹矣。"古人览古，往往带有观今之意。朱自清先生说，《隋宫》这首诗，"或许不只是咏古，还有刺时的意思"（《语文杂话》）。

　　还有像《南朝》：

玄武湖中玉漏催，鸡鸣埭口绣襦回。

谁言琼树朝朝见，不及金莲步步来？

敌国军营漂木杮，前朝神庙锁烟煤。

满宫学士皆颜色，江令当年只费才！

---

①　俞陛云：《诗境浅说》，北京出版社，2003，第82页。

揭露南朝统治者（当指陈后主）沉湎女色、穷奢极欲以致亡国破身的历史事实，反映了诗人对当时（晚唐）帝王之作为和王朝之走向的认识和担忧。

还有像《马嵬》：

> 海外徒闻更九州，他生未卜此生休。
> 空闻虎旅传宵柝，无复鸡人报晓筹。
> 此日六军同驻马，当时七夕笑牵牛。
> 如何四纪为天子，不及卢家有莫愁？

咏本朝，大略同白居易《长恨歌》故事，用意则与之有别。唐人咏马嵬之变的诗很多，在艺术表现上虽然各有特色，但从思想倾向上看，大多把罪责归于杨贵妃。李商隐这首《马嵬》，其批判的锋芒是指向唐玄宗的。虽说是轻轻一点，也算别开生面。

李商隐的咏史诗，对统治者求仙若痴的虚妄和爱人才不及好鬼神的愚行，给予了含蓄而又相当明确且辛辣的讽刺。像下面这几首绝句：

> 瑶池阿母绮窗开，黄竹歌声动地哀。
> 八骏日行三万里，穆王何事不重来？
>
> ——《瑶池》
>
> 宣室求贤访逐臣，贾生才调更无伦。
> 可怜夜半虚前席，不问苍生问鬼神。
>
> ——《贾生》
>
> 青雀西飞竟未回，君王长在集灵台。
> 侍臣最有相如渴，不赐金茎露一杯？
>
> ——《汉宫词》

李商隐对封建帝王的求仙废政是有较清醒认识的，他的诗集中有不少这样的诗篇。他对统治者不爱惜人才，更是有切身的体验。这类咏史诗，无疑有现实针对性，因而具有进步意义。

李商隐咏史诗的艺术特点，是用鲜明的形象，来表现史实，咏史而不多发议论。诗人用心提炼细小却很典型的事物，通过典雅而含蓄的语言，塑造具体的形象，充分注入个人的抒情因素，从而传达出作者的思想感情，因而极富感染力和艺术韵味。像下面这几首绝句：

> 永寿兵来夜不扃，金莲无复印中庭。
> 梁台歌管三更罢，犹自风摇九子铃。
>
> ——《齐宫词》
>
> 乘兴南游不戒严，九重谁省谏书函？
> 春风举国裁宫锦，半作障泥半作帆。
>
> ——《隋宫》
>
> 一笑相倾国便亡，何劳荆棘始堪伤。
> 小怜玉体横陈夜，已报周师入晋阳。
>
> ——《北齐二首》其一

像"风摇九子铃""半作障泥""半作帆"，乃至"玉体横陈"，应该都是虽然细小却很突出的形象，用来揭露统治者奢侈荒淫，祸到临头而仍然醉生梦死的情状，极有表现力。

历来诗论家把"咏史"和"怀古"视作两种类型的诗。笔者也曾撰文专论怀古诗和咏史诗之异同。登山临水，发思古之幽情，当为"怀古"。披经览史，生当下之感慨，即是"咏史"。但是，都与"故事"脱不了干系，因而在具体作品中"怀古"与"咏史"似也没有强分之必要。李商隐诗集中亦有不少怀古之作，有些也是千古名篇。像七律《筹笔驿》，《唐诗三百首》和《唐诗别裁集》均都收录：

> 猿鸟犹疑畏简书，风云常为护储胥。
> 徒令上将挥神笔，终见降王走传车。
> 管乐有才元不忝，关张无命欲何如？
> 他年锦里经祠庙，梁父吟成恨有余。

筹笔驿，地名，在四川绵州绵谷县北，相传诸葛亮出师，尝驻军筹划于此。李商隐途经此地，联想诸葛之威名与才智，不禁感从中来，写下这首怀古诗。其意旨，大约与杜甫的"出师未捷身先死，长使英雄泪满襟"相类似。有论者云："真是一篇史论。"（清陆昆曾《李义山诗解》）是的，内涵是一篇史论，呈现在读者面前的仍然是一首形象鲜明、感慨良深的诗篇。清人何焯《义门读书记》说："议论固高，尤当观其抑扬顿挫处，使人一唱三叹，转有余味。"

笔者最为欣赏且时常吟诵的李商隐登临怀古诗，是七律《安定城楼》：

> 迢递高城百尺楼，绿杨枝外尽汀洲。
> 贾生年少虚垂涕，王粲春来更远游。
> 永忆江湖归白发，欲回天地入扁舟。
> 不知腐鼠成滋味，猜意鹓雏竟未休。

李商隐应博学宏词科试落选，登楼有感，赋诗遣怀。颔联怀古，引贾谊、王粲以自比。颈联言志，抒情写意。永忆江湖，即怀淡泊名利之心；欲回天地，即抱建功立业之志。"永忆江湖归白发，欲回天地入扁舟"，用典浑化无迹，又洒脱，又遒劲。清代诗人查慎行说："王半山（安石）最赏此联，细味之，大有杜意。"（见《查初白十二种诗评》）诗之尾联借庄子寓言，表达出不汲汲于名利的狷介之性情，以及睥睨谣诼中伤的君子气概。

明人陆时雍《诗镜总论》云："李商隐七言律，气韵香甘，唐季得此，所谓枇杷晚翠。"清人沈德潜在《唐诗别裁集》中评点李之七律说："少陵胸次闳阔，议论开辟，一时尽掩诸家，而义山咏史，其余响也。"大约指的就是这类诗吧。

《锦瑟》无端解也难

> 锦瑟无端五十弦，一弦一柱思华年。
> 庄生晓梦迷蝴蝶，望帝春心托杜鹃。
> 沧海月明珠有泪，蓝田日暖玉生烟。
> 此情可待成追忆，只是当时已惘然。
>
> ——李商隐《锦瑟》

李商隐诗难解，尤其是《无题》和与之相类的有题等于无题的近体七律，更是难以索解。前人早有此议。《唐诗品汇》以"造意幽深"来形容，《四库全书总目》以"颇得风人之旨"来评价。就中又数《锦瑟》托意朦胧，言人人殊，众口异辞，莫衷一是。元好问《论诗绝句》云："望帝春心托杜鹃，佳人锦瑟怨华年。诗家总爱西昆好，独恨无人作郑笺。"西昆即西昆体。宋初杨亿、刘筠、钱惟演诸人，以晚唐李商隐为楷模，作诗大量运用典故，化用前人诗句，以求意旨幽深。他们的诗作编成一本《西昆酬唱集》，集中全是近体，以七律为多，大抵都音律谐美，词采秾丽，但难于索解，所以元遗山以"诗家总爱西昆好，独恨无人作郑笺"予以微讽。郑是指汉代的郑玄，他为前代的经书作注。清人王士祯《戏仿元遗山论诗绝句》亦云："獭祭曾惊博奥殚，一篇锦瑟解人难。千年毛郑功臣在，犹有弥天释道安。"王士祯显然不满"西昆体"，乃至以"獭祭"名之，对"刻意推求，务为深解"（《四库总目提要》语）的注家，提出批评。毛，指汉代毛亨、毛苌，都为《诗经》作过注。释道安，东晋时注释佛经的高僧。

虽说"一篇锦瑟解人难",但人们依然以极大的兴趣,力图解之。

宋人有认作咏物诗者,以为此诗如诗题所示,即咏锦瑟。宋人《邵氏闻见后录》说,诗中"庄生""望帝",皆瑟中古曲名,此为咏物之佐证。宋人《彦周诗话》引《古今乐志》说:适、怨、清、和,昔令狐楚侍人能弹此四曲,诗中四句,状此四曲也。宋人《缃素杂记》记述:"山谷道人读此诗,殊不晓其意。后以问东坡,东坡云:'此出《古今乐志》,云:锦瑟之为器也,其弦五十,其柱如之,其声也,适、怨、清、和。'"论者具体指实说:"庄生晓梦迷蝴蝶,适也;望帝春心托杜鹃,怨也;沧海月明珠有泪,清也;蓝田日暖玉生烟,和也。"

后来人多不依此说。大多数意见认为,《锦瑟》只是拈取首二字为题,与《无题》诗无异。四库馆臣纪昀即云:"此借锦瑟起兴,非咏锦瑟。"不是咏锦瑟,那是咏什么呢?

一为悼亡说。《李义山诗集辑评》引朱彝尊说,最为详尽:

> 此悼亡诗也。意亡者善弹此,故睹物思人,因而托物起兴也。瑟本二十五弦,一断而为五十弦矣,故曰"无端"也,取断弦之意也。"一弦一柱"而接"思华年"三字,意其人年二十五而殁也。蝴蝶、杜鹃,言已化去也;珠有泪,哭之也;玉生烟,葬之也,犹言埋香瘗玉也。此情岂待今日追忆乎?只是当时生成之日,已常忧其至此而预为之悯然,意其人必婉弱多病,故云然也。[1]

---

① 转引自刘学锴、余恕诚、黄世中编《李商隐资料汇编》,中华书局,2001,第 301 页。下文所引历代论者评义山诗,均出自该书。

朱氏此论，同意者颇多。《唐诗三百首》编者评点云："义山悼亡之作，集中屡见，此亦是也。"章燮《唐诗三百首注疏》引清人何焯《义门读书记》云："此悼亡之诗也"，"曰思华年，曰追忆，指趣晓然，何事纷纷附会乎？"梁章钜《退庵随笔》云："李义山诗，开卷《锦瑟》一篇，言人人殊"，"唯朱竹垞谓是悼亡之作者，近之。"悼亡说大概是不少人认可的最传统的说法。

一为自伤说。清人汪师韩《诗学纂闻》不同意朱竹垞的悼亡说，以为是李商隐自伤身世：

> 李义山《锦瑟》一篇，说者但以为悼亡之作，或遂以锦瑟为女子之名。其于"一弦一柱"句难通，则有改五十为十五、廿五者，或又作断弦解，瑟二十五弦，断则五十弦矣。然于"蓝田日暖"句，觉杂出不伦，即指蓝田为葬地，何以有生烟之喻耶？按：《旧唐书》，义山仕宦不进，坎壈终身。裴庭裕《东观奏记》曰："商隐自开成二年升进士第，至大中十二年，以盐铁推官死。"则《锦瑟》乃是以古瑟自况。①

自况就是自比。汪氏还进一步申说："晓梦"喻少年时事，早负才名，登第入仕，于今都如一梦。"春心"者，壮心也，壮心消歇，如"望帝"之化作"杜鹃"，已成隔世。"珠"在"沧海"，则有遗珠之叹，唯见"月明"而堕"泪"；"玉"不为人所采，然其"日暖"之"烟"（玉之精气），自在"蓝田"。

一曰诗序说。李商隐诗集最早的本子，《锦瑟》摆在第一篇。有的论者据此认为，这是诗人的自序。清人宋翔凤《过庭录》云：

---

① （清）王夫之等撰，丁福保辑《清诗话》上册，上海古籍出版社，1978，第 463 页。

> 《锦瑟》一篇,盖义山五十后自序之作也。五十弦瑟最悲,而己之身世已似之矣。……义山晚年编定生平之诗,而以此篇冠首。说者层层傅会,愈理愈乱。记从前有一家以为自叙,故为顺其意如此。①

其实,李商隐只活了四十八岁。何焯《义门读书记》云:

> 亡友程湘衡谓此义山自题其诗以开集首者。次联言作诗之旨趣,中联又自明其匠巧也。余初亦颇喜其说之新。然《义山诗》三卷出于后人掇拾,非自定。则程说固无据也。

钱钟书先生则引程说为同调,指《锦瑟》是李商隐为自己的诗集作的一篇诗序。他先援引李商隐《谢先辈防记念拙诗甚多,异日偶有此寄》诗:"星势寒垂地,河声晓上天。夫君自有恨,聊借此中传。"说此乃自道其诗也。以此推之,"《锦瑟》之冠全集,倘非偶然,则略比自序之开宗明义",只不过没有"聊借此中传"那么明显罢了。钱先生说,以"锦瑟"喻诗,犹以"玉琴"喻诗,而杜甫、刘禹锡早以玉琴喻诗的先例。钱先生接着分析说,首两句"锦瑟无端五十弦,一弦一柱思华年",言景光虽逝,篇什犹留,毕世心力,平生欢戚,"清和适怨",开卷历历,所谓"夫君自有恨,聊借此中传"。三四句"庄生晓梦迷蝴蝶,望帝春心托杜鹃",言作诗之法也。心之所思,情之所感,寓言假物,譬喻拟象;如庄生逸兴之见形于飞蝶,望帝沉哀之结体为啼鹃,均词出

---

① (清)宋翔凤:《过庭录》,中华书局,1986,第265~266页。

/ 芸窗随笔

比方，无取质言。举事寄意，故曰"托"；深文隐旨，故曰"迷"。五六句"沧海月明珠有泪，蓝田日暖玉生烟"，言诗成之风格或境界，犹司空表圣之形容诗品也。唐人常以珠、玉喻诗文体性，义山是前有承，后有继焉。七八句"此情可待成追忆，只是当时已惘然"，乃与首二句呼应作结，言前尘回首，怅触万端，顾当年行乐之时，即已觉世事无常，抟沙转烛，黯然于好梦易醒，盛筵必散。登场而预有下场之感，热闹中已含萧索矣。

一为咏史说。持此说者，为晚清著名学者、古文家吴汝纶。《桐城先生评点唐诗鼓吹》云：

> 此诗疑为感国祚兴衰而作。五十弦，一弦一柱，则百年矣。盖自安史之乱至义山作诗时，凡百年也。梦迷蝴蝶，谓天宝政治昏乱也；望帝春心，谓上皇失势之怨也；沧海明珠，谓利尽南海；蓝玉生烟，谓贤人憔悴也。结言不但后人感吊，即当时失者已有颠覆之忧也。

吴汝纶站在正统儒家的立场，认为诗言志，当应事关家国。他嘲笑说：说者至谬，谓锦瑟为贵人爱姬，不值一笑。

一曰言情说。吴汝纶认为"不值一笑"的情爱说，历来都不乏提倡者和支持者，以为《锦瑟》和其他《无题》诗一样，都属爱情诗。或曰锦瑟是当时贵人爱姬之名（《刘贡父诗话》），论者遂实以令狐楚青衣（丫鬟）。明人胡应麟《诗薮》说：宋人认作咏物，至"此情可待成追忆"处更说不通。如作咏情解，将题面"锦瑟"作青衣，诗意作追忆，"读之自当踊跃"。清人林昌彝《射鹰楼诗话》云："义山《锦瑟》，诸说不一，皆可为寄情之什，作香草美人观可也。"纪昀下面这段话，两破一立，力主咏情之说：

> 此借锦瑟起兴，非咏锦瑟。虚谷入之着题，误信黄朝英之说耳。此诗偶编集首，元遗山遂占为论端，说者相沿，愈凿愈谬。其实不过追忆旧欢之作，集中不一而足，无庸独执此一篇纷纷聚讼。

此论见于《瀛奎律髓汇评》，所谓"追忆旧欢"，言情也。

诸说之外，还有一说，或可称之为"无解说"。清人黄子云《野鸿诗的》云：

> 诗固有引类以自喻者，物与我自有相通之义。若"锦瑟无端五十弦，一弦一柱思华年"，物我均无是理。"庄生晓梦"四语，更又不知何所指，必当日獭祭之时，偶因属对工丽，遂强题之曰"锦瑟无端"，原其意亦不自解，而反弁之卷首者，欲以欺后世之人，知我之篇章兴寄，未易度量也。子瞻亦堕其术中，犹斤斤解之以适、怨、清、和，惑矣！

笔者猜度此黄生平日作诗，为求属对工丽，也许有意不自解之语，以此经验，移来评说《锦瑟》，或斥之为荒唐，笔者倒是以为，不是没有这种可能性呢。

著名作家王蒙提倡作家要学者化，他自己也撰写学术著作，发表学术研究文章。他在《一篇〈锦瑟〉解人难》一文中，提出了自己的看法。他说：

> 一般读者喜爱这首诗、阅读吟哦背诵这首诗，应该说首

先还是由于美的吸引。它的意境美、形象美、用事美、语言美、形式美，而这种美诗是充满魅力的。其次会着迷于它的惘然之情，它的迷离之境，它的蕴藉之意。……经历了丧妻之痛、漂泊之苦、仕途之艰、诗家的呕心沥血与收获的喜悦及种种别人无法知晓今人更无法知晓的个人的感情经验内心经验之后的李商隐……他的感受是混沌的、一体的、概括的、莫名的、只可意会不可言传因而是略带神秘的；这样一种感受是惘然的与"无端"的。①

王蒙还从不同读者鉴赏当有不同的角度，谈到解诗的有别：情种从《锦瑟》中痛感情爱，诗家从《锦瑟》中深得诗心，不平者从《锦瑟》中共鸣牢骚，久旅不归者吟《锦瑟》而思乡垂泪。《锦瑟》为读者，为古今中外的后人留下了极大极自由的艺术空间，读者可以流连其间，并自得其乐。

《中华文学通史》在论及《锦瑟》时，有这样一段话：

> 如最脍炙人口的《锦瑟》诗，历来就有许多种笺解和阐释。有说悼亡的，有说写爱情的，有说是感慨一生的，有说是为自己诗集作序的，等等。应该承认，各种说法都有一定的道理，有些说法并不是截然矛盾，完全不能相通的。像这些作品，应当看到它内涵的多义性和复杂性，允许多种解释并存互补，让人从多方面去欣赏和领略它的美感。②

笔者对此表示赞同，特录之以为本文的结尾。

---

① 王蒙：《一篇〈锦瑟〉解人难》，《读书》1990 年第 7 期。
② 张炯等主编《中华文学通史》第二册，华艺出版社，1997，第 217 页。

《锦瑟》无端解也难 /

引古抒怀　情深辞丽

——李商隐《安定城楼》诗品读

　　晚唐诗人李商隐十七岁时，即以文才受到当时属于牛僧孺党的令狐楚赏识，被引荐为幕府巡官，二十五岁时，令狐楚之子令狐绹又助其得中进士。可是后来，李商隐又被属于李德裕党的王茂元相中，任其为掌书记，并将女儿许配给他。当是时，朝中牛、李两党争权夺利，互相倾轧，牛党令狐绹等诋毁李商隐"背恩""无行"。其后李党失势，牛党当朝。李商隐遂成为"牛李党争"的牺牲品，在党争夹缝中求生存，寄人篱下，死时还不到五十岁。

　　可是，李商隐青年时代，是有远大志向的，这在诗人前期许多作品中可以看出来。其中最有名的当数《安定城楼》这首七律：

> 迢递高城百尺楼，绿杨枝外尽汀洲。
> 贾生年少虚垂涕，王粲春来更远游。
> 永忆江湖归白发，欲回天地入扁舟。
> 不知腐鼠成滋味，猜意鹓雏竟未休。

据记载，唐文宗开成三年（838）李商隐入王茂元幕，治所在泾州。不久，赴都城长安，参加博学宏词科考试，落选后回泾州，登楼览胜，引古抒怀，成就了《安定城楼》这一千古传诵的佳作。

　　首句"迢递高城百尺楼"，突兀而起，令人不禁想起"元龙百尺楼"的故典，想起李白"危楼高百尺"的名句。登高耸之楼，览广袤之景，高瞻远瞩，气象万千。次句"绿杨枝外尽汀洲"，

"绿杨枝"小而秀美，"尽汀洲"大也苍茫。《太平广记》记载：
"泾州东有美女湫，广袤数里"，注家以为"汀洲"即指其地。首
联依照惯例，写登临即景。即景所以生情，以高楼广洲为背景，
正可抒情寄志，发无穷之感慨。

　　颔联上句"贾生年少虚垂涕"，诗人以文采倜傥的贾谊自况。
《史记》载："贾生名谊，洛阳人也。年少颇通诸子百家之书。"
《汉书》载："数上疏陈政事，多所欲匡建，其大略曰：臣窃惟事
势，可为痛哭者一，可为流涕者二，可为长太息者六。"颔联下句
"王粲春来更远游"，诗人登楼，自然想到写有名篇《登楼赋》的
王粲。《三国志·魏书》载："王粲字仲宣，山阳高平人，徙居长
安，后之荆州依刘表。"《文选》载《登楼赋》有"虽信美而非吾
土兮，曾何足以少留！"何足以少（同"稍"）留，当更作远游
也。说到远游，似乎又使人想到楚辞中《远游》这首诗。诗人以
古代两位名士自比。贾谊献策，王粲作赋，同诗人自己一样都在
青年。贾谊上《治安策》，但不为汉文帝采纳，诗人应试则名落孙
山；王粲写《登楼赋》时，正依荆州刘表，而诗人此刻，亦在节
度使幕中。青春际遇，两两相似，说古人如道己身，可谓贴切之
至。这当是登楼兴感其一。

　　颈联上下句"永忆江湖归白发，欲回天地入扁舟"，这是登楼
兴感其二。诗人的青年时代虽说遭遇挫折，仕途困顿，但他少年
壮志，丝毫未减，经国抱负，常在心中。这壮志，这抱负，不是
凭空议论，而是运用春秋时期越国范蠡的典故来表现，"江湖"
"扁舟"乃是此典的代名词。《史记·货殖列传》载越国大夫范蠡
佐越王勾践力转乾坤，灭吴雪耻，功成身退，乃乘扁舟，浮于江
湖。诗人希望自己也能和范蠡一样能"回天地"而"泛江湖"。
回天地，是青春之壮志；泛江湖，是白发之闲情。无"欲回天地"

之志，则是庸人；无"永忆江湖"之心，则成禄蠹。既有建功立业的远大志向，又有功成身退的淡泊情怀，这就是颈联引范蠡故事要表达的意思。清人何焯云："此二句亦是王荆公一生心事，故酷爱之。"（《义门读书记》）查慎行亦云："王半山最赏此联，细味之，大有杜意。"（《查初白十二种评》）从这一联的表达形式上看，锤字坚实，结响凝固，既洒脱，又遒劲，工力颇近杜诗。从思想内容着眼，则封建时代有为之士，既有积极入世的思想，又有恬淡出世的心情，更有担当治平的志气，这与杜甫的胸襟怀抱，极为相似；而王安石这位"拗相公"也似乎从中照见了自己的影子，所以击节称赏。

尾联"不知腐鼠成滋味，猜意鹓雏竟未休"，则是诗人登楼兴感的第三层意思。作者心意，不明说一字，全仗庄子讲的寓言故事来表现。《庄子·秋水》载有"惠子相梁"故事：惠子（惠施）相梁。庄子往见之。或谓惠子曰："庄子来，欲代子相。"于是惠子恐，搜于国中，三日三夜。庄子往见之，曰："南方有鸟，其名为鹓雏（凤凰一类的鸟），子知之乎？夫鹓雏发于南海，非梧桐不止，非练食（竹食）不食，非醴泉（水味甜美如酒之泉水）不饮。于是鸱（鸱鸮，猫头鹰一类的鸟）得腐鼠，鹓雏过之，仰而视之曰：'吓！今子欲以子之梁国而吓我邪？'"这则寓言故事很有名。惠子熟知庄子的才能，害怕庄子取代自己梁相之职，庄子则用鸱得腐鼠，害怕鹓雏这种高贵的鸟与己争夺为喻，嘲笑惠子。后来人们就用此嘲弄庸人俗辈：以卑微、轻贱之物为珍，并且以己度人，害怕他人与之争夺的肮脏心态。李商隐在安定城楼上，想到那些猜忌他、诬蔑他的人，借用庄子寓言，予以回击。表明自己视功名利禄如敝屣，光明磊落，坦坦荡荡。并且补足了颈联的意思："欲回天地"，是表示不愿虚度年华，想积极建功立业，

　　　　　　　　/ 芸窗随笔

而不是贪恋禄位；"永忆江湖"，是早已有之的归隐江湖的夙愿，对争权夺利不屑一顾，正告鸥鸟一样的人们，尔辈莫要以小人之心度君子之腹！清人沈德潜《唐诗别裁集》，认为《安定城楼》这首诗"为令狐氏所摈而作"。近人张采田《玉溪生年谱会笺》谓李商隐应博学宏词试被摈，是由于牛党的打击。若是这样，尾联"腐鼠"云云，当确有所指，更非泛论。

通观《安定城楼》这首诗，笔力健举，富赡而又清峻，语言极具变化，论者以为得杜律之神髓。特别在用典方面，非常成功。由于贾谊、王粲的身世遭遇与作者有相似之处，贾生垂涕，王粲远游，与己之应试不售、蹉跎岁月，如合一契。范蠡"回天地"而"泛江湖"的故事，"鹓雏""腐鼠"之寓言，引古抒怀，恰到好处。不仅使一位奋发有为而又遭受压抑的年轻士子形象跃然于纸上，而且还表露了诗人不汲汲于荣利的高贵品质，回击了鸱鸮、腐鼠一类人物的诬蔑和猜忌，正气凛然，睥睨一切。这如许之多的意思都寄托在典故之中，引古是为了抒怀，抒怀则托以典故。既确切，又灵活；既含蓄，又简明；既深刻锐利，又极富文采；充分发挥了典故的功能。

登临怀古之作，大都有引古和抒怀两个层次。像李白《登金陵凤凰台》颔联"吴宫花草埋幽径，晋代衣冠成古丘"是引古，尾联"总为浮云能蔽日，长安不见使人愁"是抒怀。像杜甫《蜀相》颈联"三顾频烦天下计，两朝开济老臣心"是引古，尾联"出师未捷身先死，长使英雄泪满襟"是抒怀。李商隐的《安定城楼》则是交融在一起，引古即是抒怀，作者的怀抱当于典故的字里行间求之。这当然不是说这样处理最好，只是说别具一格。

"真色真韵"

——读杜牧七绝随札(一)

　　唐人七绝，以盛唐的"二王一李"为最著名。二王指王维、王昌龄，一李即指李白。王维的《九月九日忆山东兄弟》："独在异乡为异客，每逢佳节倍思亲。遥知兄弟登高处，遍插茱萸少一人。"《送元二使安西》："渭城朝雨浥轻尘，客舍青青柳色新。劝君更尽一杯酒，西出阳关无故人。"王昌龄的《出塞》："秦时明月汉时关，万里长征人未还。但使龙城飞将在，不教胡马度阴山。"《芙蓉楼送辛渐》："寒雨连江夜入吴，平明送客楚山孤。洛阳亲友如相问，一片冰心在玉壶。"李白的《早发白帝城》："朝辞白帝彩云间，千里江陵一日还。两岸猿声啼不住，轻舟已过万重山。"《送孟浩然之广陵》："故人西辞黄鹤楼，烟花三月下扬州。孤帆远影碧空尽，唯见长江天际流。"素来众口传诵，赞赏不绝。到了晚唐，七绝能接席二王一李者，当属"小李杜"，李为李商隐，杜为杜牧之，而单就七绝而言，则小杜似更为出色。

　　杜牧，字牧之，京兆万年（今陕西长安）人。他的祖父杜佑是中唐宰相，也是学者，《通典》一书就是他编撰的。杜牧二十六岁进士及第，又制策登科，授宏文馆校书郎，做过黄州、池州、睦州、湖州等地刺史，任过司勋员外郎（所以人又称他"杜司勋"），后迁中书舍人（同白居易诗"紫微花对紫微郎"一样，人亦称其为"杜紫微"）。卒时年五十岁。（一说五十一岁。著名学者缪钺曾作杜牧卒年考，最终认定为卒于五十岁。）有《樊川文集》行世（后人称其为"杜樊川"）。杜牧有远大的政治抱负，他对晚唐的社会现实极为不满，期冀恢复大唐帝国昔日的繁荣和昌盛，自称"平生五色线，愿补舜衣裳"。杜牧关注历朝治乱，喜谈兵甲之事，还为《孙子》十三篇作过注。杜牧才情横溢，诗文俱佳。文有《阿房宫赋》，诗则古、近体皆擅，七绝则更是冠绝一代，为后人所激赏。蘅塘退士的《唐诗三百首》选录其七绝 10 首，远超王维（3 首）、王昌龄（5 首）和李白（5 首），也超过同时的李商隐（7 首）。即使是"以李、杜为宗"的沈德潜的《唐诗别裁集》也选录杜牧七绝达 9 首之多。

提到杜牧的七绝，人们首先想到的，是他的咏史诗。如《过华清宫》三首：

长安回望绣成堆，山顶千门次第开。
一骑红尘妃子笑，无人知是荔枝来。

新丰绿树起黄埃，数骑渔阳探使回。
霓裳一曲千峰上，舞破中原始下来。

万国笙歌醉太平，倚天楼殿月分明。
云中乱拍禄山舞，风过重峦下笑声。

这些诗指责唐玄宗的荒淫昏聩都切中要害，可以说是一篇形象化的史论。诗人善于选择最典型的事件，抓住最典型的细节，加以形象的刻画。作者并未出面多做议论，而是借助形象来表达，寓意于事，寓意于境。像第一首"一骑红尘妃子笑"，通过送荔枝这一典型事件，鞭挞了唐玄宗与杨贵妃骄奢淫逸的生活，有着见微知著的艺术效果。第二首"霓裳一曲千峰上",极言唐玄宗的耽于享乐;"舞破中原始下来",极为形象地表现统治者荒侈淫靡的程度,以及由此产生的国破家亡的严重后果。第三首"云中乱拍禄山舞",更是活画了一幅君臣醉生梦死群丑图,形象地揭示巨奸的包藏祸心,昏君的执迷不悟。清人吴乔《围炉诗话》说:"诗贵有含蓄不尽之意,尤以不着意见声色故事议论者为最上。"《过华清宫》三首,不用难字,不使典故,不事雕琢,而寓意精深,含蓄有力,能发人深省。

《樊川诗集》中,咏史的七绝很多。像下面这几首:

孙家兄弟晋龙骧,驰骋功名业帝王。
至竟江山谁是主?苔矶空属钓鱼郎。

——《题横江馆》

相如死后无词客,延寿亡来绝画工。
玉颜不是黄金少,泪滴秋山入寿宫。

——《奉陵宫人》

细腰宫里露桃新,脉脉无言几度春。
至竟息亡缘底事?可怜金谷坠楼人。

——《题桃花夫人庙》

弯弓征战作男儿,梦里曾经与画眉。
几度思归还把酒,拂云堆上祝明妃。

——《题木兰庙》

杜牧咏史,喜欢作翻案文章。请看下面三首:

折戟沉沙铁未销,自将磨洗认前朝。

东风不与周郎便，铜雀春深锁二乔。

——《赤壁》

胜败兵家事不期，包羞忍耻是男儿。
江东子弟多才俊，卷土重来未可知。

——《题乌江亭》

吕氏强梁嗣子柔，我于天性岂恩仇？
南军不袒左边袖，四老安刘是灭刘。

——《题商山四皓庙》

议论不落前人窠臼，是杜牧咏史的一大特色。"东风不与周郎便，铜雀春深锁二乔"，"江东子弟多才俊，卷土重来未可知"，"南军不袒左边袖，四老安刘是灭刘"，皆与传统说法不同，都是反说其事。

《赤壁》一诗之"东风不与周郎便，铜雀春深锁二乔"，最为人所热议。攻讦者有之，回护者则更多。南宋许顗《彦周诗话》云："杜牧之作《赤壁》诗云云，意谓赤壁不能纵火，为曹公夺二乔置之铜雀台上也。孙氏霸业，系此一战，社稷存亡，生灵涂炭都不问，只恐捉了二乔，可见措大不识好恶。"而清人冯集梧在《杜樊川诗注》里说："彦周云云，诗不当如此论，此直村学究读史见识，岂足与语言近指远之诗乎？"民国高步瀛在《唐宋诗举要》里评论说："冯说是。宋人诗话有迂腐可厌者，此类是也。"清何文焕《历代诗话考索》云："夫诗人之词微以婉，不同论言直遂也。牧之之意，正谓幸而成功，几乎家国不保。彦周未免错会。"清贺贻孙《诗筏》则说之更详："彦周此语，足供挥麈一噱，但于作诗之旨，尚未梦见。牧之此诗，盖嘲赤壁之功，出于侥幸，若非天与东风之便，则周郎不能纵火，城亡家破，二乔且将为俘，安能据有江东哉？牧之诗意，即彦周'伯（同"霸"）业不成'意，却隐然不露，令彦周辈一班浅人读之，只从怕捉二乔上猜去，所以为妙。诗家最忌直叙，若竟将彦周所谓社稷存亡、生灵涂炭、孙氏霸业不成等意，在诗中道破，抑何浅而无味也！唯借'铜雀春深锁二乔'说来，便觉风华蕴藉，增人百感，此正是风人巧于立言处。彦周盖知其一，不知其二也。"而近人之论当更其恰切，王文濡《唐诗评注读本》说："此诗似谓周郎得有天幸，若无东风，则不但不能胜魏，恐江东必为魏破，而锁其大、小二乔于铜雀矣。操以八十万众，横槊而来，周瑜实非其敌，且操败于魏无大损，瑜败则三国不能鼎立，论史颇中肯綮。"沈祖棻《唐人七绝诗浅释》说："用形象思维观察生活，别出心裁地反映生活，乃是诗的生命。杜牧在此诗里，通过'铜雀春深'这一富于形象性的诗句，即小见大，这正是他在艺术处理上独特的成功之处。"

《题乌江亭》的"江东子弟多才俊，卷土重来未可知"这两句诗，前人亦为之各执一词：宋人胡仔在《苕溪渔隐丛话》中说"好异而畔（同"叛"）于理"，认为"项氏以八千人渡江，败亡之余，无一还者，其失人心为甚，谁肯复附之？其不能卷土重来，决矣"。这番议论，当然是站在传统的立场上，认同一种习惯的说法，就事论事，不为无理；但用它来读诗，用古人的话说，那就"失之凿矣"，把活生生的诗句读死了。清人吴景旭在《历代诗话》中反驳胡仔，说杜牧正是"用翻案法，跌入一层，正意益醒"。吴氏为杜牧辩护，则是就诗论诗。诗当别裁，辞有别趣。诗人是借题发挥，批评项羽胜也骄、败也馁，所谓"卷土重来未可知"，实际是在提醒人们，在成就事业的过程中，要百折不挠，愈挫愈奋，永不言败。

至于《题商山四皓庙》，则缘于这样一些史实：吕后强梁，太子柔弱，高祖刘邦欲废太子。吕后用张良之计，迎隐居商雒、高祖征之不出的"四皓"（四老）下山，说动高祖作罢。高祖崩后，吕氏即专权，几夺刘家之天下，直至周勃扫清诸吕势力。世谓四皓辅太子是安刘，杜牧认为祸当从此而起，"四老安刘是灭刘"！翻案文章，于史有据，而作为咏史诗，以四皓作为指斥对象，也是别出一格了。

　　咏史与怀古，向来难以分家。杜牧的登临怀古诗，同他的咏史诗一样，颇多新意。像下面这几首：

　　　　　　清时有味是无能，闲爱孤云静爱僧。
　　　　　　欲把一麾江海去，乐游原上望昭陵。
　　　　　　　　　　　　　　——《将赴吴兴登乐游原》
　　　　　　烟笼寒水月笼沙，夜泊秦淮近酒家。
　　　　　　商女不知亡国恨，隔江犹唱后庭花。
　　　　　　　　　　　　　　　　　——《泊秦淮》
　　　　　　繁华事散逐香尘，流水无情草自春。
　　　　　　日暮东风怨啼鸟，落花犹似坠楼人。
　　　　　　　　　　　　　　　　　——《金谷园》

　　《登乐游原》"欲把一麾江海去，乐游原上望昭陵"，《唐诗三百首》编者蘅塘退士说是诗人"惓惓不忍去，忠爱之思，溢于言表"。胡震亨《唐音癸签》则曰："'望昭陵'者，不得志于时而思明君之世，盖怨也，首云'清时'，反辞也。"今人沈祖棻似乎说得更透彻更全面："诗句虽然只是以登乐游原起兴，说到'望昭陵'，便戛然而止，不再多写一字，但其对祖国的热爱，对盛世的追怀，对自己无所施展的悲愤，无不包括在内，写得既深刻，又简炼（练），既沉郁，又含蓄，真所谓'称名也小，取类也大'。"

《泊秦淮》这首诗，沈德潜《唐诗别裁集》称之为"绝唱"。史载，亡国之君陈后主，耽于淫乐，制《玉树后庭花》舞曲。后世即指《后庭花》为亡国之音。清人章燮在《唐诗三百首注疏》中评点说："商女何知，安识亡国之恨？所以亡国之后，犹闻亡国之音，则知唱者无心，而隔江听者，殊觉唏嘘悲感也。"杜牧夜泊秦淮，耳听隔江传来的靡靡之音，在这国势衰危的时候，一些人仍在醉生梦死，不禁悲从中来。诗笔则于婉曲轻利的风调之中，表现出辛辣的讽刺和无限的感慨，同时也曲折地反映出诗人对国事怀抱隐忧的心境。不禁令人想起杜牧在其名作《阿房宫赋》结尾时的深沉咏叹："秦人不暇自哀，而后人哀之。后人哀之而不鉴之，亦使后人而复哀后人也。"

金谷园是西晋富豪石崇的别墅。世事沧桑，"繁华事散"，到了杜牧的时代，一代繁荣华丽的名园已然荒废，成为供人凭吊之处。《晋书·石崇传》记载金谷园故事，说：石崇有妓曰绿珠，美而艳。孙秀使人求之，不得，矫诏收崇。崇正宴于楼上，谓绿珠曰："我今为尔得罪。"绿珠泣曰："当效死于君前。"因自投于楼下而死。杜牧过金谷园，面对荒废的园林，看到日暮随风飘散的落花，想起绿珠这个无辜的"坠楼人"，不禁悲从中来，"自古红颜多薄命"的感慨油然而生。而这种感慨，这种情，不是通过直接抒情来表现的，而是着意写景，景中寄情，尤其是几个虚字，"流水无情草自春"的"无"字和"自"字，"落花犹是坠楼人"的"犹"字，轻轻点出，意味深沉而隽永。俞陛云《诗境浅说·续编》评说："前三句景中有情，皆含凭吊苍凉之思。四句以花喻人，以落花喻坠楼人，伤春感昔，即物兴怀，是人是花，合成一派凄迷之境。"

正如《中华文学通史》所总结的：杜牧咏史、怀古这类诗的特点，是善于选择最典型的事件，加以形象的刻画，在不违背历史真实的情况下，又能有较强的艺术感染力。

"真色真韵"

——读杜牧绝句随札(二)

前人评杜牧诗,用"俊迈"(明胡应麟《诗薮》)、"豪健"(清贺裳《载酒园诗话》)、"高华"(宋蔡绦《蔡百衲诗评》),大概指其咏史与怀古这类诗。其实,杜牧的许多即景的抒情之作,也不乏高华和俊爽,似乎更得到一般读者的喜爱。像下面这几首,尤其脍炙人口:

> 千里莺啼绿映红,水村山郭酒旗风。
> 南朝四百八十寺,多少楼台烟雨中。
>
> ——《江南春》
>
> 远上寒山石径斜,白云生处有人家。
> 停车坐爱枫林晚,霜叶红于二月花。
>
> ——《山行》
>
> 青山隐隐水迢迢,秋尽江南草未凋。
> 二十四桥明月夜,玉人何处教吹箫?
>
> ——《寄扬州韩绰判官》

这三首绝句,分明是三幅色彩鲜明的图画。杜牧善于运用他那爽朗俊逸的笔调,勾画水色山光、碧草红叶,给人以美的享受。试看《江南春》:千里江南,春景如画。杂花生树,草长莺飞,水村山郭,酒旗飘荡,多少寺院,楼台参差,都在春风吹拂之下,在烟雨笼罩之中。啼莺、绿树、红花、水村、山郭、酒旗,这一切景物，着烟雨而迷离，更显出迷人的风韵。它使人想起"杏花春雨江南"的名句，这也正是诗题所标明的江南春的典型特色。杨慎《升庵诗话》谓："千应作十，盖千里已听不着、看不见矣，何所云莺啼绿映红耶？"何文焕《历代诗话考索》反驳说："余谓即作十里，亦未必尽听得著、看得见。题云《江南春》，江南方广千里，千里之中，莺啼而绿映焉。水村山郭，无处无酒旗，四百八十寺，楼台多在烟雨中也。此诗之意既广，不得专指一处，故总而命曰《江南春》。"单就此而言，何氏会得杜诗之意，而升庵之说，真如不知诗者所言，而升庵乃知诗者，大约"糊涂一时"罢。

再看《山行》，真如著名学者霍松林先生所言是一幅秋山行旅图。随着画卷的展开，寒山、石径、白云、人家，一一映入眼帘。而诗人最爱，以至于"停车"驻足观赏的，乃是夕阳斜照之下的一片枫林，晚秋经霜，枫叶如醉，层林尽染，一派红艳，"霜叶红于二月花"，这才是画面的中心，这才是诗篇的主脑。清人黄叔灿《唐诗笺注》云："'霜叶红于二月花'，真名句。"俞陛云《诗境浅说·续编》说："诗人之咏及红叶者多矣，如'林间暖酒烧红叶'、'红树青山好放船'等句，尤脍炙词坛，播诸图画。惟杜牧诗专赏其色之艳，谓胜于春花，当风劲霜严之际，独绚秋光。红黄绀紫，诸色咸备，笼山络野。春花无此大观，宜司勋特赏于艳李秾桃外也。"司勋即指杜牧。自从宋玉一声"悲哉！秋之为气也"之后，封建时代的文人几乎都少不了一种悲秋意识。杜牧是一个例外，同样例外的还有刘禹锡，他的"晴空一鹤排云上，便遣诗情到碧霄"，与杜牧一样一扫悲秋之气。

《寄扬州韩绰判官》，给扬州留下千载犹香的诗篇。首句青山绿水，隐隐迢迢，可想扬州山水之胜；次句江南深秋，芳草一碧，可谓扬州气候之美；三、四句忆二十四桥头，月下飞觞，玉人吹箫。眷恋之情，溢于言表。"二十四桥明月夜，玉人何处教吹箫？"诗的作者"有神往之致"（黄叔灿《唐诗笺注》），千载之下，今天的读者诵读斯篇，又何尝不令人神往！《四库》总纂官纪昀为之激赏，称"情韵极佳"。明代胡应麟在《诗薮》中评论："此等人盛唐亦难辨。"《升庵诗话》说："'秋尽江南草未凋'，俗本作'草木凋'。秋尽而草木凋，自是常事，不必说也，况江南地暖，草本不凋乎。此时杜牧在淮南而寄扬州人者，盖厌淮南之摇落，而羡江南之繁华，若作'草木凋'则与'青山''明月''玉人吹箫'不是一套事矣。"升庵此辩，足证升庵还是颇知诗者。

杜牧写节令的即事诗，也很有韵味。像下面这两首：

> 清明时节雨纷纷，路上行人欲断魂。
> 借问酒家何处有？牧童遥指杏花村。
>
> ——《清明》
>
> 银烛秋光冷画屏，轻罗小扇扑流萤。
> 天街夜色凉如水，卧看牵牛织女星。
>
> ——《秋夕》

这是两幅有人物的风情画。《清明》这首诗，著名学者、红学家周汝昌先生为之写过一篇鉴赏文章，和这首诗一个难字也没有、一个典故也不用，写得自然之极、自如之极一样，周先生的文章也是一个难字也没有，一句陈言也不引，写得自然之极、自如之极。比如，赏析"牧童遥指杏花村"：

> "遥"，字面意义是远，然而这里不可拘守此义。牧童这一"指"，已经使我们如同看到，隐约红杏梢头，分明挑出一个酒

帘——"酒望子"来了。若真的距离遥远，就难以发生艺术联系，若真的就在眼前，那又失去了含蓄无尽的兴味；妙就妙在不远不近之间。《红楼梦》里大观园中有一处景致题作"杏帘在望"，那"在望"的神情，正是由这里体会脱化而来，正好为杜郎此句作注脚。"杏花村"不一定是真的村名，也不一定即是酒家，理解为杏花深处的村庄就够了。那里大概有一家小小的酒店，在等待雨中行路的客人吧。诗只写到"遥指杏花村"就戛然而止，再不多费一句话。剩下的，"行人"怎样的闻讯而喜，怎样的加把劲儿趱上前去，怎样的兴奋地找着了酒店，怎样的欣慰地获得了避雨和消愁两方面的满足和快意……，这些，诗人就都"不管"了。他把这些都付与读者的想象，为读者开拓了一处远比诗篇语文字句所显示的更为广阔得多的想象余地。这就是艺术的"有余不尽"。[①]

《秋夕》有的认为是王建所作，一般认为是一首宫词，有的直指"此宫中秋怨诗也"（王文濡《唐诗评注读本》）。今人袁行霈也认为："这诗写一个失意宫女的孤独生活和凄凉心情。"这看法当然有它的来历和理由，大概同诗中的"银烛""画屏""天阶"等词语有关。其实，依笔者看来，就像《陌上桑》里夸赞秦罗敷以及秦罗敷夸赞其夫婿一样，《秋夕》所写，无非是要表示高贵。俞陛云《诗境浅说·续编》说《秋夕》是"为秋闺咏七夕情事"，"静院夜凉，见伊人逸致"，"离合悲欢之迹，不着毫端，而闺人心事，尽在举头坐看之中"。（言"坐看"，是有的选本尾句为"坐看牵牛织女星"）笔者赞同此说。作为写一般女儿的七夕情思，不

① 萧涤非等：《唐诗鉴赏辞典》，上海辞书出版社，1998，第 987 页。

仅说得通，而且还十分含蓄得体。所谓宫女怨诗，不看前人那些笺注，单就文本，恐怕得不出这样的结论。如果工笔画家就此诗画一幅诗意画，大约可以画成一幅七夕少女扑萤图，或一幅少女卧数星星图吧。

杜牧另有二首题作《赠别》的七绝，经《唐诗三百首》选录，而广泛传诵人口：

> 娉娉袅袅十三余，豆蔻梢头二月初。
> 春风十里扬州路，卷上珠帘总不如。
>
> 多情却似总无情，唯觉尊前笑不成。
> 蜡烛有心还惜别，替人垂泪到天明。

据前人解说，这两首诗赠别的对象，是扬州的一位小歌女。前一首是赞美所别者的美丽。首句用娉娉袅袅四字来形容，身姿轻盈而美好。次句用豆蔻梢头来比喻，貌美如花而含苞欲放。三、四句以反衬的手法，有意压低春风十里的扬州路上卷起珠帘的所有翠裙红袖，来突出伊人之美，达到众星捧月的艺术效果。而"春风十里扬州路"一句，没有一丁点儿藻饰，"不着一字，尽得风流"（司空图《诗品》），可以说写尽了唐代扬州的繁华和美丽。直到南宋，词人姜白石还在词中以"杜郎俊赏"四字来回味。杜牧的"春风十里扬州路"，大约只有李白的"烟花三月下扬州"可以与之相媲美，共同成为赞美扬州城的千古名句。

后一首表达依依惜别的深情。今人沈祖棻解说："前半以无情衬托多情，深情幽怨，全从侧面显示；后半以烛为喻，语意极其新鲜而又巧妙。""蜡烛有心还惜别"，烛是有"心"（芯）的，所以懂得惜别；烛是有"泪"（燃烛流脂谓之烛泪）的，所以"替人垂泪到天明"。既是比喻，又是拟人。使无知之物人格化，以衬托人的感情的方法，古典诗歌中常见；但比拟如此贴切，形象如此鲜明，表达出的感情如此悱恻缠绵，且余韵不尽，还并不多见。

这两首《赠别》诗，是诗人流连扬州，进出歌台舞榭之作，当今有些选本弃而不选。我们就诗论诗，不能不承认它们是好诗，表达的感情也是真挚的。我们没有必要把它们排斥于今天的诗选之外，否则我们连二百年前的蘅塘退士先生都不如，他还能毫不犹豫地将这两首《赠别》诗选入他的《唐诗三百首》呢。

杜牧另有两首很有名的"夫子自道"式的七绝，一首题作《遣怀》，一首题作《读韩杜集》：

> 落魄江湖载酒行，楚腰纤细掌中轻。
> 十年一觉扬州梦，赢得青楼薄幸名。
>
> ——《遣怀》
>
> 杜诗韩笔愁来读，似倩麻姑痒处搔。
> 天外凤凰谁得髓？无人解合续弦胶！
>
> ——《读韩杜集》

《遣怀》是杜牧追忆在扬州当幕僚时那段生活的抒情之作。杜牧为人，志存高远，刚直有节，敢论列大事，却也看轻小节，不拘细行。"十年一觉扬州梦"，调侃之中似乎还含有自嘲和悔恨之意。蹉跎岁月，虚掷青春，诗中流露的是政治上的不得志，前尘如梦，不堪回首。这是诗人袒露心襟、毫无遮掩的自我忏悔、自我表白，感情应当说还是健康的。

《读韩杜集》则道出了诗人文崇韩愈、诗尚杜甫，"转益多

师"，而后别成一家的理论与实践。"麻姑抓痒"，典出晋代葛洪
《神仙传》：仙女麻姑手似鸟爪，引起凡人欲得其手以抓痒的念头。
后即借麻姑抓痒以表示舒适快意。诗人自道读韩文杜诗，正如麻
姑抓痒，十分快意和满足。实际上，诗人也颇受韩愈和杜甫的影
响。清贺裳《载酒园诗话》云："紫微尝有句曰'杜诗韩笔愁来
读，似倩麻姑痒处搔'，此正一生所得力处，故其诗文俱带豪健。"
是的，杜牧心胸旷达，寄托远大，有一种豪爽英俊之气，又能在
继承前辈优良传统的基础上，面对自己所处的时代，独立地抒写
自己的胸襟，因而成就了一代大家，在晚唐诗坛上独树一帜。

　　杜牧诗中有许多名句，至今还活在人们的话语中。除上面征
引诗篇之名句外，还有像"草色人情相与闲，是非名利有无间"
(《洛阳长句》)，"尘世难逢开口笑，菊花须插满头归"(《九日齐
山登高》)，"公道世间唯白发，贵人头上不曾饶"(《送隐者一
绝》)之类，人生况味，颇能引起过去人们的共鸣。杜牧的七律也
写得很好，几乎能与李商隐并驾。本文只是谈谈杜之七绝，仅录
其七律二首，以备参看：

六朝文物草连空，天淡云闲今古同。
鸟去鸟来山色里，人歌人哭水声中。
深秋帘幕千家雨，落日楼台一笛风。
惆怅无因见范蠡，参差烟树五湖东。

　　　　　　　　——《题宣州开元寺水阁》

金河秋半虏弦开，云外惊飞四散哀。
仙掌月明孤影过，长门灯暗数声来。
须知胡骑纷纷在，岂逐春风一一回。

莫厌潇湘少人处，水多菰米岸莓苔。

——《早雁》

杜牧自论其诗云："某苦心为诗，本求高绝，不务奇丽，不涉习俗，不今不古，处于中间。"后人论其诗：宋人《蔡百衲诗评》谓，"杜牧之诗，风调高华，片言不俗"。明人胡应麟《诗薮》谓，"俊赏若牧之，藻绮若庭筠，精深若义山（李商隐），整密若丁卯（许浑），皆晚唐铮铮者"。胡震亨《唐音癸签》谓，"杜紫微才高，俊迈不羁，其诗有气概，非晚唐人所能及"。清人翁方纲《石洲诗话》谓，"樊川真色真韵，殆欲吞吐中晚（唐）千万篇"。笔者爱其"真色真韵"四字，遂以之作为本文之题目。

"许浑千首湿"

　　与杜牧同时，且是杜牧相知的许浑，也是晚唐诗坛一名家。历代和当今的唐诗选本，都选有许浑的诗作。许浑的祖父也与杜牧的祖父一样，当过朝廷的宰相，郡望是湖北安陆。许浑早年家于洛阳，后迁湖南，又迁江南，定居于润州丹阳（今属江苏），又在京口（江苏镇江）南郊丁卯洞桥置别墅，晚年在此编订诗集，因而人称其为"许丁卯"，其集为《丁卯集》。

　　许浑作诗喜用"水"字，人称"许浑千首湿"。宋人《桐江诗话》所谓"许浑集中佳句甚多，然多用'水'字，故国初人士云'许浑千首湿'是也"，这大概就是这一说法的出处。带"水"的诗篇，《丁卯集》中几乎随处可见：

> 潮去潮来洲渚春，山花如绣草如茵。
> 严陵台下桐江水，解钓鲈鱼有几人？
>
> ——《寄桐江隐者》①
>
> 野客从来不解愁，等闲乘月海西头。
> 未知南陌谁家子，夜半吹笙入水楼。
>
> ——《宿水阁》
>
> 劳歌一曲解行舟，红叶青山水急流。
> 日暮酒醒人已远，满天风雨下西楼。
>
> ——《谢亭送别》

---

① （唐）许浑撰，罗时进笺证《丁卯集笺证》，中华书局，2012，第 316 页。下引许浑诗均出自该书。

避秦安汉出蓝关，松桂花阴满旧山。
自是无人有归意，白云常在水潺潺。

——《题四老庙》

地雄山险水悠悠，不信隋兵到石头。
玉树后庭花一曲，与君同上景阳楼。

——《陈宫怨》

碧烟秋寺泛湖来，水浸城根古堞摧。
尽日伤心人不见，石楠花发旧歌台。

——《游楞伽寺》

万山秋雨水萦回，红叶多从紫阁来。
云淡竹斋禅衲薄，已应飞锡过天台。

——《寄敬上人》

金谷歌传第一流，鹧鸪清怨碧烟愁。
夜来省得曾闻处，万里月明湘水秋。

——《听唱山鹧鸪》

西风澹澹水悠悠，雪点丝飘带雨愁。
何限归心倚前阁，绿蒲红蓼练塘秋。

——《鹭鸶》

　　还有诗中没见"水"字，但包含与"湿"字有关的江、河、湖、塘，溪、流、涧、滩，潮、汐、波、浪，雨、雪、霜、露，这类诗句更是俯拾即是：

帆转清淮及鸟飞，落帆应换老莱衣。
河亭未醉先惆怅，明日还从此路归。

——《送曾主簿归楚州省觐予亦明月归姑苏》

仿佛欲当三五夕，万蟾清杂乱泉纹。

钓鱼船上一尊酒，月出渡头零落云。

——《湖上》

知有瑶华手自开，巴人虚唱懒封回。

山阴一夜满溪雪，借问扁舟来不来？

——《酬李当》

清露自云明月天，与君齐棹木兰船。

南湖风雨一相失，夜泊横塘心渺然。

——《夜过松江寄友》

遥见江阴夜渔客，因思京口钓鱼时。

一潭明月万株柳，自去自来人不知。

——《守风淮阴》

雨过前山日未斜，清蝉嘒嘒落槐花。

车轮南北已无限，江上故人才到家。

——《夏日寄江上亲友》

古木苍山掩翠娥，月明南浦起微波。

九疑望断几千载，斑竹泪痕今更多。

——《过湘妃庙》

又携刀笔从赝舟，蓝口风高桂楫留。

还似郢中歌一曲，夜来春雪照西楼。

——《酬江西卢端公蓝口阻风》

桂楫美人歌木兰，西风袅袅露漙漙。

夜长曲尽意不尽，月在潇湘洲渚寒。

——《酬韦侍御》

这是"湿"的绝句。再来看看"湿"的律诗：

花下送归客，路长应过秋。

暮随江鸟宿，寒共岭猿愁。

众水喧严濑，群峰抱沉楼。

因君几南望，曾向此中游。

————《送客归兰溪》

晚过石屏村，村长日渐曛。

僧归下岭见，人语隔溪闻。

谷响寒耕雪，山明夜烧云。

家家扣铜鼓，欲赛鲁将军。

————《游新兴寺，宿石屏村谢叟家》

无辞一杯酒，昔日与君深。

秋色换旧鬓，曙光生别心。

桂花山庙冷，枫树水楼阴。

此路千余里，应劳楚客吟。

————《送客归湘楚》

红叶晚萧萧，长亭酒一瓢。

残云归太华，疏雨过中条。

树色随关迥，河声入海遥。

帝乡明日到，犹自梦渔樵。

————《秋日赴阙题潼关驿楼》

遥夜泛清瑟，西风生翠萝。

残萤栖玉露，早雁拂金河。

高树晓还密，远山晴更多。

淮南一叶下，自觉洞庭波。

————《早秋》

这是五律，都很有名，其中《秋日赴阙题潼关驿楼》（红叶晚萧萧）最为人所称道。再看带"湿"的七律：

兹楼今是望乡台，乡信全稀晓雁哀。
山翠万重当槛出，水光千里抱城来。
东岩月在僧初定，南浦花残客未回。
欲吊灵均能赋否？秋风还有木兰开。

——《晨起白云楼寄》

赵佗西拜已登坛，马援南征土宇宽。
越国旧无唐印绶，蛮乡今有汉衣冠。
江云带日秋偏热，海雨随风夏亦寒。
岭北人归莫回首，蓼花枫叶万重滩。

——《朝台送客》

自剪青莎织雨衣，南村烟火是柴扉。
莱妻早报蒸藜熟，童子遥迎种豆归。
鱼下碧潭当镜跃，鸟还青嶂拂屏飞。
花时未免人来往，欲买严光旧钓矶。

——《村舍》其一

尚平多累自归难，一日身闲一日安。
山径有云收猎网，水门无月挂鱼竿。
花间酒气春风暖，竹里棋声夜雨寒。
三顷水田秋更熟，北窗谁拂旧尘冠？

——《村舍》其二

秋来凫雁下方塘，系马朝台步夕阳。
村径绕山松叶暗，柴门临水稻花香。
云连海气琴书润，风带潮声枕簟凉。

西下磻溪犹万里，可能垂白待文王？

——《晚自朝台至韦隐居郊园》

许浑最为人乐道的两首诗，也是每首皆"湿"：

玉树歌残王气终，景阳兵合戍楼空。
楸梧远近千官冢，禾黍高低六代宫。
石燕拂云晴亦雨，江豚吹浪夜还风。
英雄一去豪华尽，惟有青山似洛中。

——《金陵怀古》

独上高城万里愁，蒹葭杨柳似汀洲。
溪云初起日沉阁，山雨欲来风满楼。
鸟下绿芜秦苑夕，蝉鸣黄叶汉宫秋。
行人莫问当年事，故国东来渭水流。

——《咸阳西城门楼晚眺》

一首是咏怀古迹之作，一首是即景抒情诗。两首都"湿"得可以。前一首颈联"拂云晴亦雨""吹浪夜还风"。后一首更是"汀洲""溪云""山雨""渭水流"，著名学者霍松林先生品读说：许浑千首湿，此诗"湿"度更大。

就这两首诗而言，"湿"只是字面上的表象。许浑这一类即景抒怀或咏怀古迹之作，往往能够超越眼前具体物事而表达出对整个时代，乃至悠悠千古历史变迁的忧戚和感伤，因而具有较强的思想力度。明代高棅《唐诗品汇》评点说："其今古废兴，山河陈迹，凄凉感慨之意，读之可以一唱三叹矣！"许浑生活在晚唐国家衰颓的时代，他的这一类诗实际上是当时时代氛围的曲折反映。"溪云初起日沉阁，山雨欲来风满楼"，这是千古名联。寥寥十四字，用溪云乍起、红日忽沉、狂风满楼，来烘托山雨欲来，形势逼人。既是写眼前自然之景观变化，是真实的再现，又包含象征的意义。人们经常引用"山雨欲来风满楼"这句诗，用自然现象来比拟社会现象，用以表现大事变前的种种迹象，既生动又形象。

探讨"许浑千首湿"的原因，也许是许浑一直生活在水乡，在水乡长大，在水乡为官，最终在水乡归隐，水乡之水给诗人许浑打上了"湿"的印记。也许是许浑性情平允，如水之柔和顺势，正切合古人所谓"智者乐水"的性格倾向。也许是许浑作为一个诗人，在选材取景、构图置景以及用词造句方面的一种习惯，习惯成自然，作诗的时候，展纸提笔，和"水"有关的好词美句就接踵而来，要不"湿"，怕还不可能。上述三种"也许是"，也许都是"许浑千首湿"的原因呢。

许浑作为晚唐诗坛一名家，当然还不主要是由于他的"千首湿"，那是诗话家、诗评家从许浑诗中领略到的一个外在的特征。《中华文学通史》称他"是晚唐时代一位有特色的诗人"。和他同时的杜牧、张祜、段成式都赞赏他，和他友善。比他更晚的诗人韦庄有一首《题许浑诗卷》的诗，这样称赞道："江南才子许浑诗，字字清新句句奇。十斛明珠量不尽，惠休虚作碧云词。"

许浑最擅律诗，尤其是七律，《唐诗别裁集》选许浑七律多达九首。限于本题，这里就不再多作征引。

唐诗用典例话

　　用典是借古事古语说今意的一种表达方式。(张中行《文言常识》)古事是事典,古语是语典。事典、语典都来自旧有,也统称为典故。用较少的词语拈举特指的古事或古语,可以表达较多的今意,所以过去的文人乐于用典,甚至以用典之多、之巧相标榜。唐代诗人,尤其是中晚唐诗人,有些似乎用典成癖,几乎句句离不开。特别是七律,一典不用,简直不可想象。李商隐即其典型代表。今试举一例,说说用典的利和弊。这就是李商隐咏史诗代表作之一,七律《隋宫》。

> 紫泉宫殿锁烟霞,欲取芜城作帝家。
> 玉玺不缘归日角,锦帆应是到天涯。
> 于今腐草无萤火,终古垂杨有暮鸦。
> 地下若逢陈后主,岂宜重问后庭花?

隋宫,隋炀帝之宫,这里是指炀帝在江都(今扬州)营建的行宫。

　　首联"紫泉宫殿锁烟霞,欲取芜城作帝家"。诗人咏江都之隋宫,先从都城长安宫殿起笔。"紫泉"是长安的一条水,用以指代长安。紫泉,《上林赋》里称作"紫渊",唐代避高祖李渊讳,改称紫泉。紫泉宫殿巍峨壮丽,云蒸霞蔚,可是炀帝却将它空锁在烟霞之中,而龙舟南游,"欲取芜城作帝家"。"芜城"即江都,南朝宋之著名作家鲍照,于宋孝武帝时,曾随军至广陵(今扬州),见广陵故城一片荒芜,感而作《芜城赋》,此当是诗称芜城之所据。"作帝家",即作为炀帝的宫室。《隋书》记载:"大业（年号）元年,发民十万开邗沟入江。自长安至江都,置离宫四十余所。"首联意思是说,都城长安有如此之宫殿,乃空锁不住,而更别下扬州,再建行宫。可以见出奢靡无度。

颔联"玉玺不缘归日角,锦帆应是到天涯",意思是说,假如没有隋唐易代,皇朝更迭,则"淫暴之夫,流连荒亡,无有底极","乌知其不又锁扬州而又去别处耶?"（金圣叹《贯华堂选批唐才子诗》）"玉玺",天子之印。秦始皇得蓝田之玉,命其相李斯篆曰:"受命于天,既受永昌。"汉高祖入咸阳得秦玺,世世相授,号"传国玺"。"日角",郑玄《尚书注》:"日角,谓中庭骨起状如日。"《旧唐书·唐俭传》载:李渊起兵前,唐俭说他"日角龙庭",必能取天下。诗中"日角"当指唐高祖李渊。而《旧唐书》亦有唐太宗四岁时即有"天日之表"的记载,或即以"日角"指唐太宗。高祖也好,太宗也罢,反正隋朝的天下归了唐朝。"锦帆",《开河记》云:"炀帝御龙舟幸江都,舳舻相继,锦帆过处香风十里。"沈德潜《唐诗别裁集》说此联:"言天命若不归唐,游幸岂止江都而已?"俞陛云《诗境浅说》说此联:"三四言天心所眷,若不归日角龙颜之唐王,则锦帆游荡,当不知其所止。"都与金圣叹说相一致。

颈联"于今腐草无萤火,终古垂杨有暮鸦"。"腐草",即枯草;"暮鸦",既昏鸦。据《隋书》记载:大业末,帝"征求萤火,得数斛,夜出游山,放之,光遍岩谷"。又有记载云:"炀帝自板渚引河作街道,植以杨柳,名曰隋堤,一千三百里。"诗人慨叹:于今呢,无萤火,有暮鸦,江山一片衰草萧瑟,哪里还有当年萤火"光遍岩谷"的景致?千里长堤,杨柳犹存,只不过供昏鸦栖息罢了。今昔之叹,感慨系之矣。

尾联"地下若逢陈后主，岂宜重问后庭花"，意思大约是说，隋炀帝这个亡国之君，若在地下碰到陈后主，还有资格讥笑陈后主吗？这实际上是活用炀帝与陈后主梦中相遇的故实。《新唐书·礼乐志》云："《玉树后庭花》，亡国之音，陈后主所作也。"《隋遗录》载一故事："炀帝在江都，尝游吴公宅鸡台，恍惚与陈后主遇。后主舞女中一人迥美，帝屡目之。后主曰：即丽华也。因请丽华舞玉树后庭花。""岂宜重问"即不必问，不该问，没有资格问，隋炀帝比之陈后主，其骄奢淫逸，实在是有过之而无不及！俞陛云《诗境浅说》解说："末句言亡国之悲，陈隋一例，与后主九原相见，当同伤宗稷之沦亡，玉树荒嬉，岂宜重问耶？"金圣叹《贯华堂选批唐才子诗》则批曰："结以'重问'后主者，从来偏是大聪明人看得透、说得出，偏又犯得快，特抢白之，以为后之人著戒也。"当然圣叹这里所谓大聪明人，实是大愚蠢者。

《隋宫》这首诗，几乎句句用典。但是，"融化斡旋，如自己出"（宋范晞文《对床夜话》语），"寓议论于叙事，无使事之迹"（高步瀛《唐宋诗举要》语），"运古入化，最宜取法"（俞陛云《诗境浅说》语）。所谓"使事""运古"，就是用典。用典而"如自己出"，加之造语华美，律对精工，又含不尽之意，有警醒世人之功，宜乎为晚唐咏史之佳作。

张中行先生在《文言常识》一书中谈到典故时说，用典，借古说今，这样表达有不少好处。一是引古，意思的分量可以加重，比说自己认为如何如何，似乎力量就大得多。二是引用古事古语，常常比用自己的话省力，不用而自编，就很费力气。三是用典可以以简驭繁，用较少的词语表达较多的意思；而七律只有五十六个字，中间两联还要对偶，有些意思，不用典就不容易轻松地写出来。四是用典可以唤起联想，因而意思就显得更深刻或更生动。

五是用典可以使语言委婉，表难言之意或难写之情。张先生归纳的这些好处，《隋宫》一诗似乎都有，第五条委婉之说，李商隐的《无题》诗也许更能体现。

凡事有利也有弊，用典也一样。使用语言，目的是求人了解，用典的结果有时是难于了解，会成为作茧自缚。作诗也希望人能欣赏，用典的结果有时是让人难以欣赏，甚或拒人于诗之门外。以晚唐李商隐为楷模的北宋初年的所谓"西昆体"，就有这种毛病，所以元遗山有"诗家总爱西昆好，独恨无人作郑笺"之叹。但《隋宫》这首诗，没有这种难解的弊病，所以是用典好的范例。

宋词用典一例

宋词用典很普遍。婉约如周邦彦、吴文英，豪放如苏轼、辛弃疾，无一不是用典里手，有的甚至不避"獭祭"之讥，被人称作"掉书袋"。就时代说，南宋较之北宋，词人用典似乎更多。宋末文及翁的一首《贺新郎》，典型的南宋末期词风，通篇用典，可算达于极致的一例。录其词于下：

> 一勺西湖水。渡江来，百年歌舞，百年醑醉。回首洛阳花世界，烟渺黍离之地。更不复、新亭堕泪。簇乐红妆摇画舫，问中流、击楫何人是？千古恨，几时洗？
>
> 余生自负澄清志。更有谁，磻溪未遇，傅岩未起。国事如今谁倚仗？衣带一江而已。便都道、江神堪恃。借问孤山林处士，但掉头、笑指梅花蕊。天下事，可知矣！

文及翁这首《贺新郎》词的本事，见于宋末元初一本专记掌故的笔记《古杭杂记》（已佚，但有数则故事散见于其他文本）。文及翁是南宋理宗宝祐元年（1253）进士，殿试第二名（榜眼）。朝廷奖赏及第进士们游西湖，座中有人问从四川出来的文及翁："西蜀有此景否？"语带讥诮，文及翁遂作此词回应。

上阕开头，"一勺西湖水"，极言其小，其讽南宋小朝廷之意毕具。词中"江"指长江，"洛阳"为古都，隐喻北宋故都汴京（开封）；"百年歌舞""百年醑醉"，指宋室南渡以来，偏安江左，在当时南宋都城临安（杭州）的西湖水边，醉生梦死，奢靡享乐，苟且自得。词人对此给予了严厉的批评。第六句"烟渺黍离之地",典出《诗经·黍离》。《黍离》伤悼西周倾覆,哀叹昔日宗庙宫室尽为禾黍。词人以此故实提醒人们,从前的京城如今已成废墟。第七句"更不复、新亭堕泪"的"新亭",典出南朝宋临川王刘义庆的《世说新语》:"过江诸人,每至美日,辄相邀新亭,藉卉饮宴。周侯(周顗)中坐而叹曰:'风景不殊,正自有山河之异。'皆相视流泪。唯王丞相(王导)愀然变色曰:'当共戮力王室,克复神州,何至作楚囚相对!'"说的是从北方逃到南方的东晋士大夫们每于佳日相邀聚会于南京之新亭,缅怀故国,相对而泣,所谓"新亭对泣"。第九句"问中流、击楫何人是","击楫中流"典出《晋书·祖逖传》,亦见《世说新语》:晋朝将领祖逖率其自募的军队,北渡长江,船至江心,击楫而誓曰:"祖逖不能清中原而复济者,有如大江!"辞色壮烈,众皆慨叹。这些典故与"西湖歌舞几时休""暖风熏得游人醉"的歌舞升平的意象并置,批评了南宋小朝廷根本不关心北方江山的沦陷,连遭到王导丞相斥责的"新亭对泣"诸人都不如,更找不到像"中流击楫"的祖逖那样的人了。

下阕开篇,词人连用三个典故。"余生自负澄清志",典出汉代范滂故事,史称范滂"有澄清天下之志"。"更有谁,磻溪未遇,傅岩未起。""磻溪"是地名,相传姜子牙尚未见用于周文王时,曾在此用直钩钓鱼。"傅岩"也是地名,相传傅说曾在此服劳役,后来被商王武丁起用为相。这三个典故,应都是词人自喻,表达他有志澄清天下,以及获得当道者赏识的期望。可是,希望在哪里呢?可笑的是,居然有人说有长江之神护佑,可保偏安。"借问孤山林处士,但掉头、笑指梅花蕊。"词人用最后一个典故,借"梅妻鹤子"的林和靖掉头不顾、笑指梅花这一形象,引出全词结尾六个字："天下事，可知矣！"以愤激之辞，表达了对南宋危局的无奈，也回应了那些洋洋自得、问他"西蜀有此景否"的人。

这首《贺新郎》大约作于南宋覆亡前二十年，写出了词人对国家风雨飘摇、朝不保夕的痛切感受，表达了他对报国无门、救国无人的慨叹和愤慨。词意丝毫不为用典所累，反而借用这些典故，加强了作品表现力和艺术感染力。这首词连用七个典故，吟诵起来很流畅，品读起来很有味道，主要是这些典故是习见的和常用的，在当时有一定文化基础的人都能理解，并能随之产生联想和想象。还有就是，这些典故用在这里很贴切，不是硬塞进去的，而且典故与典故之间有内在的逻辑和情感联系。至于用典之遣词造句，以符合词调格律之要求，那当然是词人的匠心独运了。

文及翁现存于世的只有这一首词，现今各种唐宋词选辑本、鉴赏本、评点本，都选有这首词。有的本子还另有一个题目，叫《游西湖有感》。

说宋诗

宋诗，是一个历来议论不休的话题。这个话题，又往往同唐诗联系在一起，相互较长比短。有的贬斥宋诗，有的褒扬宋诗；有的明显偏激，有的较为温和；当然，也有折中之论。古人有古人的说法，今人有今人的评判，言人人殊，似无的论。其实，这也是很正常的。不同时代有不同之艺术时尚，不同人群有不同之审美趣味。更何况唐诗与紧随其后的宋诗，就整体而言，确实又有许多差异。但是评论如此判然两极，褒贬如此霄壤悬殊，大概也是中国诗史乃至整部文学史上的一个很特殊的现象吧。

先看看古人的议论。

早在南宋末年，严羽就对本朝之诗做出了如许之评价："近代诸公乃作奇特解会，遂以文字为诗，以才学为诗，以议论为诗，且其作，务使事，不问兴致，用字必有来历，押韵必有出处。"（《沧浪诗话·诗辨》）由此奠定了人们论宋诗特色的基调：以文字为诗，以才学为诗，以议论为诗。而于唐诗，严沧浪则以为"透彻玲珑""言有尽而意无穷"，评论的倾向性也很分明了。同样是宋人的刘克庄谓宋诗多"经义策论之有韵者尔，非诗也"（《竹溪诗序》），他看到了一部分宋人诗作的别样面目，即如同今人钱钟书先生所言的"押韵的文件"。明代杨慎云："唐人诗主言情，去三百篇近；宋人诗主言理，去三百篇远。"诗乃言情之物，宋诗不言情而去说理，杨慎这说法当然是重唐诗而轻宋诗。金人王若虚就嫌宋诗"衰于前古""遂鄙薄而不道"；在明代有人甚至认为宋人的近体诗只有一首可取，而那一首还存在毛病。（《水东日记》卷十，转引自钱钟书《宋诗选注》）李攀龙编《古今诗删》，把明诗直接唐诗，"宋诗半个字也插不进"（钱钟书语）。清人叶燮在《原诗·内篇上》讲到当时之人轻宋诗时，举例说："苟称其人之诗为宋诗，无异于唾骂。"可见宋诗在当时一些人眼中是何等卑微与可怜。

抬举宋诗、为宋诗说话者，历来也不乏其人。《宋诗钞》编者吴之振说："宋人之诗，变化于唐，而出其所自得，皮毛落尽，精神独存。"（《宋诗钞》序）叶燮以图画为喻，谓"盛唐之诗，浓淡远近层次，方一一分明，能事大备。宋诗则能事益精，诸法变化，非浓淡、远近、层次所得而该，刻画掉换，无所不极"（《原诗》）。翁方纲谓"诗至宋人而益加细密，盖刻抉入里，实非唐人所能囿也"。翁氏为清代诗坛所谓"肌理说"的倡导者，认为"考订训诂之事与词章之事未可判为二途"，提倡写"学问"之诗，当然看重宋诗。到了晚清，"同光体"派诗人提倡宋诗，尤其推尊江西派，宋代诗人就此身价十倍，黄庭坚的诗集卖过十两银子一部的辣价钱（《宋诗选注》序）。"同光体"的权威理论家陈衍，把唐诗视为诗史上的一个整体阶段，提出了著名的"三元"说："余谓诗莫盛于三元：上元开元，中元元和，下元元祐也。"这实际上是将唐诗、宋诗等量齐观。他编选《宋诗精华录》，就是为了体现自己对宋诗的评价，矫正历史和现实中尊唐抑宋的诗坛偏见，人们从书名"精华"二字，即可窥见陈氏对宋诗的推重。

再来看看今人的认识。

二十世纪五十年代，钱钟书受郑振铎之荐，编撰《宋诗选注》，他在《序》中列举历来尊宋、抑宋诸说后说：

> 批评该有分寸，不要失掉了适当的比例感。假如宋诗不

好，就不用选它，但是选了宋诗并不等于有义务或者权利来把它说成顶好、顶顶好、无双第一，摹仿旧社会里商店登广告的方法，害得文学批评里数得清的几个赞美字眼儿加班兼职、力竭声嘶地赶任务。整个说来，宋诗的成就在元诗、明诗之上，也超过了清诗。我们可以夸奖这个成就，但是无须夸张、夸大它。①

又说：

> 前代诗歌的造诣不但是传给后人的产业，而在某种意义上也可以说向后人挑衅，挑他们来比赛，试试他们能不能后来居上、打破纪录，或者异曲同工、别开生面。假如后人没出息，接受不了这种挑衅，那末这笔遗产很容易贻祸子孙，养成了贪吃懒做的膏粱纨绔。有唐诗作榜样是宋人的大幸，也是宋人的大不幸。看了这个好榜样，宋代诗人就学了乖，会在技巧和语言方面精益求精；同时，有了这个好榜样，他们也偷起懒来，放纵了摹仿和依赖的惰性。瞧不起宋诗的明人说它学唐诗而不像唐诗，这句话并不错，只是他们不懂这一点不像之处恰恰就是宋诗的创造性和价值所在。……宋人能够把唐人修筑的道路延长了，疏凿的河流加深了，可是不曾冒险开荒，没有去发现新天地。

钱先生认为宋诗超过元诗、明诗，也超过清诗，这当然是就整体而言。与唐诗相比如何，钱先生没有说，但同时他也指出，宋人

---

① 钱钟书：《宋诗选注》，三联书店，2002，第10～11页。下文引自《宋诗选注》者均出自该书。

学唐人，并能在技巧和语言方面精益求精，能把唐人开拓的道路加长了，疏凿的河流加深了，这是成绩；另一方面是放纵了模仿和依赖的惰性，不曾去冒险开荒，没有去发现新天地。这些颇带幽默的比喻，大约是说宋人对唐诗有继承，也有发展，但局限于小的方面，大的方面则缺少唐人那种开拓精神。这种评价，正符合他自己所要求的"批评该有分寸"的"分寸"。

八十年代问世的《宋诗三百首》的编选者金性尧在其《前言》一开头即说：

> 提到宋诗，就要想到唐宋诗之争，想到宋诗在过去某些评论家眼中的可怜地位。清人叶燮在《原诗·内篇上》中曾经举过一个很有趣的例子："苟称某人之诗为宋诗，无异唾骂。"叶燮的话并非无的放矢，但我们从这一选本的大部分作品看，即使抵不上唐诗，可是宋诗究竟是不是唾骂的对象，公正的读者该是不难找到答案的。①

金先生的答案是：

> 在诗歌方面，亦由宋诗而承替了唐诗，并产生了不少名家与流派，以其吹万不同，吐故纳新的特色，在诗坛上各领风骚。

宋诗的特色，在于它承替唐诗时能够"吐故纳新"，它们在诗坛上的地位是"各领风骚"。金先生对宋诗的评价，比钱先生略高，这

---

① 金性尧：《宋诗三百首》，陕西师范大学出版社，2010，第1页。下文引自《宋诗三百首》者均出自该书。

从"即使抵不上唐诗"这一假设让步句中也可以读出来。

九十年代问世的《宋诗精选》，编者程千帆在其《前言》开头即引清人蒋士铨《辩诗》，实则代己立言：

> 唐宋皆伟人，各成一代诗。
> 变出不得已，运会实迫之。
> 格调苟沿袭，焉用雷同词？
> 宋人生唐后，开辟真难为。①

"唐宋皆伟人，各成一代诗。"这是很高的评价。程先生接着说：

> 在我国诗歌的百花园中，五七言古今体诗是流行最广、生命力最强的样式。而唐、宋两代之作，则面貌各异，成就皆高，有如双峰并峙。吴之振序其《宋诗钞》云："宋人之诗变化于唐，而出其所自得，皮毛落尽，精神独存。"这一论断极为扼要地说明了宋代诗人是幸运的，又是不幸的。在他们以前，已经出现了许多大师，作为他们学习的对象；但同时，这些大师的存在，又迫使他们求变求新，不同前人，使自己成为新一代的大师。其结果是产生了出于唐又异于唐的宋诗。

程千帆先生接着宋诗"出于唐又异于唐"这点发出一问：宋代诗人是在哪些方面显示了他们的特色呢？程先生借严羽的话解答于下：

---

① 程千帆：《宋诗精选》，江苏古籍出版社，2002，第 1 页。下文引自《宋诗精选》者均出自该书。

　　　　　　　　　　　　　　　　　/ 芸窗随笔

严羽在《沧浪诗话》中首先提出并解答了这个问题。他说："国初之诗尚沿袭唐人……至东坡（苏轼）、山谷（黄庭坚），始出己意以为诗，唐人之风变矣。"又说："近代诸公乃作奇特解会，遂以文字为诗，以议论为诗，以才学为诗。夫岂不工，终非古人之诗也。"这些话虽有贬意，却道出了宋诗不同于唐诗的重要内涵，并且指出苏、黄是宋诗改变唐风的代表性人物。

程先生基本肯定严沧浪的说法，认为"以文字（指散文）为诗，以议论为诗，以才学为诗"正是宋诗不同于唐诗的特色，并以很长的篇幅分析论证了这些特色产生的原因，以及这些特色的可称道之处。

《宋诗精华录全译》是二十一世纪《中国历代名著全译丛书》中的一部，注译者沙灵娜、陈振寰在其《前言》中说，扬唐抑宋的人，对宋诗的批评主要有两个方面：一是瞧不起宋人学唐诗又不像唐诗；二是说宋诗爱发议论，爱讲道理，爱掉书袋，唐人是以情为诗，宋人则以文为诗，宋人多数不懂诗是要用形象思维的，所以味同嚼蜡。沙、陈二位对这两方面都做了回应：

> 宋代诗人确乎很重视学习唐人诗法，不少人还以此相标榜，就像抑宋的明人标榜非唐诗不读、非唐人不学一样。后人学习前人的经验是很正常的，问题是怎么学？江西派末流学唐诗是不成功的例子，而大骂宋诗的明代人学习唐诗"维肖而不维妙"（钱钟书语）是更不成功的例子。至于宋之黄、陈、杨、陆等大家学唐诗又不像唐诗，借钱钟书先生的话说："这一点不像之处恰恰就是宋诗的创造性和价值所在。"如果

> 多读些宋诗，便会发现这不像之处并不止"一点儿"，有些人还很有些"个性"和"新意"呢！

这是回应前一方面。回应后一方面，也有理有据：

> 以文为诗，用诗来发议论、讲道理，宋人诗中是多了一些，但这一不是宋人的创造，而是古已有之；二只要用得好未尝不可，这或许正是宋诗个性的一个方面！三只要多读些宋诗，偏见自会减少，因为"宋人不论大家、名家、小家，好诗都是以诗为诗，重抒情，重意境，并不依赖议论"的（钱仲联）。说宋人多数不懂得诗是要用形象思维的，这肯定是一种感情用事的偏激之论。只要是诗而不是政论、哲论之类，总是要用形象思维的，总是蕴含着诗人的感情的。历来被举为以文为诗、以诗发论典型的诗篇像梅尧臣的《陶者》、苏轼的《题西林壁》，以至于朱夫子的《观书有感》，也还是有形有情，与纯用逻辑思维推理演绎者不同的吧？

福建师范大学陈祥耀教授有一篇长文《宋诗话》，全面梳理了宋诗发展的脉络。他在谈到唐宋诗之比较时，有一段精彩描述：

> 况唐诗既完成古近各体，且举国计民生、仕宦隐逸、征戍乱离、山川胜迹、边庭风物、闺情旅况诸端无不言，迈越前古而呈极盛。宋人继之，体裁无所创造，题材难于开拓，亦唯有求新变于技巧与议论。其后金蒙入侵，国土沦丧，危亡忐忑，反映民族矛盾，乃有唐人所不及见之内容。欲加比较，则唐诗善撼情，以韵味胜；宋诗工言理，以意趣胜。唐

诗较浑厚，宋诗工委曲。唐诗以气魄雄伟胜，宋诗以意态闲
远胜。唐人豪迈者，宋人欲变之以幽峭；唐人粗疏者，宋人
欲加之以工致；唐人流利者，宋人欲出之以生涩；唐人平易
者，宋人欲矫之以艰辛；唐人藻丽者，宋人欲还之以朴淡；
唐人白描者，宋人欲盖之以书卷；唐人酣畅者，宋人欲抑之
以婉约；唐人多炼实字，宋人兼炼虚字。唐诗多情事交融、
情景交融之作，宋诗更多情理交融之境。所谓技巧与议论之
新变，大体如是。面目既不能无异，得失亦自有不同。惟所
比较，乃著其两端，中间相似，亦自不少，无能截然分割。①

陈祥耀先生早年就学于无锡国学专科学校，为福建师范大学资深
教授，他用两两相较的手法，描述了宋诗对唐诗的承继、发展和
改变，从而形成的宋诗不同于唐诗的特色，很值得品味。

　　著名学者缪钺写于二十世纪四十年代初的《论宋诗》，提出了
"唐诗以韵胜""宋诗以意胜"的著名论断，全面地，尤其是在技
术层面上论述了宋诗的特色，也全面地，尤其是在技术层面上指
出了宋诗的短长。缪先生先用一系列形象化的比喻，试图说明唐
宋诗之异点：

　　　唐诗以韵胜，故浑雅，而贵酝藉空灵；宋诗以意胜，故
　精能，而贵深折透辟。唐诗之美在情辞，故丰腴；宋诗之美
　在气骨，故瘦劲。唐诗如芍药海棠，秾华繁采；宋诗如寒梅
　秋菊，幽韵冷香。唐诗如啖荔枝，一颗入口，则甘芳盈颊；
　宋诗如食橄榄，初觉生涩，而回味隽永。譬诸修园林，唐诗则

---

① 陈祥耀：《宋诗话（上）》，《福建师范大学学报》（哲学社会科学版）1987
　年第 4 期，第 51 页。

如叠石凿池，筑亭辟馆；宋诗则如亭馆之中，饰以绮疏雕槛，水石之侧，植以异卉名葩。譬诸游山水，唐诗则如高峰远望，意气浩然；宋诗则如曲涧寻幽，情境冷峭。唐诗之弊为肤廓平滑，宋诗之弊为生涩枯淡。虽唐诗之中，亦有下开宋派者，宋诗之中，亦有酷肖唐人者；然论其大较，固如此矣。①

这一段描述性文字，洋洋洒洒，看似闲散飘逸，却从不同方面品出了唐、宋诗的不同味道，就宋诗的特色，给予读者以感性的认识。

缪先生进而就内容与技术两方面，分别论述宋诗的短长。他认为：就内容论，宋诗较唐诗似乎更为广阔；就技巧论，宋诗较唐诗确乎更为精细。缪先生紧接着又明确指出：此中实各有利弊，故宋诗非能胜于唐诗，仅异于唐诗而已。内容方面，缪先生举例说：

凡唐人以为不能入诗或不宜入诗之材料，宋人皆写入诗中，且往往喜于琐事微物逞其才技。如苏黄多咏墨、咏纸、咏砚、咏茶、咏画扇、咏饮食之诗，而一咏茶小诗，可以和韵四五次。余如朋友往还之迹，谐谑之语，以及论事说理讲学衡文之见解，在宋人诗中，尤恒遇之。此皆唐诗所罕见也。夫诗本以言情，情不能直达，寄于景物，情景交融，故有境界，似空而实，似疏而密，优柔善入，玩味无教，此六朝及唐人之所长也。宋人略唐人之所详，详唐人之所略，务求充实密栗，虽尽事理之精微，而乏兴象之华妙。李白、王维之

①　缪钺：《论宋诗》，转引自《诗词散论》，上海古籍出版社，1982，第36～37页。下文引自《论宋诗》者均出自该书。

诗，宋人视之，或以为"乱云敷空，寒月照水"（许尹《山谷诗注序》），不免空洞，然唐诗中深情远韵，一唱三叹之致，宋诗中亦不多觏。故宋诗内容虽增扩，而情味则不及唐人之醇厚，后人或不满意宋诗者以此。

技术方面，缪先生指出：唐诗技术，已甚精美，宋人欲百尺竿头，更进一步。盖唐人尚天人相半，在有意无意之间，宋人则纯出于有意，欲以人巧夺天工。他分别以用事、对偶、句法、用韵、声调诸端，做了详细的讨论。试举其论"用事"一端，以概其余。

黄庭坚在《与洪甥驹父书》中说："自作语最难。老杜作诗，退之作文，无一字无来处。盖后人读书少，故谓韩、杜自作此语耳。古之能为文章者，真能陶冶万物，虽取古人之陈言入于翰墨，如灵丹一粒，点铁成金也。"缪先生对此做了如下之分析：

　　诗中用字用事用意，所以贵有所本，亦自有其理由。盖诗在各种文学体裁中最为精品，其辞意皆不容粗疏，又须言近旨远，以少数之字句，含丰融之情思，而以对偶及音律之关系，其选字须较文为严密。凡有来历之字，一则此字曾经古人选用，必最适于表达某种情思，譬之已提炼之铁，自较生铁为精。二则除此字本身之意义外，尚可思及其出处词句之意义，多一层联想。运化古人诗句之意，其理亦同。一则曾经提炼，其意较精；二则多一层联想，含蕴丰富。至于用事，亦为达意抒情最经济而巧妙之方法。盖复杂曲折之情事，决非三五字可尽，作文尚可不惮烦言，而在诗中又非所许。如能于古事中觅得与此情况相合者，则只用两三字而义蕴毕宣矣。然此诸法之运用，须有相当限度，若专于此求工，则雕篆字句，失于纤巧，反失为诗之旨。

钱钟书先生对宋诗代表人物黄庭坚所谓"无一字无来处""夺胎换骨""点铁成金"之说深恶痛绝，对比之下，缪钺先生要宽容许多，他看到宋人的"自有其理由"，只是强调要有一定的度，过度则失作诗之本。

缪先生进一步揭出宋诗贵"奇"、贵"清"的特点。他说：

> 宋诗运思造境，炼句琢字，皆剥去数层，透过数层。贵"奇"，故凡落想落笔，为人人意中所能有能到者，忌不用，必出人意表，崛峭破空，不从人间来。又贵"清"，譬如治馔，凡肥醲厨馔，忌不用。苏轼评黄诗云："黄鲁直诗文如蝤蛑江瑶柱，格韵高绝，盘飧尽废。"任渊谓读陈师道诗，"似参曹洞禅，不犯正位，切忌死语"。方东树评黄诗曰："黄山谷以惊创为奇，意、格、境、句，选字，隶事，音节，着意与人远，故不惟凡近浅俗，气骨轻浮，不涉毫端句下，凡前人胜境，世所程式效慕者，尤不许一毫近似之。"黄陈最足代表宋诗，故观诸家论黄陈诗之语，可以想见宋诗之特点。宋诗长处为深折，隽永，瘦劲，洗剥，渺寂，无近境陈言、冶态凡响。

缪先生还指出，由于宋诗一味贵奇、求新，也产生不少流弊。一是："喜用偏锋，走狭径，虽镌镵深透，而乏雍容浑厚之美。"二是："新意不可多得，于是不得不尽力于字句，以避凡近，其卒也，得小遗大，句虽新奇，而意不深远，乍观有致，久诵乏味。"三是："求工太过，失于尖巧；洗剥太过，易病枯淡。"这些应当说是非常中肯之论。

至于说宋诗之多"理"而少"情"，缪先生也做了如下解释：

> 宋人情感多入于词，故其诗不得不另辟疆域，刻画事理，于是遂寡神韵。夫感物之情，古今不易，而其发抒之方式，则各有不同。唐人中工于言情者，如王昌龄、刘长卿、柳宗元、杜牧、李商隐，若生于宋代，或将专长于词；而宋代柳周晏贺吴王张诸词人，若生于唐，其诗亦必空灵酝藉。陈子龙谓："宋人不知诗而强作诗。"宋人非不知诗，惟前人发之于诗者，在宋代既多为词体夺之以去，故宋诗之内容不得不变，因之其风格亦不得不殊异也。

为什么宋诗与唐诗有如许之不同，形成如此之风格与特色，缪先生从时代精神方面探索原因，因为各个时代的人们心力活动之情形不同，表现于诗的风格意味也就各异。也摘录于下：

> 宋代国势之盛，远不及唐，外患频仍，仅谋自守，而因重用文人故，国内清晏，鲜悍将骄兵跋扈之祸，是以其时人心，静弱而不雄强，向内收敛而不向外扩发，喜深微而不喜广阔。宋人审美观念亦盛，然又与六朝不同。六朝之美如春华，宋代之美如秋叶；六朝之美在声容，宋代之美在意态；六朝之美为繁丽丰腴，宋代之美为精细澄澈。总之，宋代承唐之后，如大江之水，潴而为湖，由动而变为静，由浑灏而变为澄清，由惊涛汹涌而变为清波容与。此皆宋人心理情趣之种种特点也。此种种特点，在宋人之理学、古文、词、书法、绘画，以至于印书，皆可征验。由理学，可以见宋人思

想之精微，向内收敛；由词，可以见宋人心情之婉约幽隽；由古文及书法，可以见宋人所好之美在意态而不在形貌，贵澄洁而不贵华丽。明乎此，吾人对宋诗种种特点，更可得深一层之了解。宋诗之情思深微而不壮阔，其气力收敛而不发扬，其声响不贵宏亮而贵清冷，其词句不尚蓄艳而尚朴澹，其美不在容光而在意态，其味不重肥醲而重隽永：此皆与其时代之心情相合，出于自然。扬雄谓"言为心声"，而诗又言之菁英，一人之诗，足以见一人之心，而一时代之诗，亦足以见一时代之心也。

纵观今之学者说宋诗，均可称作持平之论：肯定宋诗继承唐诗，求新求变，是有成绩的。只是成绩大小、多少，各家有些差别而已。比之古人一天上、一地下，要客观得多。

至于一般读者中也有扬唐抑宋或曰不喜宋诗的倾向，笔者以为原因可能很多，举其要者，大略一是读宋诗太少：一般人从小读唐诗较多，因为有一本《唐诗三百首》；而宋诗则没有那样流行的读本，陈衍的《宋诗精华录》又问世太迟（1937 年才排印出版）；中小学课本选唐诗多、宋诗少，宋诗让位给了宋词。读得少了，就没有什么印象，难得喜欢起来。二是"一代有一代之文学"的说法流传甚广，唐诗、宋词、元曲成为"一代文学"的不二说法，一般人心目中能够与唐诗媲美的只能是宋词，甚至是元曲，宋诗的名声为词所掩，无形中似乎降低了宋诗的地位。三是宋人以文字为诗，以议论为诗，以学问为诗，读宋诗者也须有一定的素养；加之"江西派"崇尚瘦硬，末流竟至枯涩，寡情少韵，难以吸引初学者；有的炫才学，掉书袋，以至一些诗难懂难诵，对于一般读者来讲，不像读唐诗那么痛快。四是"一切好诗已被唐

　　　　　　　　／芸窗随笔

人作完，宋诗不足观也"，"宋人多数不懂得诗是要用形象思维的，所以味同嚼蜡"这样的一些偏激之论，因为出自名人之口，很有些市场，一般人不知就里，也就"矮子看戏何曾见，都是随人说短长"（清人赵翼诗句）了。

笔者认为，宋诗是继唐诗之后我国诗坛的又一座丰碑。宋诗的数量比唐诗多出两倍，仅陆游一人就近一万首。宋人在词的崛起并走向兴盛的同时，仍在五七言古近体诗的园地里持续辛勤耕耘，求新求变，也开创了有别于前人的一片新天地。宋诗技术上更成熟，更精细，更工巧，更有特色，也是古今公认的。宋诗在诗坛上的影响相当深远，直到晚清、民国时期，可谓持续不绝；笔者以为当下一些人写作传统五七言诗，好议论，喊口号，不见得是受"江西派"末流的影响（也许还没有那样的学问），恐怕也算得上是不谋而合吧。

清人袁枚有云："诗有工拙，而无今古。"唐也好，宋也罢，有工诗，也有拙诗，以此之拙去比彼之工，或以此之工去较彼之拙，当是失去了一定的标准。要之，我们说宋诗，说唐诗，说唐宋诗之比较，乃是就整体而言，概而论之。至若各家各派，较短论长，当非本文的话题了。

宋诗的分期

　　说宋诗的分期，先来看看唐诗的分期。自从明代高棅编《唐诗品汇》，将有唐三百年间之诗分作初、盛、中、晚四期以后，虽有不同看法，然大家习以为用，一提唐诗，即有四期之说：从高祖元年（618）到玄宗开元初（713），约百年，称为"初唐"；从开元元年（713）到代宗大历初（766），五十多年，称为"盛唐"；从大历元年（766）到文宗太和九年（835），约七十年，称为"中唐"；开成元年（836）直到唐末（906），约七十年，称为"晚唐"。当然也有研究者指出过，初、盛、中、晚，各期交界处，不可拘泥，不必机械地划死。比如唐代宗时所谓"大历十才子"，多是天宝年间进士，但通常都归入"中唐"。

　　宋诗的分期似乎简单得多，因为宋代有个"靖康之耻"（1127），金人南侵，"二帝"北狩，宋室南来，偏安江左，南、北宋就此划分。学者每举北宋之诗、南宋之诗，时代精神有所不同，诗的面貌也有相异之处。北宋大多数诗人不及看到靖康之难，比如苏轼，就无法感受南渡诗人的禾黍之悲；偏安中成长的诗人们也无法领会承平时代的文张武弛以及士人之乐，比如陆游。

　　清末民初，"宋诗派"再度兴起，其权威理论家陈衍一反明人的尊唐抑宋，以宋诗接续唐诗，认为是一个整体，提出所谓"三元"说。陈衍认为："诗莫盛于'三元'：上元'开元'，中元'元和'，下元'元祐'也。"为体现自己对宋诗的评价，更好更广泛地宣传宋诗，陈衍编选《宋诗精华录》一书，并仿照唐诗的分期，也将宋诗分作初、盛、中、晚四期。他在《宋诗精华录》

卷一按语中说："此录亦略如唐诗，分初、盛、中、晚。吾乡严沧浪高典籍之说，无可非议者也。天道无数十年不变，凡事随之。盛极而衰，衰极而渐盛，往往然也。"他以元丰、元祐以前为初宋，由"二元"至北宋末为盛宋，南渡后为中宋，"四灵"以后为晚宋。《宋诗精华录》即以初、盛、中、晚四期，将宋代诗人、诗作分作四卷。卷一起于徐铉、钱惟演，止于杜常、王令，为初宋；卷二起于王安石、苏轼，止于韩驹、徐积，为盛宋；卷三起于陈与义、曾几，止于陆游、黄公度，为中宋；卷四起于戴复古、姜夔，止于真山民、郑思肖，为晚宋。（《精华录》依旧例开卷列帝王，卷尾才录妇、道、僧，未计在内）

　　陈衍《宋诗精华录》按语说："初宋，西昆诸人，可比王、杨、卢、骆；苏、梅、欧阳，可方陈、杜、沈、宋。"西昆诸人是指宋初以《西昆酬唱集》而闻名的号称"西昆体"的一班人，以杨亿、刘筠为代表，崇尚晚唐李商隐，系宋初诗坛一个重要流派。陈氏认为可以比附初唐的"四杰"，即王勃、杨炯、卢照邻和骆宾王，宋初之苏舜钦、梅尧臣、欧阳修，可以类比初唐的陈子昂、杜审言、沈佺期、宋之问。陈子昂是开唐代诗风的一员健将，苏、梅、欧，尤其是欧、梅，同样是开创宋诗新局面的领军人物。陈衍的《宋诗精华录》卷一"初宋"，选诗家39人、诗作117首。其中梅尧臣24首，司马光13首。

　　陈衍谓："由二元（元丰、元祐）尽北宋为盛宋，王、苏、黄、陈、秦、晁、张具在焉，唐之李、杜、岑、高、龙标、右丞也。"盛宋之王为王安石，苏为苏轼，黄为黄庭坚，陈为陈师道，秦为秦观，晁为晁补之、张为张耒。陈衍认为，他们就等于是盛唐的李白、杜甫、岑参、高适、王昌龄和王维。他们都是宋、唐两代诗坛的中坚力量和代表人物。《宋诗精华录》卷二"盛宋"，选诗家 18 人、诗作 234 首。其中王安石 34 首，苏轼 88 首，黄庭坚 39 首，陈师道 26 首。

陈衍谓："南渡茶山、简斋、尤、萧、范、陆、杨为中宋，唐之韩、柳、元、白也。"南渡后一段时期，是指南宋前期。茶山是诗人曾几的号，简斋是陈与义的号，尤是指尤袤，萧指萧德藻，范是范成大，陆是陆游，杨即杨万里。这批人中尤以陆、范、杨最为突出，加上尤袤，当时被称作"中兴四大家"。但不少论者认为，尤袤诗无论数量还是质量，都无法与陆、杨、范比肩。陈衍认为陆、杨这一批人大约相当于中唐的韩愈、柳宗元、元稹和白居易。《宋诗精华录》卷三"中宋"，选诗家 32 人、诗作 212 首。其中陈与义 21 首，陆游 54 首，杨万里 55 首，范成大 12 首，朱熹11 首。

陈衍视"四灵以后为晚宋。谢皋羽、郑所南辈，则如唐之有韩偓、司空图焉"。"四灵"即"永嘉四灵"，是继"中兴"四大诗人陆、范、杨、尤之后的一个诗歌流派。永嘉四灵是当时生长于浙江永嘉（今浙江温州）的四位诗人——徐照（字灵晖）、徐玑（号灵渊）、翁卷（字灵舒）、赵师秀（号灵秀），代表南宋后期诗歌创作上的一种倾向。因彼此旨趣相投，诗格相类，工为唐律，专以晚唐贾岛、姚合为法，谓之唐体，字号中都带有"灵"字，而温州古为永嘉郡，遂称之为"永嘉四灵"。谢皋羽即谢翱，郑所南即郑思肖。谢翱曾投身文天祥帐下，宋亡后不仕，所作《登西台恸哭记》悼念文天祥，悲歌慷慨，最负盛名。郑思肖于宋亡后画兰根不着土，以示亡国失土之意。陈衍认为，他们类似于晚唐的韩偓和司空图。《宋诗精华录》卷四"晚宋"，选诗家 40人、诗作 122 首。其中戴复古 11 首，刘克庄 27 首。

宋诗初、盛、中、晚四期之分，虽系陈衍学自"四唐"，但论者以为大体符合宋诗发展的实际。四期的划分，较之北宋、南宋两分法，似乎更具体、更明晰些。对于求学者学习宋诗、研究者研究宋诗，乃至口头、笔下称道宋诗某家某派、大致时代更方便，所以是有意义的。

宋诗的大家（一）

大家，在名家之上，乃是名家中的名家。大家，或在某些方面有突出的成就，或是集大成者。清人袁枚说过，名家、大家不是自封的，而是由后人论定的，诗人自己切不可自封为大家，免得后人訾议，大家当不成，连名家也进不去。这是《随园诗话》里面的话，大意如此。

唐诗的大家，李白、杜甫外，王维、孟浩然、岑参、高适、韩愈、白居易、杜牧、李商隐，为历来论者所公认。笔者以为像早期的陈子昂、王昌龄，中期的刘长卿、韦应物、柳宗元、刘禹锡，在某些方面也有突出的成就，似乎也应进入大家的行列。

宋诗的数量要比唐诗多两倍，有名气的诗人当然也不少。清末民初"宋诗派"诗人兼理论家陈衍编的《宋诗精华录》，收录诗人 129 家，选诗在 3 首以上的有 60 人，这当中绝大多数应属名家。选诗在 10 首以上者有 13 人：梅尧臣 24、司马光 13、王安石 34、苏轼 88、黄庭坚 39、陈师道 26、陈与义 21、范成大 12、朱熹 11、杨万里 55、陆游 54、戴复古 11、刘克庄 27，总计选诗 415 首，占全编（685 首）的十分之六强。这十三人当然不能说都是大家，还得看他们诗作的成就，以及历代人们的评价和公认的程度。这十三人之外，也不能说就没有大家了，因为正如钱钟书先生所说的选家"有时眼睛花了"，也会看走眼，或遗漏了。仅凭一书，断定谁是大家，恐怕还不只是武断，或许还是无理呢。

钱钟书先生于二十世纪五十年代问世的《宋诗选注》，自来是权威的宋诗读本。钱先生坚持自己定的标准之严，选择诗家和诗作之苟，读读他书前的长序就知道。《宋诗选注》选录诗人81家、诗作293首。其中选诗3首以上的42人，选诗5首以上的14人。这十四人是：梅尧臣7、苏舜钦5、欧阳修6、王安石10、苏轼18、秦观5、张耒8、唐庚5、陈师道5、陈与义10、杨万里10、陆游26、范成大12、刘克庄7、萧立之5。这些当然也难说是大家，笔者一望名单，像唐庚、萧立之之辈似难与梅、欧、王、苏、陈、杨、范、陆并列，而且名单中还少了宋诗的代表人物黄庭坚。

八十年代出版的金性尧先生的《宋诗三百首》，系"文革"后新编，思想观念有所解放。是书收录诗家111家、诗作337首。其中选诗3首以上者46人，选诗5首以上者19人。他们是：梅尧臣6、欧阳修6、苏舜钦5、曾巩5、王安石12、郑獬5、苏轼17、黄庭坚9、陈师道5、张耒6、吕本中5、陈与义7、陆游13、范成大10、杨万里8、姜夔6、戴复古5、刘克庄6、萧立之5。这些人当然也不都是大家，比如曾巩，以古文著称，为"唐宋八大家"之一，"大抵文名重，足以压诗名"（方回语），至有"恨曾子固不能作诗"之叹。姜夔，醉心于词，熟谙音律，擅自度曲，于词当为南宋大家。吕本中系"江西诗派"成员，成就应在黄（庭坚）、陈（师道）之下。戴复古、刘克庄、萧立之的诗有些特色，但离大家的标准恐怕还有不小的距离。还有郑獬，登第唱名是"好状元"，做官是好官，作诗也有特色（质健明白），但要说大家，恐怕也没有多少人首肯。

江苏古籍出版社于九十年代初推出一套文苑丛书，以名家选名篇为编辑宗旨。其中《宋诗精选》约请当代著名学者程千帆教授编撰。该书选录诗人59家、诗作148首，可谓精之又精了。选录3首以上诗家16人，5首以上诗家10人。这十人是：王安石8、苏轼12、黄庭坚7、陈师道5、陈与义7、陆游9、范成大5、杨万里 5、刘克庄 6、林景熙 5。若单纯按选篇推算大家，遗憾的是梅尧臣 4、欧阳修 4，都未能计算在内，而刘克庄、林景熙则挤入其中。

所以，还是回到开头，所谓大家，应是名家中的名家，或其某一方面有突出成就，或是集大成者。单凭哪一家选本，或只做量的分析是不够的，应当纵横比较，从其诗作的数量、质量、特色、诗坛地位以及对后世影响等方面，综合平衡，还得"左顾右盼"，比如初宋之苏（舜钦）、梅（尧臣），当时并称，后世同举，但舜钦死得早，诗较梅为少，影响亦较梅为小，若必二中选一，当取梅而舍苏吧。

按照上述四家选本选取诗作所体现出来的评价标准，综合考虑，笔者以为下列十家或可称作大家。他们是初宋的梅尧臣、欧阳修，盛宋的王安石、苏轼、黄庭坚、陈师道，中宋的陈与义、陆游、杨万里、范成大，晚宋大家则付之阙如。

宋诗的大家（二）

　　宋诗的大家，即为宋诗的代表者，他们的诗作，都能从某些方面体现出宋诗的特色，从他们的诗篇中读者可以窥见宋诗的不同于唐诗的新面貌。试依其出场顺序简述之。

　　梅尧臣（1002～1060），字圣俞，宣城（今属安徽）人。仁宗皇祐三年（1051）召试，赐同进士出身，年且五十了。做过国子直讲，累迁至尚书都官员外郎，以此世称"梅都官"。比梅尧臣小五岁的欧阳修，十分推重这位梅都官。他在寄赠的一首诗中说："梅翁事清切，石齿漱寒濑。作诗三十年，视我犹后辈。文词愈清新，心意虽老大。譬如妖韶女，老自有余态。近诗尤古硬，咀嚼苦难嘬。初如食橄榄，真味久愈在。"（《水谷夜行寄子美圣俞》）欧氏又在其《六一诗话》中评其诗云："覃思精微，以深远闲淡为宗。"又在《梅圣俞墓志铭》中云："其初喜为清丽闲肆平淡，久则涵演深远，间亦琢刻以出怪巧，然气完力余，益以老坚。其应于人者多，故辞非一体。"叶梦得《石林诗话》评其诗："尽变昆体，独倡生新，必辞尽于言，言尽于意，发挥铺写，曲折层累以赴之，竭尽乃止。"吴之振等编《宋诗钞》引元人龚啸评语云："去浮靡之习于昆体极弊之际，存古淡之道于诸大家未起之先，此所以为都官诗也。"今人陈祥耀教授在其《宋诗话（上）》一文中，称梅尧臣乃宋诗新貌的开创者："效杜诗拗朴之一体，衍韩孟峭硬之绪端，变唐调之谐美浑涵而为宋诗之质实演迤，铺叙则畅辞语之纵放，澡心则求意趣之生新是也。"梅诗之特色，一是善用平淡涩硬之笔，于拙朴中见深厚悠远；二是善用纡余委备之笔，于琐屑中见生新婉曲。梅氏自己诗中也说"因吟适性情，稍欲到平淡"，"作诗无古今，欲造平淡难"。梅氏诗的缺点，也就因为过于追求生新古拙，有意"造平淡"，而或有些许粗俗之弊。然作为初宋之大家，应当说还是当之而无愧的。有《宛陵先生文集》六十卷，今存。

与梅尧臣并时，而诗之影响大于尧臣者，为当时文坛领袖欧阳修。欧阳修（1007～1072），字永叔，晚号六一居士。庐陵（今江西吉安）人。年幼孤贫，世传"欧母画荻"之故事。天圣八年（1030）进士，做过朝官和地方官，嘉祐五年（1060）拜枢密副使、参知政事。欧氏为朝廷重臣，又是文坛盟主。其诗、词、文，皆有成就，尤其是古文，从容淡雅，为"唐宋八大家"之一，又是大史家，撰有《新唐书》与《新五代史》。苏轼序《居士集》，谓其"诗赋似李白"，梅氏《和永叔澄心堂纸答刘原甫》诗，谓其诗似韩愈。论者以为，永叔之似李白，不在笔墨之恣肆，而在风情之洒脱；永叔似韩愈，不在辞语之险诡，而在气格之恢振。（《宋诗话》）叶梦得《石林诗话》谓其诗"多平易疏畅"，然"专以气格为主"。欧诗之抒情怀、述经历，皆从实处出发，熨帖条达，而立意用笔，又时有曲折清峻之致；以议论见长，又时有深情行乎其中；既显宋诗之切实，又不失唐人风致，质而不枯，既见学识，又见性情。尤其是其议论政治之诗，得其政论文之精神脉理，尤具特色。欧阳修撰有《六一诗话》，规模虽不大，但为诗话之类著述的滥觞之作，对后世也产生了较为深远的影响。他以他朝廷重臣和文坛领袖的地位，提携后进，奖掖人才，对宋诗、宋文的全面走向繁荣，应当说功劳卓著。单就诗论诗，欧阳修亦应不愧为宋前期的一位大家。有《欧阳文忠公集》一百五十三卷，今存。

早岁受知于欧阳修，修以李诗韩文而期之者为王安石。王安石（1021～1086），字介甫，号半山，临川（今属江西）人。曾封荆国公，故世称王荆公。庆历二年（1042）进士，嘉祐三年（1058）上万言书于仁宗，主改革。神宗熙宁二年（1069）任参知政事，次年同中书门下平章事（宰相），厉行变法，推施新政。为守旧派激烈反对，七年罢相，出知江宁府（南京），八年再相，九年复罢，退居江宁半山堂。王安石是一位进步的有作为的政治家，也是一位著名的学者，诗、词、文都卓有成就。古文为"唐宋八大家"之一；词作虽不多，但很有名，像《桂枝香·金陵怀古》可称绝唱。诗则最具宋诗风格，其生平论诗，尊杜而不喜太白，诗亦受杜影响，融通变化，自成一宗。论者谓其诗之工者"矜炼精致，工于嗟叹，凄婉含蓄，饶有余味"。"其诗好点窜前人佳句，变化其意境，有工有拙；至于独运匠心，修辞炼字，刻意大谢（谢灵运）；命意炼句，师法杜陵（杜甫），所得有非同时他家可及者。"（今人陈祥耀《宋诗话（上）》）《宋诗钞》评论其短长曰："精严深刻，皆步骤老杜所得。而论者谓其有工致，无悲壮，读之久则笔拘而格退。余以为不然。安石遗情世外，其悲壮即寓闲谈之中。独是议论过多，亦一病尔。"安石诗五言不如七言，七古《明妃曲》二首最有名。七绝佳作最多，像《泊船瓜洲》的炼字炼句，"春风又绿江南岸"最为脍炙人口。《诚斋诗话》云："五七字绝句最少而最难工，虽作者亦难得四句全好。晚唐人与介甫最工于此。"七绝以晚唐为工，未免无视盛唐。诚斋即杨万里。宋代何汶《竹庄诗话》引黄庭坚语云："荆公暮年作小诗，雅丽精绝，脱去流俗，每讽味之，便觉沆瀣生牙颊间。"严羽《沧浪诗话》评王诗云："公绝句最高，其得意处高出苏黄陈之上，而与唐人尚隔一关。"苏指苏轼，黄指黄庭坚，陈指陈师道，说山谷、无已绝句不如王，确为的论，说东坡绝句不如王，则未免偏颇。所谓"与唐人尚隔一关"云云，乃是唐宋人绝句格趣有异，出于时世推移，不能强同。王安石有《临川集》一百卷，今存。

　　同样受到欧阳修提携的苏轼，无疑是宋诗最典型也最优秀的代表人物，他是我国文学史上不可多得的全才、通才。诗、词、文皆为大家：诗与黄庭坚并称"苏黄"，词与辛弃疾并称"苏辛"，文与其父洵、其弟辙同为"唐宋八大家"。苏轼（1037～1101），字子瞻，号东坡居士，眉山（今属四川）人。仁宗嘉祐二年（1057）二十岁时中进士，历任县主簿、大理评事、签书凤翔府节度判官，召直史馆。神宗元丰二年（1079）知湖州时，被人告发讪谤朝廷，遂被逮赴御史台狱。"顷刻之间，拉一太守，如驱鸡犬。"这是孔平仲《孔氏谈苑》的记述。这位孔平仲和他二位兄长文仲、武仲并称"三孔"，当时还有人把"三孔"与"三苏"并称，当然实际上成就要差得多。据说孔平仲的诗比他兄长做得好，很近苏轼的风格。作为同时代人，孔平仲的记述可见苏轼当时的狼狈。这就是有名的所谓"乌台诗案"。后以黄州团练副使安置，于是有"平生文字为吾累，此去声名不厌低"的诗句，乃筑室于黄州城外东坡，自号"东坡居士"，后世即有苏东坡的名字唱彻神州。苏轼与王安石政见不合，但私交甚好：安石罢相，苏轼于元丰七年往金陵看他，还写了"劝我试求三亩宅，从公已觉十年迟"的七言绝句。元祐四年（1089），出知杭州，浚西湖，筑长堤（今之苏堤），疏通内外湖。元祐六年，调知颍州，颍州也有个西湖。"苏门四学士"之一的秦观《呈东坡先生》诗有所谓"十里薰风菡萏初，我公所至有西湖"的句子。绍圣初（1094），五十七岁的苏轼又被御史劾奏"讥斥先朝"，贬惠州、琼州等边鄙蛮荒州郡达七年之久，但他与幼子苏过穷中找乐，读书撰著，苏集中之和陶诗即作于岭南。元符三年（1100），被召北归，"九死南荒吾不恨，兹游奇绝冠平生"，就是他被贬海南后遇赦北归《六月二十日夜渡海》诗中的句子。次年卒于常州。有论者称苏轼是宋代的李白，李白称"谪仙"，苏轼亦称"坡仙"（金性尧《宋诗三百首》）。司空图《诗品》说"豪放"："天风浪浪，海山苍苍，真力弥满，万众在旁。"那样一种气象，用在李白、苏轼身上最为适当。据陈岩肖《庚溪诗话》记载，说神宗皇帝曾问近臣，苏轼可与哪位古人相比，有人说"唐李白文才颇同。"神宗说："不然。白有轼之才，无轼之学。"南宋许顗《彦周诗话》评苏诗云："词源如长江大河，飘沙卷沫，枯槎束薪，兰舟绣鹢，皆随行矣。"何汶《竹庄诗话》引《蔡百衲诗评》云："天才宏放，宜与日月争光，凡古人所不到处，发明殆尽。万斛泉源，未为过也。然颇恨似方朔极谏，时杂滑稽，罕逢蕴藉。"清人王士禛《古诗选凡例》谓其"七言长句之妙，自子美、退之之后，一人而已"。他的《渔洋诗话》谓其诗"似《庄子》"，他的《题东坡集》亦谓苏诗"字字《华严》法界来"。吴之振等编的《宋诗钞》评苏诗云："气象宏阔，铺叙宛转，子美之后，一人而已。然用事太多，不免失之丰缛，虽其学问所溢，要亦洗削之功未尽也。"清人沈德潜《说诗晬语》云："苏子瞻胸有洪炉，金银锡铅，皆归熔铸。其笔之超旷，等于天马脱羁，飞仙游戏，穷极变化，而适如意中所欲出，韩文公后又开辟一境界也。"赵翼《瓯北诗话》推崇苏诗更是不遗余力，比如："以文为诗，自昌黎（韩愈）始，至东坡益大放厥词，别开生面，而成一代之大观。今试平心论之，大概才思横溢，触处生春，胸中书卷繁富，又足以供其左旋右抽，无不如志。"比如："其尤不可及者，天生健笔一枝，爽如哀梨，快如并剪，有必达之隐，无难显之情，此所以继李、杜后为一大家也。而其不如李、杜处，亦在此。盖李诗如高云之游空，杜诗如乔岳之矗天，苏诗如流水之行地。读者于此处着眼，可得三家之真矣。"赵翼也还指出："坡诗不尚雄杰一派"，"笔锋精锐，举重若轻，读之似不甚着力，而力已透十分"，"坡诗实不以锻炼为工，其妙处在乎心地空明，自然流出。"方东树《昭昧詹言》谓苏诗"随意吐属，自然高妙，奇气峰兀，情景涌现"，"然其才学太富，用事奔凑，亦开俗人流易滑轻之病"。刘熙载《艺概》认为"东坡诗打通后壁说话，其精微超旷，真足以开拓心胸，推倒豪杰"。刘氏还以东坡《题与可画竹》中的诗句"无穷出生新"，来作为苏诗的评语。上述自宋至清各家评述，多推重之辞，也有少数指瑕之语，可见苏轼作为大家，在历代论者心目中的地位和影响。清人袁枚说，"诗穷而后工"。苏轼屡遭贬抑，是个大起大落的人。他旷达阅世，正直待人。他走过许多路，大块假之以文章，天地为之留下风月，江山为之留下胜迹。他逝世那一年写的"浮云时事改，孤月此心明"（《次韵江晦叔二首》）两句诗，胡仔《苕溪渔隐丛话》说其"语意高妙，有如参禅悟道之人，吐露胸襟，无一毫窒碍也"。王应麟《困学纪闻》亦说这两句诗可以"见东坡公之心"。是的，苏轼一生可爱之处就在于通体透明。屡谪孤臣，一介儒生，道也有，释也有，才也有，识也有，爱也有，恨也有，庄也有，谐也有，长也有，短也有，人们看得分明，就像天上高悬的一轮秋月。苏轼有《东坡全集》一百一十五卷，今存。

"苏门四学士"之一的黄庭坚，与苏轼并称"苏黄"，在诗坛却别树一帜，为"江西派"宗主，其诗论及其诗作影响后世者至深。他也是一位争议颇多的人物，尤其是今之学人，比如钱钟书先生对他就很不满意，一代诗之代表人物，《宋诗选注》一书只录其区区三首诗。黄庭坚（1045～1105），字鲁直，号山谷道人，分宁（今江西修水）人。英宗治平四年（1067）进士，任叶县尉。熙宁初，教授北京国子监，知太和县。元祐初，召为校书郎、《神宗实录》检讨官，迁著作佐郎。绍圣二年（1095），因人指其《实录》中有诬辞，责问时坚称不诬，遂贬涪州（今四川涪陵）别驾、黔州安置。徽宗立，又因文章为仇家诬陷为"幸灾谤国"，复谪宜州（今广西宜山），后卒于贬所。据说流放宜州期间，当地居民、僧人有通翰墨者，慕其诗名，先后邀他做客寓住，彼辈皆因此而被地方官吏治罪。黄庭坚只好栖身于上面漏雨、四旁刮风的戍楼上，并且死在那里。生前两遭贬谪，漂泊江湖，盖棺时灵旁只有一人。这位山谷道人一生可谓"穷"矣！"诗穷而后工"，唐之杜甫，宋之鲁直，可为明证。黄庭坚曾说过："百战百胜，不如一忍；万言万当（当读去声，妥当、恰当意），不如一默。"（《赠送张叔和》）可谓历尽坎坷而悟道之言，很是精辟，也很是伤心。生前困顿寂寞，死后被尊为江西诗派之祖；政治上没有多大成就，诗学上却声势浩大，影响深远，从北宋末一直到晚清，诗坛无不振荡着山谷道人之遗响。山谷的诗，有人推崇备至，方东树《昭昧詹言》说是"沉顿郁勃，深曲奇兀之致，亦所独得，非意浅笔懦调弱者可到也"；有人则批得一无是处，金人王若虚说黄庭坚所讲"点铁成金""夺胎换骨"乃是教人剽窃，只不过是"剽窃之黠者耳"！黄庭坚关于诗文的议论有很多，最有影响、足以解释他本人风格，也算得江西派纲领的，是这样一段话："老杜作诗，退之作文，无一字无来处，盖后人读书少，故谓韩、杜自作此语耳。古之能为文章者，真能陶冶万物，虽取古人之陈言入于翰墨，如灵丹一粒，点铁成金也。"（《答洪驹父书》）今人钱钟书先生在《宋诗选注》序及作者小传中痛加批评，当然有他的道理；金性尧先生在《宋诗三百首》前言及作者简介中，在指出其弊的同时，又肯定其作为一个诗人，在语言上苦苦追求魅力，苦苦创造特色，毫不留情地摒除陈词滥调的种种努力。笔者赞同这种态度。一般人认为山谷诗"奇拗艰涩"，也确实如此，特别是面对今天的读者，但他也有很脍炙人口的诗句，像"桃李春风一杯酒，江湖夜雨十年灯""落木千山天远大，澄江一道月分明"之类，数来怕也是指不胜屈呢。黄庭坚无论诗作、论论，无论当时声势、后世影响，在宋诗坛上卓然大家的地位，恐怕是很难撼动的。有《山谷内集》二十卷、《外集》十七卷、《别集》二卷，今存。

陈师道也是苏门中人，论者以为，北宋后期的诗坛中，苏黄以外，陈的成就和影响最大。陈师道（1053～1102），字履常，一字无己，号后山居士，彭城（今江苏徐州）人。自幼刻苦攻读，年十六，即以文谒曾巩，大受赏识，终身师之。元祐初，由苏轼等荐举，为徐州教授，后擢太学博士，晚年曾为秘书省正字。后世即以正字称之。陈的一生，寿不及五十，官不过正字，穷困潦倒，生活颇为清苦，一如他自己诗中所说："断墙着雨蜗成字，老屋无僧燕作家。"（《春怀示邻里》）陈师道是一个苦吟诗人，近于唐之孟郊、贾岛。黄庭坚有句诗："闭门觅句陈无己"，是非常形象的概括。朱熹说："陈无己平日出行，觉有诗思，便急归，拥被而思之，呻吟如病者，或累日而后起，真是'闭门觅句'也。"（《朱子语录》）出门得诗思，闭门觅佳句，当然不属闭门造车，只是苦炼字句而已。陈师道把全部精力都放在作诗上，诗受黄庭坚影响很深，后人也将其列入江西诗派。黄庭坚则谓其"得老杜句法"。正字诗用典较少而白描较多，咏物较少而抒情写景较多。诗境清于黄，笔力则不及。正字有诗论著作《后山诗话》，所谓"宁拙无巧，宁朴无华"二语即出自《后山诗话》，大约正好说出正字诗的特色。清人纪昀在《后山集钞题记》中说正字诗"大抵绝不如古，古不如律，律又七言不如五言，弃短取长，要不失为北宋巨手"。有《后山集》三十四卷，今存。

南渡诗人中，论者以为当以陈与义为第一。（陈祥耀《宋诗话（下）》）陈与义（1090～1138），字去非，自号简斋，洛阳人。政和三年（1113）登太学上舍甲科，授开德府教授，累迁太学博士，擢符宝郎。绍兴元年（1131）迁中书舍人，拜吏部侍郎，旋为翰林学士、参知政事。后请闲。陈与义由北宋进入南宋，亲历两京沦陷，二帝被掳。乡国之痛，漂泊之苦，出之以诗，"赋到沧桑句便工"，他的诗作遂具有较强的感染力量。《后村诗话》云："元祐后诗人迭起，一种则波澜富而律句疏，一种则锻炼精而性情远，要之不出苏、黄二体而已。及简斋出，始以老杜为师。……建炎以后，避地湖峤，行万里路，诗益奇壮。""造次不忘忧爱，以简洁扫繁缛，以雄浑代奖巧。第其品格，故当在诸家之上。"方回《瀛奎律髓》云："黄（庭坚）陈（师道）学老杜者也，嗣黄陈而恢张悲壮者，陈简斋也。"《四库提要》评简斋："其诗虽源于豫章（黄庭坚），而天分绝高，工于变化，风格遒上，思力沉挚，能卓然自辟蹊径。""至于湖南流落之余，汴京板荡以后，感时抚事，慷慨激越，寄托遥深，乃往往突过古人。"南渡诸人中若必遴选一大家，舍简斋而谁何？有《陈与义集》三十卷，今存。

陈衍所谓中宋，或者整个南宋，诗坛大家当首推陆游。陆游（1125～1210），字务观，自号放翁，山阴（今浙江绍兴）人。绍兴二十四年（1154）试礼部，名列前茅，因论恢复，被秦桧黜落（一说因名列秦桧孙子秦埙之前，被黜免）。秦桧死，始任福州宁德县主簿。孝宗即位，赐进士出身，出任夔州通判，任满往南郑，入四川宣抚使王炎军幕，王炎奉召东归后，应四川制置使范成大之邀而入蜀，任参议官，有"此身合是诗人未，细雨骑驴入剑门"

之句记其事。在剑南，诗人陆游成为同是诗人的范成大的文字之交。后返临安任京官。宁宗嘉泰三年（1203）修孝宗、光宗两朝实录成，升宝章阁待制。七十九岁致仕回乡，活了八十五岁，也算得高寿诗人了。陆游一生，勤于作诗，所谓"六十年间万首诗"，名副其实的高产诗人。今人陈祥耀《宋诗话（下）》把陆诗分作四类：一曰忧愤国势，悼伤民瘼，激昂沉痛之作；二曰述怀论事，评诗谈艺，见其豪情卓识之作；三曰叙事写景，或健笔遒深，或清辞腴美之作；四曰观生感遇，或含蓄邈绵，或洒然闲适之作。并加以评论说："陆游诗，痕迹消融不如陶（渊明），横放恣肆不如李（白），盘郁顿挫不如杜（甫），旁伸侧出不如苏（轼）；然能合杜之雄浑、李之豪逸、苏之流畅、陶之闲适、白（居易）之明密，以至岑参、王维之高华，宛陵（指梅尧臣）、江西（指黄庭坚）之烹炼而为一，以自成其圆洽雄厚之诗格；既饶宋法，又富唐音，盖东坡后宋诗又一集大成之圣手。"陆游面对南宋偏安之局，其诗愤中原之不复，慨国势之衰颓，抒胸中之壮志，内容多前代所未见，乃是古代表现民族矛盾最突出的伟大的爱国诗人。梁启超有诗赞曰："诗界千年靡靡风，兵魂销尽国魂空。集中十九从军乐，亘古男儿一放翁！"评选宋诗大家，若北宋、南宋止选一人，则北宋当为苏东坡，南宋即是陆放翁。有《渭南文集》五十卷，《剑南诗稿》八十五卷，今存。

与陆游齐名一时的是杨万里。杨万里（1127～1206），字廷秀，吉水（今属江西）人。绍兴二十四年（1154）年进士。任永州零陵丞时，抗金名将张浚适谪永州，勉之以"正心诚意"之学，因名其室为"诚斋"，即以此为号。后张浚拜相，荐之于朝廷，乃为知县。光宗即位，召为秘书监。韩侂胄专权，要他为韩作《南园记》，他以宁愿弃官而严拒，从此家居十五年，曾有"报国无路，唯有孤愤"之叹。杨万里一生勤于作诗，沈德潜《说诗晬语》说杨万里积诗曾达二万余首，但现存的为四千余首，在南宋诗人中，数量仅次于陆游。杨万里评当时诗家说："若范石湖之清新，尤梁溪之平淡，陆放翁之敷腴，萧千岩之工致，皆余之所畏也。"以范成大、尤袤、萧德藻与陆游并举。方回跋尤袤诗，则称尤、范、陆、杨四家。其实尤、萧不足与并列，同时能与杨万里并举者，当只有陆、范，这三人中陆的声名最大，次为杨，再次为范。杨万里自谓其诗"始学江西诸君子，既又学后山五字律，既又学半山老人七言绝句，晚乃学绝句于唐人"，最终"辞谢唐人，及王、陈、江西诸君子"，创所谓"诚斋体"。(《荆溪集序》) 诚斋体的主要特征，按照前人的说法，是所谓善用"活法"，"死蛇弄活"，"生擒活捉"，杨氏自己说是"透脱"。杨万里敢于用当时的俗语俚词入诗，显得尖新妩媚，近人胡适因之称其为"白话诗人"。他的诗写爱国精神、记民生疾苦者较少，这方面远逊于陆，亦逊于范。大量诗作，描写自然景物，书写生活感受，善写瞬间显现的具体景象，用意曲折，笔调灵活，富有巧思谐趣，但意境或欠深厚。杨万里也是一位争议颇多的大家。褒之者，称其"痛快"（姜夔），"奇峭"（方回），"清刻"（宋濂），"矫矫拔俗"（陈衍），"状物姿态，写人情意，则铺叙纤悉，曲尽其妙"（周必大语），"才思健拔，包孕万有"（《四库全书提要》语）；贬之者，称其"细碎"（李东阳），"鄙俚"（朱彝尊），"俚俗"（翁方纲），李慈铭称为"槎枒拗涩""粗硬油滑"，沈德潜竟说杨诗数量虽多，然排沙拣金，几于无金可拣。今人陈祥耀教授在《宋诗话（下）》一文中说："平心而论，杨诗新巧中不免有细碎轻滑之病，然其过人之性灵，固卓尔不容忽视。"有《诚斋集》一百三十三卷，今存。

杨万里视范成大为畏友，后人也往往将杨、范并举，今人陈迩冬、周汝昌还撰有《杨万里范成大诗选注》，将二人合选一书。范成大（1126～1193），字至能，自号石湖居士，平江府（今江苏苏州）人。绍兴二十四年（1154）进士，授户曹，监和剂局，累官礼部员外郎兼崇政殿说书。乾道六年（1170），假资政殿大学士，充国信使出使金国，不辱使命而返，除中书舍人，旋拜参知政事，晚年退隐故乡石湖。论者一般认为范石湖之名作多为七言绝句，中年使金时的吊古伤今之作，晚岁退居乡村的《四时田园杂兴》最有代表性：前者政治倾向鲜明，敌忾情绪强烈；后者不仅仅是田园牧歌，还多方面写出了农家的勤劳与辛苦、涕泪与欢笑。范诗的缺点是有的粗率浮露，回味较少。翁方纲则以为："其实石湖虽只平浅，尚有近雅之处，不过体不高，神不远耳。"今人金性尧以八个字概括范成大诗，曰："温润有余，神韵不足。"陈祥耀认为范成大中岁使北之诗"俊逸"近陆游，晚年田园之诗则"清而有味，意境不薄"。有《石湖居士诗集》三十四卷，今存。

　　说宋诗的大家，见仁见智，容有不同，概而观之，大体如是。评选大家，或有宽与严二途。宋诗的大家从宽计，当有上述十家。他们中或有较为突出之成就，或是集大成者。若从严计，或者止于苏东坡、黄山谷、陆放翁、杨诚斋四人吧。

宋诗的流派（一）

　　在我国古代诗歌史上，宋诗在继承唐诗的基础上，又有新的开拓和创造。现在一般都认为，宋诗是继唐诗之后而取得显著艺术成就的又一座高峰。宋诗的成长过程，同唐诗一样，是发展的、变化的过程。在这个过程中，各位诗人，各种流派，争奇斗艳，共同打扮着百花竞放的宋代诗坛。

　　宋代开国之初，太祖、太宗、真宗三朝，诗人们基本上偏于被动地接受唐诗的影响。他们主要的师法对象，是中晚唐的白居易、贾岛和李商隐。这样，在宋初诗坛就出现了三个流派：学习白居易的"白体"，效法贾岛的"晚唐体"，还有比"晚唐体"略后、专学李商隐的"西昆体"或曰"西昆派"。

　　"白体"诗人有徐铉、李昉、王禹偁等人，以王禹偁成就较高。《中华文学通史》为王禹偁立有专节。在唐代诗人中，他崇拜李白、杜甫和白居易，而实际上他的主要诗风更接近白居易一些，所以宋代的批评家都说他是学白乐天了。今人评论他的诗"气格较高，然伤直致"（陈祥耀《宋诗话（上）》），其优秀作品，虽未表现出显著的特色，却也饶有风韵，常以清丽之笔调，歌唱自己的感触和怀抱。像下面这首《村行》，是很多选本都选的，确实带有白氏的风格：

> 马穿山径菊初黄，信马悠悠野兴长。
> 万壑有声含晚籁，数峰无语立斜阳。
> 棠梨叶落胭脂色，荞麦花开白雪香。

何事吟余忽惆怅，村桥原树似吾乡。

这首诗出语清新，对仗工稳，写出了山村黄昏动人的情景，抒发了淡淡的乡愁。还有《畬田词》，也是他赞美山地劳动的人们的歌诗，充满了劳动者骄傲和欢乐的心情：

鼓声猎猎酒醺醺，斫上高山入乱云。
自种自收还自足，不知尧舜是吾君。

与"白体"同时的"晚唐体"，主要有"九僧"、魏野、林逋等人。这些人大都是身在江湖的隐士或僧侣。自晚唐、五代以来，许多文人才士为避战乱，隐居山林以求自保。这些所谓"高士"因栖身草野，不求闻达，反而名满天下。比如林逋林和靖，结庐于西湖孤山，所谓"梅妻鹤子"，终身不仕。林逋有许多歌咏西湖之作，如下面这首《孤山寺端上人房写望》：

底处凭阑思眇然？孤山塔后阁西偏。
阴沉画轴林间寺，零落棋枰葑上田。
秋景有时飞独鸟，夕阳无事起寒烟。
迟留更爱吾庐近，只待重来看雪天。

颔联比喻贴切，写景如画。然而林和靖先生最负盛名的还是《山园小梅》二首之一：

众芳摇落独暄妍，占尽风情向小园。
疏影横斜水清浅，暗香浮动月黄昏。

霜禽欲下先偷眼，粉蝶如知合断魂。

幸有微吟可相狎，不须檀板共金樽。

也是颔联，"疏影""暗香"，通过"水""月"的烘托，把梅花幽独超逸、高洁端庄而又神清骨秀的气质表现得淋漓尽致，令后世读者叹为观止。南宋诗人王十朋夸赞道："暗香和月入佳句，压尽今古无诗才。"（《腊日与守约同舍赏梅西湖》）词家姜夔甚至以《暗香》《疏影》做词牌，创作两首自度曲。

"晚唐派"中号称"九僧"的九位僧侣，也是九位诗人，作诗效法曾经也是和尚的贾岛，特别是像贾岛那样专精五律。九位诗僧，以淮南惠崇最为杰出。他工诗善画，苏轼曾就他的画写有题画诗。下面这首五律，写得明畅自然而颇有情致，颔联乃是取唐司空图、刘长卿二人的诗句合成，剪裁得精妙、妥帖，虽是用成句，历来也称佳句。这首诗可视为诗僧惠崇的代表作：

地近得频到，相携向野亭。

河分冈势断，春入烧痕青。

望久人收钓，吟余鹤振翎。

不愁归路晚，明月上前汀。

"晚唐派"诗人中有一个特殊人物，就是寇准。寇准，太宗朝进士，真宗朝拜相，可谓达官显贵，可他又是"九僧"、魏野、林逋、潘阆等人的诗友，实际上成了"晚唐派"的领袖人物。《四库全书总目》说其诗"含思凄婉，绰有晚唐之致"。《春日登楼怀旧》是他二十岁左右青年时期在巴东的作品，历来被认为是他的代表作：

> 南楼聊引望，杳杳一川平。
> 野水无人渡，孤舟尽日横。
> 荒村生断霭，古寺语流莺，
> 旧业遥清渭，沉思忽自惊。

　　还是颔联"野水无人渡，孤舟尽日横"，为论者所称道。也有指其是将唐人韦应物"野渡无人舟自横"一句拆成两句，有模拟之迹。笔者则以为两句语意似更舒缓，也更从容。

　　比"晚唐派"稍后而更有影响的是"西昆派"。西昆派以《西昆酬唱集》而得名。真宗朝，杨亿、刘筠、钱惟演等人奉旨于秘阁（西阁）编纂大型类书《册府元龟》，修书之暇，相互唱和。他们将秘阁比作《穆天子传》中说的西方昆仑山上先王藏书的册府，因之把他们唱和之作辑为一书，遂名《西昆酬唱集》。该书收杨亿、刘筠、钱惟演等十七人计二百四十八首诗作。他们以李商隐为楷模，诗作音律谐美，词采秾丽，有一定审美价值。清人纪昀说西昆派"取材博赡，炼词精整，非学有根柢，亦不能熔铸变化，自名一家。固亦未可轻诋"。然而有些批评家，比如二十世纪五六十年代的一些文学史著作或选本不仅"轻诋"，而且贬斥得一无是处，当非中正之论。"西昆"诸子，多为饱学之士，有良好的词章修养，作诗技法圆熟，典故似可信手拈来，化用前人佳句好似笔底自然流出。像杨亿这三首：

> 蓬莱银阙浪漫漫，弱水回风欲到难。
> 光照竹宫劳夜拜，露溥金掌费朝餐。

力通青海求龙种，死讳文成食马肝。

待诏先生齿编贝，那教索米向长安。

——《汉武》

五鼓端门漏滴稀，夜签声断翠华飞。

繁星晓埭闻鸡度，细雨春场射雉归。

步试金莲波溅袜，歌翻玉树涕沾衣。

龙盘王气终三百，犹得澄澜对敞扉。

——《南朝》

铜盘蕙草起青烟，斗帐香囊四角悬。

沈约愁多徒自瘦，相如意密有谁传。

金塘雨过犹疑梦，翠袖风回祇恐仙。

日上秦楼休寄咏，东方千骑拥辒辌。

——《无题》

《汉武》借古喻今，似讽真宗热衷求仙，而不能养贤惜才。《南朝》指出天子荒淫误国、败亡相续，寓应不忘前代教训之意。《无题》当然是一首言情诗，但到底所咏何人，所记何事，也还十分朦胧。这三首诗大约可视为整部"西昆"之缩影：一味模仿李商隐，热衷于在唐人遗产或典故堆里讨生活，较少艺术创新意识，特别是总让人感到缺乏真情实感。这三首是较为优秀的，等而下之，亦可知矣。清人冯武在《重刻西昆酬唱集》的序中说："不隔一朝，遽尔湮没。"梅尧臣、苏舜钦、欧阳修起来，"西昆"即走向式微了。

梅、苏、欧未立派系又自成一派，《石林诗话》谓"始矫西昆，专以气格为主，故言多平易疏畅"，虽然说的是欧阳文忠公之诗，用来概括梅、苏、欧三人也还恰当。各录一首，以见其风韵：

适与野情惬，千山高复低。

好峰随处改，幽径独行迷。

霜落熊升树，林空鹿饮溪。

人家在何处？云外一声鸡。

——梅尧臣《鲁山山行》

春阴垂野草青青，时有幽花一树明。

晚泊孤舟古祠下，满川风雨看潮生。

——苏舜钦《淮中晚泊犊头》

春风疑不到天涯，二月山城未见花。

残雪压枝犹有橘，冻雷惊笋欲抽芽。

夜闻归雁生乡思，病入新年感物华。

曾是洛阳花下客，野芳虽晚不须嗟。

——欧阳修《戏答元珍》

这三首若和前面"西昆"的三首相比较，所追求的诗歌意境和语言风格有着多么大的不同。

在欧阳修提携和奖掖之下，苏轼起来了。苏轼和所谓"苏门四学士"也不是一派。"四学士"之一的黄庭坚诗中说："闭门觅句陈无己，对客挥毫秦少游。"陈无己是陈师道，秦少游即秦观，同属"苏门四学士"，就有如此的不同。特别是黄庭坚，以他大量的创作和鉴赏实践，总结出一个包括创作论、鉴赏论、批评论的有特色的诗歌美学体系，一套完整的诗歌创作经验和指导人们作诗的规矩方法，影响很大，以至由此形成此后终宋世二百年、宋诗最大的流派"江西派"，其流风余韵远被于元明清及近代。历来论者以"点铁成金"和"夺胎换骨"来概言黄氏的诗论，它们出自下面两段话：

自作语最难，老杜作诗，退之作文，无一字无来处。盖后人读书少，故谓韩、杜自作此语耳。古之能为文章者，真能陶冶万物，虽取古人之陈言入于翰墨，如灵丹一粒，点铁成金也。（黄庭坚《答洪驹父书》）

　　诗意无穷，而人之才有限。以有限之才，追无穷之意，虽渊明、少陵，不得工也。然不易其意而造其语，谓之换骨法；窥入其意而形容之，谓之夺胎法。（惠洪《冷斋夜话》记黄庭坚语）

前一段说"点铁成金"，主要是指师前人之辞；后一段说"夺胎换骨"，主要是指师前人之意。总的意思是：学习前人是十分必要的，但同时要有所发展和变化。平心而论，这两段总结其个人创作经验的话，对于初学者应当说是有益的、有用的。但遗憾的是，"点铁成金""夺胎换骨"说也产生了较大的流弊，以至江西派的末流专以拾人牙慧为能事，到故纸堆中去讨生活。

黄庭坚本人有精深的艺术造诣，正是他打破了唐诗藩篱，创造出独特的艺术风貌。清人方东树谓黄诗有"奇思，奇句，奇气"。无论意境、结构、语言，包括造句、炼字、选韵、对仗，都十分讲究，苦求出新，形成"生、新、瘦、硬"的个性特征。比如论者常称道的《题落星寺四首》之三：

　　　　落星开士深结屋，龙阁老翁来赋诗。

　　　　小雨藏山客坐久，长江接天帆到迟。

　　　　宴寝清香与世隔，画图妙绝无人知。

　　　　蜂房各自开户牖，处处煮茶藤一枝。

略检全诗即会发现，这首七言律没有一句是完全合律的，颈联还失粘，但拗中仍有救拗之处，如第二句第五字"来"应仄而平，以救第一句第六字"结"应平而仄，以及本句第三字"老"应平而仄之拗。全诗显得声调拗峭奇崛，同清奇简古的文字相得益彰，很好地衬托了诗中远离人世、幽僻清绝的境界，体现了山谷诗生新瘦硬的艺术风格。

不过，我们一般人还是喜欢他的像"桃李春风一杯酒，江湖夜雨十年灯"那样新而不生、硬而不瘦的诗篇。像下面这几首：

> 投荒万死鬓毛斑，生入瞿塘滟滪关。
> 未到江南先一笑，岳阳楼上对君山。
>
> ——《雨中登岳阳楼望君山》其一
>
> 满川风雨独凭栏，绾结湘娥十二鬟。
> 可惜不当湖水面，银山堆里看青山。
>
> ——《雨中登岳阳楼望君山》其二
>
> 痴儿了却公家事，快阁东西倚晚晴。
> 落木千山天远大，澄江一道月分明。
> 朱弦已为佳人绝，青眼聊因美酒横。
> 万里归船弄长笛，此心吾与白鸥盟。
>
> ——《登快阁》

学者认为，黄庭坚是江西诗派的领袖人物，也是文学史上一位颇有争议的人物。他的业绩对我国古典诗歌的发展有着很大的影响，是无可置疑的。对他的评价，也随着历史上文艺思潮及价值观的不同而大有高低。对黄庭坚的艺术技巧，今后似乎很值得进一步研究。

宋诗的流派（二）

　　宋室南渡之后，与北宋相比较，诗的题材和风格都有所改变。南宋前期的尤袤、杨万里、范成大和陆游四人，都是爱国的士大夫，在当时被称为"中兴四大诗人"。"中兴"实际上只是昙花一现，四大诗人在宋代诗坛则留下许多优秀的诗篇。这当中，尤袤诗集已佚，存于世者甚少，陆、杨、范则堪称宋诗大家，陆是集大成者，范在田园诗方面有继承，且开新境。若以流派论，则杨万里在创作方法上，跳出江西派的圈子，建立起一种比较新鲜活泼的诗体"诚斋体"，在诗史上独树一帜。

　　诚斋自述其学诗经过说："予之诗，始学江西诸君子，既又学后山（陈师道）五字律，既又学半山老人（王安石）七字绝句，晚乃学绝句于唐人。……（戊戌）作诗，忽若有悟，于是辞谢唐人，及王、陈、江西诸君子皆不敢学，而后欣如也。试令儿辈操笔，予口占数首，则浏浏焉，无复前日之轧轧矣。"跳出江西派圈子后，他自叙："步后园，登古城，采撷杞菊，攀翻花竹。万象毕来，献予诗材。盖麾之不去，前者未雠而后者已迫，涣然未觉作诗之难也。"（《荆溪集》自序）这实际上是说接受了一种师法自然、不师法古人的创作方法。诚斋认识到："点铁成金未是灵。"他认为："学诗须透脱，信手自孤高。"并举例说："君看醉中语，不琢自成文。"诚斋提倡以"活法"作诗，即吕本中所言"能出于规矩之外，变化不测，而亦不背于规矩"。他的友人作诗称赞道："造化精神无尽期，跳腾踔厉即时追。目前言句知多少，罕有先生活法诗。"（张镃《携杨秘监诗一编登舟因成二绝》）可见诚斋之所谓"活法"的精髓在于追摄"造化"（大自然），用心去捕捉稍纵即逝、转瞬便改的自然情趣，并用生动活泼而又富于变化的语言予以表现出来。像下面二首：

> 天上云烟压水来，湖中波浪打云回。
> 中间不是平林树，水色天容拆不开。
>
> ——《过宝应县新开湖》
>
> 霁天欲晓未明间，满目奇峰总可观。
> 却有一峰突然长，方知不动是真山。
>
> ——《晓行望云山》

摄取自然景物鲜活的特征和流走的姿态，语言也自然活泼，平易浅近，使人爱读。诚斋的诗还富于幽默风趣，像下面这两首：

> 篙师只管信船流，不作前滩水石谋。
> 却被惊湍旋三转，倒将船尾作船头。
>
> ——《下横山滩头》
>
> 莫言下岭便无难，赚得行人错喜欢。
> 正入万山圈子里，一山放出一山拦。
>
> ——《过松源》

一写船过险滩，一写人行深山，总是涉笔成趣，且含哲理意味。流播极广的童蒙读物《千家诗》选了诚斋的两首写景、即事诗：

> 梅子留酸软齿牙，芭蕉分绿与窗纱。
> 日长睡起无情思，闲看儿童捉柳花。
>
> ——《闲居初复午睡起》

毕竟西湖六月中，风光不与四时同。

接天莲叶无穷碧，映日荷花别样红。

——《晓出净慈寺送林子方》

也都形象鲜明，意思明白，语言易懂，历来脍炙人口。

诚斋的诗写自然景物的多，写社会政治的少，诗的思想性较弱，这大概是论者比较一致的看法，但也有优秀的作品，比如《初入淮河二首》：

船离洪泽岸头沙，人到淮河意不佳。

何必桑乾方是远，中流以北即天涯！

中原父老莫空谈，逢着王人诉不堪，

却是归鸿不能语，一年一度到江南。

这诗是诚斋奉命到淮河去迎接金使时写的，当时淮河已是宋金的分界线，诗中流露的心情是沉痛的、悲愤的、无奈的，但也确实没有陆游那么强烈。

诚斋还有一首古体歌行《插秧歌》，几乎全用口语来写劳动生活，也很有意思：

田夫抛秧田妇接，小儿拔秧大儿插。

笠是兜鍪蓑是甲，雨从头上湿到胛。

唤渠朝餐歇半霎，低头折腰只不答。

秧根未牢莳未匝，照管鹅儿与雏鸭。

到了南宋后期，诗坛一前一后出现两个不满江西诗派的流派，一个是所谓"永嘉四灵"，一个是江湖派。

所谓"永嘉四灵"，是一个诗人群体。徐照、徐玑、翁卷、赵师秀四位诗人都是永嘉（今浙江温州）人，且每人字或号都有一个"灵"字：徐照字灵晖，徐玑号灵渊，翁卷字灵舒，赵师秀号灵秀。四灵或为布衣，或为小吏，"爱闲""安贫"是他们的生活态度，题材亦限于流连山水，抒写闲情逸趣。《千家诗》选录过两首，因之也流传很广：

> 绿遍山原白满川，子规声里雨如烟。
> 乡村四月闲人少，才了蚕桑又插田。
>
> ——翁卷《乡村四月》
>
> 黄梅时节家家雨，青草池塘处处蛙。
> 有约不来过夜半，闲敲棋子落灯花。
>
> ——赵师秀《有约》

江湖派是四灵派的延展和放大。当时有位诗人兼书商陈起，把以江湖诗人的诗作为主体的作品汇集起来，编印成《江湖前集》《江湖后集》《江湖续集》以传世，这批诗人即江湖诗人，这个流派就叫作"江湖派"。江湖派人多且杂，良莠不齐，比较出色的有戴复古、方岳和刘克庄，尤其是刘克庄，可视作江湖派的领袖人物。刘克庄，字潜夫，号后村，莆田（今属福建）人，历任知县、知州、秘书少监、国史院编修、权工部尚书，特授龙图阁学士。诗文丰富，有《后村先生大全集》。刘克庄的诗，先受"四灵"影响，后仿李贺，攻古风，又学陆游、杨万里，诗中时有放翁气概，也有"诚斋体"痕迹。像下面这首七古《军中乐》，不少选本都选，颇显刘氏风格，可视作刘克庄代表作：

> 行营面面设刁斗，帐门深深万人守。
> 将军贵重不据鞍，夜夜发兵防隘口。
> 自言房晟不敢犯，射麋捕鹿来行酒。
> 更阑酒醒山月落，彩缣百段支女乐。
> 谁知营中血战人，无钱得合金疮药！

程千帆认为："唐高适《燕歌行》云：'战士军前半死生，美人帐下犹歌舞。'与《军中乐》略同，但刘克庄却写得更其具体，丰富了高适那两句的内容。"（《宋诗精选》）刘克庄七绝组诗《赠防江卒六首》，与《军中乐》差不多，实际也是政治讽刺诗，选录二首如下：

> 战地春来血尚流，残烽缺堠满淮头。
> 明时颇牧居深禁，若见关山也自愁。
>
> 一炬曹瞒仅脱身，谢郎棋畔走符秦。
> 年年拈起防江字，地下诸贤会笑人。

前一首写当时将帅身居要位，却深藏禁地，从不亲临战场。而以名将李牧、廉颇称之，实在讽刺得可以。后一首以历史事件作对比，周瑜破曹，谢安退敌，都是以弱胜强，但目下呢？愤激之情以嘲弄口吻说出，亦富讽刺意味。刘克庄闲居时写过一首七律《答友生》，又别是一样风格和情感：

读易参禅事事奇，高情已恨挂冠迟。
清于楚客滋兰日，贫似唐人乞米时。
家为买琴添旧债，厨因养鹤减晨炊。
君看江表英雄传，何似孤山一卷诗？

这首诗几乎句句用典。全诗在闲淡野逸的词句后面，充溢着愤激情绪，以及对现实政治的深深失望。刘氏《再赠钱道人》同样自鸣不平，表现出倔强的个性，但语言要平易得多：

拙貌惭君子细看，镜中我自觉神寒。
直从杜甫编排起，几个吟人作大官？

戴复古终身布衣，也是江湖派的重要人物。他的诗受"永嘉四灵"影响，学中晚唐，主张"论诗先论格"，不肯滥作应酬诗，常以诗抒写忧国伤时的情怀，像下面这首七绝《江阴浮远堂》：

横冈下瞰大江流，浮远堂前万里愁。
最苦无山遮望眼，淮南极目尽神州。

意思明白，感情凄怆。他的写景诗也有特色，如《江村晚眺》：

江头落日照平沙，潮退渔船阁岸斜。
白鸟一双临水立，见人惊起入芦花。

写江村晚景，江头、落日、平沙、渔船、白鸟、芦花，细致而生动，结尾两句，更有妙趣。

方岳是进士出身，历任州郡长官，因触犯权奸贾似道而罢官。他的诗的主要风格是疏朗淡远，从下面二首《农谣》可见一斑：

小麦青青大麦黄，护田沙径绕羊肠。
秧畦岸岸水初饱，尘甑家家饭已香。

雨过一村桑柘烟，林梢日暮鸟声妍。
青裙老姥遥相语，今岁春寒蚕未眠。

北宋四大家诗例话（一）

　　北宋诗的大家不止四人，这里例举的是初宋的欧阳修，盛宋的王安石、苏轼和黄庭坚。初宋、盛宋云云，是沿用清末民初陈衍《宋诗精华录》的说法。这四家诗，大约可以代表北宋诗坛的最高成就；他们的风格虽各有不同，但都从不同方面体现出宋诗不同于唐诗的艺术特色。

　　欧阳修是北宋前期，或如陈衍所谓"初宋后期"的文坛领袖。在宋初诗人跳不出晚唐圈子（如"西昆体"）的时候，欧氏首先发现并大力肯定了梅尧臣（字圣俞）、苏舜钦（字子美）的诗作，这二人与自己的作风并不相同，但体现了诗的新面貌。当时人对他们还不理解，由于欧阳修的推重和宣扬，苏、梅，再加上欧氏自己质、量皆优的创作，一举扫荡了西昆的流风余韵，打开了宋诗不同于前人的新局面。下面欧阳修这首五古《水谷夜行，寄子美、圣俞》应是他的代表作之一，或可作诗论看：

> 寒鸡号荒林，山壁月倒挂。
>
> 披衣起视夜，揽辔念行迈。
>
> 我来夏云初，素节今已届。
>
> 高河泻长空，势落九天外。
>
> 微风动凉襟，晓气清余睡。
>
> 缅怀京师友，文酒邈高会。
>
> 其间苏与梅，二子可畏爱。
>
> 篇章富纵横，声价相磨盖。

子美气尤雄，万窍号一噫。

有时肆颠狂，醉墨演滂沛。

譬如千里马，已发不可杀。

盈前尽珠玑，一一难柬汰。

梅翁事清切，石齿漱寒濑。

作诗三十年，视我犹后辈。

文辞愈清新，心意虽老大。

譬如妖韶女，老自有余态。

近诗尤古硬，咀嚼苦难嘬。

初如食橄榄，真味久愈在。

苏豪以气轹，举世徒惊骇。

梅穷独我知，古货今难卖。

二子双凤凰，百鸟之嘉瑞。

云烟一翱翔，羽翮一摧铩。

安得相从游，终日鸣哕哕。

问胡苦思之，对酒把新蟹。

这首五古，已具宋诗风格。前略写行役之景和离别之怀，引出对苏、梅二友的评赞。评赞苏、梅，采取先分评后合赞的方法，有赋有比，议论而不乏形象。最后以一问一答作结，实际上只有"问胡苦思之"一问，"对酒把新蟹"并非直接回答，只是点明写作此诗的季节，与开头所绘的秋景相呼应。全诗结构致密，布局显然经过精心结撰。这些方面都体现出鲜明的宋诗特色。欧阳修的《六一诗话》云："圣俞、子美，齐名于一时，而二家诗体特异。子美笔力豪隽，以超迈横绝为奇；圣俞覃思精微，以深远闲淡为意；各极其长，虽善论者不能优劣也。"这段文字似可作为这首五古的注释。

欧阳修的近体诗，写得平易流畅，一扫西昆之繁缛绮靡，虽是崇尚韩愈以气格为主，但无韩诗之"盘空硬语"，比梅尧臣的"清淡"又多了几分丰腴。代表作是《戏答元珍》：

> 春风疑不到天涯，二月山城未见花。
>
> 残雪压枝犹有橘，冻雷惊笋欲抽芽。
>
> 夜闻归雁生乡思，病入新年感物华。
>
> 曾是洛阳花下客，野芳虽晚不须嗟。

欧阳修因写信给高司谏，指责他在范仲淹与吕夷简的斗争中不能主持正义，触怒了朝廷，被贬为夷陵（今湖北宜昌）县令。这首诗便作于此时。诗人以自嘲来排遣内心的苦闷。全诗写夷陵初春景物，刻画精微。"诗贵发端"，欧氏本人也颇以此诗发端自负。他在《笔说·峡州诗说》中说："'春风疑不到天涯，二月山城未见花'，若无下句，则上句何甚？既见下句，则上句颇工。"此诗尾联亦可玩味，《宋诗精华录》谓"结韵用高一层意自慰"，其实自慰即自伤，于开朗中见苦闷，有余味。尾联与此诗同工而异曲的还有同一时期的另一首七律《黄溪夜泊》：

> 楚人自古登临恨，暂到愁肠已九回。
>
> 万树苍烟三峡暗，满川明月一猿哀。
>
> 非乡况复惊残岁，慰客偏宜把酒杯。
>
> 行见江山且吟咏，不因迁谪岂能来？

前半首融情入景，后半首即事生议，但一样平易晓畅。结尾是解嘲，亦见放达：都是宋诗风味。欧阳修的七绝，轻快而疏雅，亦有其特色，录二首以为例：

> 绿桑高下映平川，赛罢田神笑语喧。
> 林外鸣鸠春雨歇，屋头初日杏花繁。
>
> ——《田家》
>
> 夜凉吹笛千山月，路暗迷人百种花。
> 棋罢不知人换世，酒阑无奈客思家。
>
> ——《梦中作》

前一首是作者滁州任上作，写杏花春雨时节，乡人赛神后的欢乐情景。后一首写梦境，一句一截，各自独立，而又两两相对。杨慎《升庵诗话》曾举出杜甫"两个黄鹂鸣翠柳"那首有名的绝句，以为此体之祖。

北宋四大家诗例话（二）

早岁受知于欧阳修的王安石，就诗而论，尊崇杜（甫）、韩（愈），亦重谢（灵运）、柳（宗元），融通变化，自成一宗。其在盛年主持变法时期，诗作涉及广泛的社会生活，提出许多重大而尖锐的社会问题，像《感事》《兼并》《省兵》《河北民》之类，很有历史认识价值。这位被人称作"拗相公"的诗人还写了许多咏史诗，借对历史人物的评价，发表自己的政治见解，抒写个人的抱负襟怀，摒弃俗套，常有新意。如《明妃曲》：

> 明妃初出汉宫时，泪湿春风鬓脚垂。
> 低徊顾影无颜色，尚得君王不自持。
> 归来却怪丹青手，入眼平生几曾有？
> 意态由来画不成，当时枉杀毛延寿。
> 一去心知更不归，可怜着尽汉宫衣。
> 寄声欲问塞南事，只有年年鸿雁飞。
> 家人万里传消息，好在毡城莫相忆。
> 君不见咫尺长门闭阿娇，人生失意无南北！
>
> ——《明妃曲》其一

这是其第一首，在王安石的诗中是极负盛名的。刻画细致，感情真挚，凄恻动人，不仅表现了昭君的不幸，讽刺了汉皇的昏庸，而且托古喻今，唱出了诗人自己在政治上的郁郁不得志，当是罢相后的作品。这首诗一反前人此一题材诗作的套路，是有名的所谓"翻案诗",有鲜明的形象,也有深刻的议论,极具宋诗特色。

王安石的近体律诗,俊逸而又平易近人。流传最广的有《示长安君》,这是哥哥出差前与妹妹共饭的一席家常话(程千帆《宋诗精选》),写得朴实沉着,流露出深挚的感情:

> 少小离别意非轻,老去相逢亦怆情。
> 草草杯盘供笑语,昏昏灯火话平生。
> 自怜湖海三年隔,又作尘沙万里行。
> 欲问后期何日是,寄语应见雁南征。

据载,王安石写此诗时才四十岁,正当强壮之年而称"老去",论者认为这是宋人心态老化的一种表现,苏轼在黄州写"大江东去"时,也只四十多岁,即有"多情应笑我、早生华发"的词句。《示长安君》这首诗最为人称道的是其颔联:"草草杯盘供笑语,昏昏灯火话平生。"极尽语淡情深之妙。著名画家丰子恺还曾以之为题作了一幅水墨淡彩风俗画。读这首诗,人们不禁想起杜甫的《赠卫八处士》,同样写别后相见,见后又别,语朴情浓,杜诗是七古,擅于铺陈,王诗是七律,长于概括,同样意蕴无穷。

王安石的七绝,历来评价极高,有人甚至说超过了盛唐,如《诚斋诗话》谓"绝句(字)最少而最难工,虽作者(作家)亦难得四句全好。晚唐人与介甫(王安石)最工于此"。《竹庄诗话》引黄庭坚语,谓王氏绝句"雅丽精绝,脱去流俗"。《沧浪诗话》亦称王氏"绝句最高,其得意处高出苏、黄、陈之上"。苏是苏轼,黄是黄庭坚,陈是陈师道。古人《千家诗》曾选其七绝四首,遂使之家喻户晓:

爆竹声中一岁除，春风送暖入屠苏。

千门万户曈曈日，总把新桃换旧符。

——《元日》

金炉香烬漏声残，翦翦轻风阵阵寒。

春色恼人眠不得，月移花影上栏干。

——《春夜》

北山输绿涨横陂，直堑回塘滟滟时。

细数落花因坐久，缓寻芳草得归迟。

——《北山》

茅檐常扫净无苔，花木成畦手自栽。

一水护田将绿绕，两山排闼送青来。

——《书湖阴先生壁》

今人程千帆《宋诗精选》亦选其七绝四首，意境清新，技术称得上精工巧丽，也录如下：

雪干云净见遥岑，南陌芳菲复可寻。

换得千罂为一笑，春风吹柳万黄金。

——《雪干》

水际柴门一半开，小桥分路入青苔。

背人照影无穷柳，隔屋吹香并是梅。

——《金陵即事》

一陂春水绕花身，身影妖娆各占春。

纵被东风吹作雪，绝胜南陌碾成尘。

——《北陂杏花》

荒烟凉雨助人悲，泪染衣襟不自持。

220

除却春风沙际绿，一如看汝过江时。

——《送和甫至龙安，微雨，因寄吴氏女子》

钱钟书先生编《宋诗选注》，选诗标准苛刻，但荆公七绝除《书湖阴先生壁》外还选取了另外四首：

石梁茅屋有弯碕，流水溅溅度两陂。
晴日暖风生麦气，绿阴幽草胜花时。

——《初夏即事》

野水纵横漱屋除，午窗残梦鸟相呼。
春风日日吹香草，山北山南路欲无。

——《悟真院》

京口瓜洲一水间，钟山只隔数重山。
春风又绿江南岸，明月何时照我还。

——《泊船瓜洲》

江北秋阴一半开，晚云含雨却低回。
青山缭绕疑无路，忽见千帆隐映来。

——《江上》

北宋四大家诗例话（三）

与王安石同时的苏轼，毫无疑问是宋代最杰出的诗人，他的诗堪称宋诗的最高典范。论者指苏诗出入八代、有唐，尤得力于李（白）、杜（甫）、韩（愈）、白（居易）、柳（宗元）、韦（应物）、刘（禹锡），于宋亦复借鉴欧阳修、梅尧臣，故为李杜后又一大综合宗匠，宋诗气焰，至其诗而大张。（陈祥耀《宋诗话（上）》）苏轼在广泛学习借鉴前人的基础上创新，从而形成多姿多彩的艺术风格。南宋诗人刘克庄谓苏诗"有汗漫者，有典丽者，有丽缛者，有简淡者，翕然开阖，千变万态"（《后村诗话》）。总体来看，以清雄豪放、自由驰骋为主调，同时兼具其他多种特色。宋诗的特色"以文为诗"，"以议论为诗"，"以学问为诗"等，在苏轼的诗里都有表现，而且多是表现为优的一面。清人赵翼在他的《瓯北诗话》中说："以文为诗，自昌黎始，至东坡益大放厥词，别开生面，成一代之大观。""其尤不可及者，天生健笔一枝，爽如哀梨，快如并剪，有必达之隐，无难显之情：此所以继李、杜后为一大家也。而其不如李、杜处，亦在此。"论者以为此番评论准确、全面。

苏轼长于七古。七古没有严格的格律约束，也不受篇幅长短限制，最便于他驰骋笔力，挥洒才气。名篇很多，如《百步洪》二首，汪洋恣肆，趁兴走笔，妙语连珠，博喻成串，赵翼谓是"笔力所到，自成创格"。今录其诗前小序并第一首如下：

> 王定国访余于彭城，一日，棹小舟与颜长道携盼、英、

卿三子游泗水，北上圣女山，南下百步洪，吹笛饮酒，乘月而归。余时以事不得往，夜著羽衣，伫立于黄楼上，相视而笑，以为李太白死，世间无此乐，三百余年矣。定国既去，逾月，复与参寥师放舟洪下。追怀曩游，以为陈迹，喟然而叹，故作二诗，一以遗参寥，一以寄定国，且示颜长道、舒尧文邀同赋云。

> 长洪斗落生跳波，轻舟南下如投梭。
> 水师绝叫凫雁起，乱石一线争磋磨。
> 有如兔走鹰隼落，骏马下注千丈坡。
> 断弦离柱箭脱手，飞电过隙珠翻荷。
> 四山眩转风掠耳，但见流沫生千涡。
> 险中得乐虽一快，何异水伯夸秋河。
> 我生乘化日夜逝，坐觉一念逾新罗。
> 纷纷争夺醉梦里，岂信荆棘埋铜驼。
> 觉来俯仰失千劫，回视此水殊委蛇。
> 君看岸边苍石上，古来篙眼如蜂窠。
> 但应此心无所住，造物虽驶如吾何。
> 回船上马各归去，多言晓哓师所呵。

前面大半描绘小舟冲浪，曲尽险中得乐之至，后才由此转入议论，语为参寥禅师而发，回应诗前小序。纪昀说："诗须如此，用意方不浮泛。"又如《游金山寺》，记游中深情地追念故乡：

> 我家江水初发源，宦游直送江入海。
> 闻道潮头一丈高，天寒尚有沙痕在。
> 中泠南畔石盘陀，古来出没随涛波。

试登绝顶望乡国，江南江北青山多。

羁愁畏晚寻归楫，山僧苦留看落日。

微风万顷靴文细，断霞半空鱼尾赤。

是时江月初生魄，二更月落天深黑。

江心似有炬火明，飞焰照山栖鸟惊。

怅然归卧心莫识，非鬼非人竟何物？

江山如此不归山，江神见怪惊我顽。

我谢江神岂得已，有田不归如流水。

从故乡水落笔，写宦游人冬游金山寺，传闻中的江潮盛况不复再现，只留下潮水涨落的沙痕。二更月落，江天深黑，江心的炬火，惊飞的栖鸟，迷离恍惚间，渲染出一片惆怅的乡愁。清人汪师韩谓"一往作缥缈之音""自来赋金山者，极意着题，正从无得此远韵"（《苏诗选评笺释》）。陈衍评曰："一起高屋建瓴，为蜀人独足夸口处。通篇遂全就望乡归山落想，可作《庄子·秋水篇》读。"（《宋诗精华录》）又如《书王定国所藏烟江叠嶂图》，历来指为名篇：

江上愁心千叠山，浮空积翠如云烟。

山耶云耶远莫知，烟空云散山依然。

但见两崖苍苍暗绝谷，中有百道飞来泉。

萦林络石隐复见，下赴谷口为奔川。

川平山开林麓断，小桥野店依山前。

行人稍渡乔木外，渔舟一叶江吞天。

使君何从得此本，点缀毫末分清妍。

不知人间何处有此境，径欲往买二顷田。

君不见武昌樊口幽绝处，东坡先生留五年。

春风摇江天漠漠，暮云卷雨山娟娟。

丹枫翻鸦伴水宿，长松落雪惊昼眠。

桃花流水在人世，武陵岂必皆神仙？

江山清空我尘土，虽有去路寻无缘。

还君此画三叹息，山中故人应有招我归来篇。

《宋诗三百首》编撰者金性尧先生认为画的背景当为汉江。他品读此诗说：自首句至"渔舟"句是写画中景色，接着以旧时行踪反衬汉江的幽绝。"春风"四句，实写一年四季皆可流连，难怪"东坡先生留五年"了。全诗虚实交错，脚下尘土结合胸中丘壑，故能神清气足。汪师韩《苏诗选评笺释》云："竟是为画作记，然摹写之神妙，恐作记反不能如韵语之曲折而有情也。"

　　苏轼惯于以诗来论诗衡文、品画评书，见解独到，议论纵横，多有佳作。如《凤翔八观》之一《王维吴道子画》：

何处访吴画？普门与开元。

开元有东塔，摩诘留手痕。

吾观画品中，莫如二子尊。

道子实雄放，浩如海波翻。

当其下手风雨快，笔所未到气已吞。

亭亭双林间，彩晕扶桑暾。

中有至人谈寂灭，悟者悲涕迷者手自扪。

蛮君鬼伯千万万，相排竞进头如鼋。

摩诘本诗老，佩芷袭芳荪。

今观此壁画，亦若其诗清且敦。

祇园弟子尽鹤骨，心如死灰不复温。

门前两丛竹，雪节贯霜根。

交柯乱叶动无数，一一皆可寻其源。

吴生虽妙绝，犹以画工论。

摩诘得之于象外，有如仙翮谢笼樊。

吾观二子皆神俊，又于维也敛衽无间言。

这是苏轼早期杰作之一，散文化的倾向是很明显的。程千帆先生品评说：布局于整齐中见变化，风格于清新中含雄浑，而且善于把握事物中具有典型性的细节。不仅体现了诗人的创作能力，也体现了他的鉴赏水平。

苏轼的七律也很有名，既多且好。旧时的《诗韵合璧》一类书中，都附有苏轼的律句，几乎每一个韵字都能找到相应的苏诗的句子做示范。苏轼七律的语言以清新晓畅、圆熟自然见长，似不经意，而自然意新语工，仿佛随手拈来，而又灵活妥帖。今录流传较广的几首：

人生到处何所似？应似飞鸿踏雪泥。

泥上偶然留指爪，鸿飞那复计东西？

老僧已死成新塔，坏壁无由见旧题。

往日崎岖还记否？路长人困蹇驴嘶。

——《和子由渑池怀旧》

游人脚底一声雷，满座顽云拨不开。

天外黑风吹海立，浙东飞雨过江来。

十分潋滟金樽凸，千杖敲铿羯鼓催。

唤起谪仙泉洒面，倒倾鲛室泻琼瑰。

——《有美堂暴雨》

/ 芸窗随笔

东风知我欲山行，吹断檐间积雨声。

岭上晴云披絮帽，树头初日挂铜钲。

野桃含笑竹篱短，溪柳自摇沙水清。

西崦人家应最乐，煮葵烧笋饷春耕。

——《新城道中》

自笑平生为口忙，老来事业转荒唐。

长江绕郭知鱼美，好竹连山觉笋香。

逐客不妨员外置，诗人例作水曹郎。

只惭无补丝毫事，尚费官家压酒囊。

——《初到黄州》

东风未肯入东门，走马还寻去岁村。

人似秋鸿来有信，事如春梦了无痕。

江城白酒三杯酽，野老苍颜一笑温。

已约年年为此会，故人不用赋招魂。

——《正月二十日与潘郭二生出郊寻春，忽记
去年是日同至女王城作诗，乃和前韵》

参横斗转欲三更，苦雨终风也解晴。

云散月明谁点缀，天容海色本澄清。

空余鲁叟乘桴意，粗识轩辕奏乐声。

九死南荒吾不恨，兹游奇绝冠平生！

——《六月二十日夜渡海》

题材广泛，形象鲜明，杂以议论，又含哲理。思想则旷达乐观，感情则真挚充沛，而语言都自然流利。其中不少人生感悟，已成人们乐道的警句。

　　苏轼的七绝向来为人所称道，清美精绝，沁人心脾，有更多佳作历来传播于人口。《千家诗》即选录七首之多：

春宵一刻值千金，花有清香月有阴。
歌管楼台声细细，秋千院落夜沉沉。

—— 《春宵》

淡月疏星绕建章，仙风吹下御炉香。
侍臣鹄立通明殿，一朵红云捧玉皇。

—— 《上元侍宴》

东风袅袅泛崇光，香雾空濛月转廊。
只恐夜深花睡去，故烧高烛照红妆。

—— 《海棠》

重重叠叠上瑶台，几度呼童扫不开。
刚被太阳收拾去，却教明月送将来。

—— 《花影》

暮云收尽溢清寒，银汉无声转玉盘。
此生此夜不长好，明月明年何处看。

—— 《中秋月》

水光潋滟晴方好，山色空濛雨亦奇。
欲把西湖比西子，淡妆浓抹总相宜。

—— 《饮湖上初晴后雨》

荷尽已无擎雨盖，菊残犹有傲霜枝。
一年好景君须记，最是橙黄橘绿时。

—— 《冬景》

古人取舍，眼光或与今人不尽相同。今人编选《宋诗选注》
《宋诗三百首》及《宋诗精选》，又选取苏轼七绝若干，今再选录于下：

黑云翻墨未遮山，白雨跳珠乱入船。

卷地风来忽吹散，望湖楼下水如天。

——《望湖楼醉书》之一

放生鱼鳖逐人来，无主荷花到处开。

水枕能令山俯仰，风船解与月徘徊。

——《望湖楼醉书》之二

横风吹雨入楼斜，壮观应须好句夸。

雨过潮平江海碧，电光时掣紫金蛇。

——《望海楼晚景》之一

青山断处塔层层，隔岸人家唤欲应。

江上秋风晚来急，为传钟鼓到西兴。

——《望海楼晚景》之二

暮鼓朝钟自击撞，闭门孤枕对残缸。

白灰旋拨通红火，卧听萧萧雪打窗。

——《书双竹湛师房》

扫地焚香闭阁眠，簟纹如水帐如烟。

客来梦觉知何处，挂起西窗浪接天。

——《南堂》

鸣鸠乳燕寂无声，日射西窗泼眼明。

午醉醒来无一事，只将春睡赏春晴。

——《春日》

野水参差落涨痕，疏林欹倒出霜根。

扁舟一棹归何处？家在江南黄叶村。

——《书李世南所画秋景》

竹外桃花三两枝，春江水暖鸭先知。

蒌蒿满地芦芽短，正是河豚欲上时。

————《惠崇春江晓景》

余生欲老海南村，帝遣巫阳招我魂。

杳杳天低鹘没处，青山一发是中原。

————《澄迈驿通潮阁》

横看成岭侧成峰，远近高低各不同。

不识庐山真面目，只缘身在此山中。

————《题西林壁》

　　苏轼是宋诗的大家，他的诗又有超越宋诗的一面。他的随心所欲而不逾矩的自由创作精神，他的诗的天成、清新、简洁、自然、充满即兴、行云流水、挥洒自如，是一般宋诗所缺乏的，苏诗是宋诗中最"真朴出自然"的。苏轼曾经批评吴道子的画，说："出新意于法度之中，寄妙理于豪放之外。"钱钟书先生认为这两句话可以现成地应用在苏轼身上，以概括他在诗歌里的理论和实践。

北宋四大家诗例话（四）

　　黄庭坚是"苏门四学士"之一，其实只小苏轼七八岁，但终身以师事之，当时并称"苏黄"；与苏轼一道，代表宋诗的最高成就。他的诗别开生面，自领一派，即江西诗派，风靡有宋一代，影响及于晚近。先看看他的七古：

> 依山筑阁见平川，夜阑箕斗插屋椽。
> 我来名之意适然。老松魁梧数百年，
> 斧斤所赦今参天。风鸣娲皇五十弦，
> 洗耳不须菩萨泉。嘉二三子甚好贤，
> 力贫买酒醉此筵。夜雨鸣廊到晓悬，
> 相看不归卧僧毡。泉枯石燥复潺湲，
> 山川光辉为我妍。野僧早饥不能馆，
> 晓见寒溪有炊烟。东坡道人已沉泉，
> 张侯何时到眼前？钓台惊涛可昼眠，
> 怡亭看篆蛟龙缠。安得此身脱拘挛，
> 舟载诸友长周旋！

——《武昌松风阁》

这首题为《武昌松风阁》的七古，写在山谷被贬途经武昌（今湖北鄂州）时，老师东坡已逝，知友张耒（"苏门四学士"之一）将来。武昌松风阁乃山谷命名，开篇即从阁、松、风做三层描写，以"箕斗插屋椽"来状此阁之高峻，夸张奇特，用字奇绝，正是山谷本色。之后转入对夜雨景象的生动描写，再跌入现实，抒发对东坡师的缅怀和对文潜友的期盼。"钓台惊涛可昼眠"二句，体现诗人以超脱之胸襟对待厄运，履险如夷的坚毅精神。全诗一韵到底，且句句用韵。意境高远阔大，笔力沉雄老健，奇思妙想脱弃凡近，章法跌宕，格高韵胜。有论者指受韩愈《山石》影响，但其艺术成就应在《山石》之上。清人吴汝纶《点评黄山谷诗集》评价说："吾尝论山谷七古，当推《松风阁》为第一，气骨高邈，杳然难攀。"

张耒被贬黄州安置，山谷自武昌（鄂州）过江会见知友，相互唱和，留下又一篇有名的七古：

> 武昌赤壁吊周郎，寒溪西山寻漫浪。
>
> 忽闻天上故人来，呼船凌江不待饷。
>
> 我瞻高明少吐气，君亦欢喜失微恙。
>
> 年来鬼祟覆三豪，词林根柢颇摇荡。
>
> 天生大才竟何用？只与千古拜图像。
>
> 张侯文章殊不病，历险心胆元自壮。
>
> 汀洲鸿雁未安集，风雪牖户当塞向。
>
> 有人出手办兹事，政可隐几穷诸妄。
>
> 经行东坡眠食地，拂拭宝墨生楚怆。
>
> 水清石见君所知，此是吾家秘密藏。
>
> ——《次韵文潜》

诗中"漫浪"指唐代诗人元结，曾避居今鄂州、大冶一带。"三豪"指苏轼、秦观、陈师道，当时已先后去世。"张侯"即指张耒，字文潜。这首诗虽是次韵，几同首倡。虽时有典故佛语，却不以数典使事为能事，而能浑融点化，增强语言的力度与厚度。虽多有议论，但言出由衷，且多用未经人道之语，亦颇真挚动人。读是篇，可见山谷"生新瘦硬"风格中较为平易之一面。

最能体现山谷诗好用事、多议论的特色，而又苍劲雄阔、格调沉郁、音节高朗的当数七古《书摩崖碑后》：

> 春风吹船著浯溪，扶藜上读中兴碑。
> 平生半世看墨本，摩挲石刻鬓成丝。
> 明皇不作苞桑计，颠倒四海由禄儿。
> 九庙不守乘舆西，万官已作鸟择栖。
> 抚军监国太子事，何乃趣取大物为？
> 事有至难天幸耳，上皇蹐蹐还京师。
> 内间张后色可否？外间李父颐指挥。
> 南内凄凉几苟活，高将军去事尤危。
> 臣结舂陵二三策，臣甫杜鹃再拜诗。
> 安知忠臣痛至骨，世上但赏琼琚词。
> 同来野僧六七辈，亦有文士相追随。
> 断崖苍藓对立久，冻雨为洗前朝悲。

山谷所读摩崖碑为《中兴碑》，唐诗人元结文，大书法家颜真卿书，内容则写肃宗平定安史之乱，使唐室"中兴"事。山谷此诗，实为咏史之作。全诗以较大篇幅评论安史之乱前后之政事，对玄宗之昏聩误国、肃宗之私自登基，以及此后玄宗的凄凉晚景、大唐的盛世难再，一一给予批评并付之感慨。诗中对元结、杜甫忠君爱国的赞美与感叹，亦是借他人酒杯，浇自家之块垒。全诗结构谨严，叙事、抒情、寄慨，三者次序分明，又融会无间：无愧历来传诵之名篇。

黄庭坚的七律，颇有特色。平生所作拗律，几占律诗之一半。句法烹炼，音节拗峭，字炼句对，奇特不凡。如《题落星寺四首》前三首皆七律，平仄不谐，有意求拗：

> 星宫游空何时落？着地亦画为宝坊。
> 诗人昼吟山入座，醉客夜愕江撼床。
> 蜜房各自开牖户，蚁穴或梦封侯王。
> 不知青云梯几级，更借瘦藤寻上方。

> 岩岩正俗先生庐，其下宫亭水所都。
> 北辰九关隔云雨，南极一星在江湖。
> 相粘蚝山作居室，窍凿混沌无完肤。
> 万鼓春撞夜涛涌，骊龙莫睡失明珠。

> 落星开士深结屋，龙阁老翁来赋诗。
> 小雨藏山客坐久，长江接天帆到迟。
> 宴寝清香与世隔，画图妙绝无人知。
> 蜂房各自开户牖，处处煮茶藤一枝。

三首七律平仄几乎没有一处完全合律，但拗中仍含律韵，显然系有意为之，以形成一种声调拗峭奇崛、文字清奇简古的"生新瘦硬"的特殊风格。《落星诗四首》中的这三首七律，可视作山谷此类诗的代表作。

作为一代大家，黄庭坚还有许多传诵人口的七律佳作，将瘦硬奇崛与朴拙本色或清新自然结合在一起，琅琅可诵。像下面这几首：

我居北海君南海，寄雁传书谢不能。
桃李春风一杯酒，江湖夜雨十年灯。
持家但有四壁立，治病不祈三折肱。
想得读书头已白，隔溪猿哭瘴溪藤。

——《寄黄几复》

痴儿了却公家事，快阁东西依晚晴。
落木千山天远大，澄江一道月分明。
朱弦已为佳人绝，青眼聊因美酒横。
万里归船弄长笛，此心吾与白鸥盟。

——《登快阁》

中年畏病不举酒，孤负东来数百觞。
唤客煎茶山店远，看人获稻午风凉。
但知家里俱无恙，不用书来细作行。
一百八盘携手上，至今犹梦绕羊肠。

——《新喻道中寄元明》

半世交亲随逝水，几人图画入凌烟？
春风春雨花经眼，江北江南水拍天。
欲解铜章行问道，定知石友许忘年。
脊令各有恩归恨，日月相催雪满颠。

——《次元明韵寄子由》

第一首的"桃李春风一杯酒，江湖夜雨十年灯"，第二首的"落木千山天远大，澄江一道月分明"，都是千古传诵的名句。前者以六个意象的跳跃连缀和强烈对照，把昔时良辰美景、杯酒相会，今日江湖夜雨、一灯孤寂的思念友人的况味很好地表达出来。后者写景，抓住秋天的季候特点，落木千山，天显得更加高远，澄江一道，映出的月色越发晶莹皎洁。第三首颔联和颈联，明白如话，叙事、抒情朴素自然。第四首"欲解铜章"是挂印辞官之意，"石友"乃是友情如石一般坚实的朋友，"脊令"一般写作鹡鸰，是一种水鸟，全诗表达了对苏轼弟弟苏辙（字子由）的相思之情。这四首诗的颔联："桃李春风一杯酒，江湖夜雨十年灯"，"落木千山天远大，澄江一道月分明"，"唤客煎茶山店远，看人获稻午风凉"，"春风春雨花经眼，江北江南水拍天"，都是山谷所说"自作语最难"的自作语，说不上有什么典故。这和爱用典使事，强调"无一字无来历"的山谷不同，似乎是另外一个黄山谷，这也正好说明了宋诗大家黄庭坚之所以为大家的原因。

山谷的绝句既重炼字，亦重炼意，锤炼过后以自然出之，仍然不失山谷诗的风格，录几首传世名作：

> 投荒万死鬓毛斑，生入瞿塘滟滪关。
> 未到江南先一笑，岳阳楼上对君山。
>
> ——《雨中登岳阳楼望君山》其一
>
> 满川风雨独凭栏，绾结湘娥十二鬟。
> 可惜不当湖水面，银山堆里看青山。
>
> ——同上其二
>
> 翰墨场中老伏波，菩提坊里病维摩。
> 近人积水无鸥鹭，时有归牛浮鼻过。
>
> ——《病起荆江亭即事》其一
>
> 闭门觅句陈无己，对客挥毫秦少游。
> 正字不知温饱未？西风吹泪古藤州！
>
> ——同上其二
>
> 少游醉卧古藤下，谁与愁眉唱一杯？

解作江南断肠句，只今唯有贺方回。

——《寄贺方回》

前二首写景，清新明丽。后二首怀人，意挚情深。中间一首自况，钱钟书先生说，作这首诗时诗人五十六岁，生了个疽刚刚才好。前两句是说自己是位文坛老将，也像个寺院里的病和尚。

黄庭坚是苏门弟子，一生与苏轼、苏辙兄弟有着深深的师友之情。他有一首五古《跋子瞻和陶诗》，无一景语情语，质朴的文字，平直的句法，却包蕴着深刻的思考和深沉的感情，也录在这里：

子瞻谪岭南，时宰欲杀之。

饱吃惠州饭，细和渊明诗。

彭泽千载人，东坡百世士。

出处虽不同，风味乃相似。

借题跋把他的老师与陶渊明合咏，高度概括了苏轼的襟怀和人品，这不是一般诔辞所能相比的。

南宋四大家诗例话（一）

　　南宋诗能称大家的，笔者列陈与义（字去非，号简斋）、陆游（字务观，号放翁）、杨万里（字廷秀，号诚斋）和范成大（字至能，号石湖居士）四家。在当时，陆游、杨万里、范成大和尤袤并称，有所谓"中兴四大诗人"之说。然而尤袤诗集已佚，存诗很少，似难与其他三人并列。而比陆游等人更早些的南渡诗人群中，公认陈与义是最突出的一位，堪与陆、杨、范比肩。所以本文品读南宋大家诗，就以陈、陆、杨、范四家为例。

　　先说陈与义。靖康难起，金人南下，陈与义亲身经历天翻地覆的沧桑巨变。为了避乱，陈以孤臣之身，自陈留而辗转湘鄂之间，后抵南宋都城临安。曾任礼部侍郎、参知政事，是一位爱国的士大夫。政局的颠危，国事的艰难，以及胸中的愤懑和不平，不能不反映在他的诗篇里，尤其是七律，如《伤春》：

> 庙堂无策可平戎，坐使甘泉照夕烽。
> 初怪上都闻战马，岂知穷海看飞龙！
> 孤臣霜发三千丈，每岁烟花一万重。
> 稍喜长沙向延阁，疲兵敢犯犬羊锋。

题为《伤春》，实则伤时，因为写伤春并无一字，而句句皆在慨叹时局。前六句皆抑，只有最后两句一扬，对长沙太守向子諲敢于以疲弱之师抗击金兵，表示了赞扬和崇敬之意。这首《伤春》，各选本都选取编入，可视为陈与义的代表作。

陈与义一些以节令为题材的诗，也渗入自身经历、乡国之痛、漂泊之感：

> 雨晴闲步涧边沙，行入荒林闻乱鸦。
> 寒食清明惊客意，暖风迟日醉梨花。
> 书生投老王官谷，壮士偷生漂母家。
> 不用秋千与蹴鞠，只将诗句答年华。
>
> ——《清明》
>
> 城中爆竹已残更，朔吹翻江意未平。
> 多事鬓毛随节换，尽情灯火向人明。
> 比量旧岁聊堪喜，流转殊方又可惊。
> 明日岳阳楼上去，岛烟湖雾看春生。
>
> ——《除夜》

首一首为清明即事，表达了丧乱中自己仍然壮心未泯、希望有所作为的感慨。后一首除夜抒怀，频年漂泊，使人心惊，结句似有所期冀。

陈与义七律中一些登临之作，写得苍凉激越、寄托深远，达到了写景与抒怀、吊古与伤今相称相融之境界：

> 百尺阑干横海立，一生襟抱与山开。
> 岸边天影随潮入，楼上春容带雨来。
> 慷慨赋诗还自恨，徘徊舒啸却生哀。
> 灭胡猛士今安在？非复当年单父台。
>
> ——《雨中再赋海山楼诗》
>
> 洞庭之东江水西，帘旌不动夕阳迟。

登临吴蜀横分地，徙倚湖山欲暮时。

万里来游还望远，三年多难更凭危。

白头吊古风霜里，老木沧波无限悲。

——《登岳阳楼》

陈与义诗学杜甫，论者以为陈的怀古伤今这一类七律，最逼近杜甫。《宋诗精华录》编者陈衍谓简斋的一些七律"学杜而得其骨"，大约是指下面这样的拗体：

岳阳壮观天下传，楼阴背日堤绵绵。

草木相连南服内，江湖异态阑干前。

乾坤万事集双鬓，臣子一谪今五年。

欲题文字吊古昔，风壮浪涌心茫然。

——《再登岳阳楼感赋诗》

这首诗因岳阳楼壮观的形势，引入国事兴衰、个人流离之感，写得苍凉悲壮，颇有一点老杜气概。诗中多用拗句，三连平，三连仄，或失粘，或失对，皆有意为之，造成一种郁戾奇崛的气势，以配合内容的表达。刘克庄曾赞其"以简洁扫繁缛，以雄浑代尖巧"，这也可概括简斋诗的主体风格。

陈与义也同其他诗家一样，对山林泉石有着浓厚的趣味，也写过不少这种题材的形象鲜明语言生动的好诗。七律如：

巴陵二月客添衣，草草杯觞恨醉迟。

燕子不禁连夜雨，海棠犹待老夫诗。

天翻地覆伤春色，齿豁头童祝圣时。

白竹篱前湖海阔，茫茫身世两堪悲。

——《雨中对酒庭下海棠经雨不谢》

天缺西南江面清，纤云不动小滩横。

墙头语鹊衣犹湿，楼外残雷气未平。

尽取微凉供稳睡，急搜奇句报新晴。

今宵绝胜无人共，卧看星河尽意明。

——《雨晴》

七绝如：

一自胡尘入汉关，十年伊洛路漫漫。

青墩溪畔龙钟客，独立东风看牡丹。

——《牡丹》

高枝已约风为友，密叶能留雪作花。

昨夜常娥更潇洒，又携疏影过窗纱。

——《竹》

巧画无盐丑不除，此花风韵更清姝。

从教变白能为黑，桃李依然是仆奴。

——《和张规臣水墨梅五绝》之一

飞花两岸照船红，百里榆堤半日风。

卧看满天云不动，不知云与我俱东。

——《襄邑道中》

二月巴陵日日风，春寒未了怯园公。

海棠不惜胭脂色，独立濛濛细雨中。

——《春寒》

杨柳招人不待媒，蜻蜓近马忽相猜。

如何得与凉风约，不共尘沙一并来！

——《中牟道中》其二

楚酒困人三日醉，园花经雨百般红。

无人画出陈居士，亭角寻诗满袖风。

——《寻诗两绝句》其一

这类诗，无论律诗还是绝句，词句明净，音调响亮，形象丰满，多是白描，很少用典。有时注入一些爱国怀乡之情，如《牡丹》；有时也一抒诗人别样的胸襟，如《寻诗》绝句。

陈与义还有一首曾为高宗皇帝所赏，因之很有名气的诗，诗题是《怀天经、智老，因访之》：

今年二月冻初融，睡起苕溪绿向东。

客子光阴诗卷里，杏花消息雨声中。

西庵禅伯方多病，北栅儒先只固穷。

忽忆轻舟寻二子，纶巾鹤氅试春风。

这首诗起得平直，结得潇洒，但最为人称道的还是三、四两句，《诗人玉屑》将其列入宋人警句，高宗赞赏的也正是这两句。以"客子"对"杏花"，一我一物，一情一景，看似不经意，而极具匠心。程千帆先生在《宋诗精选》中品读这首诗这一联时说："声与偶（对仗）是我国古代文学形式上的基本特征之一。韵文尤其注重音调和谐、对仗工稳，但在和谐工稳已经成为普遍的现象之后，作家们又自然而然地依据求变求新的通则，在一定程度上突破这种和谐与工稳，于是律诗的音调中便出现了拗体，对仗中便出现以虚对实，以轻对重，以情对景，以我对物等种种变化，以期使人耳目一新。宋诗属对，已不完全注意字面上的工整精美，而更着重上下句之间的内在关联。而这种对法的出现，显然也与此不无关系。即如陈与义此联，上句写客中无聊，惟有吟咏送日，下句则写一个初春清冷的境界来衬托，就显得一我一物，一情一景，水乳交融。至于客子与杏花，诗卷与雨声之是否的对，则宁可有意地给以忽视了。"

南宋四大家诗例话（二）

陆游的时代，南宋中期政局动荡飘摇，他以书生从军西北，希图实现他上马杀敌的志愿。剑门道的细雨，大散关的秋风，归州城的滩声，融进了他的诗篇。他是爱国爱民的士大夫，是南宋最杰出的爱国主义诗人。他是宋诗的大家，大就大在他集宋诗各名家名派之大成，大就大在他"六十年间万首诗"，是我国古代文学史上作品最丰富的诗人，大就大在他强烈的"恢复神州"的爱国信念，大就大在他对人民深切的关怀和同情，大就大在他不向权贵低头、不向厄难屈服的高尚气节，也即"放翁"精神。

永不衰竭的爱国热情，使陆游唱出了那一时代最高亢的歌声。请读他的七古《金错刀行》吧：

> 黄金错刀白玉装，夜穿窗扉出光芒。
> 丈夫五十功未立，提刀独立顾八荒。
> 京华结交尽奇士，意气相期共生死。
> 千年史册耻无名，一片丹心报天子。
> 尔来从军天汉滨，南山晓雪玉嶙峋。
> 呜呼，楚虽三户能亡秦，岂有堂堂中国空无人！

还有《九月十六日夜，梦驻军河外遣使招降诸城，觉而有作》：

> 杀气昏昏横塞上，东并黄河开玉帐。
> 昼飞羽檄下列城，夜脱貂裘抚降将。

> 将军枥上汗血马，猛士腰间虎文韔。
>
> 阶前白刃明如霜，门外长戟森相向。
>
> 朔风卷地吹急雪，转盼玉花深一丈。
>
> 谁言铁衣冷彻骨，感义怀恩如挟纩。
>
> 腥臊窟穴一洗空，太行北岳原无恙。
>
> 更呼斗酒作长歌，要使天山健儿唱。

这样的诗篇，感情激昂，气概宏肆，如同黄钟大吕，激荡人心。现实生活里不能满足的愿望，常常会在梦中得到补偿。下面这首《五月十一日夜且半，梦从大驾亲征，尽收复汉唐故地，见城邑人物繁丽，云西凉府也。喜甚，马上作长句，未终篇而觉，乃足成之》，同上一首一样，都是借梦境而抒豪情的佳作：

> 天宝胡兵陷两京，北庭安西无汉营。
>
> 五百年间置不问，圣主下诏初亲征。
>
> 熊罴百万从銮驾，故地不劳传檄下。
>
> 筑城绝塞进新图，排仗行宫宣大赦。
>
> 冈峦极目汉山川，文书初用淳熙年。
>
> 驾前六军错锦绣，秋风鼓角声满天。
>
> 苜蓿峰前尽亭障，平安火在交河上。
>
> 凉州女儿满高楼，梳头已学京都样。

梦境快人，失地尽复，边民争附，连凉州女儿梳头都学京都的样式了。美好的梦境里寄托着诗人多么强烈的恢复神州的热望！可是现实是朝廷下诏议和已经十五年，朝中文恬武嬉，不图恢复。诗人抚事伤时，借乐府旧题，又唱出了沉痛而感人的诗篇：

和戎诏下十五年，将军不战空临边。

朱门沉沉按歌舞，厩马肥死弓断弦。

戍楼刁斗催落月，三十从军今白发。

笛里谁知壮士心，沙头空照征人骨。

中原干戈古亦闻，岂有逆胡传子孙？

遗民忍死望恢复，几处今宵垂泪痕！

朝廷的昏聩，权臣的无能，陆游报国无望，壮志难酬，因而一腔悲愤，常常在诗中倾吐，使他的诗在激昂旋律中又鸣响着悲怆的音调。像下面这两首七律：

早岁那知世事艰，中原北望气如山。

楼船夜雪瓜洲渡，铁马秋风大散关。

塞上长城空自许，镜中衰鬓已先斑。

出师一表真名世，千载谁堪伯仲间？

——《书愤》

腰间羽箭久凋零，太息燕然未勒铭。

老子犹堪绝大漠，诸君何至泣新亭。

一身报国有万死，双鬓向人无再青。

记取江湖泊船处，卧闻新雁落寒汀。

——《夜泊水村》

山村病起帽围宽，春尽江南尚薄寒。

志士凄凉闲处老，名花零落雨中看。

断香漠漠便支枕，芳草离离悔倚阑。

收拾吟笺停酒碗，年来触事动忧端。

——《病起》

悲中见壮，雄而能浑，披襟抒情，无限感慨。陆游不少登临之作，以对景抒情为主，将自己的心思向读者倾诉，同样忧时悲国，孤愤难平：

> 蜀栈秦关岁月遒，今年乘兴却东游。
> 全家稳下黄牛峡，半醉来寻白鹭洲。
> 黯黯江云瓜步雨，萧萧木叶石城秋。
> 孤臣老抱忧时意，欲请迁都泪已流。
>
> ——《登赏心亭》
>
> 夷甫诸人骨作尘，至今黄屋尚东巡。
> 度兵大岘非无策，收泪新亭要有人。
> 薄酿不浇胸垒块，壮图空负胆轮囷。
> 危楼插斗山衔月，徙倚长歌一怆神。
>
> ——《夜登千峰榭》
>
> 白发萧萧卧泽中，只凭天地鉴孤忠。
> 厄穷苏武餐毡久，忧愤张巡嚼齿空。
> 细雨春芜上林苑，颓垣夜月洛阳宫。
> 壮心未与年俱老，死去犹能作鬼雄。
>
> ——《书愤》

前一首着重写诗人自己的游宦行踪，回忆前尘，怆然涕下。次一首着重写前史兴亡往事，借以抒发壮志难酬的孤愤。最后一首苍凉中带着悲愤，表示死也要变成厉鬼，来为国雪恨。

陆游的七绝，也不乏佳作，许多诗作同样充满强烈的爱国主义的感情。下面这几首向来传播于人口：

衣上征尘杂酒痕，远游无处不消魂。

此身合是诗人未，细雨骑驴入剑门。

——《剑门道中遇微雨》

三万里河东入海，五千仞岳上摩天。

遗民泪尽胡尘里，南望王师又一年。

——《秋夜将晓出篱门迎凉有感》

僵卧孤村不自哀，尚思为国戍轮台。

夜阑卧听风吹雨，铁马冰河入梦来。

——《十一月四日风雨大作》

斗帐重茵香雾重，膏粱那可共功名！

三更骑报河冰合，铁马何人从我行？

——《夜寒》

袅袅清笳入雪云，白头老守卧中军。

自怜到老怀遗恨，不向居延塞外闻！

——《冬夜闻角声》

百骑河滩猎盛秋，至今血渍短貂裘。

谁知老卧江湖上，犹枕当年虎髑髅。

——《醉歌》

死去元知万事空，但悲不见九州同。

王师北定中原日，家祭无忘告乃翁。

——《示儿》

陆游是唐宋诗之集大成者，爱国诗篇外，亦有许多闲适诗和田园诗，其中不少传诵人口的名作。七律如：

莫笑农家腊酒浑，丰年留客足鸡豚。

山重水复疑无路，柳暗花明又一村。

箫鼓追随春社近，衣冠简朴古风存。

而今若许闲趁月，拄杖无时夜叩门。

——《游山西村》

乱山深处小桃源，往岁求浆忆叩门。

高柳簇桥初转马，数家临水自成村。

茂林风送幽禽语，坏壁苔侵醉墨痕。

一首清诗记今夕，细云新月耿黄昏。

——《西村》

老去人间乐事稀，一年容易又春归。

市桥压担莼丝滑，村店堆盘豆荚肥。

傍水风林莺语语，满园烟草蝶飞飞。

郊行已觉侵微暑，小立桐阴换夹衣。

——《初夏行平水道中》

世味年来薄似纱，谁令骑马客京华？

小楼一夜听春雨，深巷明朝卖杏花。

矮纸斜行闲作草，晴窗细乳戏分茶。

素衣莫起风尘叹，犹及清明可到家。

——《临安春雨初霁》

陆游长于七律，佳作难得细数。还有七绝，如：

园丁傍架摘黄瓜，村女沿篱采碧花。

城市尚余三伏热，秋光先到野人家。

——《秋怀》

小园烟草接邻家，桑柘阴阴一径斜。

卧读陶诗未终卷，又乘微雨去锄瓜。

——《小园》其一

村南村北鹁鸠声，刺水新秧漫漫平。

行遍天涯千万里，却从邻父学春耕。

——《小园》其二

为爱名花抵死狂，只愁风日损红芳。

绿章夜奏通明殿，乞借春阴护海棠。

——《花时遍游诸家园》六首之一

日长无奈清愁处，醉里来寻紫笑香。

漫道闲人无一事，逢春也似蜜蜂忙。

——《闻傅氏庄紫笑花开急棹小舟观之》

闻道梅花坼晓风，雪堆遍满四山中。

何方可化身千亿？一树梅前一放翁。

——《梅花绝句》

斜阳古柳赵家庄，负鼓盲翁正作场。

死后是非谁管得？满村听说蔡中郎。

——《小舟游近村，舍舟步归》

这类诗，无论律、绝，或抒发隐居生活中的闲散恬适的感情，或描写山水园田景物，或记叙城乡趣事；有的写得清新俊逸，有的写得自然圆活，都写得极有韵致。像上引七律的第一首《游山西村》生动地描画出一幅色彩明丽的农村风光，对淳朴的农村生活习俗，洋溢着喜悦的、挚爱的感情。"山重水复疑无路，柳暗花明又一村"这一联写得尤其流走生动，成为人们广泛习用的成句。上引七绝的最后一首《小舟游近村，舍舟步归》写一位盲翁说书艺人在乡村说书的情景，可以看到陆游所处时代，南宋中叶，说书艺术的发展情况，包括演员、演唱方式、内容，社会效果等，成为研究戏曲史的宝贵资料。诗句则明白如话，中间一句"死后是非谁管得"的议论，也正是宋诗的特色。

陆游和唐婉的爱情悲剧故事，通过各种艺术形式，早已家喻户晓。陆游和唐婉本是夫妇，后因陆母不喜欢而被迫分离。陆游三十岁时，他们又在沈园偶遇，陆游感伤之余，在壁上题《钗头凤》一词。四十多年后，陆游再过沈园，这时诗人已经七十五岁了，仍然深情似水，写下了《沈园二首》这样动人的诗章：

> 城上斜阳画角哀，沈园非复旧池台。
>
> 伤心桥下春波绿，曾是惊鸿照影来。
>
> 梦断香消四十年，沈园柳老不吹绵。
>
> 此身行作稽山土，犹吊遗踪一泫然。

或曰宋人不善言情，实乃言情一职已由词来担任；若必出之以诗，亦有写得一往而情深的，就像陆游这《沈园二首》。陈衍《宋诗精华录》评论这两首诗说："无此绝等伤心之事，亦无此绝等伤心之诗。就百年论，谁愿有此事？就千秋论，不可无此诗。"正是"无情未必真豪杰"，陆放翁这位"亘古男儿"（梁启超语），也是天地间一情种呢。

南宋四大家诗例话（三）

　　与陆游同时的杨万里（号诚斋），在当时不仅与尤（袤）、陆、范并举，称作"中兴四大诗人"，而且还被时人誉为"学问文章独步斯世"（周必大语）的文化名人。他的贡献在于，跳出江西诗派的圈子，建立了一种比较新鲜活泼的诗体"诚斋体"，在诗坛独树一帜。杨万里勤奋写诗，据说他作了二万多首，但存于后世的只有二千多首，却也是仅次于陆游的南宋高产诗人。今人程千帆先生曾这样评价杨万里和他的诗："杨万里人品端方，立朝清正，反对苟安，反对权奸。但他在诗歌创作上的主要兴趣却放在自然风光上，因此集中关心国家大事和民生疾苦的作品并不算多。他的诗语言平易，风格清新，富于情趣，给读者提供了为其他诗人所罕有的娱乐性。"

　　杨万里诗歌中反映时代风云和现实生活的作品比较少，思想感情也没有陆游那么强烈。像《初入淮河四绝句》：

> 船离洪泽岸头沙，人到淮河意不佳。
> 何必桑干方是远，中流以北即天涯。
>
> ——其一
>
> 刘岳张韩宣国威，赵张二将筑皇基。
> 长淮咫尺分南北，泪湿秋风欲怨谁？
>
> ——其二
>
> 两岸舟船各背驰，波痕交涉亦难为。

只余鸥鹭无拘管，北去南来自在飞。

——其三

中原父老莫空谈，逢着王人说不堪。

却是归鸿不能语，一年一度到江南。

——其四

这是杨万里奉命到淮河去迎接金使时写的。淮河在当时已是宋、金的界河，淮河以北的广大国土已被金人占有。作为爱国士大夫，杨万里身历此境，当然有无限感慨，但与陆游那种充满激情、慷慨悲歌不同，他流露出的是一种无可奈何的悲凉，或者说是一种深沉的叹息。第二首的"刘岳张韩"指的是南宋初年抗金名将刘光世、岳飞、张俊、韩世忠；"赵张"指的是另外两位有名的将相赵鼎、张浚。所谓"筑皇基"是说赵、张二人树立起南宋皇朝的基业。

杨万里的好诗是在青山绿水间。他善于摄取自然景物鲜活的特征和流走的姿态，用自然活泼、平易浅近的语言表达出来，绝不堆砌典故：

天上云烟压水来，湖中波浪打云回。

中间不是平林树，水色天容拆不开。

——《过宝应县新开湖》

霁天欲晓未明间，满目奇峰总可观。

却有一峰突然长，方知不动是真山。

——《晓行望云山》

泉眼无声惜细流，树阴照水爱晴柔。

小荷才露尖尖角，早有蜻蜓立上头。

——《小池》

一晴一雨路干湿，半淡半浓山叠重。

远草平中见牛背，新秧疏处有人踪。

——过百家渡四绝句（其四）

第一首写天上云压下来，湖中波浪又仿佛要把云打回去，描绘出"水色天容拆不开"的生动景象。第二首用"却有一峰突然长"的句子，逼出"方知不动是真山"这一句，写雨后云山也真新奇有味。第三首写小池、小荷，已是很小了，再写小荷尖尖角上的小蜻蜓，作者观察的细致入微，不得不令人赞叹。第四首像杜甫的"两个黄鹂鸣翠柳"那首有名的绝句一样，也是四句皆对，但又出语自然，略无斧凿痕。

《诚斋集》中写乡村田园的诗，虽说没有范成大那么有名，也还清新可诵：

田塍莫道细于椽，便是桑园与菜园。

岭脚置锥留结屋，尽驱柿栗上山巅。

——《桑茶坑道中》其一

晴明风日雨干时，草满花堤水满溪。

童子柳阴眠正着，一牛吃过柳阴西。

——《桑茶坑道中》其二

绿杨接叶杏交花，嫩水新生尚露沙。

过了春江偶回首，隔江一片好人家。

——《晓渡太和江》之一

稻云不雨不多黄，荞麦空花早着霜。

已分忍饥度残岁，更堪岁里闰添长。

——《悯农》

第一首无非写田埂极窄，两边是桑田和菜地，山脚下立锥之地搭着草屋，山顶栽种柿子树和板栗树，经过诗人一经营，成了一首写田园的好诗。第二首抓住"童子柳阴眠正着，一牛吃过柳阴西"这一细节，写出了乡村溪边美丽而宁静的风景。第三首写杨柳绿、杏花红、春水生、沙滩浅，突出"隔江一片好人家"。第四首则流露出诗人对农民艰辛生活的同情，虽说仅仅是同情而已。

杨万里写自然景物，似都能入画。像上举"小荷才露尖尖角，早有蜻蜓立上头"，"童子柳阴眠正着，一牛吃过柳阴西"，皆是上好的画题。又比如：

> 毕竟西湖六月中，风光不与四时同。
> 接天莲叶无穷碧，映日荷花别样红。
> ——《晓出净慈寺送林子方》
> 夹江百里没人家，最苦江流曲无斜。
> 岭草已青今岁叶，岸芦犹白去年花。
> ——《舟过谢潭三首》之一
> 柳条百尺拂银塘，且莫深青只浅黄。
> 未必柳条能蘸水，水中柳影引他长。
> ——《新柳》
> 细草摇头忽报侬，披襟拦得一西风。
> 荷花入暮犹愁热，低面深藏碧伞中。
> ——《暮热游荷池上五首》之一

第一首是咏西湖的名作，"接天莲叶""映日荷花"一联词采明丽，对仗工稳，而又极其自然流利，似作工笔重彩。第二首写江行所见，岭上草青，岸边芦白，也是一派画意。第三首写岸上柳姿，水中柳影，最适于水墨写意。第四首以拟人的手法，生动地表现了荷花暮热时的状态，宜于工笔，也宜于写意。

《诚斋集》中有些诗，粗看似乎毫不经意，细细琢磨，又似乎蕴含一些哲理，或是生活经验，大都不是板着面孔说教，而是藏在叙事抒情之中，而且略带幽默，因而亲切有味。比如：

> 莫言下岭便无难，赚得行人错喜欢。
> 正入万山圈子里，一山放过一山拦。
> ——《过木公潦晨炊漆公店》
> 篙师只管信船流，不作前滩水石谋。
> 却被惊湍旋三转，倒将船尾作船头。
> ——《下横山滩头望金华山》
> 初疑夜雨忽朝晴，乃是山泉终夜鸣。
> 流到前溪无半语，在山做得许多声。
> ——《宿灵鹫珲寺》
> 在家儿女亦心轻，行路逢人总弟兄。
> 未问后来相忆否，其如临别不胜情。
> ——《分宜逍旅逢同郡客子》

第一首写行人走深山，第二首写篙师过险滩，第三首写泉水"在山做得许多声"，而"流到前溪无半语"，似是调侃之辞，又似藏有别意。第四首写在旅店中碰到未必相识的同郡之人，不管后来相忆与否，分别时还是不胜其情，于寻常语中见诗人情性。

南宋刘克庄编《千家诗》，选取杨万里七绝三首，除"毕竟西湖六月中"那一首外，另外二首闲适诗，也颇有韵味：

准拟今春乐事浓，依然枉却一东风。

年年不带看花眼，不是愁中即病中。

——《伤春》

梅子留酸软齿牙，芭蕉分绿与窗纱。

日长睡起无情思，闲看儿童捉柳花。

——《闲居初夏午睡起》

前一首着重抒情议论，后一首着重写景叙事，但都写得感情真切，形象鲜明，虽然谈不上什么深刻的思想性，但艺术上的优点是很明显的。

杨万里的七律和他的七绝一样，不同于前代的诗家，也不同于同时代的诗家。既不像杜甫的雄浑阔大、沉郁顿挫，也不像李商隐的瑰丽华赡、朦胧深曲，似乎也不像苏轼的才气横溢、陆游的豪情奔放，他仿佛只求通俗易懂，诗句好像随口而出，信手拈来，喜用白描，几不用典，或用典几不留痕，给人的印象是轻快清新，质朴无华，洒脱自然；细味之，又觉不乏匠心。比如下面这两首：

故园今日海棠开，梦入江西锦绣堆。

万物皆春人独老，一年过社燕方回。

似青如白天浓淡，欲堕还飞絮往来。

无那风光餐不得，遣诗招入翠琼杯。

竹边台榭水边亭，不要人随只独行。

乍暖柳条无气力，淡晴花影不分明。

一番过雨来幽径，无数新禽有喜声。

只欠翠纱红映肉，两年寒食负先生。

——《春晴怀故园海棠二首》

这两首诗，笔笔写眼前春晴之色，句句着故园海棠之思，处处见诗人怀乡之念。既不是单纯咏物，也不是直抒其怀，而是以景寓情，情随景生，情景交融。"翠纱红映肉"乃是用典，典出苏轼咏海棠诗："朱唇得酒晕生脸，翠袖卷纱红映肉。"诚斋完全不用典的，似更多，如：

下水船逢上水船，夕阳仍更涩沙滩。

雁来野鸭却惊起，我与舟人俱仰看。

回望雪边山已远，如何蓬底暮犹寒？

今宵莫说明朝路，万石堆心一急湍。

——《暮泊鼠山闻明朝有石塘之险》

第一山头第一亭，闻名未到负平生。

不因王事略小出，那得高人同此行。

万里中原青未了，半篙淮水碧无情。

登临不觉风烟暮，肠断鱼灯隔岸明。

——《题盱眙军东南第一山》

吴中好处是苏州，却为王程得胜游。

半世三江五湖棹，十年四泊百花洲。

岸旁杨柳都相识，眼底云山苦见留。

莫怨孤身无定处，此身自是一孤舟。

——《泊平江百花洲》

还家五度见春容，长被春容恼病翁。

高柳下来垂处绿，小桃上去末梢红。

卷帘亭馆酣酣日，放杖溪山款款风。

更入新年足新雨，去年未当好时丰。

——《南溪早春》

这一类诗，论题材或不够丰富，论思想或不够深刻，好处是自然平易，有形象，有感情，给人以新鲜感，而且是"自家写自家诗"。

杨万里《宿池州齐山寺，即杜牧之九日登高处》诗，是一首登临怀古诗，诗人则换了一副笔墨：

我来秋浦正逢秋，梦里重来似旧游。

风月不供诗酒债，江山长管古今愁。

谪仙狂饮颠吟寺，小杜倡情冶思楼。

问着卅民浑不识，齐山依旧俯寒流。

诗中"秋浦"即池州，即今之安徽贵池。唐代大诗人李白到过池州，有《秋浦歌十七首》等诗作。杜牧则曾在池州任刺史，作有《九日齐山登高》诗，齐山寺乃后世为纪念杜牧而建。这首诗的颔联和颈联将江山风月与古今人事相联系，造语工巧而自然，用事切当而不僻，结句带沧桑之感，不乏苍茫悠远的韵致。与这首登临怀古诗格调近似的有《过扬子江二首》，乃是感时伤怀之作：

只有清霜冻太空，更无半点荻花风。

天开云雾东南碧，日射波涛上下红。

千载英雄鸿去外，六朝形胜雪晴中。

携瓶自汲江心水，要试煎茶第一功。

天将天堑护吴天，不数肴函百二关。
万里银河泻琼海，一双玉塔表金山。
旌旗隔岸淮南近，鼓角吹霜塞北闲。
多谢江神风色好，沧波千顷片时间。

这两首诗与《初入淮河四绝句》都是杨万里奉诏迎送金使时所作，与坦露胸怀、直陈时事的其他诗作不同，诗特含蓄，意尤深沉，寄讽喻于笔墨之外，写忧愤于兴象之间。清人潘定桂在《读杨诚斋诗集九首》诗中，特别指出："试读渡淮诸健句，何曾一饭忘金堤！"杨万里到底还是一位爱国的士大夫。

当然，杨万里诗的主体风格还是流畅自然、活泼生新的"诚斋体"，以俗语写俗事，而且写出新意，写得有味道。像下面这首《插秧歌》：

田夫抛秧田妇接，小儿拔秧大儿插。
笠是兜鍪蓑是甲，雨从头上湿到胛。
唤渠朝餐歇半霎，低头折腰只不答。
秧根未牢莳未匝，照管鹅儿与雏鸭。

形象鲜明，细节生动，诗的语言相当口语化。从诗的具体描写来看，诗人对待劳动和劳动人民还是有感情的，并不像有些论者说的，作者只是一个旁观者，没有表露多少同情，这种批评应当说是很不公允的。

南宋四大家诗例话（四）

　　当代的一些文学史著作，都以"杨万里和范成大"为题做专章专节叙述和评介，而且总是杨在前，范在后；有的选本，也将二人诗作合选，称作《杨万里、范成大诗选》，也是杨在前，范在后。论年龄，范长杨一岁；中进士，则杨早范一年；论诗歌成就，杨、范应难分伯仲；只是在当时，杨万里和他的"诚斋体"曾风靡一时，影响似乎盖过范成大。其实，论诗的思想性，与杨万里相比，范成大对现实的社会和人民的生活更关心、更理解，反映得更多，也更客观、更真实。一般论者都认为，范成大最有价值的优秀作品是他出使金朝时所作的七十二首七绝，以及表现劳动人民生活的《四时田园杂兴》六十首七绝。

　　范成大使金时所作的纪行诗，不仅表现了禾黍之悲，还表现了对过去英雄人物的肯定和景仰，对北宋君臣的无能和昏庸的谴责，以及对金朝治下中原人民的苦难的同情，真挚地传达出他们渴望打败金兵、收复疆土的愿望，比如：

　　　　指顾枯河五十年，龙舟早晚定疏川？
　　　　还京却要东南运，酸枣棠梨莫蓊然！

　　　　　　　　　　　　　　　　——《汴河》

　　　　女僮流汗逐毡軿，云在淮乡有父兄。
　　　　屠婢杀奴官不问，大书黥面罚犹轻。

　　　　　　　　　　　　　　　　——《清远店》

　　　　狐冢獾蹊满路隅，行人犹作御园呼。

连昌尚有花临砌，肠断宜春寸草无。

——《宜春苑》

燕石扶栏玉雪堆，柳塘南北抱城回。

西山剩放龙津水，留待官军饮马来。

——《龙津桥》

州桥南北是天街，父老年年等驾回。

忍泪失声询使者：几时真有六军来？

——《州桥》

梳行讹杂马行残，药市萧骚土市寒。

惆怅软红佳丽地，黄沙如雨扑征鞍。

——《市街》

连衽成帷迓汉官，翠楼沽酒满城欢。

白头翁媪相扶拜，垂老从今几度看！

——《翠楼》

禾黍之悲、故国之思、小民之痛、现实之叹，糅合在一起，真实地表现了宋金对峙时期的社会现实。《宜春苑》一诗说元稹写《连昌宫词》时还有安史之乱后尚有"花临砌"，而金人占后宜春苑则什么都没有了。《龙津桥》一诗中"留待官军饮马来"表达了诗人收复失地的决心和信心，而《州桥》一诗中北方父老"几时真有六军来"的辛酸一问，不仅感人至深，而且一个"真"字，对南宋小朝廷的苟安乞和政策的讽刺也是相当辛辣的。

范成大的《四时田园杂兴》六十首，一向被称作我国田园诗的典范，但不都是美丽的田园牧歌。范成大把农村的自然景物、农民的劳动场景和不公平的农村社会现实结合在一起，生动地描绘了农村优美的田园景色，热情地歌颂了劳动和劳动者的质朴、辛勤和人性的美好，也较为深刻地揭露了社会制度的不平。从陈衍《宋诗精华录》到当代各种选本，都从《四时田园杂兴》六十首中，选录若干首，作为范成大的代表作。选诗标准极严的钱钟书先生，编撰《宋诗选注》，竟一口气选录十六首，可见对这组名诗的喜爱和推崇。今全部转录于下：

土膏欲动雨频催，万草千花一饷开。
舍后荒畦犹绿秀，邻家鞭笋过墙来。

种园得果仅偿劳，不奈儿童鸟雀搔。
已插棘针樊笋径，更铺渔网盖樱桃。

吉日初开种稻包，南山雷动雨连宵。
今年不欠秧田水，新涨看看拍小桥。

蝴蝶双双入菜花，日长无客到田家。
鸡飞过篱犬吠窦，知有行商来卖茶。

三旬蚕忌闭门中，邻曲都无步往踪。
犹是晓晴风露下，采桑时节暂相逢。

雨后山家起较迟，天窗新色半熹微。
老翁欹枕听莺啭，童子开门放燕飞。

梅子金黄杏子肥，麦花雪白菜花稀。
日长篱落无人过，唯有蜻蜓蛱蝶飞。

昼出耘田夜绩麻，村庄儿女各当家。
童孙未解供耕织，也傍桑阴学种瓜。

黄尘行客汗如浆，少住侬家漱井香。
借与门前盘石坐，柳阴亭午正风凉。

采菱辛苦废犁锄，血指流丹鬼质枯。
无力买田聊种水，近来湖面亦收租！

朱门乞巧沸欢声，田舍黄昏静掩扃。
男解牵牛女能织，不须邀福渡河星。

垂成穑事苦艰难，忌雨嫌风更怯寒。
笺诉天公休掠剩，半偿私债半输官。

租船满载候开仓，粒粒如珠白似霜。
不惜两钟输一斛，尚赢糠核饱儿郎。

新筑场泥镜面平，家家打稻趁霜晴。
笑歌声里轻雷动，一夜连枷响到明。

斜日低山片月高，睡余行药绕江郊。
霜风扫尽千林叶，闲倚筇枝数鹊巢。

黄纸蠲租白纸催，皂衣旁午下乡来。
长官头脑冬烘甚，乞汝青铜买酒回。

这一首首田园诗，是一幅幅南宋中叶江南一带农村社会的风情画。他不同于晋代的陶渊明，更不同于唐代的王维和储光羲，因为陶、王、储诸人都没有在田园诗中揭发过封建剥削制度，都没有抨击过社会现实的不公平。而范成大把描写田园风景、劳动场景和社会批判结合起来，赋予了田园诗更丰富更深刻的思想内容；联系到范成大作为曾任封疆大吏、朝廷副相（参知政事）的封建士大夫，能有如此之胸襟和识见，确实是难能而可贵的。钱先生选录的最后一首，很有点意思：朝廷发出的黄纸诏书，说是皇上开恩，豁免灾区的赋税，可是县官发出的白纸公文，还是照样勒逼乡民缴纳，这实际上是在演一出双簧戏。穿着黑衫的公差快到中午的时候来到乡里催交赋税，几分傲慢、几分刁蛮地声称："县官是糊涂不管事的，做好做歹都由得我，你们得孝敬我几个钱买酒喝。"这样的情景，范成大还把它写进七古《后催租行里》，而且表现得更具体、更凄惨，也更深刻：

老父田荒秋雨里，旧时高岸今江水。
佣耕犹自抱长饥，的知无力输租米。
自从乡官新上来，黄纸放尽白纸催。
卖衣得钱都纳却，病骨虽寒聊免缚。
去年衣尽到家口，大女临歧两分首。
今年次女已行媒，亦复驱将换升斗。
室中更有第三女，明年不怕催租苦！

灾民为交赋税只有卖儿卖女，这比之杜甫的《石壕吏》只是"夜捉人"还要残酷得多。

作为石湖居士的范成大，和同时代的许多诗人一样，也爱流连山水，寄情写意，留下不少闲适之作。这类诗恬淡自然有韵致，能给人以美的艺术享受。绝句如：

> 晴丝千尺挽韶光，百舌无声燕子忙。
> 永日屋头槐影暗，微风扇里麦花香。
>
> ——《初夏》
>
> 东风吹雨晚潮生，叠鼓催船镜里行。
> 底事今年春涨小？去年曾与画轿平。
>
> ——《晚潮》
>
> 碧瓦楼前绣幕遮，赤栏桥外绿溪斜。
> 无风杨柳漫天絮，不雨棠梨满地花。
>
> ——《碧瓦》
>
> 南浦春来绿一川，石桥朱塔两依然。
> 年年送客横塘路，细雨垂杨系画船。
>
> ——《横塘》

第一首抓住初夏的特点细致地着意描绘；第二首以催船"镜里行"状晚潮涨后的一溪春水；第三首形式上四句皆对，碧瓦绣幕，赤栏绿溪，柳絮漫天，梨花满地，色彩明艳；第四首泛写横塘送客，"细雨垂杨系画船"，淡施水墨，真堪入画。七律如：

> 沙际春风绣物华，意行聊复到君家。
> 年年我是重来客，处处梅皆旧时花。
> 官减不妨诗事业，地寒犹办醉生涯。
> 城中马上那知此？尘满长裾席帽斜。
>
> ——《东正元、朋元游陈侍御园》
>
> 结束晨妆破小寒，跨鞍聊得散疲顽。

行冲薄薄轻轻雾，看放重重叠叠山。

碧穗炊烟当树直，绿纹溪水趁桥湾。

清禽百啭似迎客，正在有情无思间。

——《早发竹下》

钻天岭上已飞魂，判命坡前更骇闻。

侧足三分垂坏磴，举头一握到孤云。

微生敢列千金子？后福犹几万石君。

早晚北窗寻罴梦，故应含笑老榆枌。

——《判命坡》

许国无功浪着鞭，天教饱识汉山川。

酒边蛮舞花低帽，梦里胡笳雪没韀。

收拾桑榆身老矣，追随萍梗意茫然。

明朝重上归田奏，更放岷江万里船。

——《画工李友直为余作冰天、桂海二图，
冰天画使北虏渡黄河时，
桂海画游佛子岩道中也，戏题》

第一首写游园之感，抒发一种暂时摆脱官场约束的愉悦之情；第二首写早发所见，颔联叠字连绵作对，自然如流水，活泼生动；第三首极写"判命坡"一带的山高路险，着实令人惊心动魄，颈联即所谓"大难不死必有后福"之反语，"万石"即万担；第四首是题画诗，两幅画，一幅出使金国，于义为积极入世；一幅游佛子岩，于义为消极出世：两种处境，两样心情。诗人借画工为他所画的"冰天"和"桂海"两张画，表达自己壮志难酬的感慨。上引虽然都是偏于闲适之诗，但七绝和七律在艺术表现上是很不同的，读起来味道也不一样。

一篇古代最短的驳论

往时家置一编的《古文观止》，载有一篇我国古代最短的驳论，即北宋王安石的《读孟尝君传》。全文如下：

> 世皆称孟尝君能得士，士以故归之。而卒赖其力，以脱于虎豹之秦。嗟乎！孟尝君特鸡鸣狗盗之雄耳，岂足以言得士？不然，擅齐之强，得一士焉，宜可以南面而制秦，尚取鸡鸣狗盗之力哉？鸡鸣狗盗之出其门，此士之所以不至也。

《读孟尝君传》全文以单字论，仅八十八个字；以成句论，"嗟乎"这一感叹不算，总共只有五句（以句号为断），却是起承转合，极尽一般文章之体势，而且笔力峭拔，辞气横厉，有咄咄逼人之概。如果将它按现代语体转述一番，大约是这样：世人都称道齐国的孟尝君能够得到士人，士人因此都投奔归附于他。而孟尝君呢，最终还是依赖那帮所谓士人的力量，得以从虎豹一样凶狠的秦国逃脱出来。唉！孟尝君只不过是学鸡鸣、做狗盗的那帮人的首领罢了，哪里谈得上能够得到士人呢？不然的话，孟尝君作为相国，拥有齐国的强大力量，如果能得到一个真正称得上"士"的人，应该可以南面而称王，制服秦国，哪里还用得着借助那帮鸡鸣狗盗之徒的力量呢？那帮鸡鸣狗盗之徒出入孟尝君的门下，这正是那些真正的士人不来投奔他、为他效力的原因。

这篇短文是王安石读《史记》所载《孟尝君列传》后，所写的一篇读后感。要读懂这篇读后感，还得先看看《孟尝君传》有关的记载。

孟尝君，姓田名文，战国时代齐国的公子。他的封地在薛（今山东滕州东南），尝，是一地名，毗邻薛；田文排行居长，按古人孟、仲、叔、季的排序，当为孟；所以公子田文又称作孟尝君。当时各国公子都有所谓"养士"的传统，门下食客数以百千计。齐国的孟尝君，赵国的平原君，楚国的春申君，魏国的信陵君，都以好客养士著名，合称"战国四公子"，其中又以孟尝君为最。《孟尝君列传》记载：

> 孟尝君在薛，招致诸侯宾客及亡人有罪者，皆归孟尝君。孟尝君舍业（赔上家业）厚遇（优厚招待）之，以故倾天下之士。食客数千人，无贵贱一与文（孟尝君）等（等同、一样）。……齐湣王二十五年，孟尝君入秦，昭王欲以为相。人或说昭王："孟尝君贤，而又齐族也，今相秦，必先齐而后秦，秦其危矣！"于是秦昭王乃止，囚孟尝君，谋欲杀之。孟尝君使人抵昭王幸姬求解。姬谓愿得君之狐白裘。孟尝君有一狐白裘，值千金，天下无双，入秦献之昭王，更无他裘。孟之门客最下坐，有能为狗盗者，夜入秦王宫中，取原所献狐白裘，送昭王之幸姬。幸姬说（劝说）昭王，释孟尝君。孟尝君得出，即驰去，变姓名以出关。秦昭王后悔释孟尝君，使人追之。孟尝君夜半至函谷关，按关法，鸡鸣而出客（放人出关），孟尝君恐追至，门客中居下坐，有能为鸡鸣者，学为鸡鸣，而鸡齐鸣，关门遂开，孟尝君出关。如食顷（一顿饭工夫），秦追果至关，孟尝君已出，乃还。起初，孟尝君列此二人于宾客，宾客尽羞之，及孟尝君有秦难，卒此二人拔

之，自是之后，客皆服。①

王安石读书，从不墨守旧说，总是善于通过自己的独立思考，得出与众不同的新认识，提出与众不同的新见解。这篇《读孟尝君传》，就否定了自司马迁《史记》以来认为"孟尝君能得士"的传统说法，是一篇驳论。驳论，就是要驳倒对方观点，同时提出自己正确的主张。这篇《读孟尝君传》在批驳了"世皆称孟尝君能得士"的传统说法的同时，实际上也就提出了自己的什么才是真正的"士"的看法，从一个侧面反映出作者的人才观。

这篇驳论虽短，却有四个层次。"世皆称孟尝君能得士，士以故归之。而卒赖其力，以脱于虎豹之秦。"为第一层；"嗟乎！孟尝君特鸡鸣狗盗之雄耳，岂足以言得士？"为第二层；"不然，擅齐之强，得一士焉，宜可以南面而制秦，尚取鸡鸣狗盗之力哉？"为第三层；"鸡鸣狗盗之出其门，此士之所以不至也。"为第四层。四层转折递进，略无阙隙，或反诘，或推论，一气贯注，斩钉截铁，理所当然，不由分说。

作驳论，首先得摆出对方的观点和依据，作为批驳的靶子。作者出语迅速，毫不拖泥带水，连树两靶：一是说"世人"都称道孟尝君能得士，士人因此都投奔他，这是要批驳的论点；二是说孟尝君最终还是依靠这些士的力量，从虎豹之秦逃脱，这是上述论点的依据。

摆好待驳的靶子以后，作者用"嗟乎！"一声慨叹，明确表示了否定，且有对"世人"观点和依据之荒谬不值一驳的讽刺意味。为什么世人的观点和依据是荒谬和不值一驳的？是因为：作者认

---

① （汉）司马迁：《史记》，中华书局，1959，第 2353 ~ 2355 页。

为"士"是有其标准的，不是什么人都可以称"士"，孟尝君门下那些做做狗盗、学学鸡叫的人就不是什么"士"。孟尝君呢，只不过是那些鸡鸣狗盗之徒的头领，怎么称得上是"得士"呢？论点是不能成立的，依据也是荒谬的，这就根本否定了孟尝君"能得士"的说法。

作者继正面批驳之后，接着跟一反问：如果不是像我上面分析的那样，孟尝君拥有齐国那样强大的力量，只要得到一个"士"，便足以制服秦国，南面而称王，哪里还需要借助鸡鸣狗盗之徒的力量呢？这一问，问得有理，问得有气势，从反面进一步论证了"世人"的传统说法的荒谬性。就驳论文章的作法而言，这大约是一种所谓的"归谬法"。

在一正一反两个方面对"世人"的说法做了批驳之后，作者意犹未尽，顺水推舟，最后来了一个逻辑推论：正因为孟尝君依靠的是那些鸡鸣狗盗之徒，所以真正的"士"就不会归附于他，为他效力。这样，一方面进一步驳斥了"士以故归之"的传统说法，一方面在文章结束的时候，引导读者思考：什么样的人才是真正的"士"？怎样做才能让真正的"士"为我所用？

王安石的《读孟尝君传》这篇读后感，从内容方面品读，就是见解新颖，出人意表。孟尝君能得士的说法从《史记》起，已经成为传统说法，甚至是千古美谈。王安石这位"拗相公"却不以为然。他要否定这种说法，要作"翻案"文章。这种不盲从世人、敢于提出自己的见解的胆识和勇气，是可钦佩的。不仅是此文，王安石诗里也常有"翻案"之作，比如有名的《明妃曲》里就有"意态由来画不成，当时枉杀毛延寿"和"君不见，咫尺长门闭阿娇，人生失意无南北"的独抒己见的诗句。从形式方面欣赏，此文则是古代一篇最短小的驳论，但短而不薄，小而不平，尺幅中具有万里波涛之势。从正面议，从反面驳，两句反问，一声感慨，结以推论，文情转折，次序井然，而全篇不满百字，正是"少少许胜多多许"，难怪有"短篇中之极则"的称誉。

王安石是我国历史上有名的政治家。他二十二岁中进士，仁宗朝给皇帝上万言书，提出"改易更革"的主张；神宗时被任为宰相，提出均输、青苗、市易、免役、方田、农田水利等一系列新政策，厉行变法。笔者以为，在谈到"士"的时候，大概王安石是以自己作为参照的对象，在《读孟尝君传》这篇短文中，似乎不难看出，王安石正是以自己作标准，来为"士"定位的。至于什么样的人才称得上是"士"，"士"的标准到底是什么，则不是王安石这篇短文要论述的话题，当然也不是笔者这篇小文要说的话题了。

天地长存正气歌

——文天祥《正气歌》品读

　　余囚北庭，坐一土室。室广八尺，深可四寻。单扉低小，白间短窄，污下而幽暗。当此夏日，诸气萃然：雨潦四集，浮动床几，时则为水气；涂泥半朝，蒸沤历澜，时则为土气；乍晴暴热，风道四塞，时则为日气；檐阴薪爨，助长炎虐，时则为火气；仓腐寄顿，陈陈逼人，时则为米气；骈肩杂遝，腥臊污垢，时则为人气；或圊溷，或毁尸，或腐鼠，恶气杂出，时则为秽气。叠是数气，当侵沴鲜不为厉，而予以孱弱俯仰其间，于兹二年矣，无恙。是殆有养致然，然尔亦安知所养何哉？孟子曰："我善养吾浩然之气。"彼气有七，吾气有一，以一敌七，吾何患焉！况浩然者，乃天地之正气也。作《正气歌》一首。

　　　　天地有正气，杂然赋流形。下则为河岳，上则为日星。
　　　　于人曰浩然，沛乎塞苍冥。皇路当清夷，含和吐明庭。
　　　　时穷节乃见，一一垂丹青。在齐太史简，在晋董狐笔。
　　　　在秦张良椎，在汉苏武节；为严将军头，为嵇侍中血；
　　　　为张睢阳齿，为颜常山舌；或为辽东帽，清操厉冰雪；
　　　　或为出师表，鬼神泣壮烈；或为渡江楫，慷慨吞胡羯；
　　　　或为击贼笏，逆竖头破裂。是气所磅礴，凛烈万古存。
　　　　当其贯日月，生死安足论！地维赖以立，天柱赖以尊。
　　　　三纲实系命，道义为之根。嗟余遘阳九，隶也实不力。
　　　　楚囚缨其冠，传车送穷北。鼎镬甘如饴，求之不可得。

阴房阗鬼火，春院閟天黑。牛骥同一皁，鸡栖凤凰食。
一朝蒙雾露，分作沟中瘠。如此再寒暑，百沴自辟易。
哀哉沮洳场，为我安乐国。岂有他谬巧，阴阳不能贼！
顾此耿耿在，仰视浮云白。悠悠我心悲，苍天曷有极！
哲人日已远，典刑在夙昔。风檐展书读，古道照颜色。①

——文天祥《正气歌》

　　民族英雄文天祥的《正气歌》，集中而且强烈地表现出作者爱
国主义的光辉思想和高尚情怀，展示了诗人坚守道义、茹苦如饴、
视死如归的崇高精神面貌，诗中展现的浩然正气和坚贞节操，对
后世志士仁人产生过巨大影响，感动和激励过一代又一代的读者。
可是几部著名的宋诗选，如清末民初陈衍编选的《宋诗精华录》，
二十世纪五十年代钱钟书编选的《宋诗选注》，八十年代金性尧编
选的《宋诗三百首》，都未选入。可能是有的编选者选诗内容偏于
闲适、山水、感怀一类个人感情的抒发，对有关国家民族、人民
生计等重大主题关注不够，比如陈衍；也可能是此诗大段列举故
典，大段直抒胸臆，不合编选者的选诗标准，比如钱钟书在《宋
诗选注》的序里就明确指出，押韵的文件不选，学问的展览和典
故成语的把戏也不选；还有可能是诗中所列举的人和事，是否只
是忠君的愚忠，不必加以宣扬；当然也可能是文天祥的代表作很
多，一部选本不可能首首照顾到，钱著选了四首，金著选了三首，
就宋诗选本而言，也是比较适当的。只是笔者有时捧读这些宋诗
选本，读不到光华灿烂的《正气歌》，总觉得有些遗憾。

　　文天祥（1236～1282），字履善，又名宋瑞，号文山，吉州庐

---

① 夏延章主编《文天祥诗文赏析集》，巴蜀书社，1994，第157～158页。

陵（今江西吉安）人。理宗宝祐四年（1256）中进士第一名（状元）。历任刑部郎官，知瑞州、赣州等州郡。元兵渡江，文天祥起兵抗御，入卫临安，任右丞相兼枢密使。后来他面对元世祖，即不无自豪地自称"宋状元宰相"。曾赴元军中谈判，被扣留，脱险归。继续率军抗击元军于福建、江西、广东一带，冒死转战，艰苦备尝。后兵败潮阳五坡岭，为元军所擒，押囚燕京四年，不屈，被杀，时年四十七。

　　文天祥《正气歌》前有一长序，说明写作此诗的背景和因由。文天祥被俘后被押解到元都燕京，囚一土室，土室逼窄，广仅八尺，深只四寻。单开门而且低小，窗户短而窄，地面低洼而幽暗。正值夏天，各种气味萃于一室：雨水汇集，床、几浮在水上，这是水气；淤泥堆满半个屋子，蒸腾、沤积，泥水翻滚，这是土气；雨后乍晴，酷热难当，四面又不通风，这是日气；屋檐阴暗，烧火做饭，更是助长炎暑肆虐，这是火气；仓里陈放的腐烂的粮食，陈陈相因，霉味逼人，这是米气；室内人肩靠肩，足挨足，纷乱杂沓，腥臊污垢，这是人气；厕所的粪臭，死人的尸臭，死鼠的腐臭，各种臭气混杂在一起，这是秽气。这么多的邪气恶气侵袭，人很少有不病的；而我以一书生孱弱之身，置身其间已有二年了，仍安然无恙。这应该是有养生的凭借才能做到的。那么，这养生的凭借是什么呢？不是别的，就是孟子所说"我善养吾浩然之气"的浩然之气。那些邪气恶气有七，我的浩然之气有一，以一敌七，我没有一点儿担心，因为浩然之气乃是充塞于天地间的正气。邪不压正，正必胜邪。就这样，用正气为题，以正气发端，作一首《正气歌》。

　　《正气歌》，皇皇巨篇，三百言，六十句，大约可分作四段。第一段从"天地有正气"到"一一垂丹青"，共十句；第二段从

"在齐太史简"到"道义为之根"，共二十四句；第三段从"嗟余遘阳九"到"苍天曷有极"，共二十二句；第四段从"哲人日已远"到"古道照颜色"，共四句。

先看第一段。开篇"天地有正气"，首揭题旨，堂堂正正，大气凛然。歌颂人间的浩然之气，而由天地起兴，以日星河岳作比，犹高屋建瓴，其势大张。天地之正气，纷纷然赋予自然万物，在天上是日星璀璨，辉耀大地；在地上是江河奔流、五岳摩天。赋予人的则是浩然之气，这种正气，无往而不在，不以时间推移而改变，不因地域转换而变迁，它蓬勃地生长着，充塞于天地之间。国家承平的时代（所谓"皇路清夷"），秉有正气的人们，为国出力，报效朝廷，向往的是国泰民安，这正气蕴含在和平的事业里；当国家遇到危难时（所谓"时穷"），就显现出刚毅的志向和坚贞的气节，敢担道义，万死不辞，在史册上留下千古流芳的英名。这第一段既是对正气热烈的礼赞，也是诗人立志秉持正气、时穷节见的坚定表白。

第二段列举事例，讴歌"时穷节乃见"的仁人志士的壮烈事迹，为自己、也为普天下的人们树立起学习的榜样。这些忠臣烈士是正气的化身，诗人因此浓墨重彩，大书而特书：在齐国，有太史，齐大夫崔杼杀齐庄公，太史直书曰："崔杼弑其君。"崔杼杀之。继书者，又杀之。然齐太史不改崔杼弑君之直笔简牍。在晋国，有董狐，大夫赵穿杀晋灵公，董狐（太史）挥笔直书曰"赵盾弑其君"，以示于朝，甘受杀戮，孔子赞为古之良史。在秦时，有张良（先世为韩国人），为韩报仇，招募勇士，为铁椎重百二十斤，狙击秦始皇于博浪沙，虽只中副车，也显其血性。在汉朝，有苏武，出使匈奴被扣，留胡十九年，渴饮雪，饥吞毡，手持汉节，坚忍不屈。东汉末年的严颜受命守巴郡，城破被俘，不

　　　　　　　　/ 芸窗随笔

降，且曰："我州但有断头将军，无降将军！"晋代的嵇侍中（嵇绍）随惠帝出征，飞矢雨集，侍卫皆散，绍以身蔽帝，死，血染帝衣。唐代的张巡，安史乱时守睢阳，每与敌战，大呼誓师，眦裂流血，齿牙皆碎。城陷，犹呼"吾欲气吞逆贼"，贼以刀剔巡口，视其齿，存者不过三数。常山太守颜杲卿，安史乱时起兵讨贼，城破被俘，骂贼不绝，贼割断其舌，其惨遭肢解。汉末的管宁，痛恨当时政治的混乱，避居辽东，戴皂帽，耕田亩，自励清操，决不同流合污，终身不仕。蜀汉的诸葛亮，亲率大军伐魏，上《出师表》，誓言"鞠躬尽瘁，死而后已"，真是惊天地而泣鬼神。东晋的祖逖，誓志收复中原，渡江，中流击楫而誓曰："不能清中原而复济者，有如此江！"唐德宗时，朱泚谋反，太尉段秀实以笏击泚，并唾面大骂，血染逆庭。这就是正气磅礴的力量，鼓舞着、激励着这些仁人志士，做出凛烈的壮举，建立起万古难磨的业绩，在史册上留下了光辉的一页。他们的正气横贯日月，生和死，哪里还值得考虑呢！地维赖之以立，天柱赖之以尊，纲常赖之以维系，人世的一切伦理道德，莫不系于正气，宇宙间万物共生、井然有序，都以正气为根本。人世之能够维持，全凭道义为其支柱；而道义的根本就是正气啊！

第三段说到自己，悲愤难抑，感慨万端：遭逢国家大变乱的厄运（所谓"遘阳九"），身为朝廷仆役，没有能够竭尽全力挽回国运，实在有愧于国家和人民。更不幸的是，自己也沦为"楚囚"，被元军用驿车送往荒远的北国。史载：楚人钟仪被俘后囚于晋国，始终戴着南方（楚在晋之南）帽子，以示不忘故国的深情。这里作者以钟仪自况，决心为国坐监，无怨无悔；就是鼎镬酷刑，也甘之如饴，只怕求之不得。作者表露的心志像磐石一样坚定，像铁、金一样刚强，真正是富贵不能淫，威武不能屈。面对现实，牢房里寂静无声，磷火明灭，即使春天，囚室紧闭，阴森幽暗。自己被囚禁在这里，与狱卒、囚徒杂处，好比骏马拴在牛厩里与牛同槽，凤凰被关在鸡笼内与鸡共食。一旦蒙受邪气，得病而死，料定成为填在沟壑中的死尸。可是我在此已是两度寒暑，依旧无恙，各种邪气恶气，见我也自行退避。如此卑下潮湿、不堪人居的囚牢，反倒成为我的"安乐"之国！难道是我有什么奇谋巧计，能使种种阴阳邪恶不能侵害我吗？非也！正气赋予我耿耿忠心，仰视天穹，浮云洁白，个人的荣辱、生死，不萦于心；可我怀抱的对国运的忧心，仍然像苍天一样宽广无垠，何曾有个尽头！残破的山河，苦难的人民，当此沧海横流之际，怎不令人忧心如焚呢？这一大段抒情议论，大气磅礴，具有震撼人心的巨大力量。

第四段是全诗收束，点明作歌主旨。往古的贤哲，以上列举的志士仁人，虽然离开很远了，但他们留下的正气，正气产生的壮烈事迹，给我们树立了学习的榜样。我从容地坐在囚室低矮的屋檐下，展读圣贤之书，只觉得古圣先贤的传统美德，尤其是崇高节气，正以其灿烂的光辉照耀着我的容颜，激励我满怀浩然正气，做一个上不愧国、下不愧民、成仁取义、视死如归的中华好男儿。

《正气歌》艺术上的特色，一是不尚雕饰，奋笔直书。像列举先贤事迹，连排十二例，读者不觉其多，只感到例例震耳，酣畅淋漓。二是直抒胸臆，大气弥篇。像抒发作者情怀，大段议论，读者不觉其烦，只感到言从心出，真情弥漫。歌唱人间正气，而从天地开篇，以日、星、河、岳为喻，这是"比"，也是"兴"。列举古圣先贤，不惜笔墨，尽力铺陈，这可说是"赋"。举先贤事迹作例，这是"叙"，即事以抒怀、以明志，这是"议"。先叙后议，叙有目的，切题旨；议有基础，不空泛。诗人在列举十二位古贤事迹时，四个一组，选择最典型的细节，用最经济的词汇来表达，如太史之简，董狐之笔，张良之椎，苏武之节；如严之头，嵇之血，张之齿，颜之舌；等等。同时转换句法，四句一组，既得排比之气势，又有变化之灵动，使人不觉得繁复堆砌，而只感到节奏铿锵而有韵味。

天地长存《正义歌》。《正气歌》是文天祥的"自白书"，它向世人宣告：文天祥是顶天立地的民族英雄。《正气歌》又是我泱泱中华的民族精神的颂歌，它激励和鼓舞了一代又一代的人们秉持正气，报效祖国；它还将继续激励和鼓舞今天以及后来的人们，秉持正气，在中华民族伟大复兴的征途上奋勇前进。

"赋到沧桑句便工"

——读元好问

清代著名诗人赵翼《题元遗山集》诗云：

> 身阅兴亡浩劫空，两朝文献一衰翁。
>
> 无官未害餐周粟，有史深愁失楚弓。
>
> 行殿幽兰悲夜火，故都乔木泣秋风。
>
> 国家不幸诗家幸，赋到沧桑句便工。

这元遗山就是金代文学的集大成者元好问（"好"读去声）。元好问（1190～1257），字裕之，号遗山，太原秀容（今山西忻州）人。出生于一个鲜卑族后裔的士大夫家庭。幼即聪慧，七岁（一说八岁，按，应属年龄推算问题）会作诗，有"神童"之誉。十六岁参加科考，惜屡考屡挫。兴定五年（1221）元好问三十二岁进士及第，正大年间出任镇平、内乡、南阳等地县令。后入朝任国史院编修。蒙古军包围汴京时，他在朝任尚书省掾、左司都事。汴京城破，随被俘官兵北渡黄河，被羁管于聊城。金亡后不仕，隐居故乡，致力于金代史料的收集，立志撰修《金史》，惜其未成。但编成金诗总集《中州集》，也算达到了他以诗存史的目的。他搜集的金代史料汇为《壬辰杂编》一书，成为后来《金史》编纂所倚赖的一代文献。

文学史家认为，元好问是金元之际著名的诗人、词家，是文学创作的多面手。他涉足于诗、词、文、散曲和笔记小说多个领域，而以诗的成就最高。元好问登上诗坛时，金诗正酝酿着变革，元好问就是在这种变革中孕育出来的杰出诗人，而元好问的出现，也使金诗发生了根本性的改变。元好问植根于金末动乱多艰的社会土壤，继承现实主义的传统，从学习苏轼入手，进而师法杜甫，使自己的作品克服了金诗中多少存在的"直于宋而伤残，质于元而少情"（明王世贞《艺苑卮言》语）的弊病，为金代诗歌在文学史上争得了突出的地位。

元好问存诗一千四百余首，数量为金代诗人之冠，而且题材广博，内容丰厚，技法精熟，风格多样。论者以为具备了诗史上一流作家的风范。元好问诗各体皆工，尤擅七古、七律和七绝。其中成就最高，而且因此奠定他在文学史上地位的，是他的"丧乱诗"，特别是其中的七律。像《岐阳三首》：

突骑连营鸟不飞，北风浩浩发阴机。
三秦形胜无今古，千里传闻果是非。
偃蹇鲸鲵人海涸，分明蛇犬铁山围。
穷途老阮无奇策，空望岐阳泪满衣。

百二关河草不横，十年戎马暗秦京。
岐阳西望无来信，陇水东流闻哭声。
野蔓有情萦战骨，残阳何意照空城！
从谁细向苍苍问，争遣蚩尤作五兵？

眈眈九虎护秦关，懦楚孱齐机上看。
禹贡土田推陆海，汉家封徼尽天山。
北风猎猎悲笳发，渭水潇潇战骨寒。
三十六峰长剑在，倚天仙掌惜空闲。

正大八年（1231）正月，蒙古军围城，四月歧阳城破。诗人闻之而泣，遂成此三首。这些诗，感情真挚，言辞凄切，"悲愤从血性中流出"，因而引起了历代诗人强烈的共鸣。清人赵翼在《题元遗山集》里说："国家不幸诗家幸，赋到沧桑句便工。"就是指的这一类丧乱诗。还有《壬辰十二月车驾东狩后即事》五首：

翠被匆匆见执鞭，戴盆郁郁梦瞻天。
只知河朔归铜马，又说台城堕纸鸢。
血肉正应皇极数，衣冠不及广明年。
何时真得携家去，万里秋风一钓船。

惨澹龙蛇日斗争，干戈直欲尽生灵。
高原水出山河改，战地风来草木腥。
精卫有冤填瀚海，包胥无泪哭秦庭。
并州豪杰知谁在？莫拟分军下井陉。

郁郁围城度两年，愁肠饥火日相煎。
焦头无客知移突，曳足何人与共船。
白骨又多兵死鬼，青山元有地行仙。
西南三月音书绝，落日孤云望眼穿。

万里荆襄入战尘，汴州门外即荆榛。
蛟龙岂是池中物？虮虱空悲地上臣。
乔木他年怀故国，野烟何处望行人？
秋风不用吹华发，沧海精流要此身。

五云宫阙露盘秋，银汉无声桂树稠。

复道渐看连上苑，戈船仍拟下扬州。

曲中青冢传新怨，梦里华胥失旧游。

去去江南庾开府，凤凰楼畔莫回头。

这些诗篇，都是沉痛至极亦有力至极的不朽之作。赵翼在他的《瓯北诗话》中高度评价元好问的丧乱诗，并列举许多诗句，称之为"感时触事，声泪俱下"之作：

> 七言律则更沉挚悲凉，自成声调。唐以来律诗之可歌可泣者，少陵十数联外，绝无嗣响，遗山则往往有之。如《车驾遁入归德》之"白骨又多兵死鬼，青山原有地行仙"，"蛟龙岂是池中物，虮虱空悲地上臣"；《出京》之"只知灞上真儿戏，谁识神州竟陆沉"；《送徐威卿》之"荡荡青天非向日，萧萧春色是他乡"；《镇州》之"只知终老归唐土，忽漫相看是楚囚，日月尽随天北转，古今谁见海西流"；《还冠氏》之"千里关河高骨马，四更风雪短檠灯"；《座主闲闲公讳日》之"赠官不暇如平日，草诏空传似奉天"：此等感时触事，声泪俱下，千载后犹使读者低徊不能置。盖事关家国，尤易感人。①

元好问的丧乱诗，真实地写出了鼎革之际的历史情况，抒发出国破家亡的深哀剧痛，是杜甫之后的又一诗史范本。

作为大家、集大成者，元好问的成就是多方面的。他继杜甫《戏为六绝句》之后，以诗论诗，写有《论诗三十首》、《自题中

---

① （清）赵翼：《瓯北诗话》，人民文学出版社，1963，第117～118页。下文引自《瓯北诗话》者均出自该书。

州集后》绝句五首、《论诗三首》、《自题三首》等论诗之诗。元
好问论诗，主张"以诚为本"（《杨叔能小亨集引》)。如：

纵横诗笔见高情，何物能浇块磊平？
老阮不狂谁会得？出门一笑大江横。
　　　　　　　　——《论诗三十首》其五
心画心声总失真，文章宁复见为人。
高情千古闲居赋，争信安仁拜路尘！
　　　　　　　　——《论诗三十首》其六
一语天然万古新，豪华落尽见真淳。
南窗白日羲皇上，未害渊明是晋人。
　　　　　　　　——《论诗三十首》其四

《论诗三十首》其五肯定阮籍，其六批评潘岳，力创"以诚为本"
进行创作，反对虚假造作。其四认为陶诗脱略豪华，以"天然"
之态而获得长久的艺术感染力，同样是基于"诚"，有天然本色
之美。

元好问论诗，崇尚雄放的风格和壮美的境界。如：

曹刘坐啸虎生风，四海无人角两雄。
可惜并州刘越石，不教横槊建安中。
　　　　　　　　——《论诗三十首》其二
慷慨歌谣绝不传，穹庐一曲本天然。
中州万古英雄气，也到阴山敕勒川。
　　　　　　　　——《论诗三十首》其七
有情芍药含春泪，无力蔷薇卧晓枝。

拈出退之山石句，始知渠是女郎诗。

——《论诗三十首》其二十四

其二之曹、刘指曹植、刘桢，刘越石即刘琨，元好问认为他们是"建安风骨"的杰出代表。其七则赞美北朝民歌《敕勒歌》为天籁之声，抒发了中州万古英雄之气概。其二十四说秦观之作是"女郎诗"，对这种纤弱的诗风明显表示不满，而赞扬韩愈《山石》诗所传达出来的壮大刚健的风格。元好问反对作诗堆砌典故、诗意晦涩难明的"西昆体"，下面这一首，常为诗论家所引用：

望帝春心托杜鹃，佳人锦瑟怨华年。
诗家总爱西昆好，独恨无人作郑笺。

——《论诗三十首》其十二

元好问不仅是一位杰出的诗人，同时也是一位成就卓著的词人，存词三百八十首，是金代词坛最为高产的作家。元好问的词，以苏轼、辛弃疾为典范，又能吸取北宋婉约诸家之长，因而刚、柔并容，豪、婉兼备，成为金词第一大家。早期多雄迈，后期则转悲郁，试各举一例：

黄河九天上，人鬼瞰重关。长风怒卷高浪，飞洒日光寒。峻似吕梁千仞，壮似钱塘八月，直下洗尘寰。万象入横溃，依旧一峰间。仰危巢，双鹄过，杳难攀。人间此险何用，万古秘神奸。不用然犀下照，未必佽飞强射，有力障狂澜。唤取骑鲸客，挝鼓过银山。

——《水调歌头·赋三门津》

只近浮名不近情，且看不饮更何成。三杯渐觉纷华远，一斗都浇磊块平。醒复醉，醉复醒，灵均憔悴可怜生。离骚读杀浑无味，好个诗家阮步兵。

——《鹧鸪天》

前一首《水调歌头》写黄河三门之险，笔力千钧，气势夺人，堪比"大江东去"。"人间此险何用？"只此一问，即引入现实形势，语带愤激，有别于一般泛泛写景之作。后一首《鹧鸪天》写于金亡以后，借酒遣愁愁更愁，好似屈子罹忧，更好似阮籍发狂了！

元好问词作，既有悲歌慷慨之志，也有深曲幽婉之情。比如下面这首《迈陂塘·雁丘》，就是一首借咏物而咏爱情的优秀篇什：

乙丑岁赴试并州，道逢捕雁者云："今旦获一雁，杀之矣。其脱网者悲鸣不能去，竟自投于地而死。"予因买得之，葬之汾水之上，垒石为识，号曰"雁丘"。同行者多为赋诗，予亦有《雁丘词》。旧所作无宫商，今改定之。

问世间，情为何物，直教生死相许？天南地北双飞客，老翅几回寒暑。欢乐趣，离别苦，就中更有痴儿女。君应有语：渺万里层云，千山暮雪，只影向谁去？横汾路，寂寞当年箫鼓，荒烟依旧平楚。招魂楚些何嗟及，山鬼暗啼风雨。天也妒，未信与，莺儿燕子俱黄土。千秋万古，为留待骚人，狂歌痛饮，来访雁丘处。

劈头一句："问世间，情为何物，直教生死相许？"发出了世上男女的终极一问，自来脍炙人口。宋末词家张炎称赞遗山词"深于用事，精于炼句，风流蕴藉处，不减周秦"（《词源》卷下）。元代郝经《祭遗山先生文》说，遗山"乐章之雅丽，情致之幽婉，足以追稼轩"。周指周邦彦，秦是秦少游，稼轩乃辛弃疾。张、郝二家说法正好互相补充，证明元好问是两宋词精华的全面继承者。

当然，元好问自己最看重，且最为人所激赏的，还是他豪迈愤激、沉郁顿挫、几近杜甫的丧乱诗。清人赵翼引以为同调，"赋到沧桑句便工"，概括得既准确又深刻，所谓惺惺惜惺惺吧。

高启《梅花九首》（一）

　　不记得是在哪篇文章中读过，二十世纪六十年代初，有一天，毛泽东主席忽然记起两句咏梅诗："雪满山中高士卧，月明林下美人来。"这两句出自哪一首诗，作者是谁，却一时想不起来了，便嘱咐秘书田家英查一查。田家英博闻强记，对唐诗宋词颇为熟悉，却也给不出答案。田家英于是询问文学研究所的专家和北大中文系的教授，才弄清楚这两句诗出自明代诗人高启的七律组诗《梅花九首》。

　　《梅花九首》当然还不能说是高启主要的代表作，清代名声很大的选诗家、诗评家兼诗人沈德潜编选的《明诗别裁集》，选录高启诗有二十一首之多，却没有这《梅花九首》。今人著名学者钱仲联编著《明清诗精选》，于高启只选其《悲歌》，《梅花九首》一首也未选。但是，《梅花九首》却是历代咏梅诗中规模最大的一组诗，历来为人们所喜爱。毛主席早年读过，老年还能背出其中的名句"雪满山中高士卧，月明林下美人来"，说明印象之深。

　　《梅花九首》今照录如下：

其一

　　琼姿只合在瑶台，谁向江南处处栽？
　　雪满山中高士卧，月明林下美人来。
　　寒依疏影萧萧竹，春掩残香漠漠苔。
　　自去何郎无好咏，东风愁寂几回开。

其二

缟袂相逢半是仙，平生水竹有深缘。

将疏尚密微经雨，似暗还明远在烟。

薄暝山家松树下，嫩寒江店杏花前。

秦人若解当时种，不引渔郎入洞天。

其三

翠羽惊飞别树头，冷香狼籍倩谁收。

骑驴客醉风吹帽，放鹤人归雪满舟。

淡月微云皆似梦，空山流水独成愁。

几看孤影低徊处，只道花神夜出游。

其四

淡淡霜华湿粉痕，谁施绡帐护春温。

诗随十里寻春路，愁在三更挂月村。

飞去只忧云作伴，销来肯信玉为魂。

一尊欲访罗浮客，落叶空山正掩门。

其五

云雾为屏雪作宫，尘埃无路可能通。

春风未动枝先觉，夜月初来树欲空。

翠袖佳人依竹下，白衣宰相在山中。

寂寥此地君休怨，回首名园尽棘丛。

其六

梦断扬州阁掩尘，幽期犹自属诗人。

立残孤影长过夜，看到余芳不是春。

云暖空山裁玉遍，月寒深浦泣珠频。

掀篷图里当时见，错爱横斜却未真。

其七

独开无那只依依,肯为愁多减玉辉?
帘外钟来月初上,灯前角断忽霜飞。
行人水驿春全早,啼鸟山塘晚半稀。
愧我素衣今已化,相逢远自洛阳归。

其八

最爱寒多最得阳,仙游长在白云乡。
春愁寂寞天应老,夜色朦胧月亦香。
楚客不吟江路寂,吴王已醉苑台荒。
枝头谁见花惊处?袅袅微风簌簌霜。

其九

断魂只有月明知,无限春愁在一枝。
不共人言唯独笑,忽疑君到正相思。
歌残别院烧灯夜,妆罢深宫览镜时。
旧梦已随流水远,山窗聊复伴题诗。

高启(1336~1374),字季迪,号槎轩,长洲(今江苏苏州)人。元末隐居吴淞青丘,自号青丘子,受到当时割据一方的张士诚的礼重,但也未出仕。明初召修《元史》,授翰林国史编修,并受命教诸王读书。洪武三年(1370)擢户部右侍郎,不就,辞官归里,触怒当朝。后为苏州郡守魏观改修郡治衙门作《上梁文》,而此衙原是张士诚旧邸,魏被诬有反心,处腰斩。启亦连坐被诛,死时年仅三十九岁。

高启作为诗人,为所谓"吴中四杰"之一,明初吴派诗人代表人物,与当时越派诗人代表人物刘基相颉颃,名气之大,堪称明初诗人第一。高启主张诗要"发乎性情之自然";诗之要有三:

"一曰格,二曰意,三曰趣","格以辨其体,意以达其情,趣以臻其妙"。高启等吴派诗人,才子气浓,浪漫气息重,功名事业看得很淡,而乐于处身民间,洁身自好,做个诗人。这在高启的许多诗篇中表现得很明显,在《梅花九首》中也曲折地体现出来。

高启对家乡苏州一带的江南风物有很深的感情,写入诗篇也极为出色。苏州原是著名梅花之乡,诗人又欲以梅寄托自己的人生品格和精神境界,在汲取前人诸多咏梅篇章的营养之后,自开疆域,独铸新辞,创作了前无古人的大型联章组诗七律《梅花九首》。这一组七律,规模宏大,意象纷呈,辞意婉转,情韵复沓,充满浪漫气息;辞藻华赡而不流于侧艳,格调清新而不流于枯瘠,造语刚健而不流于柔弱:可以说实践了诗人所主张的诗须有格、有意、有趣的"三要",因而获得人们的喜爱而久负盛名。尤其是第一首,诗人以高士、美人作比,又以雪满山中、月明林下作为背景来衬托,突出了梅花孤傲高洁与清秀典雅的品格和风度。接着又以竹影萧萧来烘托梅的清俊,用苔掩残香来表达对梅的尊重和敬意,加上开头说梅乃仙姝,只合在瑶台种植,结尾说何逊咏梅诗之后再也没有咏梅高作,来表现梅品的至高无上,以及对诗人自己咏梅诗的自期、自许和自负。如此潇洒写来,直到最后一首结句"山窗聊复伴题诗",梅与诗人似乎是知音好友,伴我写下这美丽的诗行。

对高启的艺术成就,历来有很高的评价。《四库全书总目提要》谓其"拟汉魏如汉魏,拟六朝似六朝,拟唐似唐,拟宗似宋,凡古人所长,无不兼之"。这似乎是褒中带贬,认为他有拟古倾向,尚未形成自己独特的艺术风格。明人王世贞《艺苑卮言》则盛赞高启作品"弘博凌历,殆骎骎正始。一时宿将选锋,莫敢横陈。快若迅鹘乘飙,良骥蹑景;丽若太阳朝霞,秋水芙蕖,词家射雕手也"。所谓"骎骎正始"是说接近"正始之音"。正始是魏齐王曹芳的年号，当时以何晏、王弼为首，以老庄思想糅合儒家经义，谈玄析理，放达不羁；名士风流，盛于雒下，世称"正始之音"。这段话，对高启是很高的评价，而这评价用之于《梅花九首》，也应该是恰当的。

高启《梅花九首》（二）

在高启《梅花九首》之前，咏梅诗很多，名作也不少。像南北朝陆凯的"折花逢驿使，寄与陇头人。江南无所有，聊寄一枝春"，北宋王安石的"墙角数枝梅，凌寒独自开。遥知不是雪，为有暗香来"，都很脍炙人口。最为人所称道的当然还是林逋的《山园小梅》：

> 众芳摇落独暄妍，占尽风情向小园。
> 疏影横斜水清浅，暗香浮动月黄昏。
> 霜禽欲下先偷眼，粉蝶如知合断魂。
> 幸有微吟可相狎，不须檀板共金樽。

尤其是"疏影""暗香"一联，更是写出了梅花独有的风神。但这些都是小诗或七律单篇之作。林逋有过《咏梅二首》，那也仅仅是两首七律联章。高启的《梅花九首》开了大型咏梅七律组诗的先河，《梅花九首》之后，咏梅组诗层出不穷，或欲接《九首》之余响，或另开咏梅之蹊径，大概都是期于与高启一争高下。清代有名的就有乾隆朝诗人赵翼的《梅花》四首：

（一）

> 残腊春心世未知，忽传芳信到南枝。
> 单身立雪程门弟，素面朝天虢国姨。
> 纸帐有香吟倦后，缟衣无影梦回时。

清晨动我巡檐兴，准备东风第一诗。

（二）

正是冰霜彻骨天，何当冷蕊别成妍？

众芳皆后真香祖，同调无多只水仙。

踏冻来寻芒履滑，忍寒相对绣帘寒。

著花老树嫣然处，个是人间枯木禅。

（三）

江南江北枉相思，何处探春见一枝？

古寺月明僧定夜，空林雪满鹤归时。

竹松自结同心契，蜂蝶宁容半面窥。

到得百花争炫处，始知老辈不求知。

（四）

陇头流水岭头云，消息相关结想殷。

一到岁寒谁伴我？每逢月落便思君。

写真不藉丹青笔，作赋何妨铁石文？

剩欲订为交耐久，江城笛好数相闻。

赵翼是"乾隆三大家"之一，其诗堪入一流，这组《梅花》四首，写得劲健，多典实，但少了一点浪漫气息，与高启《梅花九首》相较，似乎减了些韵致。

同是乾隆朝的张问陶，有《梅花八首》：

（一）

一林随意卧烟霞，为汝名高酒易赊。

自誓冬心甘冷落，漫怜疏影太横斜。

得天气足春无用，出世情多气未华。

老死空山人不见，也应强似洛阳花。

（二）

野鹤闲云寄此生，暗香真到十分清。

转怜桃李无颜色，独抱冰霜有性情。

赠我诗难应束手，笑他人俗也知名。

开迟才觉春风暖，先听流莺第一声。

（三）

花中资格本迟迟，铁石心肠淡可知。

此世何人能领略？为君终夜费相思。

看来风雪无多日，香到园林第几枝？

自是不开开便好，清高从未合时宜。

（四）

梦绕寒山月下村，一枝相对夜开樽。

繁华味短宜中酒，攀折人多好闭门。

风信严时清有骨，尘缘空后淡无痕。

从来不识司香尉，只仗东皇雨露恩。

（五）

铜瓶纸帐老因缘，乱我乡愁又几年。

莫笑神情如静女，须知风骨是飞仙。

生来逸气应无敌，悟到真空信可怜。

世外清名原第一，不修花史亦流传。

（六）

回首山林感旧踪，雪花吹影一重重。

记从驿使春前折，又向瑶台月下逢。

对客岂无能舞鹤，赏心还是后凋松。

无人装束天然好，便买胭脂画不浓。

（七）

香雪濛濛月影团，抱琴深夜向谁弹？

闲中立品无人觉，淡处逢时自古难。

到死还能留气韵，有情何忍笑酸寒。

天生不合寻常格，莫与春花一例看。

（八）

腊尾春头放几枝，风霜雨露总无私。

美人遗世应如此，明月前身未可知。

照影分开清净相，传神难得性灵诗。

万花何苦争先后，独自能香亦有时。

张问陶也是清代大学者、大诗人，他这组咏梅诗，无论格调、气韵，与高启《梅花九首》都较为接近，应该是受到了高启之作的影响。只是议论多，太直露，与高启之咏梅终有一隔。

也是乾隆朝的曹雪芹，在《红楼梦》里替书中人物拟作了四首咏梅诗，赋的是红梅花：

桃未芳菲杏未红，冲寒先喜笑东风。

魂飞庾岭春难辨，霞隔罗浮梦未通。

绿萼添妆融宝炬，缟仙扶醉跨残虹。

看来岂是寻常色，浓淡由他冰雪中。

（邢岫烟）

白梅懒赋赋红梅，逞艳先迎醉眼开。

冰脸有痕皆是血，酸心无恨亦成灰。

误吞丹药移真骨，偷下瑶池脱旧胎。

江北江南春灿烂，寄言蜂蝶漫疑猜。

（李纹）

疏是枝条艳是花，春妆儿女竞奢华。

闲庭曲槛无余雪，流水空山有落霞。

幽梦冷随红袖笛，游仙香泛绛河槎。

前身定是瑶台种，无复相疑色相差。

（宝琴）

酒未开樽句未裁，寻春问腊到蓬莱。

不求大士瓶中露，为乞嫦娥槛外梅。

入世冷挑红雪去，离尘香割紫云来。

槎枒谁借诗肩瘦，衣上犹沾佛院苔。

（宝玉）

这组拟作诗，要照顾到塑造人物的需要，当然不能算作曹雪芹的真实水平；但同样的，受到高启《梅花九首》的影响和启发，则是明显的，只要看看宝琴写的"闲庭曲槛无余雪，流水空山有落霞"一联就能有所体会。

上引赵、张、曹三家咏梅组诗，就其格、意、趣而言，似乎都受到了高启的《梅花九首》的启发或影响，但都在艺术上难于超越。难怪伟人毛主席在写《卜算子·咏梅》差不多同时，亲笔草书抄录高启《梅花九首》的第一首，可见对此诗的首肯和喜爱。

"神韵说"与神韵诗

　　南朝钟嵘《诗品》有"滋味"一说，指出诗能"使味之者无极，闻之者动心"，才是"诗之至也。"唐代司空图《二十四诗品》则有"含蓄"一品，谓是"不著一字，尽得风流"，在《与李生论诗书》中提出诗要有"味外之旨""韵外之致"。宋代严羽《沧浪诗话》认为："诗有别才，非关书也；诗有别趣，非关理也。"指出诗是"吟咏情性"的，应该"不涉理路，不落言筌"，"羚羊挂角，无迹可求"。到了清代，顺、康之世，王士祯出，接过当时诗坛盟主钱谦益的权杖，主持风雅，成为所谓"一代正宗"。在前人有关论述的基础上，更是以诗当求其"神韵"相号召，提出有清一代诗坛上颇有影响的"神韵说"。他在《蚕尾续集序》中解释他之所谓"神韵"：

　　　　梅止于酸，盐止于咸，饮食不可无酸咸，而其美常在酸咸之外。酸咸之外者何？味外味也；味外味者，神韵也。①

这里的所谓"神韵"，所谓"味外味"，就是要求诗具有含蓄之美。为了弘扬他以神韵为尚的论诗主张，他编《唐贤三昧集》，在集前《序》中，一再以司空图、严羽之论置于卷端，以示斯编之旨：

---

　　① 袁世硕主编《王士祯全集》，齐鲁书社，2007，第3275页。下文引《唐贤三昧集序》及王士祯诗均出自该书。

> 严沧浪论诗云：盛唐诸人，唯在兴趣，羚角挂角，无迹可求，透彻玲珑，不可凑泊，如空中之音，相中之色，水中之月，镜中之象，言有尽而意无穷。司空表圣论诗亦云：妙在酸盐之外。

王士禛没有给"神韵说"下一个明确的定义（我国古代一些学者大概都不太注重概念的明确性），但从其所论，以及从他推崇王维、孟浩然等诗人的诗作，大约可以知道，他提倡"神韵"，就是提倡诗人要巧妙地描写自然景物，刻画出生动的艺术形象，从而创造出一种清淡、空灵、平远、含蓄的意境，给人以言近意远或言有尽而意无穷的，可回味、耐咀嚼的美感。

这使我想起曾经有过的一把折扇。扇面画的是一幅浅绛山水，扇底是以二王体行书写的一首绝句：

> 江干多是钓人居，柳陌菱塘一带疏。
>
> 好是日斜风定后，半江红树卖鲈鱼。

江干就是江边。这幅字落款注明写的是渔洋山人诗，渔洋山人，就是王士禛。这大概也是我读到的王士禛的第一首诗，后来才知道，它是王氏有名的《真州绝句》中的一首。这是一幅江村夕照图：江边一带的渔村，柳陌菱塘，疏疏落落，只有江枫霜叶如火，萧瑟秋意中透出一些热烈，夕阳西下，晚风渐细，打鱼船归，江边渔肆买卖方酣……好一派水乡风情，只是通过这短短四句二十八个极为寻常的字眼表达出来，不用典，也不藻饰，脱尽繁华，而神韵独具，平平淡淡，而余味无穷。

这就是当时和后来的论者所津津乐道的"神韵诗"。来看几首绝句：

> 吴头楚尾路如何？烟雨秋深暗白波。
>
> 晚乘寒潮渡江去，满林黄叶雁声多。
>
> ——《江上》
>
> 危栈飞流万仞山，戍楼遥指暮云闲。
>
> 西风忽送潇潇雨，满路槐花出故关。
>
> ——《雨中度故关》
>
> 翠羽明珰尚俨然，湖云祠树碧于烟。
>
> 行人系缆月初堕，门外野风开白莲。
>
> ——《再过露筋祠》
>
> 日暮东塘正落潮，孤篷泊处雨潇潇。
>
> 疏钟夜火寒山寺，记过吴枫第几桥？
>
> ——《夜雨题寒山寺》

第一首写江上烟雨迷蒙，岸畔秋叶萧瑟，宛如水墨淡彩的江南小景。第二首也是纯用白描，寥寥几笔勾勒出这一带险峻的形势，写出了诗人在槐花满地的秋风中冒雨出关的感受。第三首写再过露筋祠所见之景，水乡景色，宛然入画，夜阑月落，行人系缆，一派静谧。尤其是"门外野风开白莲"一句，既是实写门外之景，又虚联门内所供之神像，与首句相呼应，"不即不离，天然入妙"，引发读者的想象和联想，深有余味。第四首是诗人任扬州府推官时作的，诗人至苏州，去邓尉山赏梅后返回苏州，泊舟枫桥。据记载：时夜已曛黑，风雨杂沓，山人摄衣着屐，列炬（打着火把）登岸，径上寺门，题诗而去。此山人即王士祯。诗写风雨中夜泊枫桥的景况，通过"落潮"、"孤篷"、"疏钟"、"夜火"以及"雨潇潇"等极其普通的词语，真切而生动地描绘了夜晚泊舟于江南水乡特有的情调。

王士禛的诗，或托物寄慨，或借景抒怀，所作皆淡淡的，景也淡淡的，情也淡淡的，有一种清淡、空灵的韵味。再看几首绝句：

> 宫柳烟含六代愁，丝丝畏见冶城秋。
>
> 无情画里逢摇落，一夜西风满石头。
>
> ——《和牧翁题沈朗倩石崖秋柳小景》
>
> 年来肠断秣陵舟，梦绕秦淮水上楼。
>
> 十日雨丝风片里，浓春烟景似残秋！
>
> ——《秦淮杂诗》十四首选一
>
> 江乡春事最堪怜，寒食清明欲禁烟
>
> 残月晓风仙掌路，何人为吊柳屯田？
>
> ——《真州绝句》五首选一
>
> 青草湖边秋水长，黄陵庙口暮烟苍。
>
> 布帆安稳西风里，一路看山过岳阳。
>
> ——《送胡嵩孩赴长沙》

第一首写的是诗人看到他的恩师钱谦益（牧斋）题在沈朗倩所画《石崖秋柳小景》这幅画上的一首绝句"刻露巉岩石骨愁，两株风柳曳残秋。分明一段荒凉景，今日钟山古石头"，而写的一首和诗。全诗通过柳之"含愁"和"畏见"，赋予杨柳以情感，借柳抒怀，写出了一种兴亡盛衰之感，让人体味到诗人的一缕淡愁。石头即石头城，指金陵（今之南京市），冶城是市内一处地方，亦指金陵。第二首以诗人对名都金陵，特别是对城中秦淮名胜的向往，与登临所见的景象相对照，拿连绵十日的雨丝风片作背景，写出了"浓春"似"残秋"的感受，流露出一种今昔之慨。秣陵亦是金陵的别称。第三首是一首寒食或曰清明即事诗。真州（今江苏仪征）城西有处地方名"仙人掌"，传有柳永之墓。诗人借此表达了惜才怜士之心，对柳永一生潦倒的同情和由此而引起的无限感慨。第四首是一首送行诗。诗中提到的青草湖、黄陵庙、岳阳城，都是去长沙必经之地，而且都在湖湘境内，有浓厚的地方色彩，引人向往。而"布帆安稳"和"一路看山"，又使得这首送行诗一定程度上除却了别离的忧伤情绪，为全诗涂上一抹亮色。

王士禛于诗各体兼擅，歌行《南将军庙行》《龙门阁》等堪称佳作。五律《碧云寺》写雪后游西山，访碧云寺：

> 入寺闻山雨，群峰方夕阳。
>
> 流泉自成响，林壑坐生凉。
>
> 竹覆春前雪，花寒劫外香。
>
> 汤沐何处是？空望碧云长。

汤休即南朝名僧惠休，善属文，能赋诗，杜甫有句"汤休起我病，微笑索题诗"。诗人喜爱雪后嫩晴的西山景色，只是感叹当时没有像惠休那样的诗僧，不能与之相与唱和，只能遥望万里碧空，徒发思古之幽情而已。全诗神韵天然，言虽尽而意犹不绝。

王士禛的七律也很有名。比如他二十四岁时，在济南大明湖水面亭与诸名士宴集，见亭外杨柳"叶始微黄，乍染秋色，若有摇落之态"，因而"怅然有感，赋诗四章"，即成《秋柳四首》，据说一时流传四方，"和者数百人"。今录其一：

娟娟凉露欲为霜，万缕千条拂玉塘。

浦里青荷中妇镜，江干黄竹女儿箱。

空怜板渚隋堤水，不见琅琊大道王。

若过洛阳风景地，含情重问永丰坊。

隋炀帝开通济渠，从板渚引黄河水入汴河，沿渠筑堤，遍植杨柳。桓温北征，经过金城，看见他为琅琊内史时所种之杨，皆已十围，慨然曰："木犹如此，人何以堪！"攀枝执条，泫然流泪。永丰坊在洛阳，当年白居易留守东都，有"樱桃樊素口，杨柳小蛮腰"之诗句。诗人由眼前所见景物，联系隋堤、琅琊、永丰坊等一些历史上曾与杨柳有关的典实，抒写了作者触景生情而引起的无限感慨。亦有论者说，这是伤时吊古之作，以衰柳秋风比喻南明沦亡之象，寄托了一种盛衰之悲。

登临吊古之作《晚登夔府东城楼望八阵图》，亦为王士祯七律名作：

永安宫殿莽榛芜，炎汉存它六尺孤。

城上风云犹护蜀，江间波浪失吞吴。

鱼龙夜偃三巴路，蛇鸟秋悬八阵图。

搔首桓公凭吊处，猿声落日满夔巫。

作者《蜀道驿程记》载：康熙十一年（1672）由四川典试回，沿江东下，过夔州，与陈都督登东城楼望八阵图，时十月，水落石出，在江岸沙碛中，去城仅数十步，烟雾障之，不甚了了。诗中写诗人登楼望八阵图遗迹，遥想当年刘皇叔在此托孤，诸葛亮在此设八阵图，以及桓大司马（桓温）凭吊八阵图时所认定的

"此常山蛇势也"，抒发了无限的沧桑感慨。结句以巫峡、落日、猿声几个意象叠在一起，更添一种凄清苍老之气。

王士祯诗作只是重在抒写个人怀抱，较少反映那个时代人民的生活，很少表达对社会政治的揭露和批判，而且就格调、气韵而言，也缺少黄钟大吕之声，或者说在他的诗里，不见长江大河的浊浪排空、一泻千里，而只有小溪流水，曲曲弯弯，当然也很美，但总嫌少了点盛唐李、杜之风采，所以袁枚有"一代正宗才力弱，望溪文集阮亭诗"（《论诗绝句》）的评论。望溪即古文家方苞，阮亭就是王士祯。

沈德潜与《唐诗别裁集》（一）

一般人大概都知道《唐诗三百首》，这在清代乃至民国时期都作为童蒙读物。其编者蘅塘退士，则是"先生何许人也，亦不详其姓字"，旧时刻本卷头《题辞》的"题"字下，押了一方印章，有"孙洙"二字，朱自清曾说，这也许是选者的姓名。而与《唐诗三百首》约略同时而稍早点，还有一部唐诗选本，叫作《唐诗别裁集》，知道并且读过的人，也许要少得多。其选编者就不是像蘅塘退士辈，名不见经传，而是康、乾时代大名鼎鼎的人物，诗坛领袖沈德潜。

沈德潜（1673～1769），字确士，号归愚，江苏长洲（今苏州市）人。乾隆时官至内阁学士兼礼部侍郎。沈是清代著名的选诗家和诗评家，选编有《古诗源》《唐诗别裁集》《明诗别裁集》《清诗别裁集》等，撰有论诗专著《说诗晬语》。在他编纂的选本中，以《古诗源》和《唐诗别裁集》流传最广，影响最大。《古诗源》是沈德潜在编了《唐诗别裁集》以后，又编的一部唐以前历代的诗歌选集。他把唐代的诗叫近体诗，把唐以前的诗叫古诗。这部书选辑了《诗经》《楚辞》外的先秦、两汉、魏、晋、南北朝、隋几个时期的诗共七百余首，分十四卷。这一时期的一些著名诗篇，大都选录进去，而且还从古代一些书籍中辑录了不少民歌谣谚，所收既较为广泛，内容也较为丰富。对于古诗的学习与传承，应当说起了很好的作用。

沈德潜是康、乾时期诗坛的主要代表人物之一。沈氏在康熙朝即已出名，但屡困场屋，乾隆三年（1738）六十六岁时始中举人，翌年成进士，已经六十七岁了。沈氏以诗受知于也爱作诗的乾隆皇帝，数年间从翰林院编修超擢至礼部侍郎，以太子太傅致仕。他活了九十六岁，大概是我国古代最高寿的诗人和诗论家吧。

沈德潜论诗，提倡传统的诗教，具有强烈的正统色彩。他提倡所谓"格调说"。"格"指诗的体制、规格，"调"指诗的声调、韵律。诗之要有"格调"，即要求诗体合乎一定的规范，声调、韵律宏畅和美，以传达某种独特的意境。他主张"诗贵性情，亦须论法"。所谓贵性情，一是要有性情，没有性情的诗当然不是好诗；二是性情要符合封建正统观念所要求的思想感情，即写诗必须符合"温柔敦厚"的儒家的正统诗教。所谓作诗须论法，即要取法古人，古体诗他宗汉魏，近体诗他宗盛唐。沈氏强调诗之"承"，也强调诗之"变"。他重"格调"，当然不是提倡一味模仿古人、因袭古格古调，而是倡导学习"声雄调畅"的盛唐之音，以适应康、雍、乾这所谓清之盛世。沈氏继承了他的老师叶燮的论诗主旨，在一定程度上发挥了明代前后七子的复古主张，又有求变以适应当代的思想意识，因而契合了最高统治者的治国方略，得到了朝廷君臣的首肯和赞同。因之，在乾隆朝，沈氏德高望重，显赫一时。据《清史稿》说，乾隆帝还特地为他的《唐诗别裁集》写序。

沈德潜与《唐诗别裁集》（二）

  《唐诗别裁集》就是在沈德潜"格调说"的指导下，既"贵性情"又"须论法"，而选编的一部唐诗读本。"别裁"，词典的解释是分别裁定，决定取舍。杜甫诗《戏为六绝句》有"别裁伪体亲风雅，转益多师是汝师"的诗句，《唐诗别裁集》之书名当取此意，别裁伪体而亲风雅，则是《唐诗别裁集》编选之旨趣。沈德潜编选此书，可谓尽心尽力，"兀兀穷年"，这有他的自序为证：

  德潜于束发后，即喜钞唐人诗集，时竟尚宋、元，适相笑也。迄今几三十年，风气骎上，学者知唐为正轨矣；第简编纷杂，无可据依，故有志复古者而未得其宗。因偕树滋陈子，取向时所录五十余卷，删而存之，复于唐诗全帙中网罗佳什，补所未备，日月既久，卷帙遂定。既审其宗旨，复观其体裁，徐讽其音节，未尝立异，不求苟同，大约去淫滥以归雅正，于古人所云微而婉、和而庄者，庶几一合焉。此微意所存也。同志者往复是编而因之以递亲乎《风》《雅》，如适远道者陆行之有车马，水行之有舟楫。呜呼，其或可至也哉！①

  沈氏以三十年之光阴，打磨这部唐诗选本，其"微意所存"，

---

  ① （清）沈德潜：《唐诗别裁集》，上海古籍出版社，1979，第1~2页。下文引《唐诗别裁集》者均出自该书。

乃是"去淫滥"而"归雅正",以达到儒家正统诗教所要求的"微而婉""和而庄"的标准。沈氏自序开篇即揭出无论作诗还是选诗,都须"求诗教之本原"这一宗旨:

> 有唐一代诗,凡流传至今者,自大家名家而外,即旁蹊曲径,亦各有精神面目,流行其间,不得谓正变盛衰不同,而变者衰者可尽废也。然备一代之诗,取其宏博,而学诗者沿流讨源,则必寻究其指归。何者?人之作诗,将求诗教之本原也。唐人之诗,有优柔平中顺成和动之音,亦有志微噍杀流僻邪散之响。由志微噍杀流僻邪散而欲上溯乎诗教之本原,犹南辕而之幽、蓟,北辕而之闽、粤,不可得也。即或从事于声之正者矣,而仍泛泛焉嘈嘈丛杂之纷逐,犹笙镛琴瑟与秦筝羌笛之类并奏竞陈,而谓《韶》、《英》之可闻,亦不得也。然则分别去取,使后人心目有所准则而不惑者,唯编诗者责矣。

沈氏《唐诗别裁集》,就是要裁去不合所谓诗教的"志微噍杀流僻邪散之响",而选定"优柔平中顺成和动之音"。他不赞成笙镛琴瑟与秦筝羌笛之类"并奏竞陈",这或许也决定了《唐诗别裁集》这部书的长处和短处。其长处是,"备一代之诗,取其宏博",且多"优柔平中顺成和动"的"声之正者";其短处在于,只有此一家的"笙镛琴瑟",而无"秦筝羌笛"的"并奏竞陈"。沈氏强调编诗者之责,无疑是对的。他在自序中这样论述:

> 顾自有明以来,选古人之诗者,意见各殊。嘉、隆而后,主复古者拘于方隅,主标新者倚而先矩,入主出奴,二百年

间，迄无定论。而时贤之竞尚华辞者，复取前人所编秾纤浮艳之习，扬其余烬，以易斯人之耳目，此又与于歧趋之甚。而诗教之衰，未必不自编诗者遗之也。夫编诗者之责，能去郑存雅，而误用之者，转使人去雅而群趋乎郑，则分别去取之间，顾不重乎！尚安用意见自私，求新好异于一时，以自误而误人也。

沈氏对自有明以来，前此二百年间之选诗者，均不甚满意，提出"去郑存雅"的主张。古人有所谓"郑风淫"之语。孔子云："郑声淫。"朱子曰："郑风淫。"而且在他的《诗集传》中将十五国风中的郑、卫之风，定为淫荡之风，把《将仲子》等讴歌男女爱情的十五篇风诗，定为淫佚之诗。这当然是封建正统儒家的偏见。但沈氏要求编选诗集者要认真"分别去取"，以免"自误而误人"，强调编诗者的鉴别力和责任感，还是值得称道的。

《唐诗别裁集》选诗二十卷，录唐二百七十家诗，凡一千九百二十八首。分体编排，计五古、七古、五律、七律各四卷，五言长律二卷，五绝、七绝约各一卷。每体之中，大致以时代先后排列。原编于康熙五十六年（1717），至乾隆二十八年（1763）重订出版，这时候编者已是九十一岁高龄了。

在沈氏选编《唐诗别裁集》之前，清初诗坛盟主是王士祯（渔阳山人），他所选编的《唐贤三昧集》，主神韵之说，大约源于司空图的所谓"味外之旨"，要求诗人通过巧妙地描写景物，刻画出生动的艺术形象，创造一种清淡、空灵、平远、含蓄的意境，给人以言尽意远的美感，所以他专录王（维）、孟（浩然）一路清空淡远之作。沈德潜也倾慕王渔洋，但他取诗门径尚宽，注意到不同时期、不同流派、不同体裁的作品，多取李（白）、杜

（甫）等雄浑阔大之作，也不遗王（维）、孟（浩然）和韩（愈）、白（居易）等人，真正成为他所要求的"备一代之诗"的唐诗选本。沈氏在《唐诗别裁集》之《凡例》中明确指出："是集以李、杜为宗"，"别于诸家选本。"所选一千九百多首唐诗中，李白、杜甫的作品就有四百首之多。以李、杜为宗，显示出唐代诗歌中雄浑阔大的一个主要方面。与同时代而稍后的《唐诗三百首》相比较，由于选诗有其数倍之多，所以李、杜的名篇，得以悉数纳入。像杜甫的《咏怀五百字》《北征》这些长篇大作，以及"三吏三别"等都入选是编。这是《唐诗别裁集》的一大特色，也是其长处之一。

《唐诗别裁集》的另一个长处，是选诗有时独具眼光，除重点选录王维、李白、杜甫、岑参、韦应物、韩愈、白居易、李商隐等大家名家的诗外，也选了不少次要作家、小作家，或只有一两首诗流传下来的诗人诗作。像初唐王若虚的《春江花月夜》，近人闻一多誉为"诗中的诗""顶峰上的顶峰"，《唐诗三百首》未选，而《唐诗别裁集》选了。还有李贺，《唐诗三百首》一首也不选，竟至遗漏了，而《唐诗别裁集》则选了李贺十首诗。

当然，《唐诗别裁集》的不足之处或曰短处，也是显而易见的。如选录一些歌功颂德的庙堂之诗和浮华客套的酬唱之作。这其实是不可避免的。哪朝哪代写诗人和编诗人不写出、不编入歌功颂德和应酬客套的作品呢！在《别裁》集中，没有了李商隐美丽动人的《无题》诗，韩偓的艳情诗当然也排斥在外，就连杜牧的"春风十里扬州路，卷上珠帘总不如"的名句也不见了。而这正是沈氏所谓"去郑存雅"所带来的无法解开的局限，也是今人捧读《唐诗别裁集》的一种遗憾。

沈德潜作为倡导"格调说"的诗人，他的诗似乎也有点四平八稳，清人朱庭珍《筱园诗话》谓其诗"平正而乏精警，有规格法度而少真气，袭盛唐之面目，绝无出奇生新"。有论者言沈氏学有余而才不足。沈德潜的一些刻意之作倒也平平，偶作小诗，不凝妆修饰，反而有天真之趣。如《过许州》：

> 到处陂塘决决流，垂杨百里罨平畴。
> 行人便觉须眉绿，一路蝉声过许州。

论者评论说，此种诗可见出王士祯对他的影响，末句正是从王士祯"一路槐花出故关"的名句化出。沈德潜平生倾慕王士祯，在乾隆诗坛上，他似乎也有王士祯的宗师气象，只是诗才逊色而已。（《中华文学通史》）然而，《唐诗别裁集》以及《说诗晬语》等的广泛流播，也足以使沈氏欣慰了。

"乾隆三大家"（一）

雍正、乾隆时期，诗坛主角是沈德潜和袁枚，还有一个翁方纲。沈主"格调"说，袁主"性灵"说，翁主"肌理"说。沈、袁、翁三人都是进士出身。沈官至礼部侍郎，翁官至内阁学士，袁则只做过江宁等地知县，且中年辞官。若就诗论而言，三人或可相抗；若就诗之成就而言，则袁氏一骑绝尘，沈、翁瞠乎其后。合诗作与诗论一并看来，论者以为，袁枚的实际影响超过沈德潜，在一般士人中名声也盖过沈德潜。本来声势就不大的翁方纲，就更不在话下了。沈、翁、袁三人中，就诗而论，只有袁枚可称大家。

袁枚之外，其实乾隆时期，经济繁荣，文化昌明，乾隆帝自己又雅好翰墨，文采风骚，上有好者，下必甚焉，于是在朝在野，诗家蜂出，似乎有些盛唐气象。许多人兼学者与诗人于一身，有的人还是达官显宦，像纪晓岚、孙星衍、钱载、毕沅、王鸣盛、王昶、钱大昕、赵文哲等。另外还有一大批或曾有过仕途坎坷经历，但才名卓著的诗人，如张问陶、黄景仁、洪亮吉、杭世骏、程晋芳、厉鹗、严遂成、胡天游、黎简、吴锡麟等。乾隆诗坛，可以说群星灿烂。然而，这些诗人的实际成就却并不与其煊赫的声名完全相称。他们或以学问为诗，或强调师法古人，不少人的作品也缺乏艺术独创性。真正能代表乾隆诗坛的人物，除黄景仁等几位以外，只有袁枚、赵翼、蒋士铨三人。袁、赵、蒋均出生在江南，而且长期活动在这一带，由于诗名都很大，时人称之为"江右三大家"。因为他们正可作为乾隆诗坛的杰出代表，所以文学史家称他们为"乾隆三大家"。其中声名最大的，当然是袁枚。

袁枚（1716～1797），字子才，号简斋。钱塘（今浙江杭州）人。乾隆四年（1739）进士，做过溧水、江宁知县。中年以后，辞官卜居南京小仓山的隋氏废园。惨淡经营，改其旧观，增其雅趣，改名随园，因自号随园、随园老人。撰诗话十六卷，补遗十卷，即名之为《随园诗话》。

袁枚关于诗歌创作的主张是提倡写个人的"性情遭际"，写个人的灵感。他在《遣兴》绝句中这样推重"性灵"：

> 但肯寻诗便有诗，灵犀一点是吾师。
> 夕阳芳草寻常物，解用都为绝妙词。

袁枚佩服南宋杨万里，曾借用杨的话说，只有"解风趣""写性灵"的诗人，才是天才的作家。这就是所谓的"性灵说"。袁枚反对盲目的拟古，提出诗当求新"变"。他批评沈德潜的"格调说"说："夫诗宁有定格哉！国风之格不同于雅颂，皋禹之歌不同于三百篇，汉魏六朝之诗不同于三唐。谈格者将奚从？"他驳斥沈氏关于写诗要"温柔敦厚"的主张说："即如'温柔敦厚'四字，亦不过诗歌之一端，不必篇篇如是。""仆以为孔子论诗可信者，'兴观群怨'也；不可信者，'温柔敦厚'也。或者夫子有为言之。夫言岂一端而已，亦各有所当也。"袁枚讥讽"学问诗"为"填书塞典，满纸死气，自矜淹博"。这大约讥讽的是翁方纲的所谓"肌理说"。他对康熙朝风行一时的"神韵说"也有议论。他认为王士禛的所谓"神韵"虚无缥缈，脱离"真性情"。他对渔洋山人每到一处必有诗，而诗必用典，评论说："可以想见其喜怒哀乐之不真也。"他在《论诗绝句》中说：

不相菲薄不相师，公道持论我最知。

一代正宗才力弱，望溪文集阮亭诗。

望溪即方苞，桐城派古文大家。阮亭即王士禛。袁枚还有一首咏岳飞的绝句，赞赏"不依古法"：

不依古法但横行，自有云雷绕膝生。

我论文章公论战，千秋一样斗心兵。

这和他说的"运用之妙，存乎一心"，是一个意思。

袁枚诗作，特色是"新"而"巧"，明白畅达，技法娴熟。他的一些即景小诗，写得比较精致，也比较有意趣。如：

沙沟日影渐朦胧，隐隐黄河出树中。

刚卷车帘还放下，太阳力薄不胜风。

——《沙沟》

江到兴安水最清，青山簇簇水中生。

分明看见青山顶，船在青山顶上行。

——《由桂林朔漓江至兴安》

十里崎岖半里平，一峰才送一峰迎。

青山似茧将人裹，不信前头有路行。

——《山行杂咏》

《沙沟》写北方风光，第二句和第四句颇见功力。《漓江》写桂林山水，同样第二句和第四句最见功力。笔者也曾在漓江上坐过竹筏，深深会得随园此诗的妙处。《山行杂咏》用"青山似茧将人裹"的奇特夸张、比喻，来写"一峰才送一峰迎"，不禁使人想起杨万里的"正入万山圈子里，一山放过一山拦"来，真可谓有景，有情，亦有趣。

袁枚一些咏物小诗，又颇含哲理：

养鸡纵鸡食，鸡肥乃烹之。
主人计固佳，不可与鸡知。

——《鸡》

白日不到处，青春恰自来。
苔花如米粒，也学牡丹开。

——《苔》

笑君攫取忙，送入他人口。
一世酸咸中，能知味也否？

——《咏筷子》

《鸡》乃是一首类似寓言的讽刺小诗。大约可使人联想到，历来剥削者使用小恩小惠以求大利的欺骗伎俩。从人们习见的日常生活中提炼素材，赋予深刻的主题。诗笔诙谐，有味外之味。五四时期诗人刘大白曾于店壁见此诗，评论说："一切资本家豢养劳动者，男性豢养女性，军阀豢养士兵……的阶级豢养的背景，都被这几句诗道破了。不料旧诗中竟有这样的象征文字。"（转引自钱仲联《明清诗精选》）咏苔诗中的"苔花如米粒，也学牡丹开"，咏筷子诗中的"笑君攫取忙，送入他人口"，虽然明白如话，意却颇深。

袁枚咏古绝句，也饶有新意。像下面这几首：

莫唱当年长恨歌,人间亦自有银河。

石壕村里夫妻别,泪比长生殿上多。

——《马嵬》

灵旗风卷阵云凉,万里长城一夜霜。

天意小朝廷已定,岂容公作郭汾阳!

——《谒岳王墓》选一

江山也要伟人扶,神化丹青即画图。

赖有岳于双少保,人间才觉重西湖。

——《谒岳王墓》选二

《马嵬》诗中将两首唐诗名篇《长恨歌》和《石壕吏》联系起来,揭示唐玄宗误国,给身家、百姓带来的悲惨命运,不仅翻《长恨歌》一案,也将《长生殿》生死别离主题的意义,重新做了定位,表达了玄宗与贵妃的生离死别并不值得同情的观点。以玄宗与贵妃的生死相隔作衬垫,说明世上遭受此种苦难的人还多得很。这种作诗的"翻案"法、"进一步"法,正是《随园诗话》所提倡的。《谒岳王墓》组诗中选的两首,前一首对岳武穆的遭遇表达了深深的同情,郭汾阳,就是唐代荡平安史之乱的郭子仪。后一首,岳、于双少保,指的是宋之岳飞和明之于谦,两位民族英雄,都葬在西湖边上,所以说"江山也要伟人扶",人们看重西湖,既是看重西湖的胜景,也是敬重长眠在西湖边上的伟人。

袁枚的诗,在当时和身后,最受人看重的还是他最擅长的七律。袁之七律,格局严整,声调沉稳,最见功力。登临怀古尤为所长,《澶渊》《铜雀台二首》《秦中杂感八首》《抵金陵二首》等,堪称杰作。今录数首如下:

百战风云一望收，龙蛇白骨几堆愁。

旌旗影没南山在，歌舞楼空渭水流。

天近易回三辅雁，地高先得九州秋。

扶风豪士能怜我，应是当年马少游。

——《秦中杂感》选一

路出澶河水最清，当年照影见亲征。

满朝白面三迁议，一角黄旗万岁声。

金币无多民已困，燕云不取祸终生。

行人立马秋风里，懊恼屏王早罢兵。

——《澶渊》

停车欲访魏王宫，铜雀荒凉片瓦空。

生对河山常感慨，死犹歌舞是英雄。

君王气尽高台酒，儿女春残甲帐风。

七十五来神恍惚，西陵可与茂陵同？

——《铜雀台》选一

黄金埋老变烟霞，一片长江六帝家。

天意两回南渡马，秋痕满地故宫花。

荆襄形胜上游远，荦确规模大道斜。

我是荒伧来吊古，手挥羽扇问年华。

——《抵金陵》选一

上引第一首《秦中杂感》尾联，应是夫子自道。马少游是东汉名将伏波将军马援之从弟，志向淡泊，知足求安，无意功名，颇得后世士人引以为同调。刘禹锡诗云："一以功名累，翻思马少游。"王安石诗云："已知轩冕真吾累，且可追随马少游。"苏轼诗云："雪堂亦有思归曲，为念平生马少游。"黄庭坚诗云："老夫多病蛮江上，颇忆平生马少游。"《澶渊》一首，叹北宋之"澶渊之盟"
错失收复燕云十六州之时机。颔联"满朝白面三迁议，一角黄旗
万岁声"，对宋室君臣给予了无情的嘲弄。"白面"，当指白面书
生。《铜雀台》之颔联"生对河山常感慨，死犹歌舞是英雄"，概
括魏武帝曹操一代风流之文治武功、英雄气概，其诗文皆可佐证。
《抵金陵》慨叹六代繁华成过去，登临怀古，"手挥羽扇问年华"，
好一副自如容与的后来者之超然风姿，跃然纸上。这些咏古七律，
律韵森严，对仗工稳，意境苍老浑成，而出语又明快畅达，颇带
沧桑之感，似有唐人韵致，正所谓不宗唐自有唐之遗风。

"乾隆三大家"（二）

乾隆朝，与袁枚齐名的诗人是赵翼。赵翼（1727～1814），字云崧，一作耘崧，号瓯北，阳湖（今江苏武进）人。乾隆二十六年（1761）进士，官至贵西兵备道。旋辞官，主讲安定书院。赵氏长于史学，考据精博，著有《廿二史札记》，是书与王鸣盛的《十七史商榷》和钱大昕的《二十二史考异》合称"清代史学三大名著"。在这方面，博学的袁枚似也不能与之相比。

赵翼的文学主张，和袁枚接近。像素来脍炙人口的《论诗》绝句：

> 李杜诗篇万口传，至今已觉不新鲜。
> 江山代有才人出，各领风骚数百年。

就支持了袁枚的文学主张。当然，这也并不代表赵翼不重古人，他认为唐宋以来诸家之诗，都应好好学习；他只是强调要变古而为新。时代不同，诗家不同，诗作面貌当也应不同，各领风骚而已。

赵翼的诗风和袁枚有共同之处，比较清新、明畅，论者还认为赵诗似乎比袁诗更妥帖、更工整。他有些诗如同说话，浅浅道出，又有一点儿含蓄和诙谐。像下面这一首五古《闲居读书》：

> 后人观古书，每随己境地。
> 譬如广场中，环看高台戏。

矮人在平地，举头仰而企。

危楼有凭栏，刘桢方平视。

做戏非有殊，自谓见仔细。

楼上人闻之，不觉笑喷鼻。

诗题《闲居读书》，以观剧为喻，说明由于各人的立场、水平的不同，读书的见解、收获也随之而异，讽刺了那些见浅识短的所谓高明者。诗语生动传神，浅显明白，诙谐有趣。

赵翼七绝亦清新有味。像咏物，别有寓意：

哣哣呼来矮屋西，可怜啄食只糠粞。

有时竟日无人喂，犹奋饥肠尽力啼。

——《窗鸡》

六尺匡床障皂罗，偶留微罅失讥诃。

一蚊便搅一终夕，宵小原来不在多。

——《一蚊》

《窗鸡》和《一蚊》，一褒一贬，一同情一憎恶，俱带感情。尤其《一蚊》结句"宵小原来不在多"，真是洞破世情之语，宵小之徒以一蚊作喻，实在恰切之至。

赵翼登临怀古与咏史翻案诗，也多有意味：

一抔总为断肠留，芳草年年碧似油。

苏小坟连岳王墓，英雄儿女各千秋。

——《西湖杂诗》

鼙鼓渔阳为翠娥，美人如在肯休戈？

马嵬一死迫兵缓，妾为君王拒贼多。

——《古来咏明妃杨妃者多失其平戏作二绝》

之一

前一首咏西湖，将苏小小墓与岳武穆坟联起来说，一是英雄命蹇，一是儿女情长，千载之下，为之断肠，流露出诗人的真性情。后一首咏杨贵妃，有感于前人的"多失其平"，而道出"妾为君王拒贼多"的新奇之句，令人耳目一新。

当然，赵翼为人所啧啧称道的还是他的《论诗》五首。前引"李杜诗篇万口传"之外，录其他四首于下：

满眼生机转化钧，天工人巧日争新。
预支五百年新意，到了千年又觉陈。

只眼须凭自主张，纷纷艺苑漫雌黄。
矮人看戏何曾见，都是随人说短长。

少时学语苦难圆，只道工夫半未全。
到老始知非力取，三分人事七分天。

诗解穷人我未空，想因诗尚不曾工。
熊鱼自笑贪心甚，既要工诗又怕穷。

第一首说作诗要"日争新"，第二首说作诗要"自主张"，第三首说作诗要有天分，第四首说"诗，穷而后工"。以议论入诗，但不呆板枯燥，有韵味。或托以比喻，或自道甘苦，真切有味。

赵翼七律，更是雄视一朝。笔者曾购得一部《瓯北七律浅注》，一函七册，线装。捧读之下，深感赵翼作为史家兼诗人，使事用典，汪洋恣肆，似乎信手拈来，毫不费力，真有点老杜气概，注中多见袁枚评语，赞叹有加。《瓯北七律浅注》收录赵翼全部七律作品，计599题1026首，当中有不少名篇：

> 依然形胜扼荆襄，赤壁山前故垒长。
> 乌鹊南飞无魏地，大江东去有周郎。
> 千秋人物三分国，一片山河百战场。
> 今日经过已陈迹，月明渔父唱沧浪。
>
> ——《赤壁》

> 打岸狂涛卷白银，似闻桴鼓震江津。
> 归师独遏当强寇，兵气能扬到妇人。
> 有火谁教戎箭射，无风何意海舟沦。
> 建炎第一功终属，太息西湖竞角巾。
>
> ——《黄天荡怀古》

> 身阅兴亡浩劫空，两朝文献一衰翁。
> 无官未害餐周粟，有史深愁失楚弓。
> 行殿幽兰悲夜火，故都乔木泣秋风。
> 国家不幸诗家幸，赋到沧桑句便工。
>
> ——《题元遗山集》

> 不曾识面早相知，良会真诚意外奇。
> 才可必传能有几，老犹得见未嫌迟。
> 苏堤二月如春水，杜牧三生鬓有丝。
> 一个西湖一才子，此来端不枉游资。
>
> ——《西湖晤袁子才喜赠》

前二首为登临怀古。《赤壁》咏三国古战场，以"周郎"对"魏地"，"魏"乃国名，"周为姓氏"，此处当借作夏商周之"周"，与"魏"成工对。"沧浪"之"浪"，读平声。《黄天荡》咏宋代梁红玉击鼓抗金兵的故事，"兵气能扬到妇人"，表现了赵翼咏史不同一般的胆识。第三首借读《元遗山集》表达兴废之感，同时也发表了自己对诗的看法，名句"赋到沧桑句便工"常为人所引用。第四首是诗人在西湖晤见袁枚后的酬赠之作，题中一个"喜"字，透露出二人神交已久、今日得见的欣喜之情。"一个西湖一才子"，表达了诗人赵翼对诗人袁枚的倾心赞美。袁、赵都是"性灵派"的代表人物，都是乾隆诗坛的巨擘。

"乾隆三大家"（三）

蒋士铨似乎不能算作纯粹的"性灵派"诗人。他先学唐，继学宋，后才不依傍古人而自成一家。他认为："文章本性情，不在面目同。"这与袁枚是一致的。但蒋之所谓"性情"与袁枚标榜的似乎大异其趣。袁氏强调是个人的"性情遭际"，蒋氏却以为是"忠孝节烈之心，温柔敦厚之旨"。就此而言，袁氏有反传统之心，蒋氏则是有守传统之意；袁氏相对激进，蒋氏相对保守。

蒋士铨（1725～1785），字心余，又字清容、苕生，号藏园，铅山（今属江西）人，原籍长兴（今属浙江省）。蒋氏幼承母教，应童子试得第一，有"孤凤凰"之美誉。乾隆二十二年（1757）三十三岁中进士，官翰林院编修、《续文献通考》纂修官。论者以为"乾隆三大家"中，袁枚诗、文俱佳，赵翼文、史并胜，蒋士铨之才能最为全面，诗、文、词、曲俱工，诗文有《忠雅堂集》（集名可见其正统性）；作传奇、杂剧三十六种，今存十六种，其中九种合编为《藏园九种曲》，是关汉卿、汤显祖之后又一杰出戏曲家，文学史大都辟立专节评介其作为剧作家的成就，蒋氏是著名诗人，以诗笔写传奇唱词，当然有其妙处。

专以诗论，蒋士铨的诗既不像袁枚那样新巧逗人，也不像赵翼那样爽气逼人，但用情深挚，语言朴素，也能楚楚动人。论者以为，长于写情，乃是蒋士铨独胜袁、赵二家的地方。

最能代表蒋士铨诗特色的是五言古诗。《到家六首》写落第还乡，父母、乡邻、妻子相见诸情景，极家常、极朴实而又极动人。其三写老母亲一段：

呼儿坐亲侧，欢意动眉目。

语儿太审详，问儿身可强。

儿壮何如父，儿瘦何如娘？

琐屑告家事，乃命陈他乡。

倾听不知倦，谓儿休皇皇。

其六写妻子一段：

却坐语夜半，妇乃前致辞。

谓舅颇健饭，谓姑日就衰。

非无思子意，但恐新妇知。

妇知岂不早，尝苦告君迟。

成名妾所愿，事亲无后时。

我闻但俯首，喜惧交迫之。

翻问客途乐，欲答笑妇痴。

颜色既已瘁，苦乐何见疑？

此情此境，乃人世间最真切最常见的人伦之情，蒋士铨着以白描，情境如见。笔者每读到此，总是联想起杜甫的《羌村三首》。

蒋士铨的七古，变了副笔墨，时有豪雄之势。如《万年桥觞月》一首，写对月豪饮，抒旷达胸怀，意境奇丽，情感雄迈。像写月明江上：

青天片月海底来，琉璃万顷空明开。

风露泠泠波浩浩，此时天地无氛埃。

写对月飞觞：

> 流辉注水射千尺，波面游鳞时一掷。
> 放眼宁知世上人，飞觞不记今何夕！

淋漓飞动，雄放恣肆，与其五古如上引《到家六首》相比较，又别是一样风采。

蒋士铨一些小诗也很有意思。像钱仲联《明清诗精选》选的一首《题画》诗就别具风味：

> 不写晴山写雨山，似呵明镜照烟鬟。
> 人间万象模糊好，风马云车便往还。

"风马云车"，神仙所乘，语本傅玄《吴楚歌》："云为车兮风为马，玉在山兮兰在野。"不画晴山画雨山，"似呵明镜照烟鬟"，意思是：就好像在明镜上"呵"口气，照出美人的黛鬟，似烟非烟，模模糊糊，别有一种朦胧之美。钱仲联先生将"呵"字训为"责"，说"明镜照烟鬟"是形容晴山的形象鲜明。笔者以为不确。题画诗贵有画外之音。雨后青山，云气蒸腾，一片朦胧之中，神仙乘车自在往来。这是借喻世间的世人们乐得糊涂看待，不值得去自找麻烦或自寻烦恼。这也许就是从画中雨山而识得的"人间万象模糊好"的人生哲理。

论者以为，蒋士铨的诗，在袁、赵、蒋三家中较有风骨。王昶云："苕生诸体皆工，苍苍莽莽，不主故常。"谭献以蒋与同时著名诗人黄景仁并举，称"心余沉雄，仲则俊逸，鼎足殆难其人"。仲则就是黄景仁。

袁枚、赵翼、蒋士铨三家齐名，后人多有轩轾。清人尚镕说："子才之诗，诗中之词曲也；苕生之诗，诗中之散文也；云松之诗，诗中之骈体也。"又说："子才学杨诚斋而参以白傅，苕生学黄山谷而参以韩、苏、竹垞，云松学苏、陆而参以梅村、初白。平心而论，子才学前人而出以灵活，有纤佻之病；苕生学前人而出以坚锐，有粗露之病；云松学前人而出以整丽，有冗杂之病。"（杨诚斋即杨万里，白傅指白居易，韩指韩愈，苏指苏轼，竹垞即朱彝尊，陆指陆游，梅村即吴伟业，初白即查慎行。语出《三家诗话》）论者以为都十分中肯。

说随园

    袁枚刚中年，即辞官家居，购得隋氏废园，重加修葺，更名随园，因以为号，晚年更自称随园老人。这里说随园，当然不是说当年号称"江南三大名园"的"随园"，而是说被称作"乾隆三大家"之首、"性灵派"的主要代表人物的袁枚袁子才。袁枚因其《随园诗话》而大得其名，又因其《随园食单》而俗雅皆知，随园先生近三百年来，说者纷纭，似乎总也说不尽呢。

    随园少有文才。《随园诗话》卷一载：二十一岁时，他随叔父到广西，当时抚军金震方一见有国士之目，特疏（修表）推荐博学宏词，夸其文学，说："臣朝夕观其为人，性情恬淡，举止安详。国家应运生才，必为大成之器。"一时间，司、道争来探问。金抚军每见属吏，谈公事外，必谈及袁枚某诗某句，津津道之。袁枚于屏风后闻之窃喜，曾有诗记其事："万里阙前修荐表，百官座上叹文章。"随园自述，或有夸耀，其声容举止之不凡，翰墨诗文之卓异，倾动一时，当也是事实。

    随园二十四岁（乾隆四年）中进士。说来也有一段故事：应制诗的题目是《赋得因风想玉珂》。"赋得"是应制诗的专有名词，赋得某某即吟咏某某之意。"因风想玉珂"是杜甫《春宿左省》中颈联"不寝听金钥，因风想玉珂"中的下句。青年袁枚欲刻画其中的"想"字，诗中有句云："声疑来禁院，人似隔天河。"诸总裁以为言涉不庄，将置之孙山（即落榜）。大司寇尹继善慧眼识珠，独与诸人力争说："此人肯用心思，必年少有才者，尚未解应制体裁耳。此庶吉士之所以需教习也。倘进呈时，上有驳问，我当独奏。"群议始息，袁枚方得与馆选。（见《随园诗话》卷一）从此亦可见随园从青年时代起，作诗即喜自出机杼，如尹司寇所言"肯用心思"。

随园进士及第后，做过沭阳、江宁、上元等地知县，推行法治，不避权贵，也还有些政绩。乾隆五十三年，随园七十三岁时，受沭阳名士吕峄亭之邀，又到沭阳做客，沭阳士、民前迎三十里。随园作《重到沭阳图记》，文中说："视民如家，居官而不能忘其地者，则其地之人，亦不能忘之也。"

随园不是不能做官，也不是不会做官，而是不愿做官。乾隆十四年（1749）袁父去世，他辞官养母，卜居随园，立志做一个专业诗人。随园有一首《自嘲》诗，虽是戏说，亦可见其性情：

> 小眠斋里苦吟身，才过中年老亦新。
> 偶恋云山忘故土，竟同猿鸟结芳邻。
> 有官不仕偏寻乐，无子为名又买春。
> 自笑匡时好才调，被天强派作诗人。

其实，专心、一意要做诗人的正是诗人自己，所谓"被天强派"之"天"，也许正是随园所鼓吹的"天性"吧。随园一生不废吟哦，现存诗即有七千首之多，既高产，又不乏名篇。他的诗，明白晓畅，技巧娴熟。尤其是七律，格局严整，声调沉稳，颇见功力，咏古尤为所长。像下面这二首：

> 登临不尽古今情，无数青山入郡城。
> 才子合从三楚谪，美人愁向六朝生。
> 身非氏族难为客，地有皇都易得名。

八尺阑干多少恨，新亭秋老月空明。

　　　　　　——《抵京陵二首》之一

一面东风百万军，当年此处定三分。

汉家火德终烧贼，池上蛟龙竟得云。

江水自流秋渺渺，渔灯犹照荻纷纷。

我来不共吹箫客，乌鹊寒声静夜闻。

　　　　　　　　　　——《赤壁》

随园作诗，喜吟身边事，爱抒心中情，人家不敢吟咏或不屑于吟咏的，他也正经八百地写入诗章。如下面这首《咏钱》：

人生薪水寻常事，动辄烦君我亦愁。

解用何尝非俊物，不谈未必定清流。

空劳姹女千回数，屡见铜山一夕休。

拟把婆心向天奏：九州添设富民侯。

随园主张诗应出于真性情。《随园诗话》卷一有一则云：

熊掌、豹胎，食之至珍贵者也；生吞活剥，不如一蔬一笋矣。牡丹、芍药，花之至富丽者也；剪彩为之，不如野蓼山葵矣。味欲其鲜，趣欲其真，人必知此，而后可与论诗。①

随园赞赏杜甫的"转益多师"，他自述作诗随时随地向他人学习，向民间学习，哪怕园中担粪者、行脚野僧人。《随园诗话》卷

---

① （清）袁枚：《随园诗话》，人民文学出版社，1982，第20页。下引《随园诗话》者均出自该书。

二有一则说:

> 非止可师之人而师之也,村童牧竖,一言一笑,皆吾之师,善取之皆成佳句。随园担粪者,十月中,在梅树下喜报云:"有一身花矣!"余因有句云:"月映竹成千'个'字,霜高梅孕一身花。"余二月出门,有野僧送行,曰:"可惜园中梅花盛开,公带不去!"余因有句云:"只怜香雪梅千树,不得随身带上船。"

随园作诗纯熟快捷,但他也反对草率凑泊。他的《箴作诗者》诗,实在也是告诫作诗者要下一番苦功夫的箴言,虽说他自己有时也未必这样去做:

> 倚马休夸速藻佳,相如终竟压邹枚。
> 物须见少方为贵,诗到能迟转是才。
> 清角声高非易奏,优昙花好不轻开。
> 须知极乐神仙境,修炼多从苦处来。

诗中相如即司马相如,邹枚即邹阳、枚乘,都是汉武帝时的辞赋家。据说,司马相如作赋写得很慢,但慢工出细活;邹阳、枚乘来得快,但作品终逊相如一筹。随园说物少方为贵,昙花不轻开,但他自己写得多,论者或指其熟烂,也可见箴人易箴己难了。

《随园诗话》卷一有一则告诫作诗者,不可自命为名家。他说:

> 人称才大者,如万里黄河,与泥沙俱下。余以为:此粗

才，非大才也。大才如海水接天，波涛浴日，所见皆金银宫阙，奇花异草；安得有泥沙污人眼界耶？或曰："诗有大家，有名家。大家不嫌庞杂，名家必选字酌句。"余道：作者自命当作名家，而使后人置我于大家之中；不可自命为大家，而转使后人屏我于名家之外。常规蒋心余太史云："君切莫老手颓唐，才人胆大也。"心余以为然。

蒋心余即与袁枚、赵翼并称为"乾隆三大家"的蒋士铨。以随园在乾隆诗坛的崇高地位，批评诗家，针砭时风，常常是口无遮拦，一吐为快。他不喜黄庭坚，即直言"余不喜黄山谷诗"，说山谷诗如果中之百合、蔬中之刀豆，"毕竟味少"；还引用别人讥讽山谷的话，说："得机羽而失鹍鹏，专拾取古人所吐弃不屑用之字，而矜矜然自炫其奇，抑末也。"（《随园诗话》卷一）他不满王士祯写诗主修饰不主性情，竟直呼"一代正宗才力弱，望溪文集阮亭诗"。阮亭就是王士祯，望溪是桐城派古文首领方苞的号。随园从写性灵的角度，亦不满桐城派的"文必秦汉"。

随园的散文也很有特色。他的《黄生借书说》发出"书非借不能读也"的议论。他叙述自己少时家贫，难以购置，张家藏书很多，往借，不予，归来"形诸梦"，那样热切企盼有书可读，所以"有所览，辄省记"。后来做官了，有钱买书了，满柜满架，常常是"素蟫灰丝，时蒙卷轴"了。跟借书的黄生说这一番话，以身言教，充满真实的感情。随园的《祭妹文》，抒发他对亡妹的感情，虽然叙述的都是一些日常生活中的琐碎细事，但作者的感情真率诚挚，洋溢纸上，与当时一些古文家，如桐城派中某些人枯燥、刻板的文章比较，表现了截然不同的风格，这篇文章也一直受到读者的喜爱和推崇。

随园说他生平寡嗜好，凡饮酒、度曲、樗蒲，可以接群居之欢者，一无能焉。文史之外无以自娱，乃广采游心骇目之事，妄听妄言，记而存之，撰成《子不语》二十四卷、《续子不语》十卷。这是随园倾毕生精力结撰而成的文言志怪小说集。《子不语》之名，当取之于《论语》"子不语怪力乱神"。子不语者，随园语之，可见随园反传统的一面。"怪力乱神"虽属虚妄，随园却赋予了相当浓厚的现实社会内容，有不少积极的思想因素。像下面这一则《沙弥思老虎》故事，实在令人忍俊不禁：

> 五台山某禅师，收一沙弥，年甫三岁。五台山最高，师徒在山顶修行，从不一下山。后十余年，禅师同弟子下山，沙弥见牛马鸡犬，皆不识也。师因指而告之曰："此牛也，可以耕田；此马也，可以骑；此鸡犬也，可以报晓，可以守门。"沙弥唯唯。少顷，一少年女子走过，沙弥惊问："此又是何物？"师虑其动心，正色告之曰："此名老虎，人近之者，必遭咬死，尸骨无存。"沙弥唯唯。晚间上山，师问："汝今日在山下所见之物，可有心上思想他的否？"曰："一切物我都不想，只想那吃人的老虎，心上总觉舍他不得。"

这当然是一个笑话，但这笑话却颇有深意。随园向来反感理学的所谓"存天理，灭人欲"，他认为"人欲当处，即是天理"（《再答彭尺木进士书》），在这一点上，他好像明代的李贽。

身为乾隆才子、诗坛盟主的随园还是一位美食家，一卷《随园食单》，即是其四十年美食实践的产物。他以文言随笔的形式，细腻地描摹了乾隆年间江浙一带的饮食状况与烹饪技术，用大量的篇幅详细记述了中国十四世纪至十八世纪流行的三百多种南北菜肴糕点，也介绍了当时的美酒名茶，是清代一部非常重要的中国饮食名著。随园在《食单》的《序》里，说他每在别处品尝美食之后，都让家厨去其后厨拜师学艺。四十年来搜集各家的烹饪技法，其中有的一学就会，有的掌握十之六七，有的粗通二三，也有完全失传的。他都虚心讨教，整理保存。有些烹饪技法虽不甚明了，却也记下出自某家某菜，以表仰慕之情。他认为，名厨不囿于陈规陋俗，而且名家之作也未必全对，不可只拘泥菜谱所载之法；然而，若能按书上步骤实践，至少不会犯大错。临时置办酒席时，也有章可循。在美食家这一点上，随园大类东坡。

随园的尺牍也很有名气。他的《小仓山房尺牍》和《秋水轩尺牍》、《雪鸿轩尺牍》并称有清一代三大尺牍，为自来写信作书的范本。

随园又是一位大藏书家。做官时以俸易书，辞官后赚钱买书，几十年渐积至四十万卷，其中不少后来献给朝廷。他筑藏书楼"小仓山房""所好轩"藏书。自注何谓"所好"，味、色、花、竹、金石、字画，皆有时有限，只有藏书，不分少壮、饥寒，读之无限。（《所好轩记》）

随园喜欢游山玩水，大约也算一个旅行家。据记载，他游遍名山大川，到过浙江、安徽、江西、广东、广西、湖南、福建。他六十七岁开始放情于山水之间。这一年，他游历了天台山、雁荡山、黄龙山等名山。六十八岁时，游历了黄山。六十九岁，他跑得更远，正月出发，腊月底才回家，从江西庐山一路游玩到了广东罗浮山、丹霞山，又到了广西桂林，之后经永州回返，顺路游衡山。七十一岁去武夷山，七十七岁二游天台山，七十九岁三游天台山，八十岁又出游吴越之间，即便是八十一岁还出游吴江。当时便有人称赞他"八十精神胜少年，登山足健踏云烟"。

说到这里，有人或许会问：随园三十多岁即离开官场，少了俸禄，后来五十年生活的优哉游哉，靠什么经济力量支撑呢？这还得说说随园和一般封建文人不同的一点，即他有一副别人没有的理财头脑和经营手法，首先是他不鄙薄钱，不认为赚钱就是俗。他拆掉随园的围墙，让人自由进出游览，品尝随园美味佳肴，收取肴馔之资；他把随园房舍景点之外的田地，租给附近农民耕种，收取地租；他的文章为一时之尚，请他写碑立传之富者络绎不绝，他也悬出价码，照收不误；他还在随园内外开厂印书，自著自印自卖，畅销海内；仰慕他学问，或是崇尚他性情的人很多，他也设馆授徒，还带女弟子，束脩之奉，想也可观；他虽不在官场，但以他之学识名望，恭维他的人恐非少数，或请托以求进取，或结交以借声名，礼尚往来，恐亦好处多多。噫！随园亦属取之有道矣。

随园其人，宗之者以之为盟主，毁之者骂他"野狐禅"。在几百年后之我辈看来，随园不但是有清一代有自己思想的著名文人，也应是中国文学史上一个才情非凡、富于别调的著名诗人、诗论家、学者和小说家。他崇尚"性灵"，也颇有风趣，懂得生活，也洞察世情，以诗文自娱，到死为止。这有他的《绝命词》为证：

> 赋牲生来本野流，手提竹杖过通州。
> 饭篮向晓迎残月，歌板临风唱晚秋。
> 两脚踢翻尘世路，一肩担尽古今愁。
> 如今不受嗟来食，村犬何须吠不休！

随园到死都不忘那些毁谤他的人（村犬），这一点似乎也和鲁迅有些相似呢。

随园有几句很有名的韵语，道出了文学创作中古与今、人与我、故与新、传承与创造等诗歌创作的辩证关系，论者每乐于引用，就让它作为《说随园》这篇小文的结束语吧：

> 不学古人，法无一可。
> 竟似古人，何处著（同"着"）我？
> 字字古有，言言古无。
> 吐故吸新，其庶几乎！
>
> ——《续诗品·著我》

读袁枚论诗书（一）

袁枚（1716～1797）是清乾隆时大才子，字子才，号简斋，又号随园老人、仓山居士，浙江钱塘人，乾隆朝进士，选庶吉士，做过知县一类的官，后辞官居江宁（今南京）小仓山随园，以诗文自娱。所作即以《小仓山房诗文集》名之，诗论即以《随园诗话》名之。袁枚与赵翼、蒋士铨齐名，号称"江右三大家"。袁枚高才雄辩，而为人又放诞风流，毁之者则称其诗文为"野狐禅"。

袁枚的诗论，和他的诗一样，在当时很有名。《随园诗话》外，袁氏不少与人论诗衡文的书信，有不少真知灼见，而且写得自然明快，很值得一读。像《答沈大宗伯论诗书》《再与沈大宗伯论诗书》，就比较全面地论述了他关于诗的一些观点。

他认为"诗有工拙，而无今古"：

> 尝谓诗有工拙，而无今古。自葛天氏之歌至今日，皆有工有拙；未必古人皆工，今人皆拙。即《三百篇》中，颇有未工不必学者，不徒汉、晋、唐、宋也。今人诗有极工极宜学者，亦不徒汉、晋、唐、宋也。然格律莫备于古，学者宗师，自有渊源。至于性情遭际，人人有我在焉，不可貌古人而袭之，畏古人而拘之也。今之莺花，岂古之莺花乎？然而不得谓今无莺花也。今之丝竹，岂古之丝竹乎？然而不得谓今无丝竹也。天籁一日不断，则人籁一日不绝。孟子曰："今

之乐，犹古之乐。"乐即诗也。①

袁氏所谓"诗有工拙，而无今古"，不是说诗没有今古的分别，而是说：若要论诗之工拙，不能以今古为标准来评判。评判诗的工拙，自有其标准。不能认为古人的诗都是好的，今人的诗都是不好的。袁氏这种观点，和一味是古非今的论调比较起来，无疑是进步的。

袁氏从"诗有工拙，而无今古"这一观点出发，进而揭示诗歌的发展规律在"变"：

> 唐人学汉、魏变汉、魏，宋学唐变唐。其变也，非有心于变也，乃不得不变也。使不变，则不足以为唐，不足以为宋也。子孙之貌，莫不本于祖父；然变而美者有之，变而丑者有之。若必禁其不变，则虽造物有所不能。先生（按：指沈德潜）许唐人之变汉、魏，而独不许宋人之变唐，惑也。且先生亦知唐人之自变其诗，与宋人无与乎？初、盛一变，中、晚再变，至皮（日休）、陆（龟蒙）二家，已浸淫乎宋氏矣。风会所趋，聪明所极；有不期其然而然者。故枚尝谓：变尧、舜者，汤、武也；然学尧、舜者，莫善于汤、武，莫不善于燕哙。变唐诗者，宋、元也；然学唐诗者莫善于宋、元，莫不善于明七子。何也？当变而变，其相传者心也；当变而不变，其拘守者迹也。鹦鹉能言，而不能得其所以言，夫非以迹乎哉？

---

① （清）袁枚：《答沈大宗伯论诗书》，《小仓山房文集》卷十七，江苏古籍出版社，1993，第283页。下文引自《答沈大宗伯论诗书》《再与沈大宗伯论诗书》均出自该书。

唐人变汉魏，宋人变唐，这是"风会所趋"，"聪明所极"，"不期其然而然"，这就是发展的规律，这就是历史的必然。当变而变，不是没有传承，只是传承的是"心"，是其精髓；当变而不变，不可谓懂得传承，因为他拘守的只是外在的"迹"，而不是"心"，貌虽合而神已离，只是"鹦鹉学舌"而已。

袁枚反对论诗时持所谓"门户之见"：

> 大抵古之人先读书而后作诗，后之人先立门户而后作诗。唐、宋分界之说，宋、元无有，明初亦无有，成、弘后始有之。其时议礼讲学，皆立门户以为名高。七子狃于此习，遂皮傅盛唐，扼腕自矜，殊为寡识。然而枚（牧）斋（钱谦益）之排之，则又已甚。何也？七子未尝无佳诗，即公安、竟陵亦然。使掩姓氏，偶举其词，未必牧斋不嘉与；又或使七子湮沉无名，则牧斋必搜访而存之无疑也。惟其有意于摩垒夺帜，乃不暇平心公论。此亦门户之见，先生不喜樊榭诗而选则存之，所见过牧斋远矣。

袁枚认为，一有门户之见，即为门户所挟，论诗必不能平心公论。他批评明代七子"皮傅盛唐，扼腕自矜"，是"殊为寡识"，钱谦益"有意于摩垒夺帜"，其"门户之见"，"则又已甚"。

袁枚对于沈氏所强调的"诗贵温柔"，"不可说尽"，"又必关系人伦日用"，也有不同的看法：

> 至所云"诗贵温柔，不可说尽，又必关系人伦日用"，此数语有襃衣大袑气象，仆口不敢非先生，而心不敢是先生。

何也？孔子之言，《戴经》不足据也，惟《论语》为足据。子曰"可以兴"、"可以群"，此指含蓄者言之，如《柏舟》、《中谷》是也；曰"可以观"、"可以怨"，此指说尽者言之，如"艳妻煽方处"、"投畀豺虎"之类是也。曰"迩之事父，远之事君"，此诗之有关系者也；曰"多识于鸟兽草木之名"，此诗之无关系者也。

袁枚以《论语》中孔子说的"诗，可以兴，可以观，可以群，可以怨"为根据，论述了诗有温柔的，也有不很温柔的；有不说尽的，也有说尽的；有关系人伦日用的，也有无关人伦日用的：不可执其一。

在《再与沈大宗伯论诗书》中，提出诗道远大，应当兼收并蓄：

夫诗之道大而远，如地之有八音，天之有万窍，择其善鸣者而赏其鸣足矣，不必尊宫商而贱角羽，进金石而弃弦匏也。

诗家各有所长，不必尽擅诸体：

即以唐论：庙堂典重，沈（佺期）、宋（之问）所宜也；使郊（孟郊）、岛（贾岛）为之，则陋矣。山水闲适，王（维）、孟（浩然）所宜也；使温（庭筠）、李（商隐）为之，则靡矣。边风塞云，名山古迹，李（白）、杜（甫）所宜也；使王、孟为之，则薄矣。撞万石之钟，斗百韵之险，韩（愈）、孟（郊）所宜也；使韦（应物）、柳（宗元）为之，则弱矣。伤往悼来，感时记事，张（籍）、王（建）、元（稹）、白（居易）所宜也；使钱（起）、刘（禹锡）为之，则仄矣。题香襟，当舞所，弦工吹师，低徊容与，温、李、冬郎（韩偓之小名）所宜也；使韩、孟为之，则亢矣。天地间不能一日无诸题，则古往今来不可一日无诸诗。人学焉而得其性之所近，要在用其所长而藏己之所短则可，护其所短而毁人之所长则不可。

诗人不必诸题皆擅，众体皆工，只要得其性之所近，能用其所长，就很了不起了。袁氏对艳诗宫体，以及卢仝、李贺险怪一派，亦有与时、与众不一样的认识：

艳诗宫体，自是诗家一格。孔子不删郑、卫之诗……至于卢仝、李贺险怪一流，似亦不必摈斥。两家所祖，从《大招》、《天问》来，与《易》之龙战、《诗》之天妹，同波异澜，非臆撰也。一集中不特艳体宜收，即险体亦宜收。然后诗之体备而选之道全。

袁枚提倡兼收并蓄，连艳诗宫体、险怪一路的诗都不排斥，且以孔子、屈原、《易经》、《诗经》作论据，说得振振有词，讲得头头是道，不愧人称袁子才，应称为袁才子！

袁枚这两封《与沈大宗伯论诗书》的沈大宗伯，就是大名鼎鼎的沈德潜，著名唐诗选本《唐诗别裁集》选编者。沈德潜提倡"格调说"，而袁枚提倡"性灵说"。两人诗之见解不同，所以相互驳难，来往书札，多论学说诗，也可见一时之风气。

读袁枚论诗书（二）

袁枚论诗，力主性灵。有性灵就是好诗，无论是唐还是宋。因之，他反对单纯尊唐或者单纯尊宋之说。友人施兰垞看到袁氏答沈德潜论诗书，"不甚宗唐"，"以为大是"，作书"欲相与昌（同"倡"）宋诗以立教"。袁枚答书："嘻！子之惑，更甚于宗伯，仆安得无言？"沈氏尊唐，施氏尊宋，都是袁枚所不能赞同的，他的观点是，诗无关唐宋。

> 夫诗，无所谓唐、宋也。唐、宋者，一代之国号耳，与诗无与也。诗者，各人之性情耳，与唐、宋无与也。若拘拘焉持唐、宋以相敌，是子之胸中有已亡之国号，而无自得之性情，于诗之本旨已失矣。……诗人称唐，犹曰宋（指春秋时宋国）之斤（斧）、鲁之削云尔。仆之不甚宗唐，不欲逼天下之人尽迁居于宋于鲁而后为斤削也。然宋斤鲁削之善，不可诬也。子之不欲尊唐，是欲逼居宋居鲁之人远适异国，而后许其为斤削也，则好恶拂人之性矣。是奚可哉！①

袁枚说："诗者，各人之性情耳。""无自得之性情"，"于诗之本旨已失矣。"失去各自的性情，也就失去诗的本来意义。无论尊唐，抑或尊宋，都是舍去性情这一本旨，而抱住"已亡之国

---

① （清）袁枚：《答施兰垞论诗书》，《袁枚全集》第二册，江苏古籍出版社，1993，第 286~287 页。下文引《与梅衷源》《与洪稚存论诗书》均出自该书。

号"，如此论诗，可谓失其根本。

施氏在来书中说，"唐诗旧，宋诗新"。袁枚更是不能同意，并借此发表了一段关于诗之新旧的议论：

> 夫新旧可以年代计乎？一人之诗，有某首新，某首旧者；一诗之中，有某句新，某句旧者。新旧存乎其诗，不存乎唐、宋。且子之所谓新旧，仆亦知之。前有人焉，明堂奥房，襜襜焉盛服而居；后又有人焉，明堂奥房，襜襜焉盛服而居。子虑其雷同而旧也，将变而新之，则宜更华其居，更盛其服，以相压胜矣。乃计不出此，而忽洼居窟处，衣昌披而服蓝缕，曰吾以为新云尔。其果新乎？抑虽新而不如其不新乎？五尺之童，皆能辨之。

好一个"五尺之童，皆能辨之"！袁枚为文为书之爽快，于此亦可见一斑。袁氏对沈氏的尊唐，小有不满；对施氏的抑唐尊宋，则不满更甚：

> 扬子曰：斫木为棋，刮木为鞠，皆有法焉。唐人之法，本乎汉、晋；宋人之法，本乎三唐。终宋之世，无斥唐人者。子忽欲尊宋而斥唐，是率其子弟攻其父兄也。恐诗未作，而教先败也已！

袁枚认为后人师法前人，是很自然的，但应当是不主一家，要兼收并蓄。诗的本旨在性情，无论是师法唐人还是师法宋人，学习这一家还是学习那一家，关键在于要变古人之法为今之法，变人家之法为己之法，最终自成一家。袁枚在《与梅衷源》中，反复论述了这一观点：

> 《书》曰："德无常师，主善为师。"子贡曰："夫子焉不
> 学，而亦何常师之有？"杜少陵曰："转益多师是我师。"皆极
> 言师法之不可不宽也。……且诗中之题目甚多，而古人之擅
> 长不一。如庙堂宜沈、宋，风月宜王、孟，登临宜李、杜，
> 言情宜温、李，属辞比事宜元、白，岩栖谷饮宜陶、韦，咏
> 古器物宜昌黎。在古人名成而去，原各不相谋。我辈宜兼收
> 而并蓄之，到落笔时，相题行事，方不囿于一偏。迨至真积
> 力久，神明变通之后，其中又有我在焉。自成一家，令人莫
> 测其所由来，则于斯道尽之矣。董文敏公（董其昌）论书法
> 云："其初须与古人合，其后须与古人离。"诗文字画，皆一
> 理也。

董其昌论习书，"初须与古人合，其后须与古人离"，这是明代作
为大书家的董其昌的经验之谈。袁枚援引以论学诗，因为"诗文
字画，皆一理也"。袁氏强调的：一是师法要宽，要无常师，要转
益多师，要兼收而并蓄；二是在作诗时，要有我在，要自成一家，
令人莫测其所由来，诗中只有我的真性情。由"与古人合"到
"与古人离"，这是一个学习的过程。所谓"与古人离"，就是
"真积力久"，"神明变通"，而最终"自成一家"。这个观点，无
疑是正确的。

与此相类似，袁枚在《与洪稚存论诗书》中，就师古与创新，
提出许多自己的见解。他反对一味模仿古人，而失去自己的性情，
失去自己的本来面目。他对当时所崇尚的"文学韩""诗学杜"
提出质疑：

> 文学韩，诗学杜，犹之游山者必登岱，观水者必观海也。然使游山观水之人，终身抱一岱一海以自足，而不复知有匡庐、武夷之奇，潇湘、镜湖之妙，则亦不过泰山上一樵夫，沿海中一舵工而已矣。

这个"岱""海"之喻，真是恰如其分地说明了"文学韩""诗学杜"的局限与短视。专学韩或学杜者，以为自己如何高妙，只不过是泰山上一打柴人、海边上一扳船工罢了。戏谑之中，论者的谬误不揭自明。袁氏接着专就"诗学杜"而展开议论，结合稚存之诗，提出自己的看法：

> 古之学杜者，无虑数千百家，其传者皆其不似杜者也。唐之昌黎、义山、牧之、微之，宋之半山、山谷、后村、放翁，谁非学杜者？今观其诗，皆不类杜。稚存学杜，其类杜处，乃远出唐宋诸公之上，此仆之所深忧也。昔人笑王朗好学华子鱼，惟其即之过近，是以离之愈远。董文敏跋张即之贴，称其佳处不在与古人合，而在能与古人离。诗文之道，何独不然？

这里说的昌黎即韩愈，义山即李商隐，牧之即杜牧，微之即元稹。袁枚认为，学杜似杜，不足为妙；妙在融会贯通，诗中有我。"即之过近"，则"离之愈远"。先要"与古人合"，最终达到"与古人离"。这才是师法古人的高境界。

袁枚指出，一味学韩学杜，而忘却自我，即使逼肖，也是似是而非。而且，一切事物发展的规律就在乎"变"，诗文也必须不断"新变"来适应：

足下前年学杜，今年又复学韩。鄙意以洪子之心思学力，何不为洪子之诗，而必为韩子、杜子之诗哉？无论仪神袭貌，终嫌似是而非。就令是韩是杜矣，使韩、杜生于今日，亦必别有一番境界，而断不肯为从前韩、杜之诗。得人之得而不自得其得，落笔时亦不甚愉快。肖子显曰："若无新变，不能代雄。"庄子曰："迹，履之所出，而迹非履也"，此数语，愿足下诵之而有所进焉。

袁枚认为，"得人之得而不自得其得"，落笔时也享受不到艺术创造的快乐，只有既得之得，又能自得其得，才是愉快地进入艺术创造的境界。袁氏还假定：如果韩、杜生在今天，他们也一定会与时俱进，写出适应新的时代的新的作品。我们这些后来人，生在今天，活在当下，怎么能死跟着古人而亦步亦趋呢？"若无新变，不能代雄。"袁枚借他人之言，高张自己之帜：若要成为一代之雄，就必须顺时而新变。

袁枚《与稚存论诗书》的稚存，就是同时代有名的学者洪亮吉。

《随园诗话》与"性灵说"

前清南京小仓山有座随园，据传原是曹雪芹祖上任江宁织造时的府第，后归贵族隋赫德，称"隋园"。到乾隆十五年，袁枚辞官，卜居此地，买下隋园时，照袁枚自己的说法，已是"一片荒地"了。袁枚按照自己的艺术趣味，"开池沼，起楼台"，重新修一座园子，遂改园名叫"随园"，自号随园老人，并长期在此著述，所撰诗论，统称《随园诗话》。

有论者称，《随园诗话》乃有清一代影响最大的诗话著作。袁氏孜孜不倦撰述《诗话》十六卷、《诗话补遗》十卷。撰写诗话，既是时之风尚，主盟诗坛者，当有诗话纪其盛；也是撰者一番心思，借诗话阐述自己论诗之主张，对己所不满的诗说，予以议论或抨击。

康、雍、乾之世，诗坛先后有王士祯的"神韵说"，沈德潜的"格调说"，翁方纲的"肌理说"，相互争鸣。各执一理，各标一帜，随园似乎都不满意，尤其不满沈的"格调说"，次则为翁的"肌理说"。他明确提出的诗论主旨，是"性灵说"。在《随园诗话》各卷中，他反复强调要写个人的"性情遭际"，写个人的"灵感"，如他在论诗绝句《遣兴》中说：

> 但肯寻诗便有诗，灵犀一点是吾师。
> 夕阳芳草寻常物，解用都为绝妙词。

他还借用杨万里的话，抨击"格调"之说，说只有"解风趣""写性灵"的诗人才是天才的作家：

> 杨诚斋曰："从来天分低拙之人，好谈格调，而不解风
> 趣。何也？格调是空架子，有腔口易描；风趣专写性灵，非
> 天才不办。"余深爱其言。须知有性情，便有格律，格律不在
> 性情外。《三百篇》半是劳人思妇率意言情之事，谁为之格？
> 谁为之律？而今之谈格调者，能出其范围否？况皋、禹之歌，
> 不同乎《三百篇》；《国风》之格，不同乎《雅》《颂》，格岂
> 有一定哉？许浑云："吟诗好似成仙骨，骨里无诗莫浪吟。"
> 诗在骨不在格也。

随园在这里强调"天分""天才"，他的所谓天分天才，实际是和
"性灵"联系着的。随园说他作诗，"雅不喜叠韵、和韵及用古人
韵"。他解释原因说：

> 以为诗写性情，惟吾所适。一韵中有千百字，凭吾所选；
> 尚有用定后不惬意而别改者，何得以一二韵约束为之？既约
> 束，则不得不凑拍；既凑拍，安得有性情哉？《庄子》曰：
> "忘足，履之适也。"余亦曰：忘韵，诗之适也。

原来随园老人不喜叠韵、和韵及用古人韵，乃是他认为诗是写个
人"性情"的，不得为别人或古人所约束。

随园痛恨作诗不写个人真性情，抱古人而不放，《诗话》对这
类人物，给予了无情的嘲讽：

> 抱韩、杜以凌人，而粗脚笨手者，谓之权门托足。仿王、

孟以矜高，而半吞半吐者，谓之贫贱骄人。开口言盛唐及好用古人韵者，谓之木偶演戏。故意走宋人冷径者，谓之乞儿搬家。好叠韵、次韵、刺刺不休者，谓之村婆絮谈。一字一句，自注来历者，谓之骨董开店。

随园十分反感所谓"文尊韩，诗尊杜"，其《论诗书》也讲，其《诗话》也说：

> 文尊韩，诗尊杜，犹登山者必上泰山，泛水者必朝东海也。然使空抱东海、泰山，而此外不知有天台、武夷之奇，潇湘、镜湖之胜；则亦泰山上之一樵夫，海船上之舵工而已矣。学者当以博览为工。

随园认为，诗家各有各的所长，也各有各的所短，学诗者不可拘于一家：

> 诗人家数甚多，不可硁硁然域一先生之言，自以为是，而妄薄前人。须知王、孟清幽，岂可施诸边塞；杜、韩排奡，未便播之管弦。沈、宋庄重，到山野则俗。卢仝险怪，登庙堂则野。韦、柳隽逸，不宜长篇。苏、黄瘦硬，短于言情。悱恻芬芳，非温、李、冬郎（韩偓）不可。属词比事，非元、白、梅村不可。古人各成一家，业已传名而去。后人不得不兼综条贯，相题行事。虽才力笔性，各有所宜，未容勉强；然宁藏拙而不为则可，若护其所短，而反讥人之所长，则不可。所谓以宫笑角，以白诋青者，谓之陋儒。范蔚宗云："人识同体之善，而忘异量之美，此大病也。"蒋苕生太史《题随

园集》云："古来只此笔数枝，怪哉公以一手持。"余虽不能当此言，而私心窃向往之。

随园论诗，主性情，轻"家数"，反对一味模仿古人。他借王梦楼、叶横山的话，对"称家数者""好摹仿古人者"，予以无情的嘲弄：

> 王梦楼侍讲云："诗称家数，犹之官称衙门也。衙门自以总督为大，典史为小；然以总督衙门之担水夫，比典史衙门之典史，则亦宁为典史，而不为担水夫。何也？典史虽小，尚属朝廷命官；担水夫衙门虽尊，与他无涉。今之学杜、韩不成，而矜矜然自以为大家者，不过总督衙门之担水夫耳。"叶横山先生云："好摹仿古人者，窃之似，则优孟衣冠；窃之不似，则画虎类狗。与其假人余焰，妄自称尊，孰若甘作偏裨，自领一队？"

随园论诗，十分强调"有我"，所谓"性情"，亦是"我"之性情。《诗话》云：

> 为人，不可以有我，有我，则自恃很用之病多，孔子所以"无固"、"无我"也。作诗，不可以无我，无我，则剿袭敷衍之弊大，韩昌黎所以"惟古于词必己出"也。北魏祖莹云："文章当自出机杼，成一家风骨，不可寄人篱下。"

随园主张"诗贵翻案"，所谓"更进一层"，实质还是提倡诗应自出己意，自出新意：

诗贵翻案：神仙，美称也；而昔人曰："丈夫生命薄，不幸作神仙。"杨花，飘荡物也；而昔人云："我比杨花更飘荡，杨花只有一春忙。"长沙，远地也；而昔人云："昨夜与君思贾谊，长沙犹在洞庭南。"龙门，高境也；而昔人云："好去长江千万里，莫教辛苦上龙门。"白云，闲物也；而昔人云："白云朝出天际去，若比老僧犹未闲。""修到梅花"，指人也；而方子云见赠云："梅花也有修来福，着个神仙作主人。"昔所谓更进一层也。

随园论诗之"真"与"雅"，认为"有性情"才是真，"有学问"方能雅：

诗难其真也，有性情而后真；否则敷衍成文矣。诗难其雅也，有学问而后雅；否则俚鄙率意矣。太白斗酒诗百篇，东坡嬉笑怒骂，皆成文章：不过一时兴到语，不可以词害意。若认以为真，则两家之集，宜塞破屋子，而何以仅存若干？其可精选者，亦不过十之五六。人安得恃才而自放乎？惟糜惟芑，美谷也，而必加舂揄扬簸之功；赤堇之铜，良金也，而必加千辟万灌之铸。

随园重性情，也不废学问；作诗贵自然，也须多锤炼。所以他虽然反对翁方纲之"肌理说"，却也尊重翁氏强调学问的诗论主张。所以，他对"用典"并不一概排斥，而是提出要分别对待：

用典一也，有宜近体者，有宜古体者，有近、古体俱宜者，有近、古体俱不宜者。用典如水中着盐，但知盐味，不见盐质。用僻典如请生客入座，必须问名探姓，令人生厌。宋乔子旷好用僻书，人称"孤穴诗人"，当以为戒。或称予诗云："专写性情，不得已而适逢典故；不分门户，乃无心而自合唐音。"虽有不及，不敢不勉。

下面这则诗话，随园从诗的"有题""无题"，进而论到所谓格律谨严的"试帖诗"，认为格律愈严，性情愈远：

无题之诗，天籁也；有题之诗，人籁也。天籁易工，人籁难工。《三百篇》、《古诗十九首》，皆无题之作，后人取其诗中首面之一二字为题，遂独绝千古。汉、魏以下，有题方有诗，性情渐漓。至唐人有五言八韵之试帖，限以格律，而性情愈远。且有"赋得"等名目，以诗为诗，犹之以水洗水，更无意味。从此，诗之道每况愈下矣。余幼有句云："花如有子非真色，诗到无题是化工。"略见大意。

随园谈诗，力戒片面，而突出强调诗要"有我""有趣"：

诗有干无华，是枯木也。有肉无骨，是夏虫也。有人无我，是傀儡也。有声无韵，是瓦缶也。有直无曲，是漏卮也。有格无趣，是土牛也。

随园谈诗之巧朴、浓淡，亦很有见地：

诗宜朴不宜巧，然必须大巧之朴；诗宜淡不宜浓，然必须浓后之淡。譬如大贵人，功成宦就，散发解簪，便是名士风流。若少年纨绔，遽为此态，便当笞责。富家雕金琢玉，别有规模；然后竹几藤床，非村夫贫相。

随园对于作诗的一些似是而非的概念，以作人为喻，强调"不可不辨"：

> 为人不可不辨者：柔之与弱也，刚之与暴也，俭之与啬也，厚之与昏也，明之与刻也，自重之与自大也，自谦之与自贱也：似是而非。作诗不可不辨者：淡之与枯也，新之与纤也，朴之与拙也，健之与粗也，华之与浮也，清之与薄也，厚重之与笨滞也，纵横之与杂乱也：亦似是而非。差之毫厘，失之千里。

随园有一则诗话，嘲笑用事（用典）多，动辄一二百韵者，也很有意思：

> 用事如用兵，愈多愈难。以汉高之雄略，而韩信只许其能用十万。可见部勒驱使，谈何容易。有梁溪少年作怀古诗，动辄二百韵。予笑曰："子独不见唐人《咏蜀葵》诗乎？"其人请诵之。曰："能共牡丹争几许，被人嫌处只缘多！"

这也实在幽默得可以！《诗话》中有些很简短，似格言，也精警有味。如：

> 人闲居时，不可一刻无古人；落笔时，不可一刻有古人。平居有古人，而学力方深；落笔无古人，而精神始出。

诗者，人之精神也。人老则精神衰蕙，往往多颓唐浮泛之词。香山、放翁尚且不免，而况后人乎？故余有句云："莺老莫调舌，人老莫作诗。"

余尝谓：美人之光，可以养目；诗人之诗，可以养心。自格律严而境界狭矣，议论多而性情漓矣。

（诗）得之虽苦，出之须甘；出人意外者，仍须在人意中。

诗不可不改，不可多改。不改则必浮，多改则机窒。要象初搨黄庭，刚到恰好处。

《诗话》中有一则，搜辑不少民间俗话，一一指明出自名士集中，似也可一读为快：

世有口头俗句，皆出名士集中："世乱奴欺主，时衰鬼弄人"，杜荀鹤诗也。"今朝有酒今朝醉，明日无钱明日愁"，罗隐诗也。"一朝权在手，便把令来行"，崔戎《酒筹》诗也。"闭门不管窗前月，分付梅花自主张"，南宋陈随隐自述其先人诗也。"大风吹倒梧桐树，自有旁人说短长"，宋人笑赵师睪欲附范文正公祠堂诗也。"晚饭少吃口，活到九十九"，古乐府也。"难将一人手，掩得天下目"，曹邺诗也。"易求无价宝，难得有情郎"，女真蕙兰诗也。"一举首登龙虎榜，十年身到凤凰池"，张唐卿诗也。"平生不作皱眉事，世上应无切齿人"，邵康节诗也。"儿孙自有儿孙福，莫与儿孙作马牛"，徐守信诗也。"是非只为多开口，烦恼皆因强出头"，"自家扫去门前雪，莫管他家瓦上霜"，并见《事林广记》。"黄泉无客店，今夜宿谁家"，见唐人逸诗。

这些至今还活在人们口头，所谓"俗话说得好"的俗话，原来竟出于名士之手。我们当然还可以举出一些，像"擒贼先擒王""人生七十古来稀"，就出自"诗圣"杜甫的《兵车行》和《曲江二首》。

随园论诗，好用譬喻。比如他认为诗有先天，有后天，即以美人为喻：

> 诗文之作意用笔，如美人之发肤巧笑，先天也；诗文之征文用典，如美人之衣裳首饰，后天也。

> 作意用笔关于才，征文用典关于学。所以天分、学力两不可废。于是再以射箭为喻：

> 诗如射也。一题到手，如射之有鹄，能者一箭中，不能者千万箭不能中。能之精者正中其心，次者中其心之半，再其次者与鹄相离不远，其下焉者则旁穿杂出，而无可捉摸焉。其中不中，不离天分学力四字。孟子曰："其至尔力，其中非尔力。"至，是学力；中，是天分。

随园论诗，喜引例为证，不作空谈。比如他认为诗有"天籁""人巧"之分，即有下面一则诗话：

> 萧子显自称凡有著作，特寡思功，须其自来，不以力构。此即陆放翁所谓"文章本天然，妙手偶得之"也。薛道衡登吟榻构思，闻人声则怒。陈后山作诗，家人为之逐去猫犬，婴儿都寄别家。此即少陵所谓"语不惊人死不休"也。二者不可偏废。盖诗有从天籁来者，有从人巧得者，不可执一以求。

要之，随园论诗，以"性灵"为本，提出以"人巧"济"天籁"，以学问济性情。他与一般主性灵者不同。他不反对藻饰，不反对用典，不反对学古。他不主张说理的语言入诗，但又赞理语入诗亦有妙处；他说考据家不可与论诗，但又谓太不知考据者亦不可与论诗。他取舍诸家，而不主一家。所以有论者指袁枚的"性灵说"为修正的"性灵说"。现代著名学者郭绍虞在《中国文学批评史》中说："我们须知随园的天分既高，其所持论也确能成立系统。论其诗的作风，诚不免有纤佻之弊，卖弄一些小智小慧，有使诗走上魔道的危险，至于由其诗论而言，则四面八方处处顾到，却是无懈可击。"

史家之文（一）

　　我国传统有所谓"文史不分家"的说法。清代章学诚在他的《文史通义》里说"六经皆史"，近代的章炳麟亦倡此说。历史上许多文学家有历史著作，像"唐宋八大家"之一的欧阳修就撰有《新唐书》和《新五代史》；也有不少史学家，文才出众，本身就是文学家，或有传世的诗、词、文等文学作品。这些文才横溢的史学家，古代有，近现代也有。史家之文，也构成我国文学画廊的一道靓丽的风景线。这里所说的史家之文的"文"，即泛指文学、文学作品，也就是指我国传统的诗、词、文、赋。

　　历来公认，太史公司马迁的文笔悬想事势，遥体人情，乃至出神入化。鲁迅称赞《史记》，说是"史家之绝唱，无韵之《离骚》"。在《史记·孔子世家》后面，司马迁写了一篇"赞"：

> 　　太史公曰：《诗》有之："高山仰止，景行行止。"虽不能至，然心乡往之。余读孔氏书，想见其为人。适鲁，观仲尼庙堂车服礼器，诸生以时习礼其家，余祗回留之不能去云。天下君王至于贤人众矣，当时则荣，没则已焉。孔子布衣，传十余世，学者宗之。自天子王侯，中国言《六艺》者折中于夫子，可谓至圣矣！

短短一百来字，有引诗句名言为礼赞，有借君王贤人作对比，有以亲身感受来议论，有就天下至圣而抒情，而且一往而情深，强烈地表达了对孔子的深深的敬意。司马迁的名文《报任安书》，以无比悲愤的心情，向好友任安叙述了蒙耻（受宫刑）经过，诉说了自己的痛苦和怨恨，表达了自己绝不怕死的态度和目前苟活的原因，申明了自己坚决完成《史记》撰述的决心。最后一段再次重笔抒写自己痛苦不堪的心境，真正催人泪下：

> 仆以口语遇遭此祸，重为乡党所戮笑，以污辱先人，亦何面目复上父母之丘墓乎？虽累百世，垢弥甚耳！是以肠一日而九回，居则忽忽若有所亡，出则不知其所往。每念斯耻，汗未尝不发背沾衣也。

这"肠一日而九回""居则忽忽若有所亡""出则不知其所往""每念斯耻，汗未尝不发背沾衣"，准确地写出了人在受到强烈刺激之后，神情恍惚、心灵受尽折磨的情态，而成为千古名句。

　　班固，是东汉的大史家，他编撰的《汉书》开创我国断代体史书的先河，后之史书皆以之为范例。班固也是大文学家。《后汉书·班固传》说他一生著述除《汉书》《白虎通义》外，还有诗、赋、铭、诔、颂、书、文、记、论、议等，在者凡四十篇。这当中不少为文学作品，后人将其诗文辑成一书，称《班兰台集》（班固于汉明帝时任兰台令史）。班固闻名于世的文学作品，当然首先是他的赋。他和司马相如、扬雄、张衡一起，被称作汉代四大辞赋家。他的赋分京都赋、答难赋、山水赋、咏物赋四类，具体篇目有《两都赋》《答宾赋》《通幽赋》《终南赋》《览海赋》《竹房赋》《白绮房赋》等，而《两都赋》是其代表作，是汉赋史上第一篇京都大赋，洋洋洒洒近五千言，前所未有，最负盛名。梁昭明太子萧统编《文选》，把这篇《两都赋》排在卷首。被称为"洛阳纸贵"的左思的《三都赋》，还是在他的影响下问世的呢。

赋前有一篇《序》，历来文论家多有征引，今录后一段如下：

> 且夫道有夷隆，学有粗密，因时而建德者，不以远近易则。故皋陶歌虞，奚斯颂鲁，同见采于孔氏，列于《诗》《书》，其义一也。稽之上古如彼，考之汉室又如此，斯事虽细，然先臣之旧式，国家之遗美，不可阙也。臣窃见海内清平，朝廷无事，京师修宫室，浚城隍，起苑囿，以备制度。西土耆老，咸怀怨思，冀上之眷顾，而盛称长安旧制，有陋洛邑之议。故臣作《两都赋》，以极众人之所炫耀，折以今之法度。

班固作《两都赋》，歌颂了汉帝国京都的繁荣与昌盛，反映了汉代强大的国势与声威，颂扬了汉光武帝、明帝经营东都的功绩，对后世学者、读者有着历史认识价值。

《资治通鉴》这一巨帙，是一部编年体通史著作，在我国史学领域亦有首创之功。《资治通鉴》的巨大成就是史所公认的，它的叙述语言繁简得宜、晓畅而雅驯。主编者司马光也是一位宋代诗、词、文的名家，只是为史家之名所掩。论者评论他的诗，说是于质朴中见才情，七绝常有佳句。如：

> 四月清和雨乍晴，南山当户转分明。
> 更无柳絮因风起，惟有葵花向日倾。
>
> ——《居洛初夏作》
>
> 故人通贵绝相过，门外真堪置雀罗。
> 我已幽慵僮更懒，雨来春草一番多。
>
> ——《闲居》

七律《和邵尧夫安乐窝中职事吟》对好友，也是著名理学家的邵雍（字尧夫）的思想、生活、性格、品质做了形象的概括，表达了彼此间的深厚友情：

> 灵台无事日休休，安乐由来不外求。
> 细雨寒风宜独坐，暖天佳景即闲游。
> 松篁亦足开青眼，桃李何妨插白头。
> 我以著书为职业，为君偷暇上高楼。

填词者案头必备的《白香词谱》，百谱百词，亦录有司马光词作一首，题为《西江月·佳人》：

> 宝髻松松挽就，铅华淡淡妆成。红烟翠雾罩轻盈，飞絮游丝无定。
>
> 相见争如不见，有情何似无情。笙歌散后酒微醒，深院月明人静。

和欧阳修一样，司马光的词又别有一番婉约缠绵的情调，如果和他的名文《谏院题名记》（《古文观止》亦有选录）比照着看，似乎判若两人。而这在当时，乃是一种普遍现象：家国之事，付之于诗、文，儿女之情则托之于词。至于这首《西江月》是不是有什么寄托，则不得而知了。

清代的赵翼，也是一位有成就的史家，所著《廿二史札记》，与王鸣盛《十七史商榷》、钱大昕《二十二史考异》合称前清三大历史名著。赵氏于史，酷爱有加，日琢月磨，考据精核，历朝故典，烂熟于心。付之吟咏，亦好用事。赵氏一生作七律一千余首，用典无数。清尚镕《三家诗话》谓其七律"语无不典，事无死切，意无不达，对无不土，兼放翁（陆游）、初白（查慎行）之胜，非袁、蒋所能及也"。袁指袁枚，蒋即蒋士铨，袁、蒋、赵合称"乾隆三大家"。赵翼的诗作，一般读者最熟悉的还是那些"语无不典"的七律，比如他的《咏史》：

> 曾鞭学士段文操，刮目多承赏鉴高。
> 抵鹊不闻轻用玉，割鸡也要辨何刀。
> 词头天上宣麻贵，盾鼻军中草檄豪。
> 今日江郎一支笔，供他肉眼去吹毛。

《瓯北七律浅注》认为这首诗是"瓯北自况"，瓯北是赵翼的别号。不看注解，像这样"语无不典"的七律，一般读者是很难读懂的。倒是他用七绝的形式，评品诗艺的《论诗》诗五首，形象鲜明，语言明快，见解新颖，人们颇爱读。尤其是下面这一首，向来脍炙人口：

> 李杜诗篇万口传，至今已觉不新鲜。
> 江山代有才人出，各领风骚数百年。

史家之文（二）

"江山代有才人出"。历史走进近现代，史家之文也呈现一种新的面貌。众所周知的马克思主义历史学家郭沫若不必说，他的《青铜时代》《十批判书》为大家所熟知，他主编的《中国史稿》以新的视野，检视历史，在当今史坛颇有影响。郭老又是才华横溢的诗人和剧作家。且不说他的诗集《女神》奠定了我国现代新诗的基础，他的话剧《屈原》也引发了剧坛的震撼；单是笔者记得的他少年时代的旧诗创作，已教人赞叹不已。比如下面这首五律，是他小学毕业赴外地求学时的咏别诗，从中即可窥见其过人的才华和翰墨的功底：

> 阿母心悲切，送儿直上舟。
> 泪干唯刮眼，滩转未回头。
> 流水声声恨，云山叠叠愁。
> 难忘江畔语，别作异邦游。

同是马克思主义历史学家的范文澜，以他撰述的《中国通史简编》和《中国近代史》闻名于世，同时他也是研究《文心雕龙》的著名学人。他的《文心雕龙注》在学界享有崇高的地位，一直到今天，仍然是人们学习《文心雕龙》的最权威读本，是研究《文心雕龙》的当代学者们的主要参考文献，所以范老不仅是史学家，也应当称之为文学家或古典文学理论研究家。抗战胜利后毛泽东主席首次发表词作《沁园春·雪》，引起巨大轰动。范文澜第一个将其译为现代白话文，从译文亦可见出范文澜的才情与文字能力。因录之于下：

> 这是北方的风景啊！千里万里的大地，被冰封住了，大雪飘飘的落着。老远望去，长城里边和外边，只是一片空旷；黄河高高低低，波浪滚滚的河水，一下子冻结不流了。一条一条的大山，好像白蛇在舞蹈；一块一块的高原，好像白象在奔跑。大山高原，都在跳动，要和老天比一比谁高。等到晴天，看鲜红的太阳照起来，像个美女抹着胭脂，披着白衣，格外的美妙。
>
> 中国国土这样的好，引起无数英雄争着要。可惜那，得到胜利的皇帝，秦始皇、汉武帝、唐太宗、宋太祖，武功虽然很大，对文化的贡献却嫌少。名震欧亚的成吉思汗，只懂得骑马射箭打胜仗。这些人都过去了，算算谁是真英雄，还得看今朝。①

在译文前，译者还特作一小序："这是毛泽东用《沁园春》调子咏雪景的一首词。气魄的雄健奇伟，词句的深切精妙，不只是苏（东坡）辛（稼轩）低头，定评为词中第一首，就是《三百篇》以下各体歌诗中，如《大雅·大明篇》，汉高帝的《大风歌》，魏武帝的《短歌行》，宋太祖的《日出》诗，公推为著名雄篇，但与本篇较长短，不免尚有逊色。因为毛主席的气魄，表现了中国五千年历史的精华，四万万人民的力量，不是创立一个朝代的封建皇帝所能比拟，这才是真正的英雄气魄。"历代雄篇，一

---

① 转引自张国全《陕北文化通览》，陕西人民出版社，2010，第211页。

一数来，可以想见范文澜执笔时胸有丘壑、笔有波澜的大家风采。

每以"独立之精神，自由之思想"题其书端的陈寅恪，是公认的现代大历史学家，民国时代与王国维、梁启超、赵元任并称为"清华国学四大导师"。陈先生早年负笈东西洋，游学达十余年之久。他继承清代乾嘉学派的事业，在文史诸多领域纵横驰骋，多有成就。他的《元白诗笺证稿》，以史释诗，以诗证史，开辟出一条解诗新路。晚年双目失明，犹以十载光阴撰著《柳如是别传》，皇皇三巨帙，先生之劳可谓勤矣；以诗钩史，旁逸斜出，先生之才可谓博矣！今录是书卷端七律二首，以见其文采才情：

咏红豆并序

昔岁旅居昆明，偶购得常熟白茆港钱氏（钱谦益，字受之）故园中红豆一粒，因有笺释钱柳因缘诗之意，迄今二十年，始克属草。适发旧箧，此豆尚存，遂赋一诗咏之，并以略见笺释之旨趣及所论之范围云尔。

东山葱岭意悠悠，谁访甘陵第一流？

送客筵前花中酒，迎春湖上柳同舟。

纵回杨爱千金笑，终剩归庄万古愁。

灰劫昆明红豆在，相思廿载待今酬。[①]

题牧斋《初学集》并序

余少时见牧斋《初学集》，深赏其"埋没英雄芳草地，耗磨岁序夕阳天。洞房清夜秋灯里，共简庄周说剑篇"之句。今重读此诗，感赋一律。

---

① 陈寅恪：《柳如是别传》上册，上海古籍出版社，1980，第 1 页。

早岁偷窥禁锢编，白头重读倍凄然。

夕阳芳草要离家，东海南山下溪田。

谁使英雄休入彀，转悲遗逸得加年。

枯兰衰柳终无负，莫咏柴桑拟古篇。

　　只有高中学历，完全靠自学成才的钱穆，是众所公认的大史学家、大经学家，有人甚至称他为最后一位传统国学的通儒。他抗战期间完成的《国史大纲》，谆谆教人对国史要怀有深深的敬意。他的《先秦诸子系年》等考据之作，"缜密谨严，蜚声学圃"，顾颉刚称其为"今日国史界之第一人"。这位从小学教员做到大学教授的大师级人物，翰墨情浓，文笔潇洒。他八十高龄写的《八十忆双亲·师友杂忆》，是对双亲及师友等的回忆文字，文笔质朴自然，情致款款，令人慨叹。他的即兴小诗，也饶有韵致。比如下面这两首：

海楼一角漫闲居，云水苍茫自豁如。

摆脱真成无一事，好效年少日亲书。

　　　　　　　　——《海滨闲居漫成绝句》

好梦无端去即休，夜长孤枕起清愁。

闲听瑟瑟潇潇雨，却似江南九月秋。

　　　　　　　　——《冬至前两夜枕上听雨》

　　前一首写在港岛闲居读书的心境，后一首则抒发了深深的怀乡之情。

　　毛泽东主席曾说：你要知道帝王将相么？那就去问翦伯赞。翦伯赞同郭沫若、范文澜一样，也是一位著名的马克思主义历史学家，是马列主义新史学五大名家之一（另外四家是郭沫若、范文澜、吕振羽、侯外庐），他主编的《中国史纲》长期用作高校教材。翦伯赞亦有很好的文笔，二十世纪六十年代初写的《内蒙访古》，被誉为"学者散文"的典范，直接选入大、中学校语文教科书。下面这一小段写昭君墓"青冢"：

> 在大青山脚下，只有一个古迹是永远不会废弃的，那就是被称为青冢的昭君墓。因为在内蒙人民的心中，王昭君已经不是一个人物，而是一个象征，一个民族友好的象征；昭君墓也不是一个坟墓，而是一座民族友好的历史纪念塔。青冢在呼和浩特市南二十里左右。据说清初墓前沿有石虎两列、石狮一个，还有绿琉璃瓦残片，好像在墓前原来有一个享殿，现在这些东西都没有了，只有一个石虎伏在阶台下面陪伴这位远嫁的姑娘。

写到这里，笔者忽然想到，现在我们经济发展了，昭君墓前原来就有的覆盖绿琉璃瓦的享殿，以及墓前两列石虎和石狮，恐怕已经按照翦老的叙述恢复旧观了吧。

翦伯赞的旧体诗词也有很好的功底，请看下面的两首律、绝：

> 骑射胡服捍北疆，英雄不愧武灵王。
> 邯郸歌舞终消歇，河曲风光旧莽苍。
> 望断云中无鹄起，飞来天外有鹰扬。
> 两千几百年前事，只剩蓬蒿伴土墙。
> ——《登大青山访赵长城遗址》
> 汉武雄图载史篇，长城万里遍烽烟。

何如一曲琵琶好，鸣镝无声五十年。

——《赞昭君出塞》

前一首七律赞胡服骑射的赵武灵王，后一首七绝赞古代民族友好的使者王昭君。

史家之文，怎么也说不完。钱穆的学生邓广铭，是北大历史系名教授，他是研究宋史的，他的《岳飞传》这部古代人物传记，公认是高水平的学术著作。对于文学读者来说，他的《稼轩词编年笺注》则是辛弃疾词的最佳读本。还有王仲荦，系山东大学历史系名教授，他的《魏晋南北朝史》《隋唐五代史》在学术界有很高的地位。他在大学学生时期就研究西昆体及其作品集《西昆酬唱集》。元遗山诗云："诗家总爱西昆好，独恨无人作郑笺。"王仲荦从青年开始就敢于为之作"郑笺"。笔者曾购得王仲荦全集本的《西昆酬唱集注》，捧读之余，不禁为这位优秀史家的文才所叹服，忝为古代文学研究者的我辈，而能不加鞭奋蹄乎！

词人之诗（一）

词人之诗，似可分三类言之。一类诗词兼擅，各尽其美；一类词逊于诗，以诗名家；一类醉心填词，诗乃余事。这最后一类词人，专注于词，且量大质优，大约都有词集传世；他们的诗却少为人知，许多选本不选，文学史著作也不做述评，在一般读者眼中，他们似乎从未写过诗。本文拟着重谈谈这些词人之诗。首先说说一、二类。

第一类：诗词兼擅，各尽其美。这可以苏轼为主要代表。苏轼诗最具宋诗特色，以文字为诗，以才学为诗，以议论为诗，与开宗立派的黄庭坚并驾齐驱，号称"苏黄"。苏轼的词，开豪放一派。胡寅说："及眉山苏氏，一洗绮罗香泽之态，摆脱绸缪宛转之度，使人登高望远，举首高歌，而逸怀浩气超乎尘垢之外。于是'花间'为皂隶，而耆卿（柳永）为舆台矣！"（《宋六十名家词》引《题酒边词》）与大词家辛弃疾齐名，号称"苏辛"。有《东坡乐府》传世。东坡之词，若举二例，殆"明月几时有"与"大江东去"莫属，今录之于下：

明月几时有？把酒问青天。不知天上宫阙，今夕是何年？我欲乘风归去，又恐琼楼玉宇，高处不胜寒。起舞弄清影，何似在人间。

转朱阁，低绮户，照无眠。不应有恨，何事长向别时圆？人有悲欢离合，月有阴晴圆缺，此事古难全。但愿人长久，千里共婵娟。

——《水调歌头·丙辰中秋欢饮达旦大醉
作此篇兼怀子由》

大江东去，浪淘尽、千古风流人物。故垒西边，人道是、三国周郎赤壁。乱石穿空，惊涛拍岸，卷起千堆雪。江山如画，一时多少豪杰。

遥想公瑾当年，小乔初嫁了，雄姿英发。羽扇纶巾，谈笑间，樯橹灰飞烟灭。故国神游，多情应笑我，早生华发。人生如梦，一尊还酹江月。

——《赤壁怀古》

东坡之诗，杰构甚多，仅就七古、七律、七绝各示一例：

何处访吴画？普门与开元。

开元有东塔，摩诘留手痕。

吾观画品中，莫如二子尊。

道子实雄放，浩如海波翻。

当其下手风雨快，笔所未到气已吞。

亭亭双林间，彩晕扶桑暾。

中有至人谈寂灭，悟者悲涕迷者手自扪。

蛮君鬼伯千万万，相排竞进头如鼋。

摩诘本诗老，佩芷袭芳荪。

今观此壁画，亦若其诗清且敦。

祇园弟子尽鹤骨，心如死灰不复温。

门前两丛竹，雪节贯霜根。

交柯乱叶动无数，一一皆可寻其源。

吴生虽妙绝，犹以画工论；

摩诘得之于象外，有如仙翮谢笼樊。

吾观二子皆神俊，又于维也敛衽无间言。

——《凤翔八观之王维吴道子画》

游人脚底一声雷，满座顽云拨不开。

天外黑风吹海立，浙东飞雨过江来。

十分潋滟金尊凸，千杖敲铿羯鼓催。

唤起谪仙泉洒面，倒倾鲛室泻琼瑰。

——《有美堂暴雨》

水光潋滟晴方好，山色空濛雨亦奇。

欲把西湖比西子，淡妆浓抹总相宜。

——《饮湖上初晴后雨》

诗、词俱佳，可称名家者，晚唐有温庭筠。词不必说，他的词集《握兰集》《金荃集》今虽不存，然《花间集》尚存其词六十六首，为花间派之巨擘。数首《菩萨蛮》雕金刻玉、裁红剪翠，尽婉约侧艳之能事，比如下面这一首：

小山重叠金明灭，鬓云欲度香腮雪。懒起画蛾眉，弄妆梳洗迟。

照花前后镜，花面交相映。新帖绣罗襦，双双金鹧鸪。

论者以为他把女人的姿色、风情写得可算是到了穷妍极态的地步。

温庭筠的诗，当时与李商隐齐名，并称"温李"，后之论者一般以为，就诗而言，温不如李。录温诗五律、七律各一首，以见其与词不同之风貌：

> 晨起动征铎，客行悲故乡。
>
> 鸡声茅店月，人迹板桥霜。
>
> 槲叶落山路，枳花明驿墙。
>
> 因思杜陵梦，凫雁满回塘。
>
> ——《商山早行》

> 苏武魂销汉使前，古祠高树两茫然。
>
> 云边雁断胡天月，陇上羊归塞草烟。
>
> 回日楼台非甲帐，去时冠剑是丁年。
>
> 茂陵不见封侯印，空向秋波哭逝川。
>
> ——《苏武庙》

前一首即事，后一首怀古，都显得笔力苍劲，意象具足。《商山早行》之"鸡声茅店月，人迹板桥霜"，全用名词，无一虚字；《苏武庙》之"回日楼台非甲帐，去时冠剑是丁年"是工对、巧对，历来为诗话家、诗评家所乐道。

　　诗、词都臻名家，北宋尚有欧阳修、黄庭坚诸人，南宋有陈与义、陆游诸人。陆游词入名家，诗则巍然大家了。

　　再说第二类：词逊于诗，以诗名家。或者也可以说是词名为诗名所掩。这在北宋有王禹偁、梅尧臣诸人，南宋有杨万里、范成大诸人。他们或者词作较少，影响较小，如王氏、梅氏；或者词作虽佳，而诗名太大，如杨氏、范氏。王安石似可在这里说一说。王安石"词传不多，却一洗五代绮靡旧习"（俞平伯《唐宋词选释》），"清俊"是其风格特色。最有名的是《桂枝香·金陵怀古》：

> 登临送目，正故国晚秋，天气初肃。千里澄江似练，翠峰如簇。征帆去棹残阳里，背西风，酒旗斜矗。彩舟云淡，星河鹭起，画图难足。
>
> 念往昔豪华竞逐。叹门外楼头，悲恨相续。千古凭高对此，漫嗟荣辱。六朝旧事随流水，但寒烟衰草凝绿。至今商女，时时犹唱，后庭遗曲。

王安石词是少而精，诗名盖过了词名。论诗往宽处说可称大家，尤其是他的七言绝句，历来评价极高，指其可与盛唐王（昌龄）、李（白）及晚唐杜（牧）、李（商隐）相比肩。脍炙人口者如：

> 京口瓜洲一水间，钟山只隔数重山。
> 春风又绿江南岸，明月何时照我还？
>
> ——《泊船瓜洲》
>
> 金炉香烬漏声残，翦翦轻风阵阵寒。
> 春色恼人眠不得，月移花影上栏干。
>
> ——《夜直》
>
> 一陂春水绕花身，花影妖娆各占春。
> 纵被春风吹作雪，绝胜南陌碾成尘。
>
> ——《北陂杏花》
>
> 江北秋阴一半开，晚云含雨却低徊。
> 青山缭绕疑无路，忽见千帆隐映来。
>
> ——《江上》

茅檐长扫净无苔，花木成蹊手自栽。

一水护田将绿绕，两山排闼送青来。

——《书湖阴先生壁》

北山输绿涨横陂，真堑回塘滟滟时。

细数落花因坐久，缓寻芳草得归迟。——《北山》

爆竹声中一岁除，春风送暖入屠苏。

千门万户曈曈日，总把新桃换旧符。

——《元日》

　　以上两类词人，或诗词兼擅，各尽其妙；或诗名太大，词为之掩：总之是都能以诗名家，多有诗作传世，文学史上都称之为诗人，或词人之外亦称之为诗人。这样的还可以举出很多，著名的如北宋的秦观、南宋的姜夔。

词人之诗（二）

文学史上有一类词人，似乎是专业词家。翻开各种词的选本，都有不少名篇在目；而翻检有关诗选，有时一篇也无，似乎一生都没有写过诗。其实这类词人都写过诗，有的还写了不少，有的也写得很好；只是他们或者是醉心于词，诗乃其余事，或者诗集散佚，后人无从选录和评说罢了。

这不同于一、二类的第三类词家，首先可以举出南唐二主，尤其是后主李煜。李煜不是一个好皇帝，却是一个好词人。他醉心于词，可惜多所散佚。后人辑《南唐二主词》，得词数十首，几乎首首皆可观。一阕《虞美人》，倾倒多少读者：

> 春花秋月何时了，往事知多少？小楼昨夜又东风，故国不堪回首月明中。
> 雕栏玉砌应犹在，只是朱颜改。问君能有几多愁？恰似一江春水向东流。

李煜的诗留下来的很少，下面这两首七律，多愁苦之感与故国之思，比之于词，无甚新意：

> 晚雨秋阴酒乍醒，感时心绪杳难平。
> 黄花冷落不成艳，红叶飕飗竞鼓声。
> 背世返能厌俗态，偶缘犹未忘多情。

自从双鬓斑斑白，不学安仁却自惊。

——《九月十日偶书》

江南江北旧家乡，三十年来梦一场。

吴苑宫闱今冷落，广陵台殿已荒凉。

云笼远岫愁千片，雨打归舟泪万行。

兄弟四人三百口，不堪闲坐细思量。

——《渡中江望石城泣下》

　　北宋的柳永，可说是专业词人，"奉旨填词"的故事也多少说明了，有很长一段时间填词就是他的职业。他大量创作慢词，长于叙事，擅用白描，继南唐后主之后，把婉约派的词推进到一个新的高度。有《乐章集》，存词二百余首。词作以《雨霖铃》（寒蝉凄切）、《八声甘州》（对潇潇暮雨洒江天）、《望海潮》（东南形胜）、《鹤冲天》（黄金榜上）等最为著名。其《雨霖铃》云：

　　寒蝉凄切，对长亭晚，骤雨初歇。都门帐饮无绪，方留恋处，兰舟催发。执手相看泪眼，竟无语凝咽。念去去千里烟波，暮霭沉沉楚天阔。

　　多情自古伤离别，更那堪冷落清秋节。今宵酒醒何处？杨柳岸晓风残月。此去经年，应是良辰好景虚设。便纵有风情，更与何人说？

　　柳永的诗作如何，一般读者不得而知。钱钟书先生在《宋诗选注》里说，他只留下来两三首诗，散在宋人笔记和地方志书里。许多宋诗选本，或不选，或选来选去只有《煮海歌》一首。这是一首写海滨盐工劳作和苦难的诗：

年年春夏潮盈浦，潮退刮泥成岛屿。

风干日曝盐味加，始灌潮波溜成卤。

卤浓盐淡未得间，采樵深入无穷山。

豹踪虎迹不敢避，朝阳出去夕阳还。

船载肩擎未遑歇，投入巨灶炎炎热。

晨烧暮烁堆积高，才得波涛变成雪。

与他的那些咏羁旅、伤别离、花前月下的辞章相较，判若两人。多情的柳永能把同情移到贫苦盐工身上，也是令人刮目相看呢。

晏氏父子（晏殊和晏几道）都是宋词名家。晏殊为北宋名臣，仁宗朝宰相，他的辞章，人称"富贵词"，而他的词集也正名为《珠玉词》。像有名的《浣溪沙》：

一曲新词酒一杯，去年天气旧亭台，夕阳西下几时回？

无可奈何花落去，似曾相识燕归来，小园香径独徘徊。

晏殊也喜欢作诗，据说写了一万多首，但都散佚了。《宋诗精华录》录存其七律二首：

油壁香车不再逢，峡云无迹任西东。

梨花院落溶溶月，杨柳池塘淡淡风。

几日寂寥伤酒后，一番萧索禁烟中。

鱼书欲寄何由达？水远山长处处同。

——《寓意》

元巳清明假未开，小园幽径独徘徊。

春寒不定斑斑雨，宿醉难禁滟滟杯。

无可奈何花落去，似曾相识燕归来。

游梁赋客多风味，莫惜青钱万选才。

——《示张寺丞王校勘》

与词相较，并无新意。尤其后一首，将《浣溪沙》中"无可奈何"的词句又抄一遍，大概是晏殊特赏其对的自然工巧吧，但似乎不如词中那样给人突出的、生新的印象。

晏几道的词超过他的父亲，亦属名家。下面两首是其代表作：

梦后楼台高锁，酒醒帘幕低垂。去年春恨却来时，落花人独立，微雨燕双飞。

记得小蘋初见，两重心字罗衣。琵琶弦上说相思。当时明月在，曾照彩云归。

——《临江仙》

彩袖殷勤捧玉钟，当年拼却醉颜红。舞低杨柳楼心月，歌尽桃花扇底风。

从别后，忆相逢，几回魂梦与君同。今宵剩把银釭照，犹恐相逢是梦中。

——《鹧鸪天》

情也真，辞也美，人们爱读爱诵。小晏的诗呢，似乎见所未见。《宋诗鉴赏辞典》载有著名学者缪钺的一篇赏析文章，品读的就是晏几道的一首小诗《与郑介夫》：

小白长红又满枝，筑球场外独支颐。

春风自是人间客，主张繁华得几时？

"主张"之"张"读去声，乃主管之意。缪先生在鉴赏当中，又引出小晏的一首七律《观画目送飞雁手提白鱼》：

> 眼看飞雁手携鱼，似是当年绮季徒。
> 仰羡知几避矰缴，俯嗟贪饵失江湖。
> 人间感绪闻诗语，尘外高踪见画图。
> 三叹绘毫精写意，幕冥伤涸两踟蹰。

缪先生说，《与郑介夫》和《观画》二诗，意蕴丰富，有隐讽之意。这和他的词是不一样的。可惜他的诗集散佚了，只留下《小山词》。

和晏殊同时的词人张先张子野，就是上引晏殊《示张寺丞王校勘》诗题中的张寺丞，后做到尚书都官郎中，活了八十九岁，据说逝前还有词作。张先似乎偏爱"影"字，以《天仙子》中的"云破月来花弄影"、《剪牡丹》中的"柳径无人，堕飞絮无影"、《归朝欢》中的"娇柔懒起，帘压卷花影"，自称"张三影"。他带"影"字的名句还不止这些，比如《木兰花》中的"无数杨花过无影"，《青门引》中的"那堪更被明月，隔墙送过秋千影"等。其实"影"字只是文字表象，实则张先善于以工巧之笔表现一种朦胧之美。同时的宋祁极赏其"云破月来花弄影"这一佳句，称他为"云破月来花弄影郎中"。在当时词坛，张先与柳永齐名，开作慢词先河，有词集《安陆集》，又称《张子野集》。

据说张先的诗也写得很好，苏轼称其"诗笔老妙"，但为词名所掩。今仅存诗十九首。石遗老人《宋诗精华录》录其七律一首，其中也有带"影"字的名联，有论者评整首诗"意境浑融，清极丽极，句句堪诵"：

积水涵虚上下清，几家门静岸痕平。

浮萍破处见山影，野艇归时闻棹声。

入郭僧寻尘里去，过桥人似鉴中行。

已凭暂雨添秋色，莫放修芦碍月生。

——《题西溪无相院》

　　被称作北宋词的"殿军"的词人周邦彦（字美成，号清真居士），曾提举大晟府（皇家最高音乐机关），为我国词律与词乐的整理和发展做出过重大的贡献。他通过自己的创作实践，把传统的婉约词提高到一个新的发展阶段，在"花间"、南唐到北宋的所谓"正宗"词人中，他是一个集大成者。他的词浑厚和雅、典丽精工，形成一种有别于柳永那种俚俗风味，而呈现士大夫所欣赏的典雅华贵的词风。现存二百零六首词，词集《片玉词》，又名《清真集》。他的词的代表作很多，像《满庭芳》（风老莺雏）、《六丑》（正单衣试酒）、《兰陵王》（柳阴直）等都广播人口。录《苏幕遮》一首，这首较之词人的主体风格，似乎更明丽：

　　燎沉香，消溽暑。鸟雀呼晴，侵晓窥檐语。叶上初阳干宿雨，水面清圆，一一风荷举。

　　故乡遥，何日去，家住吴门，久作长安旅。五月渔郎相忆否？小楫轻舟，梦入芙蓉浦。

　　也许是诗名为词名所掩，也许是诗确不如词，周邦彦的诗大多散佚，诗集久已不传。后人搜存辑佚，得诗四十二首，论者以为其成就远不如词。宋诗各选本均无载，《宋诗鉴赏辞典》有其一首，题作《春雨》，从虚处着笔，也还清新可诵，抄录于下：

耕人扶耒语林丘，花外时时落一鸥。

欲验春来多少雨，野塘漫水可回舟。

周邦彦卒后没几年，金人南侵，二帝北狩、宋室南渡，"靖康之变"给女词人李清照带来国破家亡的痛苦；从文学方面说，也成就了一代"正统"婉约派词的大家。据载，李清照诗、文、词皆擅，可惜其别集久已失传。现在看到的词集《漱玉词》是后人辑录的，共存词四十余首。这四十余首词，几乎首首皆精。她前期的词鲜明、生动，充满活泼的兴趣。像《如梦令》：

昨夜雨疏风骤，浓睡不消残酒。试问卷帘人，却道海棠依旧。知否？知否？应是绿肥红瘦。

南渡以后，家破人亡、流离颠沛，词风为之一变。像有名的《声声慢》：

寻寻觅觅，冷冷清清，凄凄惨惨戚戚。乍暖还寒时候，最难将息。三杯两盏淡酒，怎敌他、晚来风急？雁过也，最伤心，却是旧时相识。

满地黄花堆积，憔悴损，如今有谁堪摘？守着窗儿，独自怎生得黑？梧桐更兼细雨，到黄昏、点点滴滴。这次第，怎一个愁字了得？

词的开头和结尾，连用八组叠字，造成一种缠绵凄恻的气氛，和词人深愁惨痛的思想感情相融合，历来为人所称道。

李清照的诗，流传很少，研究者从一些文献中搜寻得一些零篇断句。《宋诗精华录》录存其五古、七古各一首，句两条："南来尚怯吴江冷，北狩应悲易水寒。""南渡衣冠少王导，北来消息欠刘琨。"当今一般选本则录其《夏日绝句》，乃是一首咏史诗：

> 生当作人杰，死亦为鬼雄。
> 至今思项羽，不肯过江东。

历史上，项羽以"无颜见江东父老"而自刎乌江；现实中，南宋君臣却偏安一方，不以为羞，借古而讽今的意图是很明显的。程千帆先生编《宋诗精选》，区区百余首，竟也选了李清照的一首《咏史》：

> 两汉本继绍，新室如赘疣。
> 所叹嵇中散，至死薄殷周，

以嵇康瞧不起殷、周，来指斥王莽篡汉，改国号为新，表达诗人明确的正统观念。程先生品读说：李清照是婉约派最杰出的女词人。她的诗笔却清刚健拔，而且反映了许多重大的现实问题，与词异趣。像这种具备独特见解和带有辛辣讽刺的咏史诗，她词中就没有出现过。当然也有和她的词风一致的，金性尧先生编著的《宋诗三百首》就选了一首题作《春残》的七绝：

> 春残何事苦思乡，病里梳头恨最长。
> 梁燕语多终日在，蔷薇风细一帘香。

有论者以为："蔷薇风细一帘香"，甚工致，却是词语也。（陆昶《历朝名媛诗词》卷七）

戎马生涯外，一生致力作词的大词家辛弃疾，传世之词作达六百余首，所用词牌近百种之多，其词作之宏富，为历代词家所无。（薛砺若《宋词通论》）辛词主体风格是豪放，像《破阵子》（醉里挑灯看剑），《鹧鸪天》（壮岁旌旗拥万夫），《水龙吟》（楚天千里清秋），《贺新郎》（甚矣吾衰矣），《永遇乐》（千古江山），《菩萨蛮》（郁孤台下清江水），《水龙吟》（渡江天马南来）等。辛词也不废婉约，如《祝英台近》（宝钗分），《青玉案》（东风夜放花千树）。还有农村词，像《清平乐》（茅檐低小），《西江月》（明月别枝惊鹊）之类。录一首最有名的代表作《摸鱼儿》，以见其风采：

> 更能消几番风雨，匆匆春又归去。惜春长怕花开早，何况落红无数。春且住，见说道、天涯芳草无归路。怨春不语。算只有殷勤，画檐蛛网，尽日惹飞絮。
>
> 长门事，准拟佳期又误，蛾眉曾有人妒。千金纵买相如赋，脉脉此情谁诉？君莫舞，君不见、玉环飞燕皆尘土。闲愁最苦。休去倚危阑，斜阳正在，烟柳断肠处。

这首词以雄豪劲健的阳刚之气，驱遣"花间"丽语，将爱国忧时的无限政治悲慨，寄于美人香草、暮春烟柳的婉丽形象之中，正是所谓"摧刚为柔""刚柔相济"。词论家以"苏辛"并称，有的甚至认为辛胜于苏。这当然是单就词而论。若谈到诗，则苏是宋诗大家，宋诗主要代表人物；辛弃疾的诗，当今各种选本则遍查不出，《宋诗精华录》收诗近七百首，辛诗一首也无。论者说，辛弃疾以词名世，诗文一向不大为人谈及，主要是因为他的诗文散佚的缘故。辛诗留存尚有一百三十余首，像他的词一样，题材也很广泛，不少诗作也充满了爱国者的愤激之情。《中华文学通史》

选评了七言一绝一律：

> 莫邪三尺照人寒，试与挑灯仔细看。
> 且挂空斋作琴伴，未须携去斩楼兰！
>
> ——《送剑与傅岩叟》
>
> 青衫匹马万人呼，幕府当年急急符。
> 愧我明珠成薏苡，负君赤手缚於菟。
> 观书到老眼如镜，论事惊人胆满躯。
> 万里云霄送君去，不妨风雨破吾庐。
>
> ——《送别湖南部曲》

诗也是好诗，只是与其词相较，则显得一般无甚特色，诗笔也较直露。一般宋诗选本不选，笔者以为是对的：就让这位文武双全的爱国者，以昂首天外的气概，专作千古词坛的巨擘吧！

附记：友人看罢《词人之诗》质余：君谈词人之诗，为何录如许多之词？笔者惶恐。答以世上万事皆相比较而存在。一类词人诗词并美，各录几首，以示所言非虚。一类词人或词作甚少，或远逊于诗，历代均称之为诗人，当可不必多所举例。唯王安石传世词作虽少，却十分精粹，与其诗堪有一比，故列举数例，附此讨论。一类词名彪炳，而诗则泯然众人，或是诗集散佚，难作评判。诗之选本不选，论者亦很少论及，一般读者对这类词人是否有诗作传世，不甚了了。笔者列举数位这类词家，诗、词对照，意在说明：一、这类词之大家、名家，诗多散佚，但亦有留存；二、这类词人诗名为词名所掩，应该有其客观原因。众美不必尽有，非徒诗与词也。

《阅微草堂笔记》杂议（一）

  纪昀的《阅微草堂笔记》（以下简称《阅微》）是一部文言志怪小说集。在清代被认为是和蒲松龄的《聊斋志异》、袁枚的《子不语》一样的名著。尤其是在上层社会，更被认为是在《聊斋》《子不语》之上，因而流传得相当广泛，在士大夫人群中获得很高的声誉。到鲁迅讲授并写作《中国小说史略》时（二十世纪二十年代），仍然给以很高的评价。在《中国小说史略》第二十二篇《清之拟晋唐小说及其支流》中，鲁迅高度称赞《阅微》的艺术成就：

    惟纪昀本长文笔，多见秘书，又襟怀夷旷，故凡测鬼神之情状，发人间之幽微，托狐鬼以抒己见者，隽思妙语，时足解颐；间杂考辨，亦有灼见。叙述复雍容淡雅，天趣盎然，故后来无人能夺其席，固非仅借位高望重以传者矣。①

  鲁迅推重《阅微》，认为不是"借位高望重以传"之书。当然，《阅微》的撰者纪昀，的确是清代中期乾隆朝"位高望重"之人。纪昀（1724～1805），字晓岚，一字春帆，自号石云，又署观弈道人，直隶献县（今属河北省）人。鲁迅《中国小说史略》说"昀少即颖异"，二十四岁中乡试第一名举人（解元），三十一

---

  ① 鲁迅：《中国小说史略》，《鲁迅全集》第九卷，人民文学出版社，2005，第220页。

岁中进士，由庶吉士授翰林院编修，总纂《四库全书》，"绾书局者十三年，一生精力，悉注于《四库提要》及《目录》中"，累迁至左都御史、礼部尚书、协办大学士，加太子少保，管国子监事。享年八十有二，谥文达。

像纪晓岚这样"位高望重"的学界领袖人物，乾嘉学派早期著名学者，为何写起志怪小说？纪之门人盛时彦在《姑妄听之·跋》中转述其语曰：

> 《聊斋志异》盛行一时，然才子之笔，非著书者之笔也。虞初以下、干宝以上，古书多佚矣；其可见完帙者，刘敬叔《异苑》，陶潜《续搜神记》，小说类也；《飞燕外传》《会真记》，传记类也。《太平广记》事以类聚，故可并收。今一书而兼二体，所未解也。小说既述见闻，即属叙事，不比戏场关目，随意装点。……今燕昵之词，蝶狎之态，细微曲折，摹绘如生，使出自言，似无此理；使出作者代言，则何从而闻见之，又所未解也。①

盛时彦转述的纪晓岚这段话，表明纪氏不满于《聊斋志异》用唐人传奇详细描写的手法，来写类似于六朝志怪的简略叙事的笔记小说，既非自叙之文，而又尽描写之致，不伦不类，殊坏文章体制。于是纪氏欲写一书，冀能取而代之。这只是其一。其二没说出来，实际上是纪氏认为小说稗官虽为小道，但或有益于劝惩，而《聊斋志异》之类似乎不合纪氏的劝惩之道，欲著一书以匡正

---

① （清）纪昀著，吴波、尹海江、曾绍皇、张伟丽辑校《阅微草堂笔记会校会注会评》，凤凰出版社，2012，第948页。下文引《阅微草堂笔记》者均出自该书。

风教。这从《阅微草堂笔记·姑妄听之》自序可见其端倪：

> 缅昔作者，如王仲任、应仲远，引经据古，博辨宏通；陶渊明、刘敬叔、刘义庆，简淡数言，自然妙远。诚不敢妄拟前修，然大旨期不乖于风教。

说纪晓岚的《阅微草堂笔记》是和蒲留仙的《聊斋志异》分庭抗礼之作，当言之不虚。《阅微草堂笔记·姑妄听之》自序还说：

> 余性耽孤寂，而不能自闲。卷轴笔砚，自束发至今，无数十日相离也。三十以前，讲考证之学，所坐之处，典籍环绕如獭祭。三十以后，以文章与天下相驰骤，抽黄对白，恒彻夜构思。五十以后，领修秘籍，复折而讲考证。今老矣，无复当年之意兴，惟时拈纸墨，追录旧闻，姑以消遣岁月而已。

这当也是实情。而自称只是娱目之书，恐怕也有点儿文人之狡狯吧。

《阅微草堂笔记》全书五种二十四卷：《滦阳消夏录》六卷，《如是我闻》四卷，《槐西杂志》四卷，《姑妄听之》四卷，《滦阳续录》六卷。总计一千一百多篇，内容极为丰富。纪氏在总纂《四库全书总目提要》时，把我国传统之"小说"归纳为"叙述杂事""记录异闻""缀辑琐语"三类，这当是从魏晋六朝《搜神记》《世说新语》等志怪、志人笔记小说所得出的结论，而《阅微》从形式上看大体也是这三类。从内容看，由于纪氏旨在"醇正风教"，所以书中记载大量因果报应的故事，当然充斥着封建道德的说教，但也有些故事保存了明末清初社会真相的某些片断，颇有认识价值。纪昀不满某些假道学的所谓"不情之论"，以及两面派的面目，《阅微》书中也有较为深刻的揭露。纪昀学问淹博，且见多识广，书中一些考释文字，颇为平实而且见解精到。作为《四库全书》总纂官，纪昀的行文又极从容，极素雅，叙事、议论，驾轻就熟，读者读来感到有一种文言的雅趣。纪昀《阅微草堂》诗云：

> 读书如游山，触目皆可悦。
>
> 千岩与万壑，焉得穷曲折？
>
> 烟霞涤荡久，亦得心胸阔。
>
> 所以闭柴荆，微言终日阅。

我们读《阅微草堂笔记》的感受，大略亦或如是。

《阅微草堂笔记》杂议（二）

让我们来看几则《阅微草堂笔记》吧。《中华文学通史》评述《阅微》时，只选录其中的一则《奇节异烈》（原文无题，笔者所加，下同），最是骇人听闻：

> 明季，河北五省皆大饥，至屠人鬻肉（卖人肉），官弗能禁。有客在德州、景州间，入逆旅（旅店）午餐，见少妇裸体伏俎（砧板）上，绷其手足，方汲水洗涤。恐怖战怵之状，不可忍视。客心悯恻，倍偿赎之。释其缚，助之著衣，手触其乳。少妇艴然（恼怒、生气）曰："荷（承蒙恩惠）君再生（第二次生命），终身贱役无所悔，然为婢媪（做奴仆老妈子）则可，为妾媵则必不可。吾惟不肯事二夫，故鬻诸此也。君何遽相轻薄耶！"解衣掷地，仍裸体伏俎上，瞑目受屠。屠者恨之，生割其股肉一脔（一块肉）。哀号而已，终无悔意。[①]

纪氏此则故事本是赞扬妇人的"奇节异烈"，一女不事二夫，客观上却也揭露了封建礼教吃人的罪恶，节妇哀号而无悔意，可以想见道学家们所谓"饿死事小，失节事大"的封建说教，对妇女毒害之深！

鲁迅在《中国小说史略》中引盛时彦语其师"天性孤直，不

---

① 《阅微草堂笔记·如是我闻》卷八第 30 则。

喜以心性空谈，标榜门户"，说纪昀处事贵宽，论人欲恕，故于宋儒（指理学）之苛察，特有违言，书中有触即发，托狐鬼以抒己见。《中国小说史略》曾引一则《冥司判案》：

> 吴惠叔言：医者某生，素谨厚，一夜，有老妪持金钏一双就买堕胎药，医者大骇，峻拒之；次夕，又添持珠花两枝来，医者益骇，力挥去。越半载余，忽梦为冥司所拘，言有诉其杀人者。至，则一披发女子，项勒红巾，泣陈乞药不与状。医者曰："药以活人，岂敢杀人以渔利？汝自以奸败，于我何尤（过错）！"女子曰："我乞药时，孕未成形，倘得堕之，我可不死；是破一无知之血块，而全一待尽之命也。既不得药，不能不产，以致子遭扼杀，受诸痛苦，我亦见逼而就缢；是汝欲全一命，反戕（害）两命矣。罪不归汝，反谁归乎？"冥官喟然曰："汝之所言，酌乎（考虑到）事势，彼（医者）之所执者则理也。宋以来固执一理而不揆（揣度，考虑）事势之利害者，独此人也哉？汝且休矣！"拊几（拍案）有声，医者悚然而寤。①

借冥司之口，指斥那些"固执一理"者，也颇为深刻。

《阅微》还有一则《弃儿救姑》，先述故事，后发议论。鲁迅《中国小说史略》不厌其烦，几作全录。先看故事：

> 东光王莽河，即胡苏河也，旱则涸，水则涨，每病涉（以渡河为苦）焉。外舅马公周箓言：雍正末有丐（乞讨）妇

---

① 《阅微草堂笔记·如是我闻》卷九第71则。

一手抱儿一手扶病姑涉此水，至中流，姑蹶而仆，妇弃儿于水，努力负姑出。姑大诟（骂）曰："我七十老妪，死何害？张氏数世，待此儿延香火，尔胡（为什么）弃儿以拯我？斩祖宗之祀者，尔（你）也！"妇泣不敢语，长跪而已。越两日，姑竟以哭孙不食死；妇呜咽不成声。痴坐数日，亦立槁。①

对于这样的事，当时社会有什么样的看法呢？纪晓岚接着写道：

有著论者，谓儿与姑较，则姑重；姑与祖宗较，则祖宗重。使（假如）妇或有夫，或尚有兄弟，则弃儿是；既两世穷嫠（寡母），止一线之孤子，则姑所责者：妇虽死，有余悔焉。姚安公曰："讲学家责人无已时。夫急流汹涌，少纵即逝，此岂能深思长计时哉？势不两全，弃儿救姑，此天理之正而人心之所安也。使姑死而儿存……终身宁不耿耿耶？且儿方提抱，育不育未可知，使姑死而儿又不育，悔更何如耶？此妇所为，超出恒情已万万，不幸而其姑自殒，以死殉之，亦可哀矣。犹沾沾焉而动其喙，以为精义之学，毋乃白骨衔冤，黄泉贲恨乎？孙复作《春秋尊王发微》，二百四十年内有贬无褒；胡致堂作《读史管见》，三代以下无完人，辨则辨矣，非吾之所欲闻也。"

纪晓岚借姚安公之言，驳斥了那些固执一理而不近人情的议论。鲁迅认为，纪氏"于不情之论（即不近人情的论调），世间习而不察者（习惯了而不觉得有什么不对的），亦每设疑难，揭其拘迂，

———————————

① 《阅微草堂笔记·槐西杂志》卷十二第 34 则。

此先后诸作家所未有者也，而世人不喻（明白），哓哓然竟以劝惩之佳作誉之"。对纪昀在书中对那些不通情理、迂腐而又固执的所谓道学家所发的议论，表示肯定和赞许，并且说明，像这样的笔记小说，不是什么简单的劝善惩恶，而是对"不情之论"的讥讽和批判。

《阅微》一书，也有揭露那些表面一套背地里又一套的假道学的故事。比如《僧戏塾师》一则：

> 肃宁有塾师，讲程朱之学。一日，有游僧乞食于塾外，木鱼琅琅，自辰逮午不肯息。塾师厌之，自出叱使去，且曰："尔本异端，愚民或受尔惑耳。此地皆圣贤之徒，尔何必作妄想（指在此私塾化到钱财）？"僧作礼曰："佛之流而慕衣食，犹儒之流而求富贵也，同一失其本来，先生何必定相苦？"塾师怒，自击以夏楚（古时学堂作体罚学生用的木板、荆条）。僧振衣起曰："太恶作剧。"遗布囊于地而去。意其复来，暮竟不至。扣之，所贮皆散钱。诸弟子欲探取，塾师曰："俟其久而不来，再为计。然须数明，庶不争。"甫启囊，则群蜂坌涌，螫师、弟，面目尽肿。号呼扑救，邻里咸惊问。僧忽排闼（推门）入曰："圣贤乃谋匿人财耶？"提囊径行。临出，合掌向塾师曰："异端偶触忤圣贤，幸见恕。"观者粲然（大笑）。①

这则故事开篇即点明，这个塾师是讲程朱理学的，关门教学生，开门骂和尚，像是个虔诚的儒家信徒。但一转身就和门徒们私分和尚的钱财。故事把塾师口中所讲的话和手头所做的事对照着写下来，

---

① 《阅微草堂笔记·滦阳消夏录》卷二第35则。

以和尚讥讽之语作结，令人捧腹之余，讽刺是尖刻的、犀利的。

还有《砖击某公》一则，对于那些夸夸其谈的以道学自任的人，也讽刺得可以：

> 武邑某公，与戚友赏花佛寺经阁前。地最豁敞，而阁上时有变怪，入夜则不敢坐阁下。某公以道学自任，夷然弗信也。酒酣耳热，盛谈《西铭》（北宋理学家张载著）"万物一体"之理，满座拱听，不觉入夜。忽阁上厉声叱曰："时方饥疫，百姓颇有死亡。汝为乡宦，既不思早倡义举，施粥舍药；即应趁此良夜，闭户安眠，尚不失为自了汉，乃虚谈高论，在此讲'民胞物与'（凡人皆我同胞，凡物皆我同属）。不知讲至天明，还可作饭餐、可作药服否？且击汝一砖，听汝再讲邪不胜正？"忽一城砖飞下，声若霹雳，杯盘几案俱碎。某公仓皇走出，曰："不信程朱之学，此妖之所以为妖欤！"徐步太息而去。①

武邑某公，为一乡间的官绅，以道学自任，惯于夸夸其谈，酒酣耳热，盛谈不止，乃至不觉入夜。故事借阁怪之口，给予无情的揭露和强烈的谴责：时下正值荒馑之年，疫病流行，老百姓许多人饿死病死。你作为一富有之乡绅，不想早兴义举施粥舍药，拯救饥民疾患，使其免于死亡，也应该趁此良夜，关门睡你的大觉，那还不失为一个尚有自知之明的人；你竟然在此高谈阔论，侈谈什么凡人皆我同胞、凡物皆我同属，大家要彼此亲爱之类的高调。不知道你讲到天亮，还可当饭吃、当药服吗？姑且击你一砖，看

---

① 《阅微草堂笔记·滦阳消夏录》卷四第23则。

／芸窗随笔

你还讲不讲什么邪不胜正之类空虚的高论！阁怪的这一番议论，揭露了这种道学先生可憎而又可耻的面目。

看了上面几则故事，请不要以为纪晓岚是个反封建、反道学的人物，不是的。纪晓岚作为皇帝近臣、传统学者，他没有，也不可能越出正统儒家纲常伦理道德之轨范，他只是对某些道学家夸夸其谈的两面派作风和太不近人情的苛言高论，表示不满而已。在那些朝臣、学者圈中，他属于较为圆通的人物。他所反对的，乃是对维护封建纲常并无多少好处的道学中的虚伪之人、偏执之人。《阅微》中不少因果报应的故事，正是宣扬忠孝节义的颇为生动的教材。这当然不是我们可以苛求于前人的，因为纪昀的确不是像李贽、金圣叹那样属于"异端"的学者，在他身上似乎找不到一丁点儿完全脱离儒学正统的东西。

《阅微草堂笔记》杂议（三）

　　《阅微草堂笔记》还有多则不怕鬼的故事。《缢鬼技穷》是其中之一：

　　　　曹司农竹虚言：其族兄自歙往扬州，途经友人家。时盛夏，延坐书屋，甚轩爽。暮欲下榻其中，友人曰："是有魅，夜不可居。"曹强居之。夜半，有物自门隙蠕蠕入，薄如夹纸。入室后，渐开展作人形，乃女子也。曹殊不畏。忽披发吐舌，作缢鬼状。曹笑曰："犹是发，但稍乱；犹是舌，但稍长。亦何足畏！"忽自摘其首置案上。曹又笑曰："有首尚不足畏，况无首耶！"鬼技穷，倏然灭。及归途再宿，夜半门隙又蠕动。甫露其首，辄唾曰："又此败兴物耶！"竟不入。①

　　曹竹虚的堂兄见到披头散发的吊死鬼，非但不害怕，反而取笑它，弄得这个鬼黔驴技穷，只好扫兴而去。还有一则《君来甚善》，也是不怕鬼的故事，读来毫不觉得阴森可怖，反而令人哑然失笑：

　　　　南皮许南金先生，最有胆。在僧寺读书，与一友共榻。夜半，见北壁燃双炬。谛视（细看），乃一人面出壁中，大如箕，双炬其目光也。友股栗欲死。先生披衣徐起曰："正欲读书，苦烛尽。君来甚善。"乃携一册，背之坐，诵声琅琅。未

---

　　① 《阅微草堂笔记·滦阳消夏录》卷一第22则。

　　　　　　　　　　　　　　　　　　　　/ 芸窗随笔

数页，目光渐隐；拊（拍）壁呼之，不出矣。又一夕，如厕（上厕所），一小童持烛堕。此面突自地涌出，对之而笑。童掷烛仆地。先生即拾置怪顶，曰："烛正无台，君来又甚善。"怪仰视不动。先生曰："君何处不可往，乃（竟然）在此间？海上有逐臭之夫，君其是乎（你大概就是这种逐臭的东西吧）？不可辜君来意。"即以秽纸拭其口。怪大呕吐，狂吼数声，灭烛而没。自是不复见。①

书生许南金不怕鬼，反而说鬼来得正好：镇静自若地借鬼眼作灯而朗朗读书，把鬼头当烛台来插蜡烛，甚至骂鬼为逐臭之夫，以污秽的手纸擦它的嘴，搞得此怪物呕吐一地、狂吼数声，狼狈逃窜。

二十世纪六十年代初，毛泽东主席提议编一本《不怕鬼的故事》，也选录了《阅微草堂笔记》的若干则。在科学昌明的当代，恐怕很少有人会信鬼神了；但在我们现实生活中，仍然会碰到种种困难挫折，它们就像妖魔鬼怪横在人们的面前，需要我们去战胜它，这就需要我们具备一点不怕鬼、不信邪的大无畏精神。因而像曹竹虚的堂兄和许南金先生那样不怕鬼，而且玩弄鬼于股掌之中，驱鬼怪于谈笑之间的故事是有益的、有教育意义的。

纪晓岚作为《四库》总纂，读万卷书、学问淹博自不必说；行万里路（曾远谪新疆伊犁），见多识广；又当考证盛行之乾嘉时代：《阅微》还有一些考释名物、辨识古迹的记载，行文简短平实，不乏真知灼见。《河中石兽》一则曾选作中学语文教材，故事用和尚、道学家和老河兵三人推求沉在河里的石狮子的三种不同

---

① 《阅微草堂笔记·滦阳消夏录》卷六第 9 则。

结论，来说明天下事物虽有共同的规律，但又有各自特殊的性质原理，切不可不加分析，拘泥于一般的道理而主观臆断。和尚们以为水能飘物，石狮一定被冲到下游去了。道学家认为石性重而沙性松，石狮深陷进河沙里去了。老河兵凭着多年治河的实践经验，具体分析了石、沙、水三者的关系，得出石狮逆流而上的结论。事实证明，老河兵的判断是正确的。故事不无友善地嘲笑了那些"但知其一，不知其二"的人。下面两则有关新疆的出土文物的记载，也有历史的认识价值：

　　田丈耕野，统兵驻巴尔库尔时，军士凿井得一镜，制作精妙。铭字非隶（指楷书）非八分（指隶书），似景龙钟铭，惟土蚀多剥损。田丈甚宝惜之，常以自随。殁于广西戎幕时，以授余姊婿田香谷。传至香谷之孙，忽失所在。后有亲串（亲戚）戈氏于市上得之，以还田氏。昨岁欲制为镜屏，寄京师乞余考定。余付翁检讨树培（清代书法家、金石学家、诗人兼学者翁方纲之子），推寻铭文，知为唐物。[1]

　　　　　　　　　　　　　　　　　　——《唐之铜镜》

　　昌吉筑城时，掘土至五尺余，得红纻绣花女鞋一，制作精致，尚未全朽。余乌鲁木齐杂诗曰："筑城掘土土深深，邪许（读'耶虎'）相呼万杵音。怪事一声齐注目，半钩新月藓花侵。"咏此事也。入土至五尺余，至近亦须数十年，何以不坏？额鲁特女子不缠足，何以得作弓弯样，仅三寸许？此必有其故，今不得知矣。[2]

　　　　　　　　　　　　　　　　　　——《出土绣鞋》

---

① 《阅微草堂笔记·滦阳续录》卷二十一第 11 则。
② 《阅微草堂笔记·滦阳消夏录》卷三第 18 则。

从新疆出土唐代铜镜和汉族女子绣花鞋，证明新疆很早就是在我国中央政权直接管辖下的领土，新疆维、汉各兄弟民族早就和睦地生活在一起了。虽然纪晓岚只是客观地记载了这些事实，而且是当作奇事异物来笔之于书的。

笔者读《阅微》，对其中《老翁杀虎》一则，先是震撼，继觉有味。今录之于下：

> 族兄中涵知旌德县时，近城有虎暴（有虎为害），伤猎户数人，不能捕。邑人请曰："非聘徽州唐打猎，不能除此患也。"乃遣吏持币往。归报唐氏选艺至精者二人，行且至。至则一老翁，须发皓然，时咯咯作嗽；一童子十六七耳。大失望，姑命具食。老翁察中涵意不满，半跪启曰："闻此虎距城不五里，先往捕之，赐食未晚也。"遂命役导往。役至谷口，不敢行。老翁哂（笑）曰："我在，尔尚畏耶？"入谷将半，老翁顾童子曰："此畜似尚睡，汝呼之醒。"童子作虎啸声。果自林中出，径搏老翁。老翁手一短柄斧，纵八九寸，横半之，奋臂屹立。虎扑至，侧首让之。虎自顶上跃过，已血流仆地。视之，自颔下至尾闾，皆触斧裂矣。乃厚赠遣之。老翁自言炼臂十年，炼目十年。其目以毛帚扫之不瞬，其臂使壮夫攀之，悬身下缒不能动。《庄子》曰："习伏众神，巧者不过习者之门。"信夫。①

一须发皓白的老翁，能轻而易举地杀死一只连伤猎户数人、众不

---

① 《阅微草堂笔记·槐西杂志》卷十一第56则。

能捕的"吊睛白额大虫",读者能不感到惊奇和震撼?因此也就颇具"志怪"的特色。作者写来,简短数语之间,文笔亦腾挪有致。先叙虎之凶猛,无人敢捕,为一铺垫;继叙邑人之请辞,打虎非此人莫办,为再铺垫。请者归报将有艺至精者二人前来,而至则只一白发老翁与一仅十六七之童子,文势徒然一跌。主人大失所望,只好命备饭款待,老翁察觉主人不满之意,乃自请捕虎后再赐饭不迟,似大有《三国》中关公温酒斩华雄之气概。文势随之一扬。写本县之差役至谷口而不敢行,这是反衬。老虎本已睡,应该正好动手,老翁却教童子将虎唤醒:真是匪夷所思!于文则显得跌宕有姿。写杀虎,则细写老翁手执之斧,特别交代是短柄,纵几何,横几何,以示老翁别无暗器。杀虎过程,恰似迅雷不及掩耳,虎一扑翁一让,再从老翁头上跃过,就血流仆地了!然后再写上"视之,自颔下至尾闾,皆触斧裂矣"一句,以见翁手段之高强。后来老翁自言的一段话可视作补叙,交代老翁杀虎技艺乃是十年炼臂又十年炼目的结果。结以《庄子》的一段话:技艺熟练(即所谓"习")能使技艺超群的人们佩服,能工巧匠不敢在技艺熟练者的门前经过。可以看作对老翁技艺的一种佐证,也可以看作对老翁锤炼之功的一种赞扬。有论者指出今本《庄子》里没有此语,可能是纪氏的误记,笔者以为正如鲁迅所言纪昀总纂《四库》,"多见秘书",也许他看到过不同于今本的《庄子》的别本呢。——如此写来,文仅二百余字,全仗叙述,摒弃传奇写法,正面描写老翁只"奋臂屹立"一句,也正体现了纪氏一书不得二体的宗旨,脱离《聊斋》的风格,而回归魏晋志怪志人笔记的传统。鲁迅所论其叙述"雍容淡雅,天趣盎然",此即一例。

若将《阅微》与蒲松龄之《聊斋》相较,则《聊斋》如鲁迅所言"描写委曲，叙次井然，用传奇法，而以志怪，变幻之状，如在目前"，就文学性的小说艺术而论，则《阅微》远不及《聊斋》；但作为叙事和议论散文，作为传统笔记小说，则《阅微》成就甚高，是魏晋六朝以来笔记小说的继承与发展。作者文辞雅驯，淡而有味，故深得学人赞誉，继而仿作者亦夥。

若与袁枚之《子不语》相较，《子不语》诚如鲁迅所论："其文屏去雕饰，反近自然，然过于率意，亦多荒秽，自题'戏编'，得其实矣。"《阅微》于内容则绝无所谓有伤风化之秽笔。至于语言形式，《子不语》贵自然率真，《阅微》则崇尚简淡雅致，各臻其妙。录一则《续子不语》故事，以见二书内容与语言形式之差异，题作《沙弥思老虎》：

> 五台山某禅师，收一沙弥（和尚），年甫三岁。五台山最高，师徒在山顶修行，从不一下山。后十余年，禅师同弟子下山，沙弥见牛马鸡犬，皆不识也。师因指而告之曰："此牛也，可以耕田；此马也，可以骑；此鸡犬也，可以报晓，可以守门。"沙弥唯唯。少顷，一少年女子走过，沙弥惊问："此又是何物？"师虑其动心，正色告之曰："此名老虎，人近之者，必遭咬死，尸骨无存。"沙弥唯唯。晚间上山，师问："汝今日在山下所见之物，可有心上思想他的否？"曰："一切物我都不想，只想那吃人的老虎，心上总觉舍他不得。"①

这故事令人忍俊不禁。这大概是当时流传的一个笑话，袁枚采写

---

① （清）袁枚著，宋婉琴注《续子不语》，陕西人民出版社，1998，第50页。

到书里。袁枚向来反感道学的"存天理，灭人欲"，认为"人欲当处，即是天理"。这个沙弥思老虎的故事生动而自然地说明了这个道理。这在纪昀看来，恐怕是于"醇正风教"无益而有害，当然也不会将其采录到他的《阅微草堂笔记》里。

说部"谈兵"之比较

古人谓"说部"之书乃"徒快一时口舌"之书（清人江藩语），然而要能快人一时之口舌，写书人还非得投其所好才行。读者之好，似乎多种多样，而喜欢"谈兵"，或是较为共同的一种。因之，我国传统章回小说中，神魔小说、武侠小说、历史演义、英雄传奇，除开才子佳人言情小说外，大率都有"谈兵"的故事。说部"谈兵"，似乎说得文雅了一点，实际就是小说写打仗，写战争。

在有名的说部中，《封神演义》写武王伐纣的故事，所叙战争当属较早。《封神演义》写大大小小的战争或战斗多得很，最大的有所谓"万仙阵"，但那是神魔斗法，谁谁抛出一魔法，谁谁破之以仙方，只是无数的法宝在阵前穿梭，还不能算真正的人间战争。《西游记》写唐僧师徒西天取经，历九九八十一难，斗妖捉怪，也是神魔间斗法，与人间的打仗似乎还有些不同。只有孙悟空大闹天宫，十万天兵天将布下天罗地网，还请来西天佛祖，声势之大，堪称大战役，但也只是围攻花果山一猴王，双方兵力不成比例。而以一猴而搞得天兵天将人仰马翻，当然也非人间战争可以比拟，乃是作者浪漫的想象而已。

神魔小说是这样，那么武侠公案小说呢？武侠公案小说当然离不开武打，所谓"侠以武犯禁"（《韩非子》）。但以此类小说之代表作《三侠五义》来看，无论南侠展昭、北侠欧阳春，还是五鼠中武艺最高强的锦毛鼠白玉堂，都还谈不上参加过战争，更谈不上指挥战争，只是徒手打斗而已，或许还加上一两件暗器。另外如《小五义》《续小五义》《七剑十三侠》之类，等而下之，就更远离"谈兵"之义了。

真正写战争，写打仗，称得上"谈兵"的，当是历史演义和英雄传奇。历史演义，有名的，当以《东周列国志》所写战争为最早。《三字经》所谓"周辙东，王纲坠，逞干戈，尚游说"，"始春秋，终战国，五霸强，七雄出"。翻翻此书，仿佛无时不战，无地不战。只是万国交兵，头绪纷繁，流水记账而已，真正写战争的优秀篇章并不多见。还有《隋唐演义》《说唐》，写李渊父子反隋，瓦岗军起义，什么"一十八路反王""六十四路烟尘"，似乎战事不断；但作家笔墨主要集中在几个英雄人物身上，精彩的片断，像"秦琼卖马""程咬金三斧头"之类，更像是英雄传奇。

说到英雄传奇，《杨家将》写杨老令公父子战边关，写穆桂英挂帅；《说岳全传》写岳飞枪挑小梁王，写岳家军大战朱仙镇等，作者笔力所注，仍在英雄人物身上。像《杨家将》中的"杨业撞碑"，《说岳全传》中的"牛皋扯旨"之类精彩片断，都是为了突出英堆人物的精神风貌，为传英雄之奇，描写战争还在其次。当然，《说岳全传》写战争，也有较精彩的，如黄天荡梁红玉击鼓伐金兵，也写得有声有色。

小说"谈兵"，真正可以拿来比较一番的，还是历史演义小说《三国演义》和英雄传奇小说《水浒传》。

《三国演义》是我国第一部长篇章回小说，当今所说四大古典名著的最早的一部。明清以来，一般读者大约都是通过看《三国演义》小说，而不是读《三国志》史书来了解三国时代的历史状况，知道有关的人和事。《三国演义》写东汉末年各政治集团之间错综复杂的政治的、军事的、外交的联合与斗争，尤其长于写战争。袁行霈主编的《中国文学史》评论说：《三国志演义》以描写战争为主，可说是一部"全景性军事文学作品"。它描写战争的时间之长、次数之多、形式之多样、规模之宏大，在世界文学史中是罕见的。全书共写四十多次战役、上百个战斗场面，而大都写得各有个性，绝少雷同。或鸟瞰全局，或特写片断；或以寡敌众，或以强制弱；或设伏劫营，或围城打援；或江上水战，或陆上车攻；或强力硬搏，或奇谋智取。尤其是火攻，火烧博望，火烧赤壁，乃至后来的火烧猇亭，敌我各方一演再演，而写得各有其特色。

《三国演义》描写军事斗争，特别强调斗智。无论是作者着力塑造的所谓"三国三绝"中的"智绝"诸葛亮，还是作者有意贬损的"奸绝"曹操，还是慨叹"既生瑜、何生亮"的东吴大都督周公瑾，都在"用智"上下功夫，而且人物性格都在斗智的过程中凸显出来。比如在写官渡之战、赤壁之战、夷陵之战等重大战役时，将错综复杂的政治斗争、外交斗争等交织在一起，着重写统帅部的运筹帷幄、决胜千里，体现"智"在战争中的巨大作用。同时也以吕布等人的有勇无谋，蒋干等人的自以为智者而实乃蠢材的事例，来强调"智"尤其是"大智"的重要性。

《三国演义》写战争，还有一个特点，就是多数并不表现得惨烈可怖，而是如同一曲曲英雄的史诗，有着激扬高昂的格调。有时还在激烈的战争中穿插一些比较轻松的场面，把战争写得有张有弛，富有节奏感。比如写赤壁鏖兵，大战进行得如火如荼，作者似乎忙里偷闲，而且不吝笔墨，用抒情的笔调，写一些看似悠闲的小插曲：像写诸葛亮在大雾横江草船借箭时，邀鲁肃泛舟，悠然饮酒；写庞统用计时，于山间草屋中，挂剑灯前，诵孙、吴兵书；写周瑜欲用反间计时，大设群英之会，帐下夜阑，蒋干中计；写曹操巡视大江，踌躇满志，横槊赋诗，朗吟"对酒当歌，人生几何"……无不充满着诗情画意。这些小插曲，其实都是围绕着大战役，为大战役服务的。只是穿插在大战中间，使得激烈的战争，有张有弛；使得故事的情节，亦实亦虚；使读者读来更觉有趣味。这些插曲其实也不是闲笔，它对于塑造人物、推动情节的发展，乃至表现主题也大有作用。比如曹孟德"横槊赋诗"，凸显了曹操的志得意满，而骄兵必败，这一幕也似乎预示了赤壁之战中曹操失败的结局。

《三国演义》写战争，不是仅仅歌颂了力，更重要的是赞美了智，传递了美。当然，《三国演义》之写战争，也不是没有不足。比如有论者指写诸葛亮"七擒孟获"，就显得一般化、程式化，缺乏特色。

英雄传奇小说最优秀的代表作《水浒传》，是写昏君无道，官逼民反，"拳头打开危险路""替天行道上梁山"的英雄传奇，当然离不开战斗乃至战争。《水浒传》前半部写各路英雄，由于各种原因被逼上梁山的故事，是全书最核心的部分，其重点在英雄们个人报仇雪恨的单打独斗，或兄弟们帮扶之下的除暴安良。如果认为这也属"谈兵"的范围，那是极其精彩的。像武松斗杀西门庆、醉打蒋门神、血溅鸳鸯楼、大闹飞云浦等，情节惊心动魄，描写生动传神，人物英雄了得！即使写不是打仗而是一般打斗的故事，像鲁提辖拳打镇关西、杨志校场比武、景阳冈武松打虎、林冲棒打洪教头之类，也写得跌宕多姿，有声有色。"智取生辰纲"的故事，更是写得疾徐有致，从容不迫，还插入白日鼠白胜担酒上冈子，口中唱着"赤日炎炎似火烧"的民歌，不动刀枪，全凭"智"取，也是精彩的篇章之一。当然最精彩的还是"三打祝家庄"。"时迁偷鸡"的故事，可以说是打祝家庄的导火索。宋江一打祝家庄，不识盘陀路，中了埋伏，亏得拼命三郎石秀来救；

二打祝家庄，又遭祝、扈两庄联盟，扈家庄女将扈三娘领军来援，还活捉了矮脚虎王英；直到识破了庄前盘陀路，拆散了祝扈二庄之盟，"吴学究双掌连环计，宋公明三打祝家庄"，才获致完全的胜利。这当中还话分两头，插叙了猎户兄弟打死老虎，地方恶霸毛太公匿虎自吞，反诬猎户兄弟，致使官府将兄弟俩打入死牢，又演了"解珍解宝双越狱，孙立孙新大劫牢"的几场好戏。而这些也正是"三打"能取胜的重要原因，并非游走于情节之外。

《水浒传》写打仗，写战争，"三打祝家庄"是一范例，它侧重于描写事件和矛盾，描写战略、战术和解决矛盾的方法，所以是写战争写得较为成功的。《水浒传》后半部的所谓"两赢童贯""三败高俅""征西辽""平方腊"等大仗，却显得概念化、程式化，情节雷同，结构松散，仗是越打越大，笔力则越来越弱了。若以这些所谓"大仗"来和《三国演义》相比较，则其优劣是显而易见的。说部"谈兵"，当以《三国演义》为最。《水浒传》是梁山好汉的英雄谱，《三国演义》则是那个时代战争的百科全书。难怪后来的义军首领，只把《水浒》英雄的绰号作为自己的外号，以震慑对手；而把《三国演义》当作看得懂的兵书，置之帐下案前，帮自己打仗呢。

《镜花缘》的海外奇谈（一）

（唐敖、林之洋、多九公三人在海外一处山间游赏）多九公道："林兄如饿，恰好此地有个充饥之物。"随向碧草丛中摘了几枝青草，道："林兄把他吃了，不但不饥，并且头目还觉清爽。"林之洋接过，只见这草宛如韭菜，内有嫩茎，开着几朵青花。即放口中，不觉点头道："这草一股清香，倒也好吃。请问九公，这叫什么名号？以后俺若游山，饿时好把他来充饥。"唐敖道："小弟闻得海外鹊山有草，青花如韭，名祝余，可以疗饥。大约就是此物了。"多九公连连点头。于是又朝前走……

只见唐敖忽在路旁折了一枝青草，其叶如松，青翠异常。叶上生着一子，大如芥子。把子取下，手执青草道："舅兄才吃祝余，小弟只好以此奉陪了。"说罢，吃入腹内。又把那个芥子放在掌中，吹气一口，登时从那子中生出一枝青草来，也如松叶，约长一尺；再吹一口，又长一尺；一连吹了三口，共有三尺之长。放在口边，随又吃了。林之洋笑道："妹夫要这样狠嚼，只怕这里青草都被你吃尽哩！这芥子忽变青草，这是甚故？"多九公道："此是蹑空草，又名掌中芥。取子放在掌中，一吹长一尺，再吹又长一尺，至三尺止。人若吃了，能立空中，所以叫做蹑空草。"林之洋道："有这等好处，俺也吃他几枝，久后回家，倘房上有贼，俺蹑空捉他，岂不省事？"于是各处寻了多时，并无踪影。多九公道："林兄不必找了。此草不吹不生，这空山中有谁吹气栽他？方才唐兄所

　　　　　　　　　　　/ 芸窗随笔

吃的，大约此子因鸟雀啄食，受了呼吸之气，因此落地而生，并非常见之物，你却从何寻找？老夫在海外多年，今日也是初次才见，若非唐兄吹他，老夫还不知就是蹑空草哩！"

林之洋道："恰好那边有棵枣树，上面有几个大枣，妹夫既能蹑高，为甚不去摘他几个？解解口渴，也是好的。"都至树下，仔细一看，并非枣树。多九公道："此果名叫刀味核，其味全无定准，随刀而变，所以叫做刀味核。有人吃了，可成地仙。我们今日如得此核，即不能成仙，也可延年益寿。无如此核生在树梢，其高十数丈，唐兄纵会蹑高，相去悬远，何能到手？"林之洋道："妹夫只管蹑去，设或够着，也不可定。"唐敖道："小弟蹑空，离地不过五六丈。此树高不可攀，何能摘他？这是癞蛤蟆想吃天鹅肉了。"

这是《镜花缘》第九回"食朱草人圣超凡"里的几段文字，写主人公唐敖他们刚到海外的情形。鲁迅称其为"虽为古典所拘，而尚能绰约有风致者"（《中国小说史略》）。所谓"为古典所拘"，是说这上面写到的"祝余""蹑空草""刀味核"等物事，在《山海经》《淮南子》等古籍中，都有提及的依据。所谓"绰约有风致"，是说原来简简单单的一两句话，甚至只是几个词，在作者广博学问和丰富想象的驱遣之下，变成描写细致、形象生动，而且有情节的故事，使人读来饶有兴味。

这《镜花缘》到底是一部什么样的书呢？文学史家一般都认为，它是一部借学问驰骋想象，以寄托理想、讽喻现实的白话长篇章回小说。早在二十世纪二十年代，胡适就大力推荐过这部书（1923年《镜花缘引论》）。鲁迅也称道这部书，以为是"清之以小说见才学者"（《中国小说史略》）。作者李汝珍（约1763～约

1830），字松石，直隶大兴（今属北京）人。他博学多才，却没有考得功名。他把他的学问才情都倾注在《镜花缘》里了。他借他书中人物打诨的话，自论其书云："（这部书）虽以游戏为事，却暗寓劝善之意，不外风人之旨。上面载着诸子百家，人物花鸟，书画琴棋，医卜星相，音韵算法，无一不备。还有各样灯谜，诸般酒令，以及双陆、马吊、射鹄、蹴球、斗草、投壶，各种百戏之类，件件都可解得睡魔，也可令人喷饭。"但是，《镜花缘》最富特色的还是前半部书，写唐敖游海外诸国的经历、见闻，所以有的文学史著作就直接说："《镜花缘》描写了一个幻想中的海外世界，主人公唐敖一行游历海外世界，访问了君子国、大人国、无肠国、无股国、黑齿国、白民国、淑士国、两面国、巫咸国、歧舌国、女儿国等二十余国，通过对这些国家风土人情和社会制度的乌托邦描写，来暴露、讽刺现实社会中的事物，寄托作者的社会理想。"（《中华文学通史》）

由此来看，本文开篇所引的写海外奇花异草的几个段落，只是唐敖他们游历海外见闻的一个引子，真正借学问驰骋想象，以寄托理想、讽喻现实，还在后来的众多情节之中。《镜花缘》所讽刺、批判的对象很多，牵涉到社会生活的方方面面。像"白民国"的读书人金玉其外，败絮其中，自诩有学问，竟把《孟子》书里的"幼吾幼，以及人之幼"，读成"切吾切，以反人之切"，搞得唐敖他们以为彼要同他们讨论音韵学的"反切"而惶恐不安。"淑士国"中书声琅琅，到处是"贤良方正""教育人才"的金字牌匾，但那些表面斯文的儒者，一个个都是视钱如命、不学无术的酸溜子。科举制度造成的畸形现象，封建末期日益卑污的世风，作者借此尽情地予以揶揄和嘲讽。"无肠国"的人肚子里没有肠子，吃下的东西不能"穿肠而过"，而是立刻直接排出，富人则把它们又拿来供仆人吃。"两面国"人人头戴浩然巾，把脑后遮住，正面的脸和颜悦色，满面谦恭，掉转头来，后面的一张脸却是鼠眼鹰鼻，阴险凶残。"长臂国"的人则到处伸手，以至于把手弄得很长。"穿胸国"的人居心不良，因而心肺都烂掉了，只得用狼心狗肺去补。这种种变形之人、奇异之国，其名目都来自古代神话传说，《山海经》《异域志》等大约可见其零星半爪，作者驰骋以想象，用来影射社会现实，对虚伪狡诈、贪婪酷虐、居心不良等社会丑恶现象，嬉笑怒骂中给予揭露和批判。这才是《镜花缘》的真价值所在，也才是《镜花缘》真正吸引人的地方。

至于书中大量篇幅的"论学说艺，数典谈经，连篇累牍不能自已"（鲁迅评语），虽说在作者是津津乐道，于小说则无趣味可言，又没有社会批判意义，一般读者，或许还难以卒读呢。所以，《镜花缘》真正的妙处在其前半部。

《镜花缘》的海外奇谈（二）

鲁迅谓李汝珍《镜花缘》"其于社会制度，亦有不平，每设事端，以寓理想"（《中国小说史略》）。并举"君子国"之市场买卖"因让而争"为例：

（唐敖、多九公）说话间，来到闹市。只见有一隶卒在那里买物，手中拿着货物道："老兄如此高货，却讨这般贱价，教小弟买去，如何能安？务求将价加增，方好遵教。若再过谦，那是有意不肯赏光交易了。"唐敖听了，因暗暗说道："九公，凡买物只有卖者讨价，买者还价。今卖者虽讨过价，那买者并不还价，却要添价。此等言谈，倒也罕闻。据此看来，那'好让不争'四字，竟有几分意思了。"只听卖货人答道："既承照顾，敢不仰体？但适才妄讨大价，已觉厚颜，不意老兄反说货高价贱，岂不更教小弟惭愧？况敝货并非言无二价，其中颇有虚头。俗云：'漫天要价，就地还钱。'今老兄不但不减，反要加增。如此克己，只好请到别家交易，小弟实难从命。"唐敖道："'漫天要价，就地还钱'，原是买物之人向来俗谈；至'并非言无二价，其中颇有虚头'，亦是买者之话，不意今皆出自卖者之口，倒也有趣。"只听隶卒又说道："老兄以高货讨贱价，反说小弟克己，岂不失了忠恕之道？凡事总要彼此无欺，方为公允。试问哪个腹中无算盘？小弟又安能受人之愚哩！"谈之许久，卖货人执意不增；隶卒赌气，照数付价，拿了一半货物。刚要举步，卖货人哪里肯依，只说价多货少，拦住不放。路旁走过两个老翁，作好作歹，令隶卒照价拿了八折货物，这才交易而去。唐、多二人不觉暗暗点头。

这是唐敖等人来到城门上写着"唯善为宝"的"君子国"，所看到的市场上的一幕：卖者讨低价，而买者又非加价不买。接下来一幕，则是卖者自言货色平常，价钱又高，已属过分；而买者坚称自己是识货的，如此高货，又如此贱价，应是欺人太甚，不加价，就拣最次的拿：

> 走未数步，市中有个小军，也在那里买物。小军道："方才请教贵价若干，老兄执意吝价，命我酌量付给；及至遵命付价，老兄又怪过多。其实小弟所付业已刻减，若说过多，不独太偏，竟是违心之论了。"卖货人道："小弟不敢言价，听兄自付者，因敝货既欠新鲜，而且平常，不如别家之美。若论价值，只照老兄所付减半，已属过分，何敢谬领大价？"唐敖道："货色平常，原是买者之话；付价刻减，本系卖者之话。那知此处却句句相反，另是一种风气。"只听小军又道："老兄说哪里话来！小弟于买卖虽系外行，至货之好丑，岂有不知？以丑为好，亦愚不至此。第以高货只取半价，不但欺人过甚，亦失公平交易之道了！"卖货人道："老兄如真心照顾，只照前价减半，最为公平；若说价少，小弟也不敢辩，唯有请向别处再把价钱谈谈，才知我家并非相欺哩！"小军说之至再，见他执意不卖，只得照前减半付价，将货略略选择，拿了就走。卖货人忙拦住道："老兄为何只将下等货物选去？难道留下好的，给小弟自用么？我看老兄如此讨巧，就是走

遍天下，也难交易成功的。"小军发急道："小弟因老兄定要减价，只得委曲从命，略将次等货物拿去，于心庶可稍安。不意老兄又要责备。且小弟所买之物，必须次等，方能合用；至于上等，虽承美意，其实倒不适用了。"卖货人道："老兄既要低货方能合用，这也不妨。但低货自有低价，何能付大价而买丑货呢？"小军听了，也不答言，拿了货物，只管要走。那过路人看见，都说小军欺人不公。小军难违众论，只得将上等货物、下等货物各携一半而去。

接下来又一幕，乃是物已买妥，付银子时的"风波"，与平常所见，全然相反：

　　二人看罢，又朝前进。只见那边又有一个农人买物。原来物已买妥，将银付过，携了货物要去。那卖货的接过银子仔细一看，用戥（秤）秤了一秤，连忙上前道："老兄慢走。银子平水都错了。此地向来买卖，都是大市中等银色，今老兄既将上等银子付我，自应将色扣去。方才小弟秤了一秤，不但银水未扣，而且戥头过高。此等平色小事，老兄有余之家，原不在此。但小弟受之无因，请照例扣去。"农人道："些须银色小事，何必锱铢较量？既有多余，容小弟他日奉买宝货，再来扣除，也是一样。"说罢又要走。卖货人拦住道："这如何使得？去岁有位老兄照顾小弟，也将多余银子存在我处，曾言后来买物再算。谁知至今不见，各处寻他，无从归还，岂非欠了来生债么？今老兄又要如此，倘一去不来，到了来生，小弟变驴变马归还先前那位老兄，业已尽够一忙，那里还有工夫再还老兄？岂非下一世又要变驴变马归结老兄？

据小弟愚见，与其日后买物再算，何不就在今日？况多余若干，日子久了，倒恐难记。"彼此推让许久，农人只得将货拿了两样作抵此银而去。卖货人仍口口声声只说"银多货少，过于偏枯"。

这"君子国"中为何这般"好让"呢？接下来作者又添一笔，似可作为回答：

农人携货业已去远，卖货人无可如何。忽见有个乞丐走过，卖货人自言自语道："这个花子只怕就是讨人便宜的后身，所以今生有这报应。"一面说着，即将多余平色用戥秤出，尽付乞丐而去。

著书人所处的时代，恐怕也只能做出如此之回答。即使只是占人一点便宜，也是会有报应的，这种宗教的思想，对于维系人间社会的公平正义，也还是有点益处的吧。

海外"君子国"的"好让不争（争斗）"，或者也可说成是"好让而争（争论）"，是一个理想的乌托邦。作者摇笔写来，表面上看是羡慕，实际上乃是对现实社会的一种嘲讽。

《镜花缘》的海外奇谈（三）

　　李汝珍学问渊博，满腹经纶，但未考得功名。他鄙夷那些封建末期科举制度下培养出来的畸形读书人，对他们给予了无情的（有些也是善意的）嘲弄。如第二十三回"说酸话酒保咬文，讲迂谈腐儒嚼字"，写唐敖、林之洋、多九公三人在海外"淑士国"酒楼喝酒之所见所闻，真是讽刺得可以：

> 　　三人进了酒楼，就在楼下找个桌儿坐了。旁边走过一个酒保，也是儒巾素服，面上戴着眼镜，手中拿着折扇，斯斯文文走来，向着三人打躬赔笑道："三位先生光顾者，莫非饮酒乎？抑用菜乎？敢请明以教我。"林之洋道："你是酒保，你脸上戴着眼镜，已觉不配；你还满嘴通文，这是甚意？方才俺同那些生童讲话，倒不见他有甚通文，谁知酒保倒通起文来，真是整瓶不摇半瓶摇。你可晓得俺最猴急，耐不惯同你通文，有酒有菜，只管快快拿来！"酒保赔笑道："请教先生：酒要一壶乎？两壶乎？菜要一碟乎？两碟乎？"林之洋把手朝桌上一拍道："什么乎不乎的。你只管取来就是了！你再'之乎者也'的，俺先给你一拳！"

　　经林之洋桌上这一拍，酒保吓得也忘了"之乎者也"，连忙走去取了一壶酒，两碟下酒之物，一碟青梅，一碟芥菜，三个酒杯，每人面前恭敬地斟了一杯，退了下去。这林之洋素日以酒为命，见了酒，心花都开。一口下去，只见双眉紧皱，口水直流，捧着

　　　　　　　　　　　　　　　　／芸窗随笔

下巴，喊道："错了！错了！把醋拿来了！"这一喊不要紧，倒引出了下面这段奇文：

　　只见旁边座儿有个驼背老者，身穿儒服，面戴眼镜，手中拿着剔牙杖，坐在那里，斯斯文文，自斟自饮；一面摇着身子，一面口中吟哦。所吟无非"之乎者也"之类。正吟得高兴，忽听林之洋说酒保错拿醋来，慌忙住了吟哦，连连摇手道："吾兄既已饮矣，岂可言乎？你若言者，累及我也。我甚怕哉，故尔恳焉。兄耶，兄耶，切莫语之。"唐、多二人听见这几个虚字，不觉浑身发麻，暗暗笑个不了。林之洋道："又是一位通文的！俺埋怨酒保拿醋算酒，与你何干？为甚累你？倒要请教。"老者听罢，将右手食指、中指放在鼻孔上擦了两擦，道："先生听者，今以酒醋论之。酒价贱之，醋价贵之。因何贱之，因何贵之？其所分之，在其味之。酒味淡之，故而贱之；醋味厚之，所以贵之。人皆买之，谁不知之？他今错之，必无心之。先生得之，乐何如之？第既饮之，不该言之。不独言之，而谓误之。他若闻之，岂无语之？苟如语之，价为增之。先生增之，乃自讨之。你自增之，谁来管之？但你饮之，即我饮之。饮既类之，增应同之。向你讨之，必我讨之。你既增之，我安免之？苟亦增之，岂非累之？既要累之，你替与之。你不与之，他岂肯之？既不肯之，必寻我之。我纵辩之，他岂听之？他不听之，势必闹之。倘闹急之，我唯跑之。跑之跑之，看你怎么了之？"

这一番"高论"，半通不通，最切合这类腐儒的声口。这位"通文"的老者和那"通文"的酒保一样，都是作者安排的"淑士国"的"淑士"。酒保可算是"乎"字先生,满口"乎"字;这位饮酒吟哦的老者,就是一"之"字先生,整出这么一篇"之"字奇文,数一数,竟有五十四个"之"字!当今的读者读到此处,往往会想到鲁迅笔下的孔乙己,他们不都是封建末期科举制度下的牺牲品么?只是他们自己怎么也认识不到,还洋洋自得,到处"通文"呢。五十四个"之"字的这段奇文,最为论者所称道。这老者在讲前还"将右手食指、中指放在鼻孔上擦了两擦",然后慢条斯理地作出这一篇酸而腐的"之"字赋,而说到底,只是为了说明:醋比酒贵,你喊是醋,就要算醋的价钱,势必连累我也得加价,而我是宁愿逃跑也不愿加价的。这就写活了那些迂腐、可笑而又可怜的所谓"淑士"的穷酸相。不少文学史类著作谈到《镜花缘》的讽刺艺术时,都会举此以为例。笔者小时候翻看《镜花缘》,那些作者自诩的诸子百家、医卜星相之类,总是读不下去,而这篇含有五十四个"之"字的奇文,却长久地留在我的记忆里。

《镜花缘》的海外奇谈（四）

　　《镜花缘》的海外奇谈，最奇的当属唐敖、林之洋、多九公三人在"女儿国"的有趣见闻，以及林之洋这个莽汉子的痛苦遭遇（《镜花缘》第三十二至三十四回）。胡适所谓"《镜花缘》是一部讨论妇女问题的书"，此当是其依据之一。

　　　　这"女儿国"，历来本有男子，也是男女配合，所异于人的，男子反而穿衣裙，作为妇人，以治内事；女子反而穿靴帽，作为男人，以治外事。男女虽亦配偶，内外之分却与别处不同。三人进得城来，林之洋拿了货单，自去卖货。唐敖、多九公在街上游逛，看街头风景。

　　　　细看那些人，无老无少，并无髭须，虽是男装，却是女音。兼之身段瘦小，袅袅婷婷。唐敖道："九公，你看他们原是好好妇人，却要装作男人，可谓矫揉造作了。"多九公笑道："唐兄，你是这等说，只怕他们看见我们，也说我们好好妇人不做，却矫揉造作，充作男人哩！"唐敖点头道："九公此话不错。俗话说的'习惯成自然'，我们看他虽觉异样，无如他们自古如此；他倘看见我们，自然也以我们为非。"

　　对于这一段落，胡适评论道：这是李汝珍对于妇女问题的根本见解；今日男尊女卑的状况，并没有自然的根据，只不过是"自古如此"的"矫揉造作"，久久变成"自然"了。

　　再看"女儿国"里的妇人：

那边有个小户人家，门内坐着一个中年妇人，一头青丝黑发，油搭的雪亮，真可滑倒苍蝇；头上梳一盘龙鬏儿，鬓旁许多珠翠，真是耀花人眼睛；耳坠八宝金环，身穿玫瑰紫的长衫，下穿葱绿裙儿；裙下露着小小金莲，穿一双大红绣鞋，刚刚只得三寸；伸着一双玉手，十指尖尖，在那里绣花；一双盈盈秀目，两道高高蛾眉，面上许多脂粉，再朝嘴上一看，原来一部胡须，是个络腮胡子。

这个络腮胡子的美人，望见了唐敖、多九公，大声喊道："你面上有须，明明是个妇人，你却穿衣戴帽，混充男人。你也不管男女混杂。你明虽偷看妇女，你其实要偷看男人。你这臊货，你去照照镜子，你把本来面目都忘了。你这蹄子也不怕羞！你今日幸亏遇见老娘，你若遇见别人，把你当作男人偷看妇女，怕打个半死哩！"

这里写的，还只是说，"矫揉造作"，久而久之，竟把本来面目都忘了！

唐敖、多九公在街头闲逛，倒还只挨了一顿骂，林之洋卖货可就惨了，"女儿国"的国王看中了他，把他关在宫里，封他为王妃。理所当然要"矫揉造作"一番，第一步"梳妆"：

早有宫娥预备香汤，替他洗浴，换了袄裤，穿了衫裙，把那一双大金莲暂且穿了绫袜，头上梳了鬏儿，搭了许多头油，戴上凤钗，搭了一脸香粉，又把嘴唇染的通红，手上戴了戒指，腕上戴了金镯，把床帐安了，请林之洋上坐。

梳妆打扮之后，第二步是"穿耳"：

几个中年宫娥走来，都是身高体壮，满脸胡须。内中一个白须宫娥，手拿针线，走到床前跪下道："禀娘娘，奉命穿耳。"早有四个宫娥上来，紧紧扶住。那白须宫娥上前，先把右耳用指将那穿针之处捻了几捻，登时一针穿过。林之洋大叫一声："痛杀俺了！"望后一仰，幸亏宫娥扶住。又把左耳用手捻了几捻，也是一针直过。林之洋只痛的喊叫连声。两耳穿过，用些铅粉涂上，揉了几揉，戴了一副八宝金环。

穿耳之后，第三步是"缠足"：

有个黑须宫人，手拿一匹白绫，也向床前跪下道："禀娘娘，奉命缠足。"又上来两个宫娥，都跪在地下，扶住金莲，把绫袜脱去。那黑须宫娥取了一个矮凳，坐在下面，将白绫从中撕开，先把林之洋右足放在自己膝盖上，用些白矾洒在脚缝内，将五个脚指紧紧靠在一处，又将脚面用力曲作弯弓一般，即用白绫缠裹。才缠了两层，就有宫娥拿着针线上来密密缝口。一面狠缠，一面密缝。林之洋身旁既有四个宫娥紧紧靠定，又被两个宫娥把脚扶住，丝毫不能转动。及至缠完，只觉脚上如炭火烧的一般，阵阵疼痛，不觉一阵心酸，放声大哭道："坑死俺了！"两足缠过，众宫娥草草做了一双软底大红鞋替他穿上。

林之洋——同一切女儿一样——起初也想反抗。他把裹脚解开了，爽快了一夜。次日，他可免不掉反抗的刑罚了。一个保姆走上来，跪下道："王妃不遵约束，奉命打肉！"

林之洋看了，原来是个长须妇人，手捧一块竹板，约有三寸宽，八尺长，不觉吃了一吓，道："怎么叫做打肉？"只见保姆手下四个微须妇人，一个个膀阔腰粗，走上前来，不由分说，轻轻拖翻，褪下中衣。保姆手举竹板，一起一落，竟向屁股大腿一路打去。林之洋喊叫连声，痛不可忍。刚打五板，业已皮开肉绽，血溅茵褥。

"打肉"之后，林之洋两只金莲被众宫人今日也缠，明日也缠，并用药水熏洗，未及半月，已将脚面弯曲，折作两段，十指俱已腐烂，日日鲜血淋漓。他实在忍不住了，又想反抗，把裹脚的白绫乱扯去了。这一回的惩罚是："王妃不遵约束，不肯缠足，即将其足倒挂梁上。"

谁知把两足用绳缠紧，已是痛上加痛。及至将足吊起，身子悬空，只觉眼中金星乱冒，满头昏晕，登时疼得冷汗直流，两腿酸麻。只得咬牙忍痛，闭口合眼，只等早早气断身亡，就可免了零碎吃苦。吊了片时，不但不死，并且越吊越觉明白，两足就如刀割针刺一般，十分痛苦。咬定牙关，左忍右忍，哪里忍得住！不因不由杀猪一般喊叫起来，只求国王饶命。

保姆随即启奏，放了下来：

> 从此只得耐心忍痛，随着众人，不敢违拗。众宫娥知他畏惧，到了缠足时，只图早见功效，好讨国王喜欢，更是不顾死活，用力狠缠。屡次要寻自尽，无奈众人日夜提防，真是求生不能，求死不得。不知不觉那足上腐烂的血肉都已变成脓水，业已流尽，只剩几根枯骨。

林之洋被选为王妃，被强迫穿耳缠足，那缠足的残忍做法，使作为男子的林之洋大受其苦。这种男女角色交换的描写，意在使天下的男子为女性设身处地地想一想，长期以来社会制度所规定的女性角色有哪些不合理，给女性带来哪些痛苦。这种构思，表现了作者对封建制度压迫下的妇女的深切同情。

读着林之洋被强迫缠足的故事，胡适心头震撼了！一个平常中国女儿十几年的苦痛，在李汝珍笔下，缩紧成几十天工夫，居然大功告成了！几十天的"矫揉造作"，居然使一个天朝上国的堂堂男子，向那"女儿国"的国王，颤颤巍巍地"弯着腰儿，拉着袖儿，深深万福叩拜"了！胡适评论道：几千年来，中国的妇女问题，没有一人能写得这样深刻，这样忠厚，这样怨而不怒。《镜花缘》里的女儿国一段是永远不朽的文学。胡适断定，"女儿国"是李汝珍理想中女权伸张的一个乌托邦，那是无可疑的。（胡适《镜花缘引论》）

樊增祥和他的诗

笔者出生在湖北恩施，清末民初著名的诗人樊增祥就是恩施人，因而笔者很早就知道樊增祥的名字，而且知道他是一个诗人。小学语文老师也是恩施本地人，记得他总是有点儿自豪地说，我们恩施也出过全国闻名的大诗人呢。在鄂西大山区，土家、苗、汉杂居之地，能出这么一位人物，也难怪当地人引以为自豪。

樊增祥（1846～1931），别字樊山，号云门，晚号天琴老人。他的老家在如今的恩施市老城六角亭西正街梓潼巷。笔者曾经多次到过那里，称得上是樊山老人遗迹的东西，当然早已荡然无存了。

樊增祥是前清遗老。清光绪三年（1877）中进士，点翰林，改庶吉士，历任陕西宜川、渭南等县知事，累官至陕西布政使、江宁（今南京）布政使、护理两江总督。樊增祥政治态度偏于守旧。他颇受慈禧太后器重，太后曾手谕光绪帝："自今机要文字，可令樊增祥撰拟。"辛亥后退居沪上，湖北军政府迎他归鄂任民政长，不就。袁世凯窃任大总统，他赴京任参议员，后来袁称帝，他曾领班献诗。晚年闲居北平。民国二十年（1931）去世。

樊增祥一生有二"高"。一是享有高寿，活了八十六岁，这在当时是很难得的。晚清名臣曾国藩以会养生著称，只活了六十一岁，同时代的著名诗人黄遵宪，只活了五十七岁。二是诗作高产，他刻印的诗集多达五十多种，存诗三万多首。历史上陆游是作诗最多的诗人，存有九千多首，自谓"六十年间万首诗"，但还不到樊氏的三分之一。乾隆皇帝据说有诗五万多首，但大概多是侍臣代作。说樊增祥是历史上享寿最高的诗人，那也许未必；说樊增祥是我国历史上作诗最多的诗人，恐怕没有什么异议。据说樊氏从十一岁开始写诗，足足写了七十五年，"生平以诗为茶饭，无日不作，无地不作"，每天都有诗作记录入卷。民间说他即使晚年，作诗也是张口即来，援笔即就。学者则指其诗写多了，写滑了，"晚年所作，多率易庸滥"（钱仲联《明清诗精选》）。

樊增祥中进士后，于光绪四年（1878）入晚清重臣武昌张之洞幕府，其诗文为学者，也是诗人的张之洞所赏识，称赞他作诗有"精思、博学、手熟"的惊人才华。樊以张为师，受教良多。又结识了文学家李慈铭，并以师事之，亦师亦友，当时有"李樊"之称。清末民初与易顺鼎一起被称为两湖诗坛的"双雄"，与周树模、左绍佐并称"楚中三老"。诗名远播海内，为晚唐诗派代表人物。同时的著名诗人、学者陈衍说他"才华富有，欢娱能工"。樊氏自道其早年喜爱袁枚，继而好赵翼，后宗温（庭筠）李（商隐），上溯刘禹锡、白居易，走平易流丽一路，不走艰涩险怪一路。所以他的诗大都上口好诵，有流丽自然之美。樊氏以所谓艳诗著名，自己也以艳诗自负。但他秉持"诗贵有品"，能较好地把握"艳"之度，力求做到雅俗共赏。代表作就是前后《彩云曲》。

《彩云曲》和《后彩云曲》，写当时市井盛传之名妓赛金花事。作为"庚子事变"前后的历史见证，此诗当有可存之价值；若以名家名作之资格，来作为今天读者赏读之篇章，当无此必要。当今一些有关选本，均不选此篇，因为它虽非尘下之作，格调到底不高。试看《彩云曲》开头数句：

姑苏男子多美人，姑苏女子如琼英。

水上桃花如性格，湖中秋藕比聪明。

樊增祥和他的诗 /

自从西子湖船住，女贞尽化垂杨树。

可怜宰相尚吴棉，何论红红兼素素。

山塘女伴访春申，名字偷来五色云。

楼上玉人吹玉管，渡头桃叶倚桃根。

约略鸦鬟十三四，未遣金刃破瓜字。

歌舞常先菊部头，钗梳早入妆楼记。

读者或许会联想到元稹的《连昌宫词》，尤其是白居易的《长恨歌》，但思想要浅薄得多。当时人把《彩云曲》与吴伟业的名作《圆圆曲》相提并论，一为清末，一为清初，后先相映，笔者以为，无论思想性还是艺术性，樊作均不逮吴作。

　　樊增祥一些小诗，倒是时有佳作。当代人编选的《近代诗选》和《明清诗精选》，各选入樊作一首，读来别有兴味：

亘古清光彻九州，而今烟雾锁重楼。

莫愁遮断山河影，照出山河影更愁。

————《中秋夜无月》

残柳黄于陌上尘，秋来长是翠痕皴。

一弯月更黄于柳，愁煞桥南系马人。

————《八月六日过灞桥口占》

《中秋夜无月》作于护理两江总督期间，是一首即景抒情诗，有较强的思想性。诗人借中秋天阴无月，抒发了山河破碎、不堪入目的感慨。"山河"二字两出，"愁"字亦两出，忧国之怀，溢于言表。写到这里，笔者忽然想到：大凡我国古代文人，除极少数败类外，无论政治上激进的还是保守的，大都有一种家国情怀，即爱国主义传统。所谓忠君爱国，历史主义地看，爱国可嘉，忠君也不可一笔抹杀。屈原是这样，杜甫是这样，苏东坡、陆放翁也是这样。这当然是题外话。

《八月六月过灞桥口占》写于光绪年间，是樊氏早期名作，抒写游子思乡的愁绪，有较强的艺术性。灞桥在今西安市东，横跨灞水之上。唐人送客，多到此折柳赠别。而诗人过灞桥时，陌上尘黄，岸边柳黄，柳黄胜过尘黄；岸边柳黄，天上月黄，月黄又胜过柳黄。陌尘，残柳，夜月，递次比较，以"黄"的色调，做全篇的渲染，逼出结句的"愁煞"二字，浓化了离情别绪。这首诗就结构而言，"前三句一气说，末句一扫而空之"（陈衍语），与李白的"越王勾践破吴归，战士还家尽锦衣。宫女如花满春殿，只今唯有鹧鸪飞"相类似。据说谭嗣同很赞赏此诗，自言"读竟狂喜"（《论艺绝句》自注）。

樊增祥诗作，"征典隶事，对偶工巧"（钱仲联语），今天的读者，若不借助注释，难得完全读懂，只能说得其仿佛。写于庚子事变后的七律组诗《闻都门消息》，笔涉时事，颇含哀伤，然而用典过多，意觉难会。抄几首于下，以印证"征典隶事"和"对偶工巧"的评语：

> 京师赫赫陷鲸才，十国纵横万户嗟。
> 旧宅不归王谢燕，新亭分守楚梁瓜。
> 蛾眉身世唯青冢，貂珥门庭但落花。
> 龙虎诸军谁宿卫，孤儿一一委虫沙。
>
> 离人列檄罪诸王，玉牒瑶潢绝可伤。

待取血菅觞福鹿，谁将眼著谜贪狼。
伯霜仲雪俱危苦，宋劭殷辛僭比方。
公法每宽亲贵议，可须函首越重洋。

繁华非复凤城春，玉辂于今隔陇秦。
金雀舻棱虚御杖，铜驼荆棘泣孤臣。
朱门白屋多新鬼，卜肆僧察几故人？
莫问北池旧烟月，雨霖铃夜一沾巾。

　　樊增祥寓居北京时，与当时还没有大名的画家齐白石交游甚欢，亲自为齐氏撰写治印润格和书画笔单，一条幅金几何，一扇面金几何，并申言："余为山人（齐白石）评定价目，皆从其至少此，世有解人，当不我讶。"以前清遗老的身份，诗人兼书家的资格，亲自捉笔撰写，为齐白石的人品、画品，做了很好的艺术广告，一时传为画坛佳话。齐白石学诗，也从樊得到指点。

　　樊增祥晚年闲散优游，诗酒自遣，兴之所至，与梨园中人交往颇多。曾为梅兰芳改订京剧剧本台词，像《贵妃醉酒》《霸王别姬》《洛神》等，经曾氏修改润色，原来不大雅驯的道白与唱词，变得整饬而有文采。是不是也可以说，樊氏为我国京剧艺术的发展，也做出过自己的贡献呢。

　　[附记]据恩施当地人说，为避祸，樊增祥从小是隐其姓名、寄养外地长大的。不知确否。网上看到一则文字资料，则是另一说法：说是樊增祥的父亲樊燮，晚清时是湖南某郡的一名总兵，为人贪财，且大字不识几个。有一回，向上司、湖南巡抚骆秉章禀报事宜，退而未向骆的师爷告辞，被这位师爷叫了回来，大声

骂道："王八蛋，滚出去！"还踢了一脚。两人当场厮打起来。樊燮因此还丢了总兵之职。这位师爷不是别人，就是日后威名远震的清廷军机大臣左宗棠。樊燮革职回乡，很不服气，在家中院内盖"读书楼"一座，并竖一"洗辱牌"，上书"王八蛋滚出去"六字。令两个儿子着女儿装，闭门读书，并立下训誓："考秀才进学，脱外女服；中举人，脱内女服；中进士，焚洗辱牌，告先人以无罪。"樊燮重金聘请名师执教。樊增祥兄长早死，樊增祥不负其父所望，发愤苦读，考秀才，中举人，中进士，点翰林，一直做到江宁（南京）布政使，权署两江总督，且成为晚清一代名诗人，诗坛晚唐派代表人物。照这则资料看来，民间所谓埋名寄养云云，当不可靠；然其父得罪了左宗棠，"避祸"一说又有些根据了。樊增祥诗文繁富，甲于天下，当与他少时苦学、发愤图强分不开。因附记于此。

诗人笔下"春风"句

　　春风，吹拂大地，草木勃发，万象更新。春风，孕育着生命，象征着青春，诠释着人世间的美丽、美好和美妙。人逢喜事精神爽，面容和煦而愉快，说是"满面春风"；同品德高尚、学识渊博的人在一起，受到良好的熏陶，叫作"如坐春风"。"春风桃李"，是描写老师和学生在教育园地里共同耕耘；"春风化雨"，是礼赞教育功能的伟大和不可替代。可以说，春风就是美的化身。我们古代的诗人们，都争着把他们的万斛才情，献给了春风，写下了许多脍炙人口的诗句。

　　春风是快乐的使者。唐代诗人孟郊四十六岁才进士及第，他在题为《登科后》的绝句中唱道："春风得意马蹄疾，一日看尽长安花。"这"春风得意"后来似乎成了科场顺利、商场顺利，乃至人生顺利的代名词。宋代诗人黄庭坚，四十岁时以诗代简，寄少时友人，有"桃李春风一杯酒，江湖夜雨十年灯"的名句。"桃李春风"又添"一杯酒"，极写少时相聚之乐；"江湖夜雨"还加"十年灯"，写尽十年相隔之苦。两相对照，乐则更乐，苦亦更苦，泂为千古名句。

　　春风是美丽的象征。李太白《清平调》咏牡丹："云想衣裳花想容，春风拂槛露华浓。"国色天香的名花与倾国倾城的美人，得春风一"拂"，更显动人。杜牧之《赠别》诗则以"春风十里扬州路，卷上珠帘总不如"赠予美丽的歌女，也赠予美丽的扬州，人们一提到扬州，就不由得想起这"春风十里"的迷人诗句。杜工部《咏怀古迹》"画图省识春风面，环佩空归月夜魂"，以"春风面"形容王昭君容貌之美，慨叹其不贿画工，而和番出塞，"春风面"三个字，写尽了昭君姑娘惊人的美丽，抵得上万语千言。

春风是生命力的代名词。贺知章《咏柳》："碧玉妆成一树高，万条垂下绿丝绦。不知细叶谁裁出，二月春风似剪刀。"诗题曰咏柳，实在也是咏春风：因为春柳无论怎样美丽，它还得倚仗二月春风的剪裁呢。白居易咏《草》前四句："离离原上草，一岁一枯荣。野火烧不尽，春风吹又生。"当然是咏草，但又何尝不是咏春风呢：是春风给野草以新的生命，春风是造物主无私的馈赠。

人们喜爱春风，期盼春风。欧阳修贬谪夷陵（今湖北宜昌），在《戏答元珍》诗中吟出"春风疑不到天涯，二月山城未见花"，怀疑春风忘却了边远的鄂西山区，实际上是表达对春风的思念。而王之涣的《凉州词》："羌笛何须怨杨柳，春风不度玉门关。"表面上是诗人在劝慰边关上吹奏《折杨柳》的羌笛手，而实际上，诗人和羌笛手一样，是多么盼望那滋养万物的和煦的春风啊。可是，有人似乎又在埋怨春风，怪它多事。李白《春思》诗："燕草如碧丝，秦桑低绿枝。当君怀归日，是妾断肠时。春风不相识，何事入罗帷？"论者谓这是"以风之来反衬夫之不来"；依笔者看来，似可作多种解释：春风啊，你为什么掀开我的帷帐，打断我的思绪？或者，春风啊，你是信使吗，来告我思念之人的归期吗？不是？不是请别打搅我呀！……

诗人写春风，最多最好的，笔者以为是王安石。你看他的《元日》："爆竹声中一岁除，春风送暖入屠苏。千门万户曈曈日，总把新桃换旧符。"不说春风吹拂着大地，而说春风把温暖送入了屠苏酒，多么别致啊。《雪干》："雪干云净见遥岑，南陌芳菲复可寻。换得千颦为一笑，春风吹柳万黄金。""雪干"是拈首二字为题，实为咏柳。贺知章把柳比作碧玉，王安石则把初生的万千淡黄色的柳丝比作黄金，也很贴切，"黄金缕"也需春风吹拂，咏柳也是咏春风。《北陂杏花》："一陂春水绕花身，花影妖娆各占春。纵被春风吹作雪，绝胜南陌碾成尘。"春风吹杏花，宛如雪花飘，多美的意境呀。最有名的当数《泊船瓜洲》"京口瓜洲一水间，钟山只隔数重山。春风又绿江南岸，明月何时照我还?"一个"绿"字，形容词活用作动词，形象而生动地写出了春日江南的美景，凸显了春风化育万物的无穷生命力。他的另一首绝句："荒烟凉雨助人悲，泪染衣襟不自持。除却春风沙际绿，一如看汝过江时。"（《送和甫至龙安，微雨，因寄吴氏女子》）今人程千帆教授认为，"除却春风沙际绿"的"绿"字，比人们津津乐道的"春风又绿江南岸"的"绿"字用得更好，因为"春风又绿江南岸"，春风与绿色究竟是两样东西，由于春风吹拂，江南岸变绿了；而"春风沙际绿"，强调春风本身就是绿色的，因此它吹到的地方，就无往而非绿色了。程先生评论说：以为春风是有色的，这是诗人功参造化处。还有《明妃曲》中的"泪湿春风鬓角垂""黄金杆拨春风手"，《悟真院》中的"春风日日吹香草，山北山南路欲无"等，王荆公真是与春风结下不解之缘呢。

诗人笔下的春风，有时也换用不同的名字。古人把春风称作东风，所谓春是东风，夏是南风，秋是西风，冬是北风，这也十分切合自然界的实际。李煜《虞美人》"小楼昨夜又东风，故国不堪回首月明中"，李商隐《无题》"相见时难别亦难，东风无力百花残"，苏轼《海棠》"东风袅袅泛崇光，香雾空濛月转廊"，这东风就是春风。古人又把春风称作惠风、和风，与夏日的熏风、秋日的金风、冬日的朔风或罡风相比配。王羲之《兰亭序》"天朗气清，惠风和畅"，李白《登巴陵开元寺西阁》"登眺餐惠风，新花期启发"，杜甫《上巳日徐司录林园宴集》"薄衣临积水，吹面受和风"，张先《八宝装》"正不寒不暖，和风细雨，困人天气"，这惠风、和风当然也是春风。僧志南《绝句》"沾衣欲湿杏花雨，吹面不寒杨柳风"，这杨柳风与杏花雨相对，也是指春风。晏几道《鹧鸪天》"舞低杨柳楼心月，歌尽桃花扇底风"，这桃花扇底风，当然也就是春风了。

诗人咏春风，有时用比喻，像贺知章《咏柳》"二月春风似剪刀"。有时用拟人，像晏殊《踏莎行》"春风不解禁杨花，濛濛直扑行人面"。有时用对比，像白居易《长恨歌》"春风桃李花开日，秋雨梧桐叶落时"。有时是虚写，像岑参《白雪歌》"忽如一夜春风来，千树万树梨花开"，诗人不是写春风，写梨花，而是写雪，只是利用春风吹绽梨花，千树万树似雪这美丽的意境而已，当然是一种虚拟。诗人们更多时候是实写，像崔护《题都城南庄》："去年今日此门中，人面桃花相映红。人面不知何处去，桃花依旧笑春风。"去年桃花下面美丽的姑娘，今年到哪里去了呢？只有那美丽的桃花，依然在春风中绚烂地开放。贺知章《回乡偶书》之二："离别家乡岁月多，近来人事半消磨。惟有门前镜湖水，春风不改旧时波。"诗人"少小离家老大回"，"儿童相见不相识"，只有那多情的春风，依旧吹动着镜湖水，撩起诗人对家乡的记忆。

朱熹《春日》诗云："胜日寻芳泗水滨，无边光景一时新。等闲识得东风面，万紫千红总是春。"在诗的花海里徜徉，诗人笔下春风句，也是多彩多姿、万紫千红、美不胜收呢。

东风花柳逐时新

——读古代几首"读书诗"小札

我国古代文人，喜欢写"读书诗"，也留下不少优秀作品，有的甚至成为指导人们读书的警句和格言。

最早写读书诗的是谁，笔者没有考证。东晋大诗人陶渊明的组诗《读山海经》，则是我平时爱诵的陶诗之一。其一云：

> 孟春草木长，绕屋树扶疏。
>
> 众鸟欣有托，吾亦爱吾庐。
>
> 既耕亦已种，时还读我书。
>
> 穷巷隔深辙，颇回故人车。
>
> 欢然酌春酒，摘我园中蔬。
>
> 微雨从东来，好风与之俱。
>
> 泛览周王传，流观山海图。
>
> 俯仰终宇宙，不乐复何如！

这是《读山海经》组诗的发端之作，或许还不能算是纯粹的读书诗。但陶渊明以他那自然之笔，为我们描绘出一幅田园乡居图。"既耕亦已种，时还读我书"，结句"俯仰终宇宙，不乐复何如"，更是突出了读书之乐。躬耕之余，酌春酒，烹园蔬，好风入户，微雨敲窗，读读《穆天子传》，看看《山海经图》，不亦快哉！这耕读之乐，一直为古代上层那些左迁者、致仕者、归隐者所艳羡，但他们缺乏陶渊明的那种发自内心的真诚。耕读之乐，也一直为那些寒门士子所向往，但在他们那里，似乎也没有陶渊明那样洒脱和愉快，因为他们或许是把读书当作敲门砖吧。而五柳先生此诗，既写出了他的读书态度，也写出了他的人生态度。明代的陈继儒说："予谓陶渊明诗，此篇最佳。咏歌再三，可想陶然之趣。"（见《陶诗汇评》引）陶渊明喜欢"奇文共欣赏，疑义相与析"，清人金圣叹就有这样一篇奇文，叫作《不亦快哉》，三十三则，最末一则是："读《虬髯客传》，不亦快哉！"金圣叹和陶渊明当然不一样，但一样的都是懂得读书快乐之人。

唐代大书法家颜真卿有一首《劝学》诗，劝人读书，真正是家喻户晓：

> 三更灯火五更鸡，正是男儿读书时。
>
> 黑发不知勤学早，白发当悔读书迟。

这是一首古体诗，或者可以称之为古绝（平仄不按近体绝句之规定）。正如诗题所言，是一首劝勉青少年珍惜青春，发愤学习，不让年华虚度的劝诫诗。"黑发""白发"对举，令人想到"少壮不努力，老大徒伤悲"，平常话语，殷切叮咛，最宜劝学。"三更灯火五更鸡"，短短七个字，写尽了更深挑灯夜读、凌晨闻鸡起舞那种立志求学，"兀兀以穷年"（韩愈语）的刻苦读书的情形，既具体，又形象，以至成为人们爱道的格言。如果说陶渊明的《读山海经》（其一）作为读书诗，提倡的是乐读，那么，颜鲁公的这首《劝学》，劝导的就是勤读了。

乐读，勤读，还要会读。古今读书诗中，透露了不少读书的方法和门径。像苏东坡《送安敦秀才失解西归》诗的头二句：

旧书不厌百回读，熟读深思子自知。

是教人书要熟读，不可蜻蜓点水，要"学而时习之"，不可浅尝辄止。

像清人法式善《读书》诗的头二句：

读书如树木，不可求骤长。

这里"树"字作动词用，是教人读书要循序渐进，不能急于求成，揠苗助长，"板凳要坐十年冷"，持之以恒，才能有所收获。

像陆放翁《冬夜读书示子聿》诗后二句：

纸上得来终觉浅，绝知此事要躬行。

是教人读书要与实践相结合，"读万卷书，行万里路"，"博学之，审问之，慎思之，明辨之，笃行之"，善读且能躬行，方能"绝知"，方能透彻地理解。

诗，是要用形象思维的。既有鲜明形象，又有深刻哲理的读书诗，当推宋代大儒朱熹的《观书有感》二首：

半亩方塘一鉴开，天光云影共徘徊。
问渠那得清如许？为有源头活水来。

昨夜江头春水生，蒙冲巨舰一毛轻。
向来枉费推移力，此日中流自在行。

在这里，作者以"半亩方塘"和"江头春水"作载体，用形象化的手法，把他悟出之理表现出来，世所公认这是两首十分成功的哲理诗。今人程千帆教授品读说："前一首以池塘要不断地有活水注入才能清澈，比喻思想要不断有所发展提高才能活跃，免得停滞和僵化。后一首写人的修养往往有一个由量变到质变的阶段。一旦水到渠成，自然表里澄澈，无拘无束，自由自在。"（《宋诗精选》）近人陈衍（号石遗）在《宋诗精华录》中称其"寓物说理而不腐"，这在衡文甚苛的石遗老人那里是很高的评价了。

明末名臣、民族英雄于谦的《咏石灰》诗素来脍炙人口："千锤万凿出深山，烈火焚烧若等闲。粉身碎骨浑不怕，要留清白在人间。"他也有一首读书诗，恐怕流传就没有那么广了。诗题即《观书》：

> 书卷多情似故人，晨昏忧乐每相亲。
> 眼前直下三千字，胸次全无一点尘。
> 活水源头随处满，东风花柳逐时新。
> 金鞍玉勒寻芳客，未信吾庐别有春。

首联即切题，点出观书，用拟人的手法，说书卷是那样的多情，就像老朋友，无论早晨还是夜晚，忧愁还是快乐，总是亲切地和我在一起。一个"亲"字，表明作者手不释卷，乐在其中。颔联为流水对。上句从李太白咏庐山香炉峰瀑布的名句"飞流直下三千尺"化出，用夸张的手法，写出了作者读书如饥似渴、急迫而又从容的神态：多么痛快啊，我的眼前扫过大块文章。下句则紧承上句，说豁然开朗啊，我的胸中再也没有一点尘埃。说明读书使人胸襟开张，书卷文章净化了人的心灵。颈联上句是用典。咏读书，自然会联想到朱熹的《观书有感》，"问渠那得清如许？为有源头活水来"的名句，也就涌上心头。朱子这一问一答，是说坚持经常读书，像池塘不断有源头活水注入，就会永远清澈。于谦用其意而更进一步，不无自豪地自我表白："源头"在我这里是活水盈盈，流之不尽。颈联下句写景，实则取譬，是说勤奋攻读，增长新知，如同春风化雨，染得柳枝泛绿，引来百花盛开，"无边光景一时新"。尾联笔锋一转，由观书到观人，用宝马雕鞍的富贵公子，来反衬清贫的读书人，以嘲弄的口吻，说那些到处觅春的"寻芳客"哪里知道或者竟是不相信，真正的春天就在我的书房里、我的读书处呢。

像爱诵朱熹的《观书有感》一样，我也爱诵于谦的这首《观书》诗，就用诗中"东风花柳逐时新"的句子，来作为这篇短文的题目吧。

后　记

　　继前作《芸窗漫录》之后，在师友的鼓励和催促下，我又将箧中十余篇旧稿翻出，加上近年来的十余篇新作，形成了这部《芸窗随笔》。从体例与风格上看，此"随笔"与彼"漫录"没有大的区别，都是我在按部就班的教学与行政工作之余，就读过的书写下的笔记、随感或杂录式文字。这些短文不是正襟危坐的高头讲章，亦非故弄玄虚的学术论文，只是在读书的过程中但有心得神会，便不厌其烦地把前人的高论记下来、把自己的想法写出来。这是一种读书的方法，或许有人说这种方法很笨，但在我而言，这是一种最有效的读书法。

　　比如，说到唐诗，古今咸以为"菁华极盛、体制大备"，已臻化境，宋人踵乎其后，实在开辟难为。难为则何以为之而且蔚为大观了呢？在明以前，几乎没有人说宋诗的好处，尊唐黜宋的观念至明代前后七子达到极点，甚至说"宋无诗"，把宋诗说得一无是处。这种观念直到明后期公安"三袁"那里才得到反拨。袁中道说得好，宋诗"承三唐之后，殚工极巧，天地之英华，几泄尽无余。为诗者各出手眼，各为机局，以达其意所欲言，终不肯雷同剿袭，拾他人残唾，死前人语下"，意谓宋人并没有在唐人面前低眉顺眼，而是开拓诗境、创新诗法，别开生面，再创新局。到清代，袁枚也对宋诗给出了公允的评价："唐人学汉魏，变汉魏；宋学唐，变唐。"又云："使不变，不足以为唐，亦不足以为宋也。"这说明宋人学唐而又变唐，扬弃其皮毛而传承其精神。至于当代，钱钟书《谈艺录》有专论"诗分唐宋"，云："唐诗、宋诗，亦非仅朝代之别，乃体格性分之殊。天下有两种人，斯分两种诗。唐诗多以丰神情韵擅长，宋诗以筋骨思理见胜。"将宋诗成就提升到与唐诗一样的高度，正如李白与杜甫双峰并峙一样，唐诗与宋诗亦是二水分流。这种对前人高论的记录实在可以看作一部宋诗接受史的纪事本末。

读罢前人论唐宋诗之别的文章，我生出一个想法：唐诗有世所公认的大家，如李、杜、王、孟、高、岑、韩、白、刘、柳、小李杜等，那么宋诗有哪些人可以与上述唐诗大家相埒呢？在这一想法的引导下，遂有本书《宋诗的大家》及《北宋四大家诗例话》《南宋四大家诗例话》等系列文章。

再比如，古今优秀的史家除了兼备唐代著名史家刘知几所说的"史学三长"，即"史才、史学、史识"之外，还必须是优秀的文章家（当然，刘知几所说的"史才"中就包含着"文才"的要素），那么，那些优秀的史家除了在史传散文中一展笔下波澜之外，在其他的文章中是否也呈现独特而过人的风采呢？这一想法便催生了《史家之文》系列文章。由此及彼，古今优秀的词人在词坛各领风骚，他们的诗写得怎么样呢？词，向来被视为"小道""艳科""诗余"，似乎词填得好不能代表诗作得好，事实如此吗？遂有《词人之诗》系列文章。

此外，阅读中的旁观博览带来的诸多观点不一甚至相悖的冲击，也成为我随时下笔的一大动因，如对"赋"体源流的论述，对屈原《九歌》作者、时代、篇次、内容、语言等问题的论述，都是在引录前人研究成果的基础上再作申发。虽然以严格的学术标准看，这些文字的严谨性还远远不够，但作为读书兴会神思的记录又有何不可呢？

这部书接续上部《芸窗漫录》而来，遂沿用"芸窗"二字，我有一个小小的野心，就是以"芸窗"为题，形成一个系列，不断地读下去、写下去。生于治世，有读书的愿望，复有读书的机会和条件，实在是一件幸事。谨以此书纪念我当年焚膏继晷的书生岁月，同时鞭策我在读书之路上继续砥砺前行。

是为记。

刘浏

丁酉年冬月草于温榆河畔

图书在版编目（CIP）数据

芸窗随笔 / 刘浏著. -- 北京：社会科学文献出版
社，2017.12
ISBN 978 - 7 - 5201 - 1955 - 9

Ⅰ. ①芸… Ⅱ. ①刘… Ⅲ. ①随笔 - 作品集 - 中国 -
当代 Ⅳ. ①I267.1

中国版本图书馆 CIP 数据核字（2017）第 306692 号

芸窗随笔

著　　者 / 刘　浏

出 版 人 / 谢寿光
项目统筹 / 恽　薇　田　康
责任编辑 / 陈凤玲　李帅磊

出　　版 / 社会科学文献出版社·经济与管理分社（010）59367226
　　　　　地址：北京市北三环中路甲 29 号院华龙大厦　邮编：100029
　　　　　网址：www.ssap.com.cn
发　　行 / 市场营销中心（010）59367081　59367018
印　　装 / 三河市东方印刷有限公司

规　　格 / 开　本：880mm × 1230mm　1/32
　　　　　印　张：14.125　字　数：338 千字
版　　次 / 2017 年 12 月第 1 版　2017 年 12 月第 1 次印刷
书　　号 / ISBN 978 - 7 - 5201 - 1955 - 9
定　　价 / 79.00 元

本书如有印装质量问题，请与读者服务中心（010 - 59367028）联系